NIC

# *Comme dieu le veut*

ROMAN TRADUIT DE L'ITALIEN PAR MYRIEM BOUZAHER

GRASSET

*Titre original :*

COME DIO COMANDA

© Arnoldo Mondadori S.p.A., 2006.
© Éditions Grasset & Fasquelle, 2008, pour la traduction française.
ISBN : 978-2-253-12923-3 – 1re publication LGF

# Prologue

## 1.

« Réveille-toi ! Réveille-toi, bordel ! »

Cristiano Zena ouvrit la bouche et s'agrippa au matelas comme si un gouffre s'était ouvert sous ses pieds.

Une main lui étreignit la gorge. « Réveille-toi ! Tu le sais qu'il faut dormir que d'un œil. C'est dans ton sommeil que tu te fais baiser.

— C'est pas ma faute. Le réveil… » bredouilla le gamin, et il se libéra de l'étau. Il souleva la tête de l'oreiller.

*Mais il fait nuit*, pensa-t-il.

De l'autre côté de la fenêtre, tout était noir, à part le cône jaune du réverbère où plongeaient des flocons de neige gros comme des pompons de coton.

« Il neige », dit-il à son père, debout au centre de la pièce.

Une bande de lumière filtrait du couloir et dessinait la nuque rasée de Rino Zena, son nez crochu, ses moustaches, son bouc, son cou et ses épaules musclées. A la place des yeux, il avait deux trous noirs. Il était torse nu. En bas, un treillis et des rangers tachées de peinture.

*Comment il fait pour pas avoir froid ?* se demanda Cristiano en tendant la main vers la lampe à côté de son lit.

« Allume pas. Ça me dérange. »

Cristiano s'accroupit dans l'enchevêtrement chaud des couvertures et des draps. Son cœur battait encore vite. « Pourquoi tu m'as réveillé ? »

Puis il s'aperçut que son père serrait dans la main son pistolet. Quand il était soûl, il le sortait souvent et se baladait dans la maison en le pointant sur le téléviseur, les meubles, les lampes.

« Comment tu fais pour dormir ? » Rino se tourna vers son fils.

Il avait la voix pâteuse, comme s'il avait avalé une poignée de plâtre.

Cristiano haussa les épaules. « Je dors…

— Eh ben, bravo. – Son père sortit de la poche de son pantalon une canette de bière, l'ouvrit, la siffla en une gorgée et il s'essuya la barbe avec son bras, puis il l'écrasa et la jeta par terre. – Tu l'entends pas, ce bâtard ? »

On n'entendait rien. Même pas les voitures qui jour et nuit fonçaient devant la maison et qui, si on fermait les yeux, vous donnaient l'impression qu'elles allaient entrer dans la pièce.

*C'est la neige. La neige couvre les bruits.*

Son père s'approcha de la fenêtre et appuya la tête contre la vitre humide de buée. Maintenant la lumière du couloir lui dessinait les deltoïdes et le cobra tatoué sur son épaule. « T'as le sommeil trop lourd. A la guerre, tu serais le premier à te faire bouffer tout cru. »

Cristiano se concentra et entendit au loin l'aboiement rauque du chien de Castardin.

Il s'y était tellement habitué que ses oreilles ne le percevaient plus. Même chose pour le bourdonnement du néon dans le couloir et la chasse détraquée des chiottes.

« Le chien ?

— Ah quand même !... Je commençais à m'inquiéter. – Son père se tourna de nouveau vers lui. – Il a pas arrêté une minute. Même pas avec la neige. »

Cristiano se rappela à quoi il rêvait au moment où son père l'avait réveillé.

En bas dans le salon, près de la télévision, dans un grand aquarium phosphorescent, il y avait une méduse verte et gélatineuse qui parlait une langue étrange, tout en *c*, *z*, *r*. Et le plus beau, c'était que lui la comprenait parfaitement.

*Mais quelle heure il est ?* se demanda-t-il en bâillant.

Le cadran lumineux du radio-réveil posé par terre indiquait trois heures vingt-trois.

Son père alluma une cigarette et soupira : « Putain, il me fait chier.

— Il est à moitié débile, ce clebs. Avec tous les coups de bâton qu'il s'est ramassés... »

Maintenant que son cœur avait fini de cogner dans sa poitrine, Cristiano sentit le sommeil peser sur ses paupières. Il avait la bouche sèche et le goût d'ail du poulet de la rôtisserie. Peut-être qu'en buvant, cette saleté s'en irait mais il faisait trop froid pour descendre à la cuisine.

Il aurait aimé reprendre son rêve de la méduse là où il l'avait laissé. Il se frotta les yeux.

*Pourquoi tu vas pas te coucher ?* Il avait failli laisser échapper la question mais il la retint. A la façon dont son père arpentait la pièce, il ne semblait pas avoir l'intention de se décourager.

*Trois étoiles.*

Cristiano avait une échelle de cinq étoiles pour établir le degré de rage de son père.

*Non, mieux, entre trois et quatre étoiles.* Déjà dans la zone « faire super gaffe », là où la seule stratégie était de lui donner toujours raison et de se tenir le plus loin possible de ses pattes.

Son père se retourna et balança un violent coup de pied dans une chaise en plastique blanc qui roula à travers la pièce et atterrit contre le tas de cartons où Cristiano rangeait ses affaires. Il s'était trompé. Celle-là, c'était du cinq étoiles. Alerte rouge. Là, l'unique stratégie était de la fermer et de se fondre avec le décor.

Depuis une semaine, son père était fumasse. Quelques jours plus tôt, il s'en était pris à la porte de la salle de bains qui ne s'ouvrait pas. La serrure était cassée. Pendant deux ou trois minutes, il avait tenté de batailler avec un tournevis. Il était là, à genoux, jurant, insultant Fratini, le quincaillier qui la lui avait vendue, les Chinois qui l'avaient fabriquée en fer-blanc, les politiciens qui autorisaient l'importation de cette merde, et c'était comme s'ils étaient tous là, devant lui, vraiment devant lui, mais rien à faire, cette porte ne voulait pas s'ouvrir.

Un coup de poing. Un autre plus fort. Un autre. La porte sursautait sur ses gonds, mais ne s'ouvrait pas. Rino était allé dans la chambre, avait pris son pistolet et avait tiré contre la serrure. Mais celle-ci ne s'était pas ouverte. Cela avait juste produit un bruit assourdissant qui avait étourdi Cristiano pour une demi-heure.

Il y avait quand même eu une chose positive : Cristiano avait appris que c'était des conneries ce qu'on voit dans les films, où quand on tire sur une serrure, la porte s'ouvre.

A la fin, son père avait flanqué des coups de pied dedans. Il l'avait défoncée en hurlant et en arrachant des bouts de bois à mains nues. Quand il était entré dans la salle de bains, il avait envoyé un coup de poing dans le miroir et les éclats avaient volé partout et il s'était coupé la main et il était resté longtemps à pisser le sang assis sur le rebord de la baignoire, en fumant une cigarette.

« Et moi, qu'est-ce que ça peut me foutre que ce chien soit débile ? reprit Rino après y avoir un peu réfléchi, il me fait chier. Moi, demain, je dois aller bosser... »

Il s'approcha de son fils et s'assit sur le bord du lit. « Tu sais ce qui m'ennuie vraiment ? Le matin, après ma douche, c'est de sortir tout mouillé et de poser les pieds par terre, sur le carrelage glacé, en risquant même de me casser le cou. – Il lui sourit, chargea son pistolet et le lui tendit en le tenant par le canon – : Je me disais qu'il nous faudrait vraiment un beau petit tapis en chien. »

## 2.

A trois heures trente-cinq du matin, Cristiano Zena sortit de la maison, chaussé de bottes en caoutchouc vertes, vêtu de son pantalon de pyjama à carreaux et de l'anorak de son père. Dans une main, il serrait le pistolet, dans l'autre une torche électrique.

Cristiano était un gamin fluet, grand pour ses treize ans, avec les chevilles et les poignets fins, des mains longues et squelettiques et il chaussait du quarante-quatre. Sur sa tête poussait un buisson enchevêtré de cheveux d'un blond filasse qui n'arrivaient pas à cacher des oreilles en feuilles de chou et se prolongeaient sur les joues en deux pattes peu soignées. De grands yeux bleus séparés par un tout petit nez retroussé, et une bouche trop large pour ce visage frêle.

La neige tombait dru. L'air était immobile. Et la température de quelques degrés en dessous de zéro.

Cristiano s'enfonça sur la tête un bonnet en laine noir, souffla un petit nuage de vapeur, et dirigea la lumière sur la cour.

Une couche de neige recouvrait le gravier, la vieille balancelle rouillée, les bennes à ordures, un tas de briques, le fourgon. La route nationale, qui passait juste devant la maison, était un long ruban blanc et immaculé. Pas une seule trace de pneus pour l'abîmer. Le chien continuait à aboyer au loin.

Il ferma la porte de la maison et glissa au mieux son pyjama dans les bottes en caoutchouc.

« *Allez, vas-y. C'est que dalle. Faut pas grand-chose. Tu lui tires dans la tête, fais gaffe hein, dans la tête, sinon il va se mettre à gueuler et tu seras obligé de tirer une deuxième fois, et puis tu rentres à la maison. Vas-y, guerrier.* » Le petit discours que son père lui avait tenu quand il l'avait sorti du lit résonna dans sa tête.

Il leva les yeux. La silhouette sombre de son père était derrière la fenêtre et elle lui faisait signe de se dépêcher. Il glissa le pistolet dans son slip. Au contact froid de l'acier, son scrotum se contracta.

Il fit un signe à son père et se dirigea d'un pas incertain vers l'arrière de la maison tandis que les battements de son cœur s'accéléraient peu à peu.

### 3.

Rino Zena regardait par la fenêtre son fils qui sortait de la maison sous la neige.

Il avait fini la bière et la grappa. Ça, déjà en soi c'est ennuyeux, mais si en plus vous avez un sifflement aigu comme un poinçon qui vous vrille les tympans, ça devient un vrai problème.

Ce sifflement avait commencé quand Rino avait

tiré dans la porte de la salle de bains, et même si une semaine s'était écoulée, il ne faiblissait pas.

*Peut-être que je me suis crevé un tympan. Je devrais aller chez le médecin*, se dit-il en allumant une cigarette.

Mais Rino Zena s'était juré que, dans un dispensaire, il n'y entrerait que les pieds devant.

Lui, il tombait pas dans ce piège-là.

*Ces salauds commencent par vous dire que vous devez faire une série d'examens et là c'est le début du tunnel et au revoir et merci. Si c'est pas la maladie qui vous détruit, c'est les dettes que vous devez faire pour vous soigner qui s'en chargent.*

Rino Zena avait passé la soirée affalé dans un relax devant la télévision, ivre mort. Avec deux fentes à la place des yeux, la mâchoire décrochée et une canette à la main, il avait essayé de suivre une émission absurde que de temps en temps il voyait floue.

D'après ce qu'il avait réussi à comprendre, il y avait deux maris qui acceptaient d'échanger leurs femmes pendant une semaine et Dieu seul savait pourquoi.

Ils respectaient plus rien dans cette télé de merde. Histoire de faire un truc original, une famille était des crève-la-faim de Cosenza et l'autre des Romains qui pétaient dans la soie.

Le père pauvre était carrossier. Le père riche, un de ces pédés qui s'ignorent, travaillait dans quelque chose qui avait à voir avec la publicité. Et bien sûr, la femme du carrossier était un thon irregardable et l'autre une pétasse blonde aux jambes longues comme des échasses qui passait ses journées à enseigner la respiration dans une salle de gym.

Mais Rino avait fini par se laisser prendre à l'histoire et en la suivant, il avait descendu une bouteille de grappa.

Chez le publicitaire, le thon de Cosenza était détestée par tout le monde parce qu'elle avait la manie de se promener avec une bombe Fée du Logis à la main, et on ne pouvait pas s'asseoir sans qu'elle commence à dire qu'on abîmait les coussins. Au bout d'une journée, tous la commandaient comme une boniche noire et elle, elle était toute contente.

Rino était plus intéressé par la situation à Cosenza. Le carrossier traitait la pouffiasse comme si elle était Lady Di. Rino espérait que, dans un accès d'ignorance, il la chope, elle qui jouait les mijaurées mais était visiblement en grand manque de bite, et qu'il se la fasse.

« Viens ici, sale pute ! Je vais te faire voir, moi, comment on fait chez les Zena », s'était mis à brailler Rino en lançant sa canette de bière contre l'écran de télé.

Il savait très bien que tout ça n'était qu'une comédie, que ces trucs étaient aussi vrais que les sacs vendus par les nègres devant les centres commerciaux.

Et puis il s'était endormi. Il s'était réveillé peu après avec la sensation d'avoir un crapaud mort dans la bouche et des tenailles qui lui réduisaient les tempes en bouillie.

Il avait erré dans la maison à la recherche de quelque chose d'alcoolisé pour soulager sa douleur.

A la fin, au fond du placard de la cuisine, il avait trouvé une bouteille poussiéreuse de poire Williams. Qui sait depuis combien de temps elle était là. L'eau-de-vie était finie, mais la poire semblait encore bien imbibée d'alcool. Il avait cassé la bouteille sur l'évier et penché sur la table, il avait suçoté la poire. C'est alors qu'il s'était rendu compte du chien. Il n'arrêtait pas d'aboyer. Il lui avait fallu un peu de temps pour comprendre que c'était le bâtard de la fabrique de meubles de Castardin. Qui restait peinard dans sa niche toute la journée et qui la nuit se mettait à aboyer sans cesse et ne se taisait qu'à l'aube.

Et probablement, le vieux Castardin ne le savait même pas, après la fermeture il sortait et, dans sa BMW grosse comme un corbillard, il s'en allait au cercle flamber au poker. Au village, on disait que c'était un grand joueur, comme ceux d'autrefois, qui perdent avec classe.

Ce qui signifiait se ronger les sangs en silence.

Et comme ça, lui il perdait avec classe le fric qu'il volait avec ses meubles en carton, et sa pourriture de chien aboyait toute la nuit.

Et si quelqu'un le lui avait fait remarquer, lui, avec sa classe d'antan, il aurait dit que tout autour de chez lui, il n'y avait que des hangars. Qui donc pouvait être dérangé par un chien qui ne faisait que son devoir ? Rino aurait mis sa main au feu, et ses pieds, que l'homme d'antan n'avait même pas été effleuré par l'idée qu'à moins d'un kilomètre de là, il y avait une maison où dormait un enfant.

Un enfant qui devait aller à l'école.

*Parfait*, s'était dit Rino Zena en sortant le pistolet du tiroir, *demain tu auras la possibilité de faire voir au monde ta classe infinie quand tu trouveras ton chien raide mort.*

### 4.

Cristiano décida d'aller à la fabrique de meubles en coupant à travers champs. Même si la nationale était recouverte de neige, quelqu'un pouvait toujours passer.

La lumière du lampadaire n'atteignait pas l'arrière de la maison et l'obscurité était totale. Avec la torche, il éclaira le museau tordu d'une Renault 5, une bétonneuse, les lambeaux d'une petite piscine gonflable, une chaise en plastique, le squelette d'un pommier mort et une clôture haute de presque deux mètres.

Cristiano était sorti de la maison en courant, sans pisser. Il aurait pu faire ici, mais il décida qu'il valait mieux pas, qu'il faisait trop froid, et il voulait en finir tout de suite avec cette histoire.

Il approcha la chaise du grillage, monta dessus, mit la torche entre ses dents, s'agrippa aux mailles et se hissa. Il passa une jambe de l'autre côté, mais le fond de son pantalon resta accroché à une pointe. Il essaya de se dégager sans y parvenir et à la fin, il lança la torche par terre et se jeta en bas en entendant un CRAC et en sentant une douleur à la jambe.

Il se retrouva allongé sur le dos au milieu des mauvaises herbes trempées et de la neige qui fondait sur son visage. Il se releva et enfila la main dans l'accroc qui avait fendu la moitié de son pyjama. Une longue égratignure, pas assez profonde pour saigner, lui marquait l'intérieur de la cuisse. Le pistolet était encore dans son slip.

Il ramassa la torche et commença à avancer à grand-peine en suivant les clôtures des hangars, aspiré par la boue et entravé par les buissons.

Il se trouvait au bord d'un champ labouré qui, de jour, s'étendait jusqu'à l'horizon. Tout au fond – quand il n'y avait pas de brouillard, mais du brouillard, en hiver, il y en avait toujours –, on entrevoyait les feuillages gris du bois qui bordait les digues du fleuve.

S'il n'y avait pas eu ce chien qui aboyait et sa propre respiration haletante, le silence aurait été absolu.

Au loin, au-delà du fleuve, brillaient les lumières suspendues des usines et le scintillement jaunâtre de la centrale électrique.

Ses doigts, enserrés dans l'étau du froid, commençaient à s'engourdir et le gel remontait par ses pieds et lui mordait les mollets.

*Quel idiot.*

Dans sa hâte de sortir, furax contre son père, il n'avait même pas mis de chaussettes. Les flocons de neige lui tombaient sur le cou et son anorak commençait à être mouillé sur les épaules.

Les contours noirs des hangars se succédaient. Il dépassa un magasin de sanitaires. Des cuvettes de W.-C. Des carrelages. Des lavabos. Empilés en ordre tout autour du bâtiment. Puis un concessionnaire de tracteurs et de machines agricoles et l'arrière d'une discothèque fermée pour faillite.

*Ça suffit, je vais me pisser dessus.*

Il éteignit la torche, mit le pistolet dans la poche de l'anorak, baissa son pantalon et sortit son zizi.

A cause du froid et de la peur, il était tout rabougri. On aurait dit un mini-saucisson. Le jet d'urine fit fondre la neige et un nuage de vapeur âcre s'éleva de terre.

Tandis qu'il se secouait la goutte, il se rendit compte que le chien aboyait plus fort.

Le prochain hangar était la fabrique de meubles des frères Castardin.

On aurait dit que le bâtard marchait à piles, il ne reprenait jamais son souffle. De temps en temps, toutefois, il arrêtait d'aboyer et il hurlait à la mort, et c'était même pas un coyote à la con.

Il alluma la torche et se remit à marcher plus vite. Il mettait trop de temps. Le tondu commençait sûrement déjà à trépigner. Il l'imaginait en train de tourner en rond dans la maison comme un lion en cage.

# 5.

Cristiano Zena se trompait. Son père, en ce moment, était aux toilettes. Immobile devant les chiottes, une main contre le mur, il regardait son reflet dans l'eau noire au fond de la cuvette.

Son visage était bouffi. Où étaient passées ses pommettes ? Ses joues creusées ? On aurait dit un Chinois. Il avait trente-six ans et on lui en donnait cinquante. Dernièrement, il avait sacrément grossi. Il n'avait pas eu le courage de monter sur une balance, mais il savait que c'était vrai. Et son estomac aussi avait gonflé. Il continuait à soulever des haltères et à faire des pompes et à se crever à faire des abdos sur la planche, mais ce promontoire sous les pectoraux ne semblait pas vouloir se dégonfler.

Il hésitait entre pisser ou vomir.

Dans l'estomac, il avait une douzaine de bières, un demi-litre de grappa et une poire Williams.

Il détestait vomir. Mais s'il se libérait, après il se sentirait certainement mieux.

Et pendant ce temps, le chien continuait à aboyer.

*Qu'est-ce qu'il fout, Cristiano, bon Dieu ? Et s'il le descend pas ?*

Une partie de son cerveau lui disait que si, qu'il avait assez de couilles pour tirer sur un chien. Mais une autre partie n'en était pas si sûre, Cristiano était trop petit, il ne faisait les choses que par peur de papa. Et quand quelqu'un fait les choses par peur et non par rage, il a pas les couilles pour appuyer sur la gâchette.

Un jet acide et jaune sortit de sa bouche sans préavis. Rino visa la cuvette seulement en partie, le reste finit sur le carrelage.

Il s'assit sur le bidet, épuisé, dans la puanteur du vomi.

Tandis qu'il se tenait assis là et que la pièce s'était mise à tourner comme une machine à laver, il se rappela que quand lui était enfant, la fabrique de meubles de Castardin et les autres hangars, il n'y avait rien de tout ça. En ce temps-là, la nationale était une route étroite défoncée, longée de peupliers et de mauvaises herbes, à peine plus grande qu'une route de campagne. Autour, il n'y avait que des champs cultivés.

Non loin de là où se dressait leur maison aujourd'hui, il y avait la trattoria Arcobaleno, une gargote où on mangeait du chevreau à la polenta et du poisson du fleuve.

Et juste à l'endroit où était maintenant la fabrique de meubles de Castardin, il y avait une vieille bâtisse, de celles qui sont carrées comme des casernes, avec un toit en tuiles, une grande remise et la cour pleine d'oies et de poules. Roberto Colombo y vivait avec sa famille.

Sur un gros arbre donnant sur la route, Roberto avait fixé une pancarte.

GARAGE
RÉPARATION CAMIONS, TRACTEURS ET
VOITURES NATIONALES ET ÉTRANGÈRES

De ce même arbre pendait une balançoire et Rino allait y jouer avec la fille de Colombo.

Pour y arriver en partant de chez ses parents, près du fleuve, il fallait à pied une demi-heure. Mais une demi-heure à pied à cette époque, c'était rien.

*Comment elle s'appelait ? Alberta ? Antonia ?*

Quelqu'un lui avait dit qu'elle s'était mariée et qu'elle vivait à Milan.

Un jour, alors qu'elle était là à voltiger sur la balançoire et qu'il essayait de voir sa culotte, son père à elle s'était pointé.

Assis sur le bidet, Rino laissa échapper un sourire.

De toute sa vie, il n'avait jamais vu Roberto Colombo sans son bleu de travail, un foulard rouge autour du cou et d'horribles mocassins en cuir tressé. Il était petit et large et il avait des lunettes avec des verres si épais qu'il ne restait de ses yeux que deux petits points.

« Petit, quel âge tu as ?

— Onze ans.

— Et à onze ans tu joues encore comme un morveux ? Ton père est mort, et tout ce que tu sais faire, c'est regarder la culotte de ma fille ? »

Aveugle comme il était, comment il avait fait pour le voir, c'était un véritable mystère.

Colombo l'avait observé comme on jauge un cheval à la foire. « T'es maigre comme un chien errant, mais t'es bien bâti. Un peu de travail t'aidera à te faire des muscles. »

Bref, il l'avait pris au garage avec lui. Le travail était simple, il devait faire briller les voitures comme le jour où elles étaient sorties de l'usine. Extérieur et intérieur.

« Devenir riche, oublie. Mais t'auras ce qu'il te faut pour t'acheter une paire de chaussures décente et soulager un peu ta pauvre mère qui trime comme une bête pour boucler les fins de mois. »

Et c'est ainsi que, après l'école, Rino avait commencé à aller tous les après-midi au garage et que, armé d'un tuyau d'arrosage et d'une éponge, il avait gagné les premiers sous de sa vie.

Antonia, vers cinq heures, lui apportait un sandwich et une paupiette de viande aux raisins secs.

Rino essaya de se lever sans y parvenir. Il voulait ouvrir la fenêtre pour aérer.

Une spirale d'images l'enveloppa comme une couverture chaude. Antonia et lui ensemble. Le mariage.

Les enfants. Le garage. Lui qui y travaillait avec Cristiano.

C'était une belle époque ! Tout était si simple. On trouvait facilement du travail. Y avait pas toutes ces lois à la con sur le travail et tous ces foutages de gueule des syndicats. Si vous aviez des couilles et la gnaque, vous bossiez, sinon dehors, du balai. Pas d'autres choix.

Respect pour qui le méritait.

Et puis, un jour, Rino était arrivé et Colombo était en train de tout plaquer. Un dénommé Castardin, venu de nulle part, avait acheté la ferme et la terre autour. Même la trattoria Arcobaleno.

« Ils ont ouvert des nouveaux garages à Varrano. On dirait des usines. Ici, il passe plus personne… L'offre était bonne. »

Fin de l'histoire.

« L'offre était bonne, marmonna Rino en se remettant debout. Pauvre abruti inconscient. »

## 6.

Le hangar était à une vingtaine de mètres. Nimbé par la lueur des lampes halogènes, il émergeait de la nuit comme une base lunaire. Le grillage de l'enclos était haut et au sommet étaient fixés des rouleaux de fil de fer barbelé.

« Merde. Le fil de fer barbelé. »

Ils l'avaient posé quelque temps auparavant, quand une nuit des voleurs étaient entrés.

Un bruit mécanique s'ajouta aux aboiements. Un camion.

Cristiano éteignit sa torche, se tapit et attendit qu'il passe. Il avait des phares jaunes et il déblayait la neige.

21

*Peut-être que demain on ira pas à l'école. Chouette !*

Quand le camion se fut assez éloigné, Cristiano fit les derniers mètres et s'arrêta sur l'arrière du hangar.

Le chien maintenant s'époumonait, si possible, encore plus fort. Mais de là, il n'arrivait pas à le voir.

Cristiano ne se rappelait plus si la nuit ils le libéraient de sa chaîne, et pourtant il lui était arrivé de passer même tard devant la fabrique.

Il se mit à sautiller pour réveiller ses pieds insensibles comme des bouts de bois. « Je te déteste ! Pourquoi tu me fais ça ? » Et il se mordit une main pour ne pas hurler de rage. Un nœud de haine s'était planté au fond de sa gorge comme une écharde pointue.

*Bon, ça suffit ! Il fait un froid de merde... Moi je rentre à la maison.* Il fit trois pas en donnant des coups de pied dans la neige, mais aussitôt il se ravisa.

Impossible de rentrer à la maison.

Il commença à parcourir le périmètre du grillage en cherchant le meilleur endroit pour grimper.

Le chien, pendant ce temps, aboyait sur le même ton monocorde.

Il y avait un poteau où le grillage était accroché et où les barbelés étaient plus bas.

Il s'agrippa au poteau et en glissant la pointe de ses bottes dans les mailles, il arriva au sommet sans difficulté. Maintenant, il devait réussir à ne pas rester accroché aux barbelés. Avec calme, il fit passer d'abord une jambe puis l'autre, et en retenant son souffle, il se laissa tomber. Il atterrit dans la menuiserie.

Il sortit le pistolet. Il ôta le cran de sûreté et l'arma.

Il savait bien s'en servir, du pistolet.

Son père lui avait appris à tirer à la casse de voitures. Au début, il n'arrivait pas à viser, son bras tremblait comme s'il avait la maladie de Parkinson.

Après le bureau, le petit tableau noir et l'armoire, il avait monté le lit superposé.

« Vous l'avez bien vissé ? Je ne voudrais pas qu'il s'effondre… Vous savez, mon fils Aldo est légèrement obèse. Faites-moi plaisir, montez dessus. Essayez-le. »

Rino était monté et il s'était mis à sauter dessus. « Il me semble que ça va. »

La femme avait secoué la tête. « Oui, mais vous, vous êtes trop léger. Pour être sûre à cent pour cent, je monte moi aussi. Comme ça, on aura une certitude béton. »

Une demi-heure plus tard, le lit avait cédé et s'était écroulé et Mme Arosio en tombant s'était cassé le poignet et elle avait porté plainte contre la fabrique de meubles.

Rino avait juré à Castardin qu'il ne l'avait pas baisée.

Et en fait, techniquement, il avait raison. Il n'y avait pas encore eu pénétration quand le lit s'était effondré. Elle était à quatre pattes, le visage enfoncé dans l'oreiller, la jupe relevée, et Rino l'attrapait par les cheveux comme les Indiens tiennent leurs chevaux et il lui imprimait de grandes claques rouges sur les fesses exactement comme sur les chevaux apaches.

C'est à ce moment-là que le lit avait cédé.

Rino Zena avait perdu sa place.

Et il avait juré de le faire payer au vieux Castardin.

8.

Cristiano Zena s'allongea et visa la tête. Il prit une profonde inspiration et tira. L'animal sursauta légèrement, lança un bref glapissement et resta immobile.

Il souleva le poing. « Du premier coup ! »

D'un saut, il descendit de la pile de planches, et après avoir vérifié qu'il ne passait pas de voitures, il s'approcha lentement en tenant le pistolet pointé sur la bête.

La bouche ouverte. La bave. La langue qui pendait d'un côté comme une limace bleuâtre. Les yeux révulsés et sur le cou, un trou rouge entre les poils noirs et la neige qui voltigeait paresseusement dans l'air et qui ensevelissait le mort.

Un bâtard de merde en moins sur terre.

## 9.

Cristiano rentra à la maison et courut vers son père pour lui raconter comment il l'avait flingué du premier coup, mais Rino était allongé sur son lit et dormait.

# I
## Vendredi

### 10.

Un amas stellaire galactique est un groupe d'astres que les forces gravitationnelles maintiennent ensemble. Le nombre d'étoiles peut atteindre des milliers. Leur faible attraction favorise une disposition chaotique autour du centre du système.

Cette formation désordonnée ressemblait à celle des milliers de petites villes, villages, hameaux et lieux-dits qui constellaient l'immense plaine où habitaient Cristiano Zena et son père.

La neige qui était tombée pendant toute la nuit sur la plaine avait blanchi les champs, les maisons, les usines. Elle ne tenait pas seulement sur les grosses conduites incandescentes des centrales électriques, sur les néons des publicités et sur le Forgese, le grand fleuve qui, en serpentant, unissait les montagnes au nord, à la mer, au sud.

Mais aux premières lueurs du jour, la neige se transforma en une insistante pluie fine qui fit fondre en moins d'une heure le manteau blanc qui, l'espace d'un instant, avait rendu la plaine attirante comme un top model albinos glacé, enveloppé dans une fourrure de renard arctique. Varrano, San Rocco, Rocca Seconda, Murelle, Giardino Fiorito, Marzio, Borgognano, Semerese et toutes les autres localités habitées émergèrent à nouveau avec leurs couleurs ternes, leurs petits et grands abus, leurs maisonnettes à deux étages entourées d'une bande de pelouse brûlée par le gel, leurs hangars préfabriqués, leurs établissements de crédit, les passerelles, les concessionnaires autos et leurs parcs de voitures et avec toute leur boue.

## 11.

A six heures et quart du matin, Corrado Rumitz, dit Quattro Formaggi en raison d'une folle passion pour la pizza aux quatre fromages avec laquelle il s'était nourri durant une grande partie de ses trente-huit ans, petit-déjeunait assis dans un fauteuil à fleurs usé jusqu'à la corde.

Il portait sa tenue de maison : un slip dégoûtant, une robe de chambre en flanelle écossaise qui lui arrivait aux chevilles et une paire de bottes Camperos déchirées, vestige d'un autre millénaire.

Le regard fixe vers la cour exiguë devant la cuisine, il prenait un biscuit Campagnola, le trempait dans un bol de lait et il se le fourrait tout entier dans la bouche.

Quand il s'était réveillé, de la fenêtre de la chambre il avait vu, dans la pâle lumière de l'aube, une étendue de douces collines et de vallées blanches, comme s'il avait été dans un chalet en montagne. En évitant de regarder les murs de l'immeuble d'en face, on pouvait même se croire en Alaska.

Il était resté recroquevillé au lit, sous les couvertures, à fixer les flocons de neige qui voltigeaient, légers comme des plumes.

Cela faisait très longtemps qu'il n'avait pas neigé comme ça.

Presque tous les hivers, tôt ou tard, il en tombait un brin, mais Quattro Formaggi n'avait même pas le temps de se promener dans la campagne qu'elle avait déjà fondu.

En revanche, cette nuit il avait dû en tomber au moins vingt centimètres.

Quand Quattro Formaggi était petit, au pensionnat catholique, il neigeait chaque hiver. Les voitures s'arrêtaient, certains mettaient même leurs skis de fond et les enfants s'amusaient à faire des bonshommes de neige avec des branches à la place des bras, à glisser dans la rampe d'accès des garages sur des chambres à air. Quelles batailles incroyables de boules de neige avec sœur Anna et sœur Margherita et les traîneaux tirés par des chevaux avec des clochettes...

Du moins, c'est ce qu'il lui semblait.

Dernièrement, il s'apercevait qu'il se souvenait souvent de choses qui n'existaient pas. Ou alors, il prenait des choses vues à la télévision pour ses souvenirs.

C'est sûr, quelque chose au monde avait dû changer s'il ne neigeait plus comme avant.

A la télé, ils avaient expliqué que le monde était en train de se réchauffer comme une boulette au four et que tout était de la faute de l'homme et de ses gaz d'échappement.

Quattro Formaggi, étendu dans son lit, s'était dit que s'il se dépêchait il pouvait aller chez Rino et Cristiano et qu'au moment où Cristiano irait à l'école, il l'attaquerait à coups de boules de neige.

Mais comme si le Temps l'avait écouté et avait voulu lui faire une vacherie, les flocons de neige étaient devenus de plus en plus lourds et liquides jusqu'à se transformer en pluie et les collines avaient commencé d'abord à se grêler puis à se transformer en flaques de gadoue glacée et, au-dessous, était apparu le tas de vieux trucs amoncelés dans la petite cour. Des lits, des meubles, des pneus, des bidons rouillés, la carcasse d'une Vespa 125 orange, un divan dont il n'était resté que l'armature.

Quattro Formaggi finit son bol de lait en une seule gorgée, sa pomme d'Adam saillante allant de haut en bas. Il bâilla et déplia son mètre quatre-vingt-sept.

Il était si grand et maigre qu'il ressemblait à un basketteur sorti d'Auschwitz. Bras et jambes disproportionnés, mains et pieds immenses. Sur sa paume droite, il avait une excroissance calleuse et sur le mollet gauche une cicatrice dure et marron clair. Au-dessus de son cou osseux reposait une tête petite et ronde comme celle d'un gibbon cendré. Une barbe pelée tachait ses joues creusées et son menton. Les cheveux, au contraire de la barbe, étaient noirs et brillants et retombaient sur son front bas comme la frange d'un Indio.

Il mit son bol dans l'évier, secoué de tremblements et de spasmes comme si son corps était relié à des centaines de stimulateurs électriques.

Il continua de fixer la cour en penchant la tête d'un côté et en tordant la bouche et puis il se donna quelques coups de poing sur la cuisse et une claque sur le front.

Les enfants, au jardin, quand ils le voyaient marcher, restaient à le fixer ahuris et puis, soudain, ils trottinaient vers leurs baby-sitters et les secouaient en le leur montrant : « C'est drôle comme il marche le monsieur. Pourquoi ? »

En général ils s'entendaient répondre (si la baby-sitter était bien élevée) que c'était mal de montrer les gens du doigt et que ce pauvre malheureux était un malchanceux atteint de quelque maladie mentale.

Mais ensuite ces mêmes enfants, en parlant à l'école avec les plus grands, apprenaient que ce bonhomme bizarre, qui était toujours dans les squares et volait les jouets si on n'y faisait pas gaffe, s'appelait l'Homme Electrique, comme un ennemi de Spiderman ou de Superman.

Cela eût été un surnom plus juste, pour Quattro Formaggi. Quand il avait trente ans, Corrado Rumitz avait vécu une sale aventure qui avait failli lui coûter la vie.

L'histoire avait commencé avec une carabine à plombs qu'il avait échangée contre une longue canne à pêche. Une véritable affaire, la carabine avait des joints usés et quand elle tirait on aurait dit qu'elle pétait. Les ragondins du fleuve, elle les caressait. En revanche, la canne à pêche était presque neuve et elle était très longue et donc, avec un bon lancer, on pouvait arriver jusqu'au centre du fleuve.

Tout content, Quattro Formaggi, sa canne dans une main et son seau dans l'autre, s'en était allé pêcher au fleuve. On lui avait dit que, à un certain endroit, juste sous l'écluse, arrivaient les poissons amenés par le courant.

Quattro Formaggi, après avoir jeté un coup d'œil autour de lui, avait enjambé la clôture et s'était posté juste sur l'écluse qui ce jour-là était baissée.

Il n'avait jamais été très malin, quand il était à l'orphelinat il avait eu une forme particulièrement aiguë de méningite et donc, comme il le disait lui-même, « il pensait lentement ».

Mais ce jour-là, même lentement, il avait bien pensé. Il avait fait quelques lancers et avait senti que les poissons mordaient. Ils devaient être des centaines, amassés sous les cloisons. Mais ils étaient vachement rusés. Ils bouffaient l'asticot et ils ne lui laissaient que l'hameçon à appâter.

Peut-être qu'il devait essayer plus loin.

Il avait fait un lancer résolu en dessinant dans l'air une parabole parfaite, la pointe avait dépassé les feuillages des arbres mais pas les câbles électriques qui passaient juste au-dessus de sa tête.

Si sa canne avait été en plastique, il ne lui serait rien arrivé, mais, pour son grand malheur, elle était en carbone, qui sur l'échelle de conductibilité électrique, arrive bon second après l'argent.

Le courant était entré par la main et l'avait traversé en sortant par sa jambe gauche.

C'étaient les ouvriers de l'écluse qui l'avaient trouvé, allongé par terre, à moitié carbonisé.

Pendant plusieurs années, il n'avait plus parlé et il bougeait par à-coups comme un lézard vert. Puis lentement, il s'était repris, mais il lui était resté des spasmes au cou et à la bouche et une patte folle à laquelle de temps en temps il devait flanquer un coup de poing pour la réveiller.

Quattro Formaggi prit dans le frigo un peu de viande hachée et la donna à Uno et Due, les tortues aquatiques qui vivaient dans cinquante centimètres d'eau dans une énorme cuvette pour laver le linge sur la table à côté de la fenêtre.

Quelqu'un les avait jetées dans la fontaine de piazza Bologna et lui, il les avait ramenées à la maison. Quand il les avait ramassées, elles étaient grandes comme une pièce de deux euros, maintenant, cinq ans après, elles avaient presque la taille d'une miche de pain de campagne.

Il regarda la pendule en forme de violon accrochée au mur. Il ne se rappelait pas très bien à quelle heure, mais il avait un rendez-vous avec Danilo au bar Boomerang et puis, tous les deux, ils iraient réveiller Rino.

Juste le temps de réparer la petite église en bois à côté du lac.

Il entra dans le salon.

Une pièce d'une vingtaine de mètres carrés toute couverte de montagnes en carton-pâte, de rivières en papier alu, de lacs faits d'assiettes et de bassines, de bois en mousse, de villes aux maisons en carton, des déserts de sable et des routes en tissu.

Et dessus, il y avait des soldats de plomb, des animaux en plastique, des dinosaures, des bergers, des petites voitures, des blindés, des robots et des poupées.

Sa crèche. Ça faisait des années qu'il y travaillait.

Des milliers de figurines récupérées dans les poubelles, trouvées à la décharge ou oubliées par les enfants dans les jardins publics.

Sur la montagne la plus haute de toutes, il y avait une étable avec l'Enfant Jésus, Marie, Joseph et le bœuf et l'âne. Ceux-là, c'était sœur Margherita qui les lui avait offerts pour Noël, quand il avait dix ans. Quattro Formaggi, en évoluant avec une grâce insoupçonnable, traversa la crèche sans rien faire tomber et il installa mieux le pont sur lequel marchait une file de Schtroumpfs, dirigée par un Pokémon.

Son travail fini, il s'agenouilla et pria pour l'âme de sœur Margherita. Puis il alla dans le microscopique cabinet de toilette, se lava tant bien que mal et enfila sa tenue hivernale : un collant de laine, un pantalon de coton, une chemise de flanelle à carreaux blancs et bleus, un sweat marron, une vieille doudoune Ciesse, une écharpe de la Juve, un ciré jaune, des gants de laine, une casquette à visière et de grosses chaussures de travail.

Prêt.

# 12.

Le réveil sonna à sept heures moins le quart et arracha Cristiano Zena à un sommeil sans rêves.

Il fallut dix bonnes minutes pour qu'un de ses bras se déploie comme la pince d'un pagure de dessous les couvertures et fasse taire la sonnerie.

Il avait l'impression qu'il venait de fermer les yeux. Mais le plus terrible était d'abandonner son lit chaud.

Comme chaque matin, il prit en considération l'idée de ne pas aller en classe. Et aujourd'hui, la perspective l'alléchait particulièrement puisque son père lui avait dit la veille que ce jour-là il irait travailler. Ça n'arrivait pas souvent, ces derniers temps.

Mais il ne pouvait pas. Il avait un contrôle d'histoire. Et si cette fois aussi il séchait les cours…

*Allez, lève-toi.*

Un coin de la chambre commençait à s'éclairer sous la lueur délavée qui arrivait du ciel gris et bas.

Cristiano s'étira et vérifia l'écorchure sur sa cuisse. Elle était rouge, mais la croûte était déjà en train de se former.

Il attrapa son pantalon, son pull en laine polaire et ses chaussettes et il les enfila sous les couvertures. En bâillant, il se leva, mit ses baskets et se traîna comme un zombie jusqu'à la porte.

La chambre de Cristiano était grande, aux murs pas encore passés à l'enduit. Dans un coin, il y avait deux chevalets avec une planche dessus, sur laquelle étaient empilés ses cahiers et ses livres de classe. Au-dessus de son lit, un poster de Valentino Rossi qui faisait de la publicité pour une bière. A côté de la porte, pointaient les tuyaux de cuivre coupés d'un radiateur qui n'avait jamais été installé.

Bouche grande ouverte, il traversa le couloir revêtu

d'un lino gris, il dépassa les restes de la porte de la salle de bains encore attachés aux gonds et entra.

La salle de bains était un trou d'un mètre sur deux avec du carrelage à fleurs bleues autour du receveur de la douche. Au-dessus du lavabo, était accroché un long éclat de miroir. Du plafond, pendait une ampoule nue.

Il enjamba les restes du vomi de son père et regarda dehors par la lucarne.

Il pleuvait et la pluie avait mangé toute la neige. Il était resté quelques rares inutiles taches blanches qui fondaient sur le gravier en face de la maison.

*Le bahut est ouvert.*

L'abattant de la cuvette manquait et il posa ses fesses sur la porcelaine glacée en serrant les dents. Un frisson remonta le long de son dos. Et dans un état de demi-sommeil, il fit caca.

Puis il se lava les dents. Cristiano n'avait pas une belle dentition. Le dentiste voulait lui mettre un appareil, mais heureusement, ils n'avaient pas un rond et son père avait dit que ses dents étaient très bien comme ça.

Il ne prit pas de douche, mais se vaporisa du déodorant. Il plongea ses doigts dans le gel et les passa dans ses cheveux pour les rendre si possible plus ébouriffés, mais en faisant attention que ses oreilles ne pointent pas.

Il retourna dans sa chambre, glissa les livres dans son sac à dos et il allait descendre quand il vit une faible lueur filtrer de dessous la porte de la chambre de son père.

Il abaissa la poignée.

Son père était entortillé dans un duvet en tissu de camouflage sur un matelas deux-places posé par terre.

Cristiano s'approcha.

Seul l'ovale du crâne rasé dépassait du sac de couchage. Sur le sol, des canettes de bière vides, des chaussettes et les rangers. Sur la table de chevet, d'autres canettes et le pistolet. Il y avait une puanteur de sueur rance et de fringues sales qui se confondait avec l'odeur d'une vieille moquette bleue râpée. Une lampe recouverte d'un tissu rouge colorait d'écarlate l'immense drapeau avec une croix gammée noire accroché au mur sans enduit. Les volets baissés, les rideaux à losanges blanc et marron retenus par des pinces à linge.

Son père ne venait là que pour dormir. D'habitude, il s'écroulait dans le fauteuil devant la télé et seuls le froid et les moustiques en été lui donnaient la force nécessaire de se traîner jusqu'à la chambre.

Quand Cristiano le voyait ouvrir les fenêtres et ranger tant bien que mal, il savait que le tondu s'était organisé une baise avec une gonzesse et qu'il ne voulait pas l'asphyxier avec ses chaussettes pourries et ses mégots.

Cristiano donna un coup de pied dans le matelas. « Papa ! papa, réveille-toi ! Il est tard. »

Rien.

Il éleva la voix : « Papa, tu dois aller travailler ! »

Il avait dû écluser une citerne de bière.

*Qu'est-ce que j'en ai à foutre ?!* se dit-il et il allait partir quand il entendit un gémissement dont on ne savait s'il venait d'outre-tombe ou du paquet. « Non, aujourd'hui... aujourd'hui... je vais... je dois... Danilo... Quattro...

— OK. A plus tard alors. Je file sinon je vais rater le bus. – Cristiano se dirigea vers la porte.

— Attends une seconde...

— Il est tard, p'pa, s'énerva Cristiano.

— Passe-moi mes clopes. »

Le gamin se mit à soupirer en cherchant dans la chambre le paquet.

« Elles sont dans mon pantalon. – Le visage de son père émergea du sac de couchage en bâillant. La marque de la fermeture éclair sur la joue. – Bon Dieu, quelle saloperie le poulet d'hier soir… Ce soir, c'est moi qui cuisine… Je fais des lasagnes, hein, qu'est-ce t'en dis ? »

Cristiano lança le paquet à son père, qui l'attrapa au vol. « Bon, allez, je me grouille… Je vais rater mon bus, je te l'ai déjà dit.

— Attends une minute ! Mais qu'est-ce qui te prend aujourd'hui ? – Rino alluma une cigarette. Pendant un instant, son visage fut enveloppé d'un nuage blanc. – Cette nuit, j'ai rêvé qu'on mangeait des lasagnes. Je me souviens plus où, mais elles étaient bonnes. Tu sais quoi ? Aujourd'hui je vais en préparer. »

*Mais pourquoi il raconte ces conneries ?* se demanda Cristiano. Il savait à peine faire cuire deux œufs sur le plat, et il crevait toujours le jaune.

« Je les ferai avec une tonne de béchamel. Et des saucisses. Si tu fais les courses, je te fais des lasagnes si bonnes que tu devras t'incliner et admettre que je suis ton Dieu.

— Ouais, c'est ça. Comme l'autre fois où t'as fait des pâtes aux palourdes et au sable.

— Tu sais quoi, le sable, ça va très bien avec. »

Cristiano, comme toujours, se perdit à l'observer.

Il trouvait que si son père était né en Amérique, il serait sûrement devenu un acteur. Pas un acteur à moitié pédé comme celui qui jouait James Bond. Non, un genre Bruce Willis ou Mel Gibson. Un type qui allait au Viêtnam.

Il avait la tête d'un dur.

Il aimait la forme de son crâne et ses oreilles petites

et rondes, pas comme celles qu'il avait lui. Sa mâchoire carrée et l'ombre noire de la barbe, son petit nez, ses yeux glacier et les ridules qui se formaient autour quand il riait.

Et puis il aimait qu'il ne soit pas trop grand mais bien proportionné, comme un boxeur. Avec un tas de muscles bien dessinés. Et puis il aimait le fil de fer barbelé tatoué autour de son biceps. Il aimait moins le ventre gonflé et cette tête de lion sur son épaule qui ressemblait à un singe. Et la croix celtique qu'il avait sur le pectoral droit n'était pas mal non plus.

*Pourquoi je suis pas comme lui ?*

On n'aurait même pas dit qu'ils étaient père et fils, sinon par la couleur des yeux.

« Oh !… Tu m'écoutes ? »

Cristiano regarda sa montre. Il était super tard. Le premier bus était déjà passé. « Bon, allez ! Faut que j'y aille !

— D'accord, mais avant, tu dois faire une bise au seul être que tu as jamais aimé. »

Cristiano rit et fit non de la tête. « Non, t'es dégoûtant, tu refoules comme un égout.

— Et c'est toi qui dis ça ! La dernière fois que t'as pris une douche, t'étais à l'école élémentaire. – Rino secoua la cendre dans une canette en souriant. – Viens là tout de suite et embrasse ton Dieu. N'oublie pas que, sans moi, toi t'existerais pas, si j'avais pas été là ta mère aurait avorté, donc embrasse ce mâle latin. »

Cristiano soupira. « Fais pas chier ! » et, en vitesse, il posa à peine les lèvres sur la joue rêche de son père. Il allait s'éloigner quand Rino l'attrapa par un poignet et de l'autre main il s'essuya la joue, dégoûté. « Quelle horreur ! J'ai un fils pédé !

— Va te faire foutre ! – Cristiano en riant se mit à lui flanquer des coups de sac à dos.

— Oui… Encore… Encore… J'aime ça… haletait Rino comme un idiot.

— Qu'est-ce que t'es con… » et il assénait des coups de sac sur la caboche tondue.

Rino se mit à se masser la nuque puis se fit soudain menaçant. « Mais qu'est-ce que tu fous, putain ? Pas sur la tête ! T'es débile ou quoi ? Tu m'as fait mal ! Tu le sais que j'ai mal au crâne. »

Cristiano, inquiet, balbutia un « Excuse-moi… Je voulais pas… »

Rino, en un brusque sursaut, attrapa le pistolet sur la table de chevet et attira vers lui Cristiano qui atterrit allongé de tout son long sur le lit, et il lui pointa le canon sur le front.

« Tu vois que chaque fois, tu te fais avoir ? Tu dois toujours être sur tes gardes. Là, tu serais mort », lui susurra-t-il dans l'oreille comme si quelqu'un pouvait l'entendre.

Cristiano essaya de se relever, mais son père, d'un bras, le maintenait allongé. « Lâche-moi ! Lâche-moi ! T'es con… protestait-il.

— Je te lâche que si tu me fais un bisou », fit Rino en lui tendant la joue.

Cristiano, agacé, lui fit encore une bise et Rino hurla, dégoûté : « Mais alors c'est vrai de vrai que j'ai un fils pédé ? » et il se mit à le chatouiller.

Cristiano hennissait et essayait de se libérer et il bredouillait : « S'te plaît… S'te plaît… S'te plaît…. Arrête… »

A la fin, il réussit à lui échapper. Il s'éloigna du lit en rajustant son T-shirt dans son pantalon, prit son sac à dos et tandis qu'il descendait les escaliers, Rino lui hurla : « Oh ! t'as été super cette nuit. »

# 13.

Danilo Aprea, quarante-cinq ans, était assis à une table du bar Boomerang et il finissait sa troisième petite grappa de la matinée.

Lui aussi était grand, mais à la différence de Quattro Formaggi, il était grand et gros et il avait un bide gonflé comme celui d'une vache noyée. On ne pouvait pas dire qu'il était gras, il était bien ferme et il avait la peau blanche comme du marbre. Tout le reste en lui était carré : les doigts, les chevilles, les pieds, le cou. Il avait un crâne cubique, un mur à la place du front et deux yeux noisette enchâssés de chaque côté d'un nez large. Une mince bande de barbe encadrait ses joues parfaitement rasées. Il portait des Ray-Ban de vue avec une monture dorée et il se teignait les cheveux, coupés en brosse, rouge acajou.

Lui aussi comme Quattro Formaggi avait une tenue hivernale, mais à l'inverse de son ami, la sienne était propre et repassée. Une chemise de flanelle à carreaux. Un gilet de chasseur avec mille petites poches. Un jean à pinces. Des baskets. Et, attaché à la ceinture, un étui avec un petit couteau suisse et son portable.

Il économisait sur tout mais pas sur son apparence. Il se taillait la barbe et se faisait faire une teinture tous les quinze jours chez le barbier.

Il attendait Quattro Formaggi qui, pour changer, était en retard. A vrai dire, il s'en fichait un peu. Dans le bar il faisait bien chaud et la position était stratégique. Sa table, devant la baie vitrée, donnait sur la rue. Danilo tenait entre ses mains *La Gazzetta dello Sport* et de temps en temps il jetait un coup d'œil dehors.

Juste en face, il y avait le Crédit Italien de l'Agriculture. Il voyait les gens qui entraient et sortaient sous les détecteurs de métaux et le vigile planté devant l'entrée qui parlait dans son portable.

Ce vigile lui courait sacrément sur le haricot. Avec son gilet pare-balles, sa casquette à écusson, son pistolet brillant, ses lunettes de soleil, ses grosses mâchoires et son chewing-gum, pour qui il se prenait, ce con ? Pour Tom Cruise ?

En réalité, ce qui intéressait vraiment Danilo Aprea, ce n'était pas le vigile mais ce qu'il y avait derrière : le distributeur automatique de billets.

Tel était son objectif. C'était le plus utilisé dans le village, vu que c'était la banque ayant le plus de clients de tout Varrano, et par conséquent il devait être bourré de fric.

Il y avait deux caméras placées au-dessus du guichet. Une à droite et une à gauche, de façon à couvrir toute la zone autour. Et sûrement, dans la banque, elles étaient reliées à une batterie de magnétoscopes. Mais ce n'était pas un problème.

A dire vrai, il n'était absolument pas nécessaire que Danilo soit là à observer le mouvement devant la banque. Le plan était étudié dans les moindres détails. Mais regarder ce distributeur automatique de billets le faisait se sentir mieux.

L'histoire du coup au Crédit Italien de l'Agriculture était née environ six mois plus tôt.

Danilo était chez le barbier et en parcourant les faits divers, il avait lu que dans un village près de Cagliari, une bande de malfaiteurs avec un 4 × 4 avait défoncé le mur d'une banque et avait emporté le distributeur automatique.

Tandis qu'il se faisait appliquer sa teinture, la nouvelle commença à lui trotter dans la tête : c'était peut-être le tournant de sa vie.

Il s'agissait d'un plan simple.

« Et la simplicité est la base de toute chose bien faite », lui disait toujours son père.

Et puis, c'était facile à réaliser. La nuit, Varrano était tellement mort que, si vous agissiez vite, qui pouvait vous voir ? Et qui irait imaginer que Danilo Aprea, un homme si respectable, voudrait voler une banque ?

Avec le butin, il réaliserait le rêve de Teresa. Ouvrir une boutique de lingerie. Danilo était sûr que s'il lui offrait une boutique, sa femme reviendrait à la maison et alors il trouverait la force d'aller chez les Alcooliques Anonymes pour se guérir de ce vice.

## 14.

Après le départ de Cristiano, Rino Zena s'était écroulé et s'était rendormi, et à son réveil, le sifflement dans les oreilles, comme par enchantement, avait disparu en même temps que le cercle autour de la tête. En revanche, il avait très faim.

Il se tenait sur le lit et s'imaginait un plat de saucisses rissolées et un bon morceau de pain.

Il avait la trique et des couilles gonflées comme des œufs durs.

*Depuis combien de temps j'ai pas baisé ?*

Deux semaines au moins s'étaient écoulées. Mais quand il avait mal au crâne, le cul était le cadet de ses soucis.

*Ce soir je fais une expédition punitive*, se dit-il en se levant du matelas et en allant aux chiottes nu, la queue raide comme le mât de beaupré d'un voilier.

Rino Zena dans la vie avait tout un tas de difficultés, sauf celle de trouver qui baiser et avec qui s'engueuler.

Et puis dernièrement, il avait déniché deux ou

trois bars où se réunissaient des skinheads, des punks et tous les paumés des environs. Une poignée de fils à papa qui jouaient aux durs en roulant en Harley-Davidson à 30 000 euros. Rino les méprisait mais leurs meufs se jetaient sur lui pire que des mouches sur un étron de chien.

Elles suivaient toutes le même parcours : la plupart étaient des anorexiques au crâne rasé qui se faisaient tatouer des croix gammées et des croix celtiques sur les fesses et jouaient un moment aux « bad girls » en baisant à droite et à gauche. Elles se défonçaient avec de la merde coupée et puis elles étaient envoyées dans des cliniques américaines pour se ressaisir, elles faisaient effacer au laser leurs tatouages, se mariaient avec un patron d'usine et se baladaient en minijupe et veste de tailleur à bord d'une Mercedes.

Mais Rino profitait de la phase de transition et de leur désinvolte désir de bite et d'expériences fortes. Il les marquait puis les chassait à coups de pied le lendemain matin, la chatte en feu et quelques bleus en plus. Et la majeure partie de ces putes revenaient à la charge, pas rassasiées.

*Les truies !*

Il se jeta sous la douche glacée, se rasa le crâne puis enfila un tricot de peau défraîchi, un pantalon et ses rangers.

Il descendit dans une pièce d'une trentaine de mètres carrés qui donnait sur la porte d'entrée et sur un couloir par lequel on accédait à la cuisine, à un cabinet de toilette et un débarras.

Au sol, un linoléum rougeâtre se soulevait contre les murs en briques rouges et en béton. D'un côté, il y avait une table recouverte d'une toile cirée à carreaux verts et blancs et deux bancs. De l'autre, le coin télé. Deux cagettes en plastique bleu avec dessus un vieux téléviseur couleur Saba. Pour changer de chaîne sans se lever, les Zena utilisaient un manche à balai qu'ils abattaient sur les gros boutons des chaînes. Face à la télé, un canapé-lit à la housse crasseuse et trois chaises longues blanches faites de fils en plastique. Il y avait aussi un banc de musculation en fer orangé avec un balancier chargé de carrelage. Pour finir, dans un angle, à côté d'un gros carton rempli de journaux et d'un tas de bois, un poêle en fonte. Un ventilateur sur pied était utilisé en hiver pour diffuser la chaleur du poêle et en été pour remuer l'air étouffant.

Bientôt Danilo et Quattro Formaggi arriveraient.

*Je peux me faire un peu les biceps*, se dit Rino. Mais il y renonça. Il avait l'estomac barbouillé et il bandait encore.

Il alluma la télé et commença à se branler en regardant une poufiasse blonde avec un pendentif large comme un médaillon de dinde autour du cou qui assistait un gros lard préparant des filets de rougets sauvages dans une nage de framboises, châtaignes et sauge.

La queue dans la main, Rino fit un geste de dégoût. Cette daube qu'ils étaient en train de cuisiner l'avait fait débander.


### 15.


Danilo Aprea regarda la vieille Casio digitale qu'il avait au poignet.

Huit heures moins le quart, et toujours pas de Quattro Formaggi.

Il sortit la petite bourse où il rangeait sa monnaie. Il lui restait trois euros et… Il approcha les pièces de ses yeux. Vingt… quarante centimes.

Quatre ans étaient passés depuis qu'ils avaient

changé de monnaie et il n'y comprenait toujours rien. Mais qu'est-ce qu'elles avaient qui n'allait pas, les lires ?

Il se leva et commanda une autre grappa.

*Bon, mais celle-là c'est la dernière…*

A ce moment-là, une maman entra dans le bar avec une petiote emmitouflée dans une doudoune blanche, qui lui serrait la main.

« *Elle a quel âge ?* se retint-il de demander à la femme.

— *Trois ans* », lui aurait-elle répondu. Il aurait pu parier qu'elle avait trois ans, quatre au maximum.

*Comme…*

*(Arrête)* lui reprocha la voix de Teresa.

*Ce serait super si cet après-midi Teresa me faisait une surprise.*

Teresa Carucci, une femme insipide comme une soupe au bouillon cube végétal (c'est ce que Rino lui avait dit un jour) et que Danilo Aprea avait demandée en mariage un soir de 1996, l'avait quitté depuis quatre ans et s'était mise à la colle avec un revendeur de pneus chez qui elle était allée travailler comme secrétaire.

Malgré tout, Teresa continuait à voir Danilo. En cachette du revendeur, elle lui apportait des plats de lasagnes au four, de ragoût, de lapin chasseur à mettre au congélateur. Elle arrivait toujours hors d'haleine, faisait un peu de ménage, repassait ses chemises et lui, il commençait à l'implorer de rester et à lui faire des reproches. Elle s'en débarrassait en disant qu'on ne peut pas vivre avec un alcoolique. Et les premiers temps, elle s'attendrissait quelquefois, alors elle soulevait sa jupe et le laissait la baiser.

Danilo observa la gamine qui, toute contente, mangeait une brioche plus grande qu'elle. La bouche barbouillée de sucre glace.

Il prit le verre sur le comptoir et retourna s'asseoir à sa table.

Il avala la grappa en une gorgée. L'alcool lui réchauffa l'œsophage et sa tête se fit plus légère.

*Mieux. Beaucoup mieux.*

Jusqu'à il y a cinq ans, Danilo Aprea pouvait boire tout au plus un doigt de muscat. « L'alcool et moi on n'est pas d'accord », disait-il à qui lui offrait un verre.

Cela jusqu'au 9 juillet 2001, quand l'alcool et Danilo Aprea décidèrent que le moment était venu de faire la paix et de devenir amis.

Le 9 juillet 2001, Danilo Aprea était une autre personne avec une autre vie. En ce temps-là, il travaillait comme veilleur de nuit dans une entreprise de transports, il avait une femme qu'il aimait et Laura, une fillette de trois ans.

Le 9 juillet 2001 Laura Aprea était morte, un bouchon de shampoing bloqué dans la trachée.

Un an après, Teresa l'avait quitté.


### 16.

Cristiano arriva à l'arrêt en courant, mais le bus venait de passer. Tout comme la première heure de cours.

Si seulement il avait eu un an de plus… Avec une moto de cross, en dix minutes au grand max il était au bahut. Et puis il irait dans les champs et sur les chemins de terre. Dès qu'il finirait l'école, l'an prochain, il commencerait à travailler et en six mois, il aurait les sous.

Le prochain bus passait dans une demi-heure.

*Et maintenant, je fais quoi ?* se demanda-t-il en balançant un coup de pied à un monticule de neige

lui) l'avait laissé juste en face, de l'autre côté de la nationale.

Il avait fait une surprise à Peppina, il était allé jusqu'au cercle sportif et derrière la clôture des cours de tennis, dans un canal d'écoulement infesté de mauvaises herbes et d'orties, il avait fait une razzia de balles. Il allait traverser la route, quand, de l'arrière de la maison, Peppina déboula en courant comme une folle. Elle était drôle quand elle courait parce qu'elle ressemblait à un train poilu. Comment diable elle avait fait pour l'entendre arriver ? D'habitude, le petit portail en bois était fermé, mais ce jour-là il était juste poussé.

Cristiano avait compris que cette idiote voulait traverser la route pour le rejoindre.

Il avait regardé à droite et à gauche et il n'y avait que des camions. En une fraction de seconde, il avait pressenti que s'il lui avait hurlé de ne pas bouger, la petite chienne aurait pris ça pour un appel et se serait jetée sur la route.

Il ne savait pas quoi faire. Il voulait traverser et l'arrêter, mais il y avait trop de circulation.

Peppina avait glissé son museau entre le portail et le chambranle et elle essayait de l'ouvrir.

Il devait l'arrêter. Mais comment ?

Voilà, il devait lancer une balle. Loin. Vers l'arrière de la maison. Mais pas trop en l'air, sinon la chienne ne la verrait pas et tout serait inutile.

Il avait pris dans sa poche de pantalon une balle de tennis, la lui avait montrée, avait visé et l'avait envoyée, et tandis qu'il la lâchait il avait eu la certitude qu'il avait fait un mauvais lancer. Pendant un instant, il avait serré l'air comme pour la ramener en arrière, mais la balle avait volé tout droit et trop tendue et trop basse et elle avait heurté le museau d'un poids lourd qui arrivait en sens contraire. La sphère jaune avait giclé en hauteur et elle était retombée au centre de la route en se mettant à rebondir, comme prise de folie. Peppina, qui avait réussi à se faufiler, avait vu devant elle la balle et elle avait couru pour l'attraper. Elle avait évité par miracle un premier camion, mais pas le second, il lui avait roulé dessus avec ses roues et celles de sa remorque.

Le tout avait duré quelques secondes et, de Peppina, il n'était resté qu'un tas de chairs et de poils écrabouillés sur l'asphalte.

Cristiano, paralysé de l'autre côté de la route, aurait voulu faire quelque chose, la ramasser du sol, mais devant lui coulait un fleuve de tôles.

Pendant le reste de la journée, il était resté accoudé à la fenêtre à pleurer et regarder le cadavre de Peppina se transformer en un petit tapis. Son père et lui avaient dû attendre jusqu'au soir, quand la circulation avait ralenti, pour enlever ses restes sur la route. Il n'y avait presque plus rien, juste une étole de poils marron que son père avait jetée dans la poubelle en disant à Cristiano qu'il devait arrêter de pleurnicher parce qu'un chien qui vit pour une balle ne mérite pas d'exister.

Donc, se dit Cristiano, le corniaud de Castardin était le second chien qu'il tuait dans sa vie.

## 17.

Après avoir fermé les trois serrures de son appartement, Quattro Formaggi monta les marches qui conduisaient au corso Vittorio. Il faisait froid et son haleine se condensait en vapeur blanche. Une couverture grise et compacte de nuages cachait le ciel, et il pleuviotait.

Quattro Formaggi salua de la main Franco, un

vendeur du Mondadori Mediastore qui occupait tout l'immeuble.

L'édifice avait une position centrale entre les magasins de vêtements et de chaussures, à deux pas de la piazza Bologna et de l'église San Biagio.

Le propriétaire précédent, le vieux notaire Bocchiola, était mort et avait légué l'édifice à ses enfants, à l'exclusion d'un entresol derrière les ascenseurs qu'il avait laissé à Corrado Rumitz, alias Quattro Formaggi, gardien fidèle et factotum du notaire pendant plus de dix ans.

Les héritiers, furibards, avaient tenté par tous les moyens de jeter dehors le clochard : en lui offrant de l'argent, d'autres lieux où s'installer, en faisant intervenir avocats, psychiatres, mais il n'y avait rien eu à faire. Quattro Formaggi ne cédait pas.

Pour finir, ils avaient réussi à vendre au rabais le reste de l'immeuble à Mondadori, qui avait divisé les trois étages selon la trinité canonique : musique, livres et vidéo. Et même les dirigeants de l'entreprise avaient, à plusieurs reprises, tenté d'acheter le sous-sol pour en faire un entrepôt. Mais ils avaient fait chou blanc eux aussi.

Quattro Formaggi enfila son casque intégral vert tendre, détacha la chaîne de son vieux Boxer vert et, d'un coup de pédale, démarra à la première tentative.

Le moteur explosa et le pot d'échappement cracha une fumée blanche qui s'étira comme un serpent le long de la route et se dispersa sous le store à bandes rouges et noires de la cafétéria *Rouge et Noir*.

Mme Citran et le colonel Ettore Manzini, assis à une table, se mirent à tousser, empoisonnés par la fumée fétide du mélange à trois pour cent. La vieille dame cracha un bout de roulé au chocolat blanc qui fut aussitôt nettoyé par Ottavio, le basset à poil rêche du colonel.

mais lui seul savait couper les câbles de l'allumage et voler une voiture sans problème.

« Je veux pas… J'ai pas envie… – avait-il réussi à balbutier. Il y avait un tas de choses à mettre au point avec ces deux-là. Un rapport d'amitié n'est valable que s'il y a parité. Lui, il se serait jeté au feu pour eux, mais eux n'étaient pas disposés à en faire autant. Et ils en profitaient parce qu'il était gentil et ne savait pas dire non. Mais tous ces beaux concepts que Quattro Formaggi avait bien clairs et nets à l'esprit, au moment de les exprimer s'entortillaient dans sa bouche comme un nid de serpents. Et donc, il avait conclu, rouge comme une écrevisse, en tordant la bouche et en se balançant des coups de poing sur la jambe – : Je veux pas. »

Mais pour convaincre Quattro Formaggi de faire les trucs les plus absurdes, il suffisait d'un petit stratagème. Lui faire la gueule et le traiter avec froideur.

Même pas trois jours plus tard, pour rentrer dans les bonnes grâces de ses amis, Quattro Formaggi avait accepté de voler le 4 × 4.

Une nuit sans lune, pendant un match de Ligue des Champions, Danilo et Rino l'avaient largué non loin de la villa du propriétaire de la Halle du Sport et lui avaient donné rendez-vous dans un terrain vague près du fleuve.

Et, incroyable, moins d'une heure après, deux puissants phares jaunes avaient illuminé le champ couvert de mauvaises herbes et Quattro Formaggi était descendu du 4 × 4 en sautant comme un fou, en dansant et en postillonnant : « Alors ?! Alors ?! Je suis pas un bon ? Hein que je suis bon ? Dites-le ! » Ils étaient montés tous les trois dans le Grand Cherokee pour fêter ça avec un magnum de grappa.

Quel pied ! Les sièges en cuir noir qui ressemblaient à un fauteuil de dentiste. L'accoudoir central l'intention de fréquenter après leur brevet. Cristiano avait tracé un X gros comme une maison sur l'hypothèse d'arrêter ses études. Et dans les trois lignes de motivation il avait écrit :

Parce que j'ai plus envie d'aller à l'école de toute façon ça sert à rien et que je veux travailler comme mon père.

Depuis ce jour, comme par magie, il était tout à coup devenu aussi invisible que Sue, la femme des Quatre Fantastiques. Désormais les enfoirés l'interrogeaient rarement et s'il n'allait pas à l'école, amen. Le X qu'il avait tracé sur cette feuille, eux ils le lui avaient tracé sur le front.

Le reste de la première heure et toute la deuxième, il les passa le menton appuyé sur la table à repenser à ces deux salopes de Ponticelli et Guerra. Il s'était fait avoir encore une fois. Il les détestait.

Il devait le leur faire payer. Par exemple en se fiançant avec Laura Re, une fille de 4e D qu'elles haïssaient parce qu'elle était encore plus belle qu'elles.

« Qu'est-ce que tu fabriques ? Tu le fais pas, le contrôle ? » Un chuchotement le fit retomber en classe.

C'était son voisin. Colizzi. Un pauvre mec que la prof de maths avait placé à côté de lui parce que Cristiano chahutait avec Minardi.

Colizzi, on aurait dit un vieux. Il bougeait comme un vieux. Il rangeait tout bien en ordre sur sa table. Et il écrivait avec un stylo-plume sans jamais faire de pâtés. Ce qu'il aimait le plus dans la vie, c'étaient les cartouches d'encre turquoise clair qu'il utilisait pour son Mont-Blanc. Une nullité pareille, ça valait même pas le coup de le cogner, parce que dès qu'on le

Ils étaient toujours sans le sou, et arrivaient à grand-peine à la fin du mois. Mais si Danilo et Quattro Formaggi ne devaient penser qu'à eux-mêmes, Rino devait aussi s'occuper de Cristiano.

Selon une récente enquête, Varrano et les villages alentour étaient l'une des zones d'Italie avec le plus haut revenu par personne. Grâce à une génération de petites et moyennes entreprises qui avaient su exploiter au mieux les ressources et le capital humain de la région, le chômage était quasi inexistant.

Nos héros étaient sans doute les seuls citoyens de Varrano ayant un revenu qui n'atteignait pas les six cents euros mensuels.

Mais ce matin, Rino était content. Enfin il y avait un peu de travail bien payé. EuroEdil avait remporté un gros appel d'offres pour la construction d'un nouveau concessionnaire BMW et elle cherchait des manœuvres.

Le Ducato franchit le large portail d'EuroEdil et entra sur une esplanade en terre, qui ce jour-là était un lac de boue, délimitée par une haute palissade. D'un côté de l'esplanade étaient garés les camions, les excavatrices et les décapeuses, de l'autre les voitures des ouvriers, des secrétaires et la Porsche Cayenne de Max Marchetta, le fils du propriétaire, qui l'année dernière avait pris la succession de son père à la tête de l'entreprise.

Au centre de l'esplanade, une construction préfabriquée abritait les bureaux et une salle de réunion. A côté, une baraque en tôle où les ouvriers se changeaient.

Rino se gara près d'une grosse pelleteuse jaune et ils descendirent tous les trois du fourgon. Il avait cessé de pleuvoir, mais en échange un vent froid et mordant s'était levé.

« On va bientôt devoir sortir avec l'excavatrice. Tu

peux le déplacer ? fit à Rino un Black avec un casque de travail sur la tête.

— Déplace-le toi-même ! – Rino lui lança les clés et l'autre, pris au dépourvu, n'arriva pas à les attraper au vol et il fut contraint de les sortir de la boue.

— C'est incroyable. Maintenant, ces types-là ils se mettent à commander. – Rino sourit à Danilo en se dirigeant vers les bureaux. – Moi je vais chez Marchetta. Vous qu'est-ce que vous faites ? »

Quattro Formaggi et Danilo s'arrêtèrent. « On t'attend ici… »

Rino essuya ses rangers sur le paillasson, ouvrit la porte et entra dans une petite pièce carrée. Au sol, du faux parquet. Sur un mur à côté de la porte fermée était accroché un panneau d'affichage, dans un angle deux fauteuils décrépits avec une table basse pleine de revues du bâtiment, en face un bureau couvert d'un nombre impressionnant de petits Pinocchio en bois.

Derrière un écran était assise Rita Pirro. La secrétaire était là depuis toujours, du moins dans les souvenirs de Rino. Quand elle était jeune, elle n'était pas moche, mais la vieillesse lui avait ôté ce peu de beauté.

Elle avait un âge indéfinissable. Cinquante ou soixante ans. Etre dans ce trou sans fenêtre à mourir de froid l'hiver et de chaud l'été l'avait desséchée comme un hareng fumé. Elle était grande et maigre, avec une couche compacte de fond de teint sur le visage et une paire de lunettes à monture rouge d'où pendait un cordon en petites perles. Derrière son dos, collées au mur, les photos de trois enfants qui jouaient sur une plage pleine de parasols. Ses enfants qui devaient à présent être mariés.

Selon Rino, pendant une période, Rita Pirro avait été la maîtresse du vieil Angelo Marchetta. « Une pipe de temps à autre. Un truc de ce genre. Rapide. Dans le bureau, pendant l'heure du déjeuner pour pas perdre de temps. »

« Ciao Zena », dit la femme en levant son regard de l'écran et en l'observant avant de recommencer à taper sur son clavier.

Pendant un instant, l'image de Rita Pirro en train de sucer ce gros plein de soupe d'Angelo Marchetta traversa l'esprit de Rino et il eut envie de sourire.

« Salut, beauté. Comment ça va ? »

La secrétaire ne tourna même pas la tête. « On n'a pas à se plaindre. »

Quelle femme étrange, elle l'avait toujours traité comme s'il valait moins qu'une crotte de chien. Comme si elle était la duchesse d'York qui avait atterri dans ce taudis par une erreur du destin. Mais elle s'était jamais regardée ? Elle s'était jamais demandé ce qu'il lui restait dans la vie à part une collection de Pinocchio, des enfants qui l'ignoraient, un mari mort à l'usine et ce trou sans fenêtres ?

Rino s'approcha du bureau. « Il est là, Marchetta ?

— Tu as un rendez-vous ? demanda la secrétaire en continuant à regarder son écran.

— Un rendez-vous ? Et depuis quand ici il faut un rendez-vous pour parler à Marchetta ?

— Nouvelles directives. – Rita Pirro fit un mouvement de la tête en indiquant la porte de Marchetta. – Si tu veux, je t'en fixe un. »

Rino posa les mains sur le bureau et plaisanta : « On est chez le dentiste ? Il me fait aussi un détartrage ? »

La secrétaire étira la bouche en une sorte de sourire. « Très drôle. Vendredi prochain, ça te va ? »

Rino resta interdit. « Vendredi ? C'est dans une semaine.

— Exact.

— Dans une semaine, ils auront déjà organisé l'équipe pour le concessionnaire BMW.

— Elle est déjà au complet.

— Comment, elle est déjà au complet ? Vous avez gagné l'appel d'offres avant-hier ! »

Elle leva enfin les yeux et fixa Rino. « Tu crois qu'on s'amuse, ici ? L'équipe a été composée le jour même. Les travaux commencent lundi.

— Et pourquoi vous m'avez pas appelé ? Vous avez pas appelé non plus Danilo et Quattro Formaggi.

— Tu sais très bien que je ne m'occupe pas de ces choses-là.

— Elle est où, la liste de l'équipe ?

— A l'endroit habituel. Au panneau d'affichage. »

Rino s'approcha de la vitrine et lut une feuille sur laquelle étaient écrits vingt noms. Tous des Africains ou des gens de l'Est et seulement un ou deux contremaîtres italiens.

Il appuya une main contre le mur et ferma les yeux. « Tu pouvais pas m'appeler ? Me le dire ? On se connaît depuis vingt ans...

— Et toi, t'as déjà fait quelque chose pour moi ? » Et elle remit en ordre ses petits Pinocchio.

Il sentit la rage se propager dans tout son corps comme une toxine.

*Reste calme.*

Voilà, oui, il devait rester calme. Cool. Serein. Mais comment on fait pour rester serein quand on vous enfile, avec la régularité d'une pendule, un concombre dans le cul ?

Pour rester calme, il devait expulser un peu de merde. Il devait casser quelque chose. Foutre le feu à cette baraque à la con. Prendre un de ces Pinocchio et...

Les veines bleuâtres de ses avant-bras s'étaient gonflées sous la peau comme des bucatini et il commençait à avoir des fourmillements au bout des doigts comme s'il avait de l'urticaire. Il serra les poings en plantant ses ongles dans les paumes et il inspira et expira pour rejeter un peu de rage.

Mais il savait que cela ne suffirait pas.

Quand il rouvrit les yeux, il s'aperçut que sous la liste, il y avait la signature de Massimiliano Marchetta.

Il sourit.

## 23.

Max Marchetta était assis à son bureau et il parlait au téléphone, discutant avec le centre d'appels Vodafone.

Il avait quelques difficultés à exprimer son désappointement en raison des bandes blanchissantes AZ Whitestrips qu'il avait appliquées sur ses dents et qu'il fallait garder au moins vingt minutes. « Ze comprends vraibent bas… Z'ai inzéré le code, bais ch'est une autre chonnerie que z'ai eue. Horrible… »

C'était un gros poupon dans la trentaine, brun, avec deux petits yeux turquoise. Sous son nez en forme de fraise, il s'était laissé pousser une moustache à la d'Artagnan, et une mouche sous ses lèvres charnues. Ses cheveux noirs étaient tirés en arrière avec du gel et ils reflétaient les néons du plafond. Il avait les mains fraîchement manucurées.

Il y tenait, à son style, Max Marchetta.

« Un entrepreneur doit toujours être élégant, parce que élégance est synonyme de sécurité et de confiance. »

Il ne se rappelait pas si c'était quelqu'un d'important qui avait dit cette phrase ou si c'était le slogan d'une publicité. Peu importait. C'était de toute façon parole d'évangile.

En général, il portait des costumes en flanelle rayée toujours avec gilet, faits sur mesure. Ce jour-là pourtant, il avait un costume croisé bleu et une chemise à rayures blanches et bleues avec un col haut à trois boutons fermé par une cravate sombre au nœud gros comme un poing.

La voix de l'opérateur, au fort accent sarde, lui demanda quelle sonnerie il voulait télécharger.

« *Toxic*. De Britney Zbeare. Celle qui fait... », et malhabilement il bredouilla le refrain.

L'opérateur l'interrompit. « Non, je veux dire : quel code ? »

Max Marchetta attrapa la revue et vérifia : « Quatle tlois quatle un chiche. »

Il y eut un instant de silence et puis : « Le 43416 correspond à l'*Era del cinghiale bianco* de Battiato Franco.

— Bais ch'est guoi ches gonneries ? Echbliguez-boi bourguoi dans chette levue il est égrit gue *Toxic* est le quatle tlois quatle un chiche ? Echbliguez-le-boi !

— Je ne sais pas... Peut-être que les gens de la revue ont fait une erreur...

— Ah oui ! Ils ont fait une erreur ? Et gui ch'est gui va be lemboulcher bes tlois eulos ? Vodafone ? »

En parlant, il crachouillait des petits jets de bave.

L'opérateur fut pris à contre-pied. « Je ne crois pas que ce soit de la faute de Vodafone si le journal s'est trompé en publiant le code.

— Ch'est 'achile de rejeter la 'aute toujours chur les autles ! En Italie ch'est le chport nazional, hein ? Vous gu'est-che gue cha beut vous 'aire chi vos glients perdent leurs chous ? Et buis vous, vous avez un ton tlès allogant. – Max prit son stylo et l'appuya sur son agenda. – Gobbent vous… »

Il aurait voulu noter le nom de l'opérateur et le faire se chier dessus, mais il se retrouva en l'air, survola son bureau et s'affala contre un mur couvert de photographies encadrées. Une seconde après, il reçut sur le crâne le cadre de son diplôme de licence en Economie et Commerce.

Max pensa que le réservoir de méthane avait explosé et que l'onde de choc l'avait projeté hors de son fauteuil, mais ensuite il vit deux rangers tâchées de peinture et au même instant il fut soulevé par le revers de sa veste par deux bras rustres et pleins d'horribles tatouages qui le collèrent au mur comme un poster.

Il expulsa tout l'air qu'il avait dans le corps et, le diaphragme contracté, essaya d'inspirer sans y parvenir, émettant un cri qui ressemblait au gargouillis d'un lavabo bouché.

« T'es à court d'air ? Une sensation horrible, hein ? C'est plus ou moins la sensation qu'on éprouve quand arrive la fin du mois et qu'on se tape la tête contre les murs pour payer les factures. »

Max n'arrivait pas à entendre la voix. Dans ses oreilles vrombissait un réacteur et il ne voyait que des raies lumineuses se croiser devant ses pupilles. Comme quand il était petit garçon et qu'il y avait le feu d'artifice au 15 août. Il avait la bouche grande ouverte et de ses dents du haut pendait la bande blanchissante.

*Si je ne respire pas, je meurs.* C'était l'unique pensée que son cerveau parvenait à élaborer.

« Du calme. Plus tu t'agites et moins tu respires. N'aie pas peur, tu vas pas mourir », lui conseillait maintenant la voix.

Enfin la contraction de son diaphragme se relâcha,

la cage thoracique de Max se détendit et un courant d'air descendit dans sa trachée et ses poumons.

Il se mit à braire comme un âne en chaleur et recommença lentement à respirer. Et tandis que sa face pivoine reprenait une couleur naturelle, il s'aperçut qu'à environ vingt centimètres de son nez, il y avait le visage souriant d'un skinhead.

Puis il le reconnut. Son sphincter anal se contracta au diamètre d'un petit macaroni.

C'était Zena.

Rino Zena.


24.


Rino Zena observait le visage bouleversé par la peur de ce pédé de Max Marchetta. Les moustaches s'étaient affaissées et ressemblaient à deux queues de rat, la mèche luisante et huileuse retombait sur son front comme un auvent.

Rino n'arrivait pas à comprendre ce qu'était ce bout de Cellophane qui lui pendait des dents.

Il continuait à le tenir collé au mur avec le bras gauche.

« Je t'en prie… Je t'en prie… Je t'ai rien fait… pleurnichait Marchetta désespéré en agitant les bras comme un danseur de disco.

— C'est moi qui vais te faire quelque chose. » Rino souleva le bras droit et ferma son poing. Il visa le nez, savourant le plaisir de sentir le cartilage de la cloison nasale se briser sous ses phalanges. Mais le poing resta en l'air.

Juste à côté de ce visage déformé par la terreur était accrochée une photo. Elle avait été prise en rase campagne, un jour de grand vent. Les roseaux panachés étaient tous couchés d'un côté. Le ciel était strié de nuages filamenteux. Au centre, il y avait le vieux Marchetta, qui alors n'était pas vieux. Petit, avec une face ronde. Emmitouflé dans un lourd manteau qui lui arrivait jusqu'aux pieds, d'une main il tenait sa casquette appuyée sur sa tête et de l'autre il serrait une canne de promenade. Autour de lui, il y avait cinq ouvriers, en bleus de travail. Dans un coin, un peu à l'écart, il y avait Rino, assis sur la roue d'un tracteur. Il était maigrichon, le visage émacié. A ses pieds, il y avait Ritz, le fox-terrier de Marchetta. De la terre pointait une grosse conduite qui continuait dans le champ. Tous regardaient l'objectif, très sérieux. Même le chien.

Continuant à tenir fermement Max Marchetta, Rino se saisit de la photographie et la décrocha.

Dans un angle était écrit « 1988 ». Presque vingt ans étaient passés.

*Que de temps.*

Puis Rino regarda de nouveau le jeune entrepreneur qui était immobile, les paupières plissées et les bras devant le visage qui susurrait : « Pitié. Pitié. Pitié. »

Voilà le nouveau propriétaire d'EuroEdil. Un type qui passait ses journées à se faire épiler la poitrine à la cire et à se regarder dans le miroir au gymnase et qui dès que quelqu'un levait la main sur lui se mettait à implorer pitié.

Il l'attrapa par la nuque et le balança sur le fauteuil.


25.


Max Marchetta rouvrit lentement les yeux, avec l'expression d'un homard qui aurait été suspendu au-dessus d'une marmite d'eau bouillante et puis qui, par la volonté impénétrable du destin, aurait été remis dans son vivier.

Sur sa chaise, de l'autre côté du bureau, était assis Rino. Il avait allumé une cigarette et il le traversait du regard comme si en face de lui il avait eu un spectre. Dans la main, il serrait la photo. Une sensation désagréable, très désagréable naissait au fond de Marchetta. Ce jour-là, il s'en souviendrait longtemps, au cas où il aurait encore la possibilité de se souvenir.

Zena était devenu fou et il était dangereux. Combien de fois avait-il lu dans les faits divers des histoires d'ouvriers qui pétaient les plombs et assassinaient leurs patrons ? Quelques mois auparavant, près de Cuneo, les ouvriers avaient mis le feu à un jeune entrepreneur du secteur textile dans le parking de son usine.

Il lança un petit coup d'œil à la cigarette dans la bouche de Zena.

*Je ne veux pas mourir brûlé.*

« Regarde cette photographie. » Le psychopathe lui balança le cadre en plexiglas. Max l'attrapa. Il la regarda et puis resta immobile.

## 26.

Rino Zena s'appuya au dossier de la chaise, et fixa un coin du plafond. « Il y a dix-huit ans. Une éternité, putain. Moi, je suis le maigrichon sur la droite. Assis sur le tracteur. J'avais encore un tas de cheveux. Tu sais combien de temps on a mis pour le construire, cet aqueduc ? Trois semaines. C'était mon premier boulot. De ceux où tu arrives le matin à cinq heures et où tu rentres chez toi à la nuit. Le vingt-huit du mois, la paye. C'était ton père qui la remettait à chaque ouvrier et chaque fois, il sortait toujours la même vanne : "Ce mois-ci je vous paye, le prochain, je ne sais pas." En y repensant, c'était pas une vanne très drôle. Mais tu pouvais mettre ta main au feu que cette vanne, il nous la sortait. Comme tu pouvais mettre ta main au feu que le fric, le vingt-huit du mois, il t'arrivait, même si ce jour-là la Troisième Guerre mondiale avait éclaté. Tu vois cet ouvrier, le plus petit ? Il s'appelait Enrico Sartoretti, il est mort il y a une dizaine d'années. Un cancer du poumon. En deux mois, paix à son âme. C'est lui qui m'avait amené chez ton père. En ce temps-là, ici, il y avait juste la baraque où il y a aujourd'hui les vestiaires. Et ton père, il travaillait dans une sorte de grosse cage en verre. Mais tu devrais t'en souvenir, toi. Je t'y ai vu quelquefois. T'arrivais dans un coupé spider rouge. Toi et moi on a à peu près le même âge. Pour te la faire courte, ton père m'a pris à l'essai le jour même où on commençait à construire la conduite qui aspirait l'eau du fleuve pour l'amener à la centrale électrique. Vingt jours pour la finir. Et on était six. De toute ma vie, je me souviens pas de m'être cassé le cul comme pendant ces trois semaines. Le dernier jour on a bossé jusqu'à quatre heures du mat'. Eh ben, putain, on y est arrivés. »

*Putain, mais qu'est-ce qui me prend ?* se demanda Rino. Pourquoi il racontait tout ça à cette ordure ? Et pourtant, il sentait que ça lui faisait du bien. Il saisit une vieille brique recouverte d'une plaque en cuivre qui faisait office de presse-papiers, la tournant et retournant entre ses mains.

« Ton père, il y tenait à ses ouvriers. Je veux pas dire que c'était un père pour nous ou des conneries de ce genre. Si on faisait pas bien notre boulot, il nous virait. Pas de bla-bla. Mais si tu te plaignais pas et que tu bossais dur, il te respectait. S'il y avait du travail, tu pouvais parier qu'il t'appelait.

« Un Noël, il est arrivé avec des panettoni et du mousseux et il en donné un à chacun des ouvriers et à moi, rien. Je l'ai eu mauvaise. Et puis je me suis dit que j'avais dû faire une boulette et qu'il m'en voulait. Ce boulot, c'était important, s'il me foutait dehors, j'étais dans la merde. Il m'a appelé dans son bureau et m'a dit : "Tu as vu ? Pas de panettone pour toi." Je lui ai demandé si j'avais fait quelque chose de mal, et il m'a regardé et m'a dit que j'avais fait la connerie de mettre au monde un enfant sans avoir les moyens de lui faire vivre une vie comme il faut. Moi, je lui ai répondu que c'étaient pas ses affaires. Il commençait à me courir sur le haricot. Pour qui il se prenait pour juger ma vie ?

« Mais lui il s'est mis à rire. "Tu penses l'élever dans une baraque qui tombe en ruine ? La première chose, c'est la maison, tout le reste vient après." Et il m'a dit de regarder par la fenêtre. Eh ben, dehors, il y avait un camion chargé de briques. Je comprenais pas. "Tu les vois ces briques ?, il m'a demandé. Elles sont pour toi. C'est ce qui reste du dernier chantier. Si tu te débrouilles bien, tu peux même arriver à deux étages." Et avec ces briques, les week-ends, j'ai construit ma maison. – Rino continuait à retourner la brique entre ses mains. – Exactement comme celle-là. Je crois pas que ton père t'ait jamais raconté cette histoire ; c'est pas son genre. Et quand il a commencé à m'appeler de moins en moins, j'ai compris qu'EuroEdil allait mal. Maintenant, il y a plus d'entreprises de construction que de crottes de chien. La dernière fois que je l'ai vu, ça doit remonter à six mois, c'était dans le square à côté du corso Vittorio. Il était sur un banc. Sa tête ballottait et ses mains tremblaient. Il y avait un Philippin qui le traitait comme un enfant. Il m'a pas reconnu. J'ai dû lui répéter trois fois mon nom. Mais à la fin il a compris. Il a souri. Et tu sais ce qu'il m'a dit ? Il m'a dit de pas m'inquiéter, que maintenant t'étais là. Et qu'EuroEdil était entre de bonnes mains. T'as entendu ? Entre de bonnes mains. »

Rino abattit la brique sur le bureau en la brisant en deux et Max Marchetta se fit encore plus petit dans l'énorme fauteuil de cuir noir.

« T'es un veinard, mec. Si j'avais pas vu cette photo, à l'heure qu'il est tu serais dans une ambulance, crois-moi. Tu t'en es bien sorti, comme tu t'en sortiras toujours bien, parce que le monde est fait pour les gens comme toi. – Rino sourit. – Le monde, il est fait sur mesure pour les médiocres. Et toi t'es un bon. Tu prends des esclaves nègres et des bâtards de l'Est et tu les payes des clopinettes. Et ces types-là acceptent. La faim c'est une sale bête. Et les ouvriers qui se sont cassé le cul pour cette entreprise ? Dans le baba. On gaspille même pas un coup de fil. La vérité, c'est que t'as du respect ni pour ces fils de chien qui viennent nous ôter le pain de la bouche, ni pour nous ni même pour toi. Regarde-toi, t'es un clown… Un clown déguisé en patron. Moi, si je te brise pas les os, c'est par respect pour ton père. Pour finir, tu vois, c'est juste une question de respect. »

Rino se leva de sa chaise, ouvrit la porte et sortit du bureau.

## 27.

Max Marchetta eut besoin d'environ deux minutes pour se remettre de sa terreur. Il avait plus ou moins le comportement d'une sardine. Après une attaque, si elle réussit à survivre, la sardine recommence à nager avec le même élan qu'avant.

Max se releva, défroissa avec ses doigts son costume et s'arrangea les cheveux. Ses mains tremblaient encore et il sentait ses aisselles froides comme s'il y avait dessous deux glaçons.

Il prit une bonne inspiration et se demanda si la bande blanchissante qu'il avait avalée quand il avait atterri contre le mur pouvait lui faire mal à l'estomac. Il devait peut-être appeler son dentiste ? Ou un gastro-entérologue ?

Mais comment il avait fait, son père, pour travailler avec des types de ce genre, putain ? Ce nazi psychopathe, avec tous ces autres fainéants, avaient presque fait couler à pic EuroEdil.

Les nègres au contraire, ils avaient du respect. Et il remercia l'artériosclérose de son père qui lui avait permis de prendre la place qui lui revenait et de ramener le navire en des eaux plus sûres où colmater les voies d'eau et chasser les parasites qui l'infestaient.

Au moins, Zena ne se manifesterait jamais plus. Quelque chose lui suggérait de ne pas alerter ses avocats ni de porter plainte, mais de laisser tomber et de se tenir loin de lui.

En revanche, il y avait quelqu'un d'autre qui devait payer. Cette abrutie de secrétaire ne l'avait pas averti de l'arrivée de Zena et ne s'était même pas souciée d'appeler les forces de l'ordre.

Il souleva le combiné du téléphone, appuya sur une touche et dit d'une voix tremblante : « Madame Pirro, vous pouvez venir ici, s'il vous plaît ? » Il raccrocha et arrangea son nœud de cravate.

Depuis quelques semaines, il cherchait une bonne raison pour envoyer cette crétine se faire foutre. Eh ben, elle venait de la lui offrir elle-même sur un plateau d'argent.

# 28.

Les nazis sont nés en Allemagne au début de 1900. Et ils doivent tout à Adolf Hitler le fondateur.

Adolf Hitler était un peintre sans argent, mais il avait un grand rêve de gloire, faire devenir l'Allemagne la nation la plus forte du monde et puis conquérir toute l'Europe. Pour faire ça il devait chasser hors de l'Allemagne tous les juifs qui salissaient la race arienne. Les juifs étaient arrivés et maintenant ils possédaient les usines et ils étaient usuriers en obligeant les Allemands à travailler dans les usines d'acier. La race arienne était la plus forte du monde sauf que : ils avaient besoin d'un chef et Hitler savait qu'il fallait arriver au pouvoir et le prendre par la force et puis enfermer tous les juifs dans les camps de concentration parce que, ils polluaient la race supérieure. C'est lui qui a inventé la croix gammée, qui est le signe du soleil qui se lève et il a dit aux Allemands que s'ils croyaient en lui il se débarrasserait des politiques et puis il créerait une armée imbattable. Et il a fait tout ça parce qu'avec Napoléon, il a été le plus grand homme de l'histoire. Même si Hitler à la fin il s'est montré supérieur à Napoléon ;

aujourd'hui aussi il faudrait un nouveau Hitler qui chasserait d'Italie tous les nègres et les imigrés qui volent le travail et qui aiderait les vrais italiens à travailler. Les nègres et les imigrés ils sont en train de construire en Italie une mafia : pire que celle des juifs pendant la deuxième guerre mondiale. Le problème c'est qu'en Italie personne croit plus à la patrie.

La communauté européenne a tout faux chaque nation est différente et il faut pas permettre que les slaves puissent voler le travail et les femmes aux Italiens. Parce que les Italiens, ils ont toujours été les plus forts il suffit de penser un peu aux anciens romains et a Jules César qui avait conquéri le monde et apporté la civilisation chez les barbares qui d'ailleurs étaient aussi des allemands.

Les gens détestent le nazisme maintenant parce qu'ils veulent faire semblant que c'est juste d'être ouvert aux cultures différentes.

Ils sont bons pour le dire, mais en réalité ils y croient même pas eux. Les arabes ils sont pires que les juifs : il suffit de penser à ce qu'ils font aux femmes ils les traitent comme des esclaves et ils les font se promener sous une robe noire. Et il faut qu'ils s'égorge entre eux là où ils sont. A nous ils veulent nous détruire. Ils nous détestent. Parce que notre culture est supérieure. Nous on doit répondre. Les attaquer avec notre armée et les exterminer, comme les juifs.

Cristiano s'arrêta un instant. C'était comme s'il avait ouvert un robinet et les mots avaient jailli. Il n'avait pas parlé beaucoup de comment les nazis avaient pris le pouvoir parce qu'il avait oublié les dates. Le devoir était aussi un peu court, mais il restait qu'un quart d'heure avant de le rendre et il devait le recopier au propre.

### 29.

Tandis que Rino était en entretien avec Max Marchetta, Quattro Formaggi s'était débarrassé de Danilo et était allé au bureau du personnel.

De dehors, à travers la fenêtre, il avait jeté un coup d'œil à l'intérieur. Assise à son bureau, il y avait Liliana Lotti.

Pendant un instant, Quattro Formaggi resta dehors à la regarder en sachant qu'il n'était pas vu.

Elle était un peu grosse, mais elle était belle. Pas de prime abord. Il fallait être attentif et on découvrait que sa beauté était cachée sous la graisse. Elle la gardait couverte comme les sauterelles gardent couvertes leurs ailes colorées.

Et puis Liliana et lui avaient beaucoup de choses en commun. Ils n'étaient pas mariés. Ils vivaient seuls. Et ils aimaient la pizza (mais elle, elle mangeait toujours la Napoli). Elle avait un petit chien. Lui deux tortues.

Souvent il la voyait à San Biagio, à la messe de six heures. Quand ils s'échangeaient le signe de la paix, elle lui souriait. Et un jour, quelques jours avant Noël, il l'avait rencontrée sur le cours avec un tas de sacs à la main…

« Corrado ! » l'avait-elle appelé.

Personne ne l'appelait plus Corrado et donc Quattro Formaggi avait mis un peu de temps à comprendre que c'était à lui qu'elle s'adressait.

« Comment vas-tu ? »

Il avait ajusté ses lunettes et s'était donné un coup de poing sur la jambe. « Bien.

— J'ai pris les cadeaux habituels pour la famille… – Liliana avait ouvert les sacs pleins de paquets colorés. – Et toi, tu en fais, des cadeaux ? »

Quattro Formaggi avait haussé les épaules.

« Regarde ce que j'ai acheté… Mais ça c'est pour moi. – Du sachet, elle sortit la statuette d'un marchand de poissons à côté d'un étal plein de poulpes, de moules et de poissons argentés. – Cette année, j'ai remonté la crèche de la cave. Et j'ai pensé qu'il fallait aussi un nouveau personnage. »

Quattro Formaggi était resté là à le retourner entre ses doigts, abasourdi.

« Tu aimes ?

— Oui. Beaucoup. — Il aurait voulu lui dire que lui aussi il avait une crèche, mais si après elle avait voulu la voir ?, il ne pouvait pas la faire entrer à la maison.

— Ecoute, pourquoi tu ne le prends pas ? C'est mon cadeau de Noël. Je sais, comme ça, sans même te l'emballer... »

Quattro Formaggi avait senti son visage s'embraser. « Je peux pas...

— Je t'en prie, prends-le. Ça me ferait très plaisir. »

Et il avait fini par le prendre. Il l'avait mis près d'un lac. Il le considérait, avec les Barbapapa, comme la pièce la plus précieuse de toute sa crèche.

Si maintenant, par exemple, il était entré dans le bureau et l'avait saluée, il était certain que Liliana aurait été contente. Le problème, c'était qu'il n'arrivait pas du tout à lui parler. Les mots mouraient en lui dès qu'il l'approchait.

Quattro Formaggi se donna un coup de poing sur la jambe et une claque sur le cou, rassembla son courage et saisit la poignée de la porte, mais alors il la vit répondre au téléphone et s'affairer avec une grande enveloppe pleine de feuilles.

*Une autre fois.*

## 30.

Danilo Aprea, appuyé contre le fourgon, vit Rino sortir du préfabriqué, tête basse. A la façon dont il marchait, il comprit qu'il était furibard. Il avait découvert qu'ils avaient été écartés.

Danilo le savait depuis quelques jours, que le fils Marchetta ne voulait pas d'eux, mais il s'était bien gardé de le dire à Rino.

C'était Duccio qui le lui avait dit, un type qui avait fait partie de l'ancienne équipe et qui, comme eux, avait été jeté.

Mais ce travail pour EuroEdil était un sale coup. Il aurait duré un mois, si ce n'est plus. Et Rino, qui ne croyait pas vraiment au casse, avec de l'argent en poche aurait retiré ses billes, et si Rino se barrait, Quattro Formaggi le suivait.

C'était absurde de se briser l'échine quand il y avait un plan pratiquement parfait pour devenir riche.

Mais là Rino était trop en pétard, ce n'était pas le moment de lui parler du casse. Comme une cocotte-minute : il fallait d'abord la vider de sa vapeur avant de l'ouvrir.

Dans sa besace, Danilo avait une bouteille de deux litres et demi de grappa. Le meilleur extincteur du monde contre les emmerdes et autres chieries.

« Bon. Allez. Montez. » Rino monta dans le Ducato et mit en marche.

Danilo et Quattro Formaggi obéirent en silence.

Le fourgon partit en soulevant des gerbes de boue et sans s'arrêter au stop s'élança sur la route.

« Qu'est-ce qui s'est passé ? » demanda timidement Quattro Formaggi.

Rino fixait la route et sa mâchoire vibrait. « On en a fini avec cet endroit de merde. – Et puis il continua : – J'aurais dû le tuer, et au lieu de ça... Pourquoi je l'ai pas liquidé ? Putain, qu'est-ce qui me prend en ce moment ?

— ... pour Cristiano ? » lui suggéra Quattro Formaggi.

Rino déglutit et serra le volant comme s'il voulait le briser, et ses yeux devinrent brillants comme s'il les avait approchés d'une flamme.

« Bravo. Je l'ai fait pour Cristiano. »

Danilo comprit que le moment était venu de sortir l'extincteur. Il ouvrit sa vieille besace et prit la bouteille transparente. « Surprise ! Petite surprise ! » Il dévissa le bouchon et agita la grappa sous le nez de Rino.

« Si vous étiez pas là tous les deux… – Rino fut submergé par quelque chose de trop grand qui l'empêcha de finir sa phrase. Il ouvrit grand la bouche et commença à avaler de l'air. – Fais péter. – Il prit une bonne gorgée. – Putain, quelle saloperie ! On dirait du white spirit. Où tu l'as achetée, chez Bricofer ? »

Puis ils continuèrent en silence. Personne ne demandait dans quelle direction ils allaient. Autour d'eux, outre les groupes d'arbres dénudés, défilaient les champs de terre noire où des rangées de pylônes à haute tension s'unissaient comme autant de petites tours Eiffel.

A un moment donné, Rino éclata de rire.

« Pourquoi tu ris ? lui demanda Quattro Formaggi.

— Ce couillon de Marchetta. Il avait sur les dents ces trucs qui servent à les blanchir. Ils en font la pub à la télé. Il en a avalé un… »

Ils se mirent à rire à s'en décrocher la mâchoire et à donner de grandes tapes sur le tableau de bord du fourgon.

L'alcool, enfin, faisait son effet.

Rino essuya ses larmes. « Mais on devait pas finir de monter ton tracteur ? »

Danilo sauta sur son siège. « Eh bien sûr ! Il ne manque que le pare-buffles. »

Rino alluma l'autoradio, fit un demi-tour en U et se dirigea vers le village. « Mais d'abord, on passe prendre Cristiano. On va lui faire une surprise ! »

## 31

Nous pouvons recommencer à être une grande nation pure comme les antiques romains là ou il y a du travail pour tous et sans les communistes qui ont détruit l'idée de la famille, qui ne croient pas en Dieu et qui ont accepté l'avortement qui et un assassinat d'innocents et qui veulent donner le vote aux imigrés.

FIN

Cristiano relut son devoir rapidement.

Il était bon. Vraiment bon.

Il prit une feuille blanche et il allait le recopier quand il eut un doute. Il s'arrêta. Le relut avec attention.

Non, il pouvait pas le rendre, cette salope de communiste de prof l'aurait transmis à l'assistant social.

Indécis, il le relut encore une fois en mordillant le capuchon de son stylo.

*Pourquoi se foutre dans la merde pour un devoir à la con ? Dommage, pourtant, il était vraiment super.*

Il plia avec soin la feuille et le fourra dans la poche de son pantalon.

« Qu'est-ce que tu fous ? lui demanda Colizzi qui avait rendu sa copie depuis une demi-heure et faisait des mots croisés à grille blanche.

— Rien. Je le rends pas.

— T'as vu qu'il valait mieux que ce soit moi qui te le fasse ? » dit Colizzi.

Cristiano ne prit même pas la peine de répondre. Il appuya le menton sur la table et regarda dehors. Il resta bouche bée.

Au fond du pré, à l'endroit où la colline commençait à descendre, il y avait son père, Danilo et Quattro Formaggi. Ils étaient là, assis sur un banc, sereins, les jambes tendues, et ils se passaient une grosse bouteille de grappa.

Cristiano allait les saluer, mais il se retint et regarda l'horloge au-dessus de l'estrade. Il ne manquait que sept minutes avant la sonnerie.

S'il avait eu un portable... Il était le seul de la classe à ne pas en avoir un. Il attrapa les doigts de Colizzi et serra à peine. « File-moi ton mobile, lui susurra-t-il.

— Je ne peux pas. S'il te plaît, ma mère le contrôle tous les soirs. Elle me tue si je téléphone. »

Il lui serra un peu plus les doigts. « T'as intérêt à me le filer. »

Colizzi tordit la bouche et glapit à peine : « D'accord mais fais vite. Et si tu peux appelle un numéro TIM. J'ai le forfait Orizont. »

Cristiano prit le téléphone et appela son père. Il le vit tâter les poches de sa veste et sortir l'appareil.

« Allô.

— Papa, qu'est-ce que tu fais là ?

— Tu finis dans combien de temps ? – Rino regarda vers le collège, il vit Cristiano derrière la fenêtre et l'indiqua aux deux autres qui le saluèrent.

— Dans cinq minutes.

— On t'attend. »

Cristiano éclata de rire.

Les crétins, là-dehors, s'étaient mis à danser autour du banc.


32.


Le Ducato avançait en brinquebalant sur la petite route constellée de flaques d'eau et de pierres blanches qui longeait la rive du Forgese. Les roseaux et les buissons de mûres éraflaient les côtés du fourgon.

Le ciel était gris mais il ne pleuvait plus.

Cristiano Zena était serré entre son père qui, les pieds appuyés contre le pare-brise, fumait en contemplant la route, hébété, et Danilo qui ouvrait et fermait mécaniquement son portable. Quattro Formaggi conduisait.

Quand ils étaient trop torchés, c'était toujours Quattro Formaggi qui conduisait. Aujourd'hui, ils avaient commencé à boire plus tôt que d'habitude, normalement ils n'atteignaient cet état qu'au milieu de l'après-midi.

Cristiano se doutait qu'il y avait eu un problème au chantier. La veille, Rino lui avait dit qu'ils devaient commencer un boulot et au lieu de ça…

Mais s'ils n'en parlaient pas, mieux valait ne pas demander.

Il observa Quattro Formaggi. L'alcool ne lui faisait aucun effet. Selon Rino, c'était dû au coup de jus. Le fait est que, de sa vie, Cristiano ne l'avait jamais vu ivre.

Il adorait Quattro Formaggi.

Avec lui, il n'y avait pas besoin de parler pour se comprendre. Et il était pas idiot, c'était pas vrai. S'il causait pas beaucoup, c'était parce que l'électricité avait foutu le bordel dans sa façon de parler. Mais il était attentif, il écoutait tout et de la tête il faisait des mouvements étranges comme s'il dirigeait la conversation.

Cristiano passait des journées entières avec lui. Ils regardaient la télé ou se baladaient sur le Boxer. Quattro Formaggi savait y faire avec les moteurs et il remettait en marche même les blocs de fer rouillé. Et quand vous aviez besoin de quelque chose ou d'être accompagné, même au bout du monde, Quattro Formaggi ne vous disait jamais non.

D'accord, il était bizarre avec tous ses tics et ses manies comme celle de ne jamais laisser entrer personne chez lui. Cristiano aurait voulu tuer tous ceux qui se moquaient de lui. Les gamins qui l'imitaient dans son dos. Il y en avait même qui disaient que chez lui, il gardait le cadavre de sa mère et qu'il faisait semblant qu'elle était toujours vivante, comme ça il pouvait toucher sa retraite. Mais c'était des conneries.

Quattro Formaggi était orphelin.

*Comme moi.*

« Qu'est-ce que t'as fait de beau à l'école, aujourd'hui ? lui demanda Danilo, interrompant les pensées de Cristiano.

— Aujourd'hui, il y avait contrôle d'histoire. Vous voulez que je vous le lise ?

— Lis-le, dit Quattro Formaggi.

— Oui, lis-le-nous, répéta Danilo.

— D'accord. – Cristiano sortit la feuille de la poche et se mit à lire. Avec tous ces trous, il avait envie de vomir. "… Nous pouvons recommencer à être une grande nation, pure, comme les antiques romains là ou il y a du travail pour tous et sans les communistes qui ont détruit l'idée de la famille, qui ne croient pas en Dieu et qui ont accepté l'avortement qui et un assassinat d'innocents et qui veulent donner le vote aux imigrés. Fin." – Il leva la tête. – Alors, vous avez aimé ? »

Quattro Formaggi appuya sur le klaxon, enthousiaste.

Danilo s'extasiait. « Exceptionnel ! Incroyable ! Surtout le passage où tu dis qu'il faudrait un nouvel Hitler qui fasse des camps de concentration pour les Slaves et les Arabes. Ces salauds, ils nous volent le boulot. Vingt sur vingt ! »

Cristiano se tourna vers son père. « Et toi, papa, ça t'a plu ? »

Rino tira une taffe sur sa cigarette et ne répondit pas.

*Allons bon, qu'est-ce qui lui prend ?*

Une demi-heure plus tôt il dansait comme un idiot et maintenant il était furibard.

Danilo asséna une claque sur une cuisse de Cristiano. « Bien sûr que ça lui a plu. C'est une très belle rédaction. Elle peut pas ne pas plaire. C'est impossible. »

### 33.

Rino Zena posa les pieds sur le tapis de sol et observa Cristiano, puis il écrasa sa cigarette Diana Rossa dans le cendrier débordant de mégots. La migraine était montée comme une marée acide et lui avait dévasté le cerveau. C'était cette merde que lui avait fait boire Danilo.

Du regard, il fusilla son fils. « Mais t'es con ou quoi ? »

Cristiano, ne comprenant pas, regarda Danilo : « Pourquoi ?

— T'as rendu ce truc ? »

Cristiano secoua la tête : « Non. Je l'ai pas rendu. Je suis pas idiot, tout de même.

— Mon œil. Tu l'as rendu. Je te connais trop bien. T'es tellement orgueilleux que tu pensais avoir écrit un chef-d'œuvre. T'arrives pas, avec ta petite cervelle, à comprendre la connerie que tu viens de faire. Tu sais, ce jour tu le regretteras toute ta vie. »

Cristiano eut la voix qui se brisa : « Je te l'ai dit ! Mais t'es sourd ou quoi ? Je l'ai écrit et puis je l'ai mis dans ma poche ! Point barre ! Le voilà. »

*Respire. Calme-toi. Peut-être qu'il dit la vérité.* « Et tu l'as fait lire à quelqu'un ? » lui demanda-t-il en étouffant l'envie de l'attraper par les cheveux et de frapper cette tête de nœud contre le tableau de bord.

Cristiano le regarda avec haine. « Non, à personne.

— T'as dû le lire à tes copains. Normal.

— Je te le jure sur le bon Dieu, putain de merde ! »

Rino pointa son doigt vers lui. « Ne jure pas, Cristiano. Ne jure pas. Ou je te tue. »

## 34.

Quand il était comme ça, il le haïssait.

Il ne le croyait pas. Et ne le croirait jamais. Même si la prof d'italien apparaissait devant lui et lui disait que ce devoir, il ne l'avait pas rendu. Même pas si descendaient du ciel Dieu, la Madone et tous les saints. Il penserait qu'ils s'étaient mis d'accord. Tous contre lui.

*Mais c'est quoi, ce père que j'ai ?*

Ceux qui avaient un peu de cran lui avaient fait comprendre que Rino était un connard, et Cristiano, comme une furie aveugle, s'était jeté sur eux. Il avait beaucoup morflé, dans sa vie, pour défendre un saligaud. Mais c'étaient eux qui avaient raison. Mille fois raison. Cristiano sentit une violente douleur juste sous le sternum. « Je l'ai fait lire à personne. »

Rino secoua la tête et sortit son petit sourire de merde. « Allez, admets-le. T'as fait ça comme ça, sans t'en rendre compte, pour faire le malin avec tes potes… "Moi, je suis un nazi, moi par-ci, moi par-là." Quel mal y a à ça ? Dis-le-moi, allez. Qu'est-ce que ça te coûte ? »

Cristiano n'en pouvait plus et il se mit à crier :

« Non, je l'ai pas fait ! Va te faire foutre ! T'arriveras jamais à me faire dire des choses que j'ai pas fait. Et puis, moi, j'ai pas d'amis. Et tu sais pourquoi ? Parce que tout le monde pense que t'es un dingue. Rien qu'un pauvre dingue… »

Il avait envie de pleurer, mais plutôt que pleurer, il se serait arraché les yeux des orbites.

### 35.

Rino Zena n'entendait plus rien. Un tourbillon de terreur l'avait englouti dans les ténèbres. Déjà, il s'imaginait l'assistant social accompagné de deux carabiniers qui agitait sous son nez le devoir de Cristiano.

Et ils l'emmèneraient. Pour toujours.

Et ça, ça ne pouvait pas arriver, parce que lui, sans Cristiano, il n'était plus rien.

Rino ravala ses larmes et se mit les mains devant les yeux. « Mais putain, comment elles te viennent en tête, ces idées ? – Il parlait à voix basse, en respirant par le nez. – Combien de fois je t'ai dit qu'il faut tout garder pour soi… Qu'il faut montrer à personne ce que tu penses, sinon tu te fais baiser. Toi et moi, on est attachés à un fil, tu le comprends ou pas ? Et tout le monde veut le couper. Mais personne y arrivera. Moi je serai toujours avec toi et toi tu seras toujours avec moi. Et moi je t'aiderai et toi tu m'aideras. Avec la petite cervelle que tu as, tu comprends pas qu'il faut jamais tendre la gorge ? Pense aux tortues, pense à leurs carapaces. Pense que tu dois être si fort que personne peut te faire du mal. » Il flanqua un coup de poing sur le tableau de bord avec une telle violence que la boîte à gants s'ouvrit, crachant de la paperasse.

« Papa, pourquoi tu fais ça ? Pourquoi tu me crois pas ? dit Cristiano, la voix brisée.

— Prends pas cette voix à la con ! Il me semble que personne t'a fait de mal. Qu'est-ce que t'es ? Une gamine ? Tu te mets à chougner ? »

Danilo fit signe à Cristiano de ne pas réagir et de se taire et il essaya de jouer les médiateurs : « Allez, Rino, il t'a dit la vérité. Ton fils, il raconte pas de craques. Tu le connais. »

Rino faillit le bouffer. « Toi, tu la fermes ! T'as pas à te mêler de ça. Je me mêle de tes oignons, moi, entre toi et ta pétasse de femme ? Je parle avec mon fils. Alors tu la boucles. »

Danilo baissa les yeux.

Cristiano s'essuya les yeux avec ses mains. Personne n'osait plus parler. Ils étaient tous silencieux et on n'entendait en arrière-fond que le bruit du fleuve et les feuillages qui crissaient sur les flancs du fourgon.

## 36.

Ils s'arrêtèrent sur l'esplanade d'une vieille installation qui, dans les années soixante-dix, draguait le fleuve. De très hauts tas de sable formaient un demi-cercle autour des engins mangés par la rouille.

Cristiano se propulsa dehors et s'éloigna en courant vers la tour d'extraction.

Il s'arrêta face à une baraque décrépite, aux fenêtres défoncées et couvertes de graffitis et de dessins.

Il voulait rentrer à la maison à pied. C'était loin, mais peu lui importait. Même s'il faisait froid, il ne devrait pas pleuvoir pendant un bon moment. Le temps était en train de changer. Au sud, la voûte grise s'était déchirée et des éclaircies laissaient apparaître le bleu cristallin du ciel. Au-dessus de sa tête, un couple de cormorans passa comme une flèche. Dans le lointain, on entendait le tumulte du fleuve gonflé de pluie.

Il rabattit sa capuche.

Devant la baraque, il y avait les restes carbonisés d'un bûcher. Le squelette métallique d'un fauteuil. Des pneus tordus par le feu. Des savates. Une cuisinière à gaz.

Cristiano sortit de sa poche le devoir et un briquet. Il approcha la flamme de la feuille quand il entendit derrière lui : « Cristiano ! Cristiano ! »

Son père le rejoignait. Il portait une veste écossaise en laine doublée d'une fourrure doudouille. Il la gardait ouverte et dessous il n'avait qu'un tricot de peau.

*Comment il fait pour pas avoir froid ?*

Il commença à brûler un coin de la feuille.

« Attends ! » Rino la lui prit des mains et souffla dessus, éteignant le feu.

Cristiano se jeta contre lui en essayant de le lui arracher. « Donne-le-moi. Il est à moi. »

Son père fit deux pas en arrière. « T'es bête ou quoi ? Pourquoi tu veux le brûler ?

— Comme ça, y aurait plus de preuves. Et tu seras content. Les voleurs, ils pourraient venir la nuit nous le voler, non ? Ou alors la police… Ou les extraterrestres.

— Non, ne le brûle pas.

— Qu'est-ce que ça peut te faire ? De toute façon, tu l'as même pas aimé. »

Cristiano se mit à courir vers le fleuve.

« Arrête-toi !

— Fous-moi la paix ! Je veux rester seul.

— Attends ! » Son père le rejoignit et l'attrapa par un bras.

Cristiano essaya de se libérer en hurlant : « Laisse-moi ! Va-t'en ! Va te faire foutre ! »

Rino le serra fort contre lui et poussa son visage contre sa poitrine. « Ecoute-moi un instant. Après, si tu veux, tu t'en vas.

— Qu'est-ce que tu veux ? »

Rino le lâcha et se caressa le crâne rasé. « C'est seulement que... Voilà... – Il avait du mal à trouver ses mots. – ... Tu dois comprendre que si je me mets en colère, il y a une raison... Si tu l'avais rendu, ta conne de prof le donnait tout de suite à ce salaud d'assistant social et le lendemain on le retrouvait chez nous avec ton devoir.

— Je suis pas un crétin, et c'est pour ça que je l'ai pas rendu. Je te l'ai dit mais tu me crois pas. Y a rien à faire.

— Non, c'est que... que je voulais être sûr. – Rino donna un coup de pied dans un caillou, et puis en soupirant il observa le ciel. – J'ai peur, Cristiano... J'ai peur qu'ils puissent nous séparer. Ils cherchent que ça. Si on nous sépare, je... »

Puis il ne dit plus rien. Il s'accroupit et continua à fumer en tenant sa cigarette entre le pouce et l'index.

Toute la rage que Cristiano avait au fond de lui fondit comme la neige qui était tombée cette nuit. Et il eut une envie terrible de serrer son père dans ses bras, mais il dit seulement, la gorge serrée : « Moi je te trahirai jamais. Tu dois me croire, papa, quand je te dis les choses. »

Rino regarda son fils et puis il plissa les yeux, la clope entre les lèvres, et il se fit sérieux : « Je te croirai si tu me bats.

— Quoi ? – Cristiano ne comprenait pas.

— Je te croirai si tu arrives là-haut avant moi – et il indiquait le monticule de sable en face d'eux.

— Putain, mais quel rapport ?

— Comment, quel rapport ? Tu te rends compte de l'incroyable opportunité que tu as ? Si tu me bats, je devrai te croire pour le restant de ma vie. »

Cristiano essayait de ne pas rire. « Quelle connerie... T'es toujours le même...

— C'est quoi le problème ? T'es jeune. Athlétique. Je suis un petit vieux. Pourquoi tu devrais pas gagner ? T'imagines, si tu me bats, tu pourras dire que tu as entendu Quattro Formaggi répéter *Les chaussettes de l'archiduchesse* et moi je devr... Salopiaud ! »

Cristiano, tout à coup, avait bondi vers la colline de sable.

« Putain, cette fois, je vais te battre », grommelat-il en s'élançant sur le flanc escarpé de la butte.

Il fit les trois premiers pas et il dut enfoncer ses mains dans le sable pour ne pas glisser. Tout s'effondrait. Son père était en dessous, devancé de deux ou trois mètres.

Il devait y arriver. Il perdait toujours contre son père. Au tir à la cible. Au bras de fer. A tout. Même au ping-pong, où Cristiano savait qu'il était un as et son père un manche. Il arrivait à dix-huit, dix-neuf à six, un truc de ce genre, et il ne lui manquait que deux points pour le renvoyer chez lui, humilié, et ce connard commençait à lui dire qu'il était cuit, qu'il avait peur de gagner, il le soûlait de mots et lui ne marquait plus un point et Rino gagnait.

*Mais pas cette fois, non. Je vais te baiser.*

Il imagina qu'il était une énorme araignée grimpeuse. Le secret était de bien enfoncer les mains et les pieds. Le sable était froid et mouillé. Plus il montait et plus la pente augmentait et tout s'écroulait sous ses chaussures.

Il se retourna pour vérifier où était son père. Il se rapprochait. Il avait le visage tordu de fatigue, mais il ne lâchait pas.

Le problème était que tous les trois pas Cristiano glissait en arrière de deux. Le sommet n'était pas loin, mais il semblait inaccessible.

« Allez, Cristiano ! Allez, putain... Tu peux y arriver ! Bats-le ! » l'encourageaient Danilo et Quattro Formaggi d'en bas.

Il donna tout, hurlant de fatigue, et il y était presque, il ne manquait qu'un mètre et demi pour atteindre le sommet, c'était fait, il l'avait baisé, quand un étau lui enserra la cheville. Il fut tiré vers le bas avec un éboulement de sable.

« Ça compte pas ! » hurla-t-il pendant que son père lui passait dessus comme un bulldozer. Cristiano essaya de l'attraper par son fond de culotte, mais sa main glissa et il faillit prendre un coup de pied dans la figure.

Et son père enfonça ses mains sur la cime de la colline, se mit à genoux et souleva les bras vers le ciel comme s'il avait escaladé le K2, en hurlant : « Victoire ! Victoire ! »

Cristiano resta là, époumoné, étalé sur le sable à un demi-mètre du sommet, alors qu'autour de lui tout le sable s'écroulait.

« Allez... Monte... Tu y étais presque. Allez, au fond, t'es arrivé second... t'es pas arrivé dernier, haleta son père, plié de fatigue.

— Ça compte pas ! Tu t'es accroché à moi.

— Ah ouais ?... Et partir avant le top ? C'est... sportif ? »

Il avait le visage pivoine. « Putain, dans quel état je suis... Les cigarettes... Allez, donne-moi cette main. »

Cristiano s'agrippa et se laissa hisser. A cause de la fatigue, il avait envie de vomir.

« OK, t'as perdu… Mais… tu t'es bien comporté… Je te crois.

— Sa… laud. Je t'ai laissé gagner… parce que t'es vieux… Voilà pourquoi…

— Ouais… T'as bien fait. Il faut respecter les vieillards. » Et Rino lui mit un bras sur les épaules.

Maintenant le père et le fils étaient assis au sommet de cette colline et ils regardaient la plaine opaque et le fleuve qui, à cet endroit, s'élargissait en une grande anse sablonneuse. La rive opposée était lointaine, plongée dans le brouillard, et seules les cimes dépouillées des peupliers en émergeaient comme des mâts de navires fantômes. Plus bas, l'eau avait débordé les digues, inondant les champs. De là-haut, on voyait le profil de la centrale électrique et l'enfilade des pylônes et la rocade de l'autoroute.

Rino rompit le silence : « T'as écrit une belle rédaction. Je l'ai beaucoup aimée. Tu as dit juste. Dehors les immigrés et le boulot aux Italiens. C'est juste. »

Cristiano prit un petit tas de sable et se mit à en faire une boule. « Ouais, mais, tu vois, on est même pas libre d'écrire ce qu'on pense. »

Rino boutonna sa veste. « Ne parle pas de liberté. Ils sont tous bons pour parler de liberté. Liberté par-ci, liberté par-là. Ils en ont plein la bouche. Mais, bon Dieu, t'en fais quoi de ta liberté ? Si t'as pas un rond, pas de boulot, t'as toute la liberté du monde mais tu sais pas quoi en faire. Tu pars. Et où tu vas ? Et comment tu y vas ? Les clochards sont les plus libres de la terre et ils crèvent congelés sur les bancs des parcs. La liberté est un mot qui sert seulement à baiser les gens. Tu sais combien de cons sont morts pour la liberté alors qu'ils savaient même pas ce que c'était ? Tu sais qui c'est, les seuls à l'avoir ? Les gens qui ont du pognon. Ceux-là oui... – Il resta en silence à ruminer et puis il posa la main sur le bras de son fils. – Tu veux la voir, ma liberté ? »

Cristiano fit oui de la tête.

Rino sortit de derrière son dos un pistolet.

« Ce petit-là a pour nom liberté et pour prénom 44. Magnum. »

Cristiano resta bouche bée. « Il est super beau.

— C'est un bijou. Smith & Wesson. Canon court. Entièrement chromé. – Rino le tenait dans sa main, tout content. Il sortit le barillet, le fit tourner et puis, d'un coup de poignet, il le remit à sa place.

— Fais-le-moi toucher. »

Rino le lui tendit par la crosse.

« Il est super lourd. Et c'est celui de machin... ? – Cristiano l'empoigna à deux mains et se mit à viser au loin. – Comment il s'appelle ? Celui de *L'inspecteur ne renonce jamais.*

— Harry Callahan. Sauf que le sien il a un canon long. Comment tu le trouves ? Il est pas magnifique ?

— Il est incroyable. Qu'est-ce que je lui aurais fait, si j'aurais tiré avec ça, sur le clebs de Castardin ?

— Tu le répandais jusque sur la route. Ce joujou-là est un orphelin comme toi. Sauf qu'il lui manque et le papa et la maman. Son numéro de série a été effacé. »

Cristiano, un œil fermé, tendait un bras et tenait le pistolet penché sur le côté. « Et tu l'as payé combien ?

— Pas cher...

— Mais pourquoi tu l'as acheté ? T'as déjà le Beretta...

— Oh, t'es chiant ! Tu me fais subir un interrogatoire au lieu de me demander de l'essayer ? »

Cristiano fixa son père, incrédule. « Je peux ?

— Ouais. Mais faut faire gaffe au recul. Il est pas comme l'autre. Celui-là, il te flanque un sacré coup. Baisse le cran de sûreté. Tiens-le avec les deux mains. Doucement. Ne te raidis pas, sinon tu te fais mal. Et tiens-le loin de ton visage. »

Cristiano obéit. « Sur quoi je tire ? »

Rino chercha du regard une cible. Quand il la trouva, il sourit. « Tire sur la soupière des pâtes. On va leur faire avoir une crise cardiaque d'un coup, aux deux autres », lui murmura-t-il dans l'oreille.

Cristiano rit.

En bas, au bout de l'esplanade, Danilo et Quattro Formaggi s'affairaient autour du vieux tracteur. A environ cinq mètres, près d'un divan défoncé, il y avait un récipient en plastique plein de rigatoni à la sauce bolognaise, une petite caisse de bière, et la grosse bouteille de grappa à moitié vide. Le pique-nique de Danilo.

« Vise bien, hein. Ne les touche pas. Et la bouteille non plus, parce que s'il y a des éclats qui partent… » lui conseilla Rino à voix basse.

Cristiano ferma un œil et plissa l'autre. Il déplaça le viseur jusqu'à cadrer la soupière. C'était difficile de tenir le pistolet pointé, il était drôlement lourd.

« Si tu tires pas maintenant, tes bras vont plus te… »

Cristiano appuya sur la gâchette. Il y eut une détonation assourdissante et la soupière se désintégra comme si elle avait été frappée par un missile sol-sol, et des rigatoni, des éclaboussures de sauce et des morceaux de plastique furent éparpillés dans un rayon de dix mètres.

Danilo et Quattro Formaggi bondirent de frayeur.

Cristiano et Rino, morts de rire, roulèrent en bas de la colline de sable tandis que les deux autres, couverts de la tête aux pieds de rigatoni et de sauce bolognaise, injuriaient le Christ et tous ses saints.

## 37.

Il fut difficile de se faire pardonner.

Danilo surtout était furax. Ils lui avaient taché son pantalon, et l'huile, ça ne part pas, même à la machine.

Cristiano s'agenouilla et le supplia en lui attrapant les pieds. « Daniluccio, mon petit Danilo chéri, te mets pas en colère. C'était juste une petite blague. Et toi, tu es si gentil et si beau…

— Va te faire foutre ! Vous pouviez nous tuer ! Et puis les pâtes étaient à la sauce bolognaise, avec des carottes, du céleri et des oignons blancs. Teresa ne la fait qu'une fois par mois. »

Quattro Formaggi, pendant ce temps, parcourait en silence l'esplanade, ramassant les rigatoni et les mettant dans un sac plastique.

A la fin, Rino dut promettre que dès qu'il aurait récolté un peu de fric, il les inviterait à la pizzeria Il Vascello d'Oro et qu'il paierait pour tout le monde.

Ils s'assirent sur le divan chacun avec une bière. Ils se passaient le sac plastique dans lequel ils pêchaient les pâtes.

« Comment ça va avec le tracteur ? demanda Cristiano en soufflant sur une pâte pour essayer d'en éliminer le sable.

— Plutôt bien, répondit Danilo après s'être attaqué à sa bouteille de bière. Quattro Formaggi dit qu'il faut dégoter les disques de l'embrayage, et puis le moteur devrait fonctionner comme une horloge.

— Mais il y arrivera à défoncer le mur ?

— Tu rigoles ?! J'ai étudié attentivement le mur

de la banque. Il est fait avec des petites briques qui s'écroulent si tu pètes. »

Après avoir mangé, ils restèrent tous les trois affalés sur le divan. Cristiano en avait marre. Il faisait froid et le lendemain allait se pointer Beppe Trecca, l'assistant social, pour le contrôle habituel et la maison était dans un bordel pas possible.

« Papa, on y va ? Demain c'est samedi. Y a Trecca qui vient. Il faut tout ranger.

— Encore cinq minutes. Pourquoi tu vas pas jouer ? »

Au ton avec lequel il avait répondu, Cristiano comprit qu'il ne bougerait pas son cul de ce divan avant le crépuscule.

« T'es chiant ! » dit-il à mi-voix, et il se mit à lancer des cailloux contre un baril noirci par le feu.

### 38.

Quattro Formaggi était allongé sur le divan défoncé et fixait les nuages qui roulaient dans le ciel.

« Vous co… co… nnai… ssez Liliana ? » dit-il alors que sa bouche se tordait et que son bras se mettait à trembler.

Danilo, étourdi par la bière, avait les yeux en berne. Il souleva la tête, mais elle retomba sur le dossier du divan. « Et c'est qui ? » marmonna-t-il, peu intéressé.

*Elle travaille…* « … à EuroEdil.

— Et c'est qui ? »

*A la comptabilité. Elle a…* « … des cheveux noirs. Longs. Elle est… »… *belle.*

Rino, qui était allongé d'un côté avec les pieds posés sur une bonbonne vide, acquiesça. « Elle travaille à la comptabilité. Je la connais.

« — Ah oui ! Je vois ! La baleine qui se met toujours trois kilos de plâtre sur la tronche ? » demanda Danilo.

Quattro Formaggi fit signe que oui avec la tête.

« La bonne vieille grosse Liliana », dit Rino dans sa barbe, et il s'attaqua à la bouteille vide, à la recherche des dernières gouttes de grappa.

Quattro Formaggi, désormais en proie à tout un tas de tics, réussit seulement à dire : « Voilà... Voilà...

— Parle ! Voilà quoi ? l'aiguillonna Danilo.

— Je voudrais... Je voudrais l'inviter à dîner... » Et il avala quelque chose qui lui obstruait la gorge.

Danilo ricana. « Mais cette gonzesse, elle sortirait pas avec toi même si... – Il réfléchit un peu. – Tu sais quoi, j'arrive même pas à imaginer une raison pour laquelle cette bonne femme sortirait avec un mec comme toi.

— Laisse-le parler... » soupira Rino.

Quattro Formaggi prit son courage à deux mains. « Je voudrais... l'ép... l'épouser. »

Danilo rota et secoua la tête. « Quelle connerie !

— C'est pas une connerie. Je veux l'épouser.

— Elle te plaît ? demanda Rino.

— Oui. Beaucoup. Et... » Quattro Formaggi se tut.

Danilo, affalé comme un gorille albinos, était secoué de hoquets. « Mais tu l'as bien regardée ? Elle a un cul gros comme la Sardaigne. Et le pire c'est qu'elle se prend pour un canon. Laisse tomber. C'est pas un truc pour toi. »

Mais Quattro Formaggi n'en démordit pas. « C'est pas vrai. Moi, je peux lui plaire. »

Danilo donna un coup de coude à Rino. « Alors, tu vas la trouver et tu lui dis que tu veux l'épouser... Mais appelle-moi avant, je veux savourer la scène. »

Quattro Formaggi prit un caillou et le lança loin. « J'ai un plan. »

Danilo se gratta le ventre. « Pour quoi ?

— Pour lui parler.

— On t'écoute... »

Quattro Formaggi se donna trois coups de poing sur la poitrine. « Elle, c'est Rino qui lui plaît. »

Rino leva les yeux, surpris. « Moi ?

— Ouais. Elle arrête pas de te regarder.

— Ah ouais ? J'ai jamais remarqué. »

Danilo ne comprenait pas. « Excuse-moi, mais si c'est Rino qui lui plaît, pour toi c'est mal barré. »

Quattro Formaggi plissa les yeux, nerveux : « Laisse-moi parler. »

Et il s'adressa à Rino : « Tu l'invites au restau. Et tu débarques avec Danilo. Et puis, tu lui adresses pas la parole, tu parles qu'avec Danilo de foot. Les femmes, elles détestent le foot...

— Et toi, qu'est-ce que t'en sais ? T'es devenu un expert en femmes maintenant ? » l'interrompit pour la énième fois Danilo.

Mais Quattro Formaggi fit semblant de rien. « Et puis moi j'arrive... Vous, vous partez et moi je reste seul avec elle. – Il fit une pause. – Qu'est-ce que t'en penses, Rino ?

— Et qui c'est qui paye le restau ? demanda Danilo.

— Moi. J'ai mis des sous de côté.

— Et nous, qu'est-ce qu'on y gagne ? »

Quattro Formaggi regarda autour de lui, perdu. Cette question, il ne s'y était pas préparé. Il se donna un grand coup de poing sur la jambe. « La pizza. »

Rino se leva et s'étira. « Assez causé, on rentre à la maison, je me sens pas bien. Cristiano, jusqu'à la nationale c'est toi qui conduis ! »

Cristiano n'avait pas envie de conduire, mais son père insistait : « Tu dois te faire la main. T'as encore des problèmes avec l'embrayage. Allez, pas d'histoires, j'ai la tête comme une citrouille. »

Cela faisait quelques mois que Cristiano avait commencé à conduire. Et il pensait s'en tirer pas trop mal. Il avait des problèmes pour démarrer, quand il lâchait la pédale d'embrayage il n'arrivait pas à contrôler les gaz et le fourgon calait ou giclait en avant en hoquetant, mais une fois parti, c'était bon.

Malgré tout, avec son père qui lui hurlait dans les oreilles, ça devenait un cauchemar : « Fais gaffe ! Passe la troisième ! Tu l'entends pas, le moteur ?! »

Mais ce jour-là, Rino avait mal à la tête. Il avait mal de plus en plus souvent, ces derniers temps. Il disait qu'il avait l'impression d'avoir un essaim d'abeilles dans le crâne. Et qu'il sentait le sang pulser dans ses oreilles. Parfois, ça pouvait durer toute une journée et il devait rester allongé dans le noir, en silence, et le moindre petit bruit le rendait fou furieux. Dans ces cas-là, Cristiano avait intérêt à s'enfermer dans sa chambre.

Quand Danilo lui avait conseillé de se faire voir par un médecin, Rino avait exprimé avec éloquence son opinion à ce sujet : « S'il existe une chose sur laquelle les toubibs savent que dalle c'est le cerveau. Ils balancent des théories à la mords-moi le nœud. Ils te bourrent de médicaments qui coûtent la peau des fesses, et qui t'abrutissent, que t'as même plus la force de sortir ta queue pour pisser. »

Cristiano conduisait pendant que les trois autres, encore dans les vaps à cause de l'alcool, ronflaient avachis les uns sur les autres. Le soleil s'était couché en laissant des bandes roses sur l'horizon, tandis que les mouettes se jetaient dans le fleuve.

Sur la nationale, Quattro Formaggi prit le volant.

## 40.

Ils arrivèrent à la maison à la nuit.

Rino, sans parler, se mit à laver le monceau de vaisselle qui s'était accumulé dans l'évier depuis deux semaines et Cristiano commença à ranger le séjour.

Tous les deux haïssaient le jour où arrivait l'assistant social.

Ils l'avaient appelé « le jour de la bonne impression ». Mais peut-être haïssaient-ils plus encore « le jour avant le jour de la bonne impression », car il fallait mettre en ordre tout l'étage du bas. L'étage du haut non, vu que, comme disait Rino, il ne faut laver que ce qui se voit.

Cela se produisait un samedi toutes les deux semaines.

Le reste du temps, la maison était abandonnée à elle-même.

Ils utilisaient toutes les assiettes et les fourchettes jusqu'à ce qu'il n'y en ait plus. Le linge, en revanche, ils le lavaient dans la machine de Danilo une fois par mois et puis ils l'étendaient dans le garage. Le séjour n'était pas difficile à nettoyer, car presque vide.

Cristiano ramassa les canettes de bière, les cartons de pizza, les barquettes en aluminium de la rôtisserie. Il y en avait partout. Même sous les meubles et le canapé. Rien qu'avec les canettes, il remplit un sac-poubelle.

Puis il passa par terre la serpillière à la va comme je te pousse.

Dans la cuisine, alors que son père rinçait les

114

assiettes, il enleva du frigo les restes d'un provolone vert de moisissure, des légumes pourris, une confiture de pêches recouverte de bouquets blancs. Puis, avec la serpillière mouillée, il lava le plateau gras de la table.

Même si Noël était passé depuis un bon moment, dans le couloir il y avait encore le sapin tout desséché. Cristiano l'avait décoré avec des canettes de bière et sur la pointe il avait enfilé une petite bouteille de Campari Soda.

Il était temps de le jeter.

« Moi j'ai fini ! dit-il à son père en se passant une main sur le front.

— Qu'est-ce qu'il y a à manger ?

— Des pâtes et... – il examina ce qui était resté dans le frigo – ... du fromage à tartiner. »

On l'étalait sur l'assiette et on jetait dessus les pâtes peu égouttées.

Une valeur sûre.

Il mit l'eau à bouillir.

Après manger, Cristiano se jeta sur le canapé pour regarder la télévision. On était bien, là. Le poêle dégageait une bonne petite chaleur. Il aimait s'endormir ainsi, enveloppé dans la couverture écossaise.

Son père s'installa sur la chaise longue, avec une bière à la main et dans l'autre le manche à balai pour changer de chaîne.

Ce soir-là, Cristiano aurait aimé regarder *Surprise sur prise*, l'émission où les gens se faisaient des blagues (qui même si elles étaient pas vraies étaient drôles malgré tout), mais il sentait ses yeux lourds et sans s'en rendre compte il s'endormit sur le canapé.

Rino Zena détestait la télévision. Variétés, talk-shows, émissions politiques, documentaires, journaux télévisés, même le sport et la météo qui se trompait toujours.

Avant c'était différent, pourtant.

La télé, quand il était petit, c'était autre chose. Deux chaînes. Propres. Nationales. Il y avait de beaux trucs, faits avec passion. *Pinocchio*, par exemple. Un chef-d'œuvre. Et les acteurs ? Manfredi, un grand. Alberto Sordi, un génie. Totò, le meilleur comique du monde.

Mais aujourd'hui, tout avait changé.

Rino détestait les animateurs teints et les potiches à poil et il se sentait mal quand il voyait des gens prêts à étaler leurs emmerdes devant la moitié de l'Italie. Il méprisait ces pauvres cons qui venaient à la télé pour pleurnicher en racontant qu'ils souffraient parce qu'ils avaient été largués par leurs bonnes femmes.

Et il haïssait la gentillesse hypocrite des présentateurs. Il haïssait les jeux au téléphone. Les ballets bidons. Il haïssait les blagues rances des comiques. Et il détestait les imitateurs et les imités. Il haïssait les politiciens. Il haïssait les séries avec les gentils flics, les carabiniers sympas, les prêtres drôles et les brigades antigangs. Il haïssait les gamins boutonneux qui auraient été prêts à tuer pour être admis dans ce paradis de quatre sous. Il haïssait ces centaines de zombies à demi célèbres qui erraient comme des salauds en mendiant une chaise. Il haïssait les experts qui s'enrichissaient sur les tragédies.

*Ils savent tout. Ils savent ce qu'est la trahison, la pauvreté, les massacres du samedi soir, l'esprit des assassins.*

Il haïssait quand ils feignaient l'indignation. Quand ils se léchaient le cul entre eux comme les chiens dans les jardins. Il haïssait les querelles qui duraient le temps d'un pet. Il haïssait les collectes pour les enfants africains quand il y avait en Italie des gens qui crevaient de faim. Mais la chose qu'il détestait le plus, c'était les femmes. Des putes avec des nichons gros comme des pamplemousses, les lèvres gonflées, les visages refaits à coups de poinçon.

*Elles parlent d'égalité, mais quelle égalité ? Quand l'image qu'elles donnent est celle d'un troupeau de chasse-bites décérébrées.* Elles se faisaient sauter par n'importe quel connard ayant un peu de pouvoir pour sortir de chez elles et être reconnues. Des gonzesses capables de passer sur le corps de leur mère pour un peu de succès.

Il les haïssait tous, tous ces gens là-dedans, au point que parfois il devait se retenir de prendre le manche à balai et de défoncer ce putain de poste.

*Je vous mettrais tous en rang, l'un derrière l'autre, et je vous flinguerais. Qu'est-ce que vous avez fait de mal ? Vous enseignez le faux. Vous êtes en train d'abrutir des millions de gamins. En montrant des mondes qui n'existent pas. Vous poussez les gens à se ruiner pour s'acheter une bagnole. Vous saccagez l'Italie.*

Et pourtant Rino Zena n'arrivait pas à ne pas regarder la télévision. Il restait scotché devant toute la nuit. Et la journée, quand il était à la maison, il se tenait toujours là dans cette chaise longue à insulter tout le monde.

Rino changea de chaîne, puis il se tourna et vit que Cristiano dormait.

Ses tempes continuaient à cogner, mais il n'avait pas envie d'aller se coucher. Pendant un instant, il caressa l'hypothèse d'aller chez Danilo, mais il se ravisa. Le soir, Danilo était une purge, il attaquait les lamentations sur sa femme et il continuait ainsi jusqu'à ce qu'il tombe, anéanti par la grappa.

*Non, j'ai envie de baiser.*

Il enfila sa veste et sortit de la maison sans savoir où aller.

Le fourgon était sur la réserve. Ces deux-là, ils pensaient qu'il roulait à l'eau. Jamais une fois ils sortaient un sou. Il trouva une station automatique sur la nationale et il mit dedans ses derniers dix euros. Maintenant, il avait même plus un radis pour se taper une petite bière.

Il remit la pompe à sa place et il allait remonter dans le fourgon quand une Mercedes gris métallisé avec des phares aveuglants pila à deux mètres de lui. Un bras féminin pointa du côté du conducteur. La main serrait un billet de cinquante euros et une pièce de deux.

Rino s'approcha.

Au volant, il y avait une femme, maigre, avec de longs cheveux blonds, une paire de lunettes de vue ovales à monture légère bleue. Un micro descendait de son oreille le long de sa joue et finissait à côté de ses minces lèvres peintes en rouge sombre.

« Cinquante euros, fit-elle à Rino, et puis elle continua à parler dans le micro : Non, je ne crois pas... je ne crois vraiment pas... Tu fais fausse route, tu ne vois plus le cœur du problème, mon cher Carlo... »

Rino prit l'argent, remonta dans le fourgon et partit.

## 42

Danilo Aprea était allongé sur son lit, dans le noir. Les bras le long du corps. Le visage orienté vers le plafond. Il portait un pyjama vert à pois bleus qui sentait l'adoucissant. Et les draps aussi étaient frais et bien repassés. Il tendit la main vers le côté où autrefois dormait Teresa. Il était froid et plat. Il regretta d'avoir changé de matelas. Le nouveau, à ressorts, était rigide et indéformable. L'ancien en revanche, en laine, avait pris leurs formes. Du côté de Teresa, il y avait un long creux en S parce qu'elle dormait sur le côté. Le dos tourné vers lui et le visage vers le mur.

Les chiffres rouges du radio-réveil indiquaient 23:17.

Le sommeil s'en était allé. Et pourtant, devant la télévision, ses yeux se fermaient… Il y avait un documentaire sur les migrations des baleines. Les documentaires sur la nature avaient toujours été la passion de Teresa. Et entre tous, ceux qu'elle préférait c'étaient ceux sur les baleines et les dauphins. Elle aimait les cétacés parce que, disait-elle, ils avaient fait tant d'efforts pour abandonner la mer, et puis après, une fois arrivés sur terre, ils avaient décidé d'y retourner. Des millions d'années gâchées pour se transformer en un animal à quatre pattes et des millions d'années pour redevenir des poissons. Danilo ne comprenait pas pourquoi cette histoire était si belle. Teresa le lui avait expliqué : « Parce que quand on se trompe, on doit savoir faire machine arrière. » Et Danilo n'avait pas compris si elle parlait de leur couple.

Il aurait pu l'appeler et lui dire qu'à la télé il y avait ce documentaire sur les baleines.

Il entendit la voix de sa femme qui le remerciait.

*Il n'y a pas de quoi... ça te dit si on se voit demain ?*
*(Bien sûr.)*

*Ça te dirait d'aller au Rouge et Noir ? J'ai un tas de nouveautés à te raconter.*

*(A quatre heures ?)*

*A quatre heures.*

Il alluma la lumière sur la table de chevet, mit ses lunettes et observa le téléphone...

*Non. Je lui ai promis.*

... et puis il prit le *Da Vinci Code* dont, en deux ans, il avait lu à tout casser vingt pages.

Il s'installa et parcourut une page sans la lire. Il leva la tête du livre et fixa le mur.

Mais cette fois, il l'appelait pour une chose importante. Elle pouvait voir le dernier quart d'heure du documentaire. Il y avait même des orques marines. Il attrapa le combiné et composa le numéro en retenant son souffle. Le téléphone sonnait et personne ne répondait.

*Encore trois sonneries et je raccroche.*

Une... deux... et trois...

« Allô, qui est à l'appareil ? » La voix endormie de Teresa.

Il resta silencieux.

« Allô, qui est à l'appareil ? C'est toi Danilo ? »

Il réprima l'impulsion de répondre et se passa une main sur les joues et sur la bouche.

« Danilo, je sais que c'est toi. Tu ne dois pas appeler, tu veux le comprendre ? J'ai éteint mon portable, mais je ne veux pas débrancher le fixe. Tu le sais, que la mère de Piero ne va pas bien. Chaque fois que tu appelles, ça lui fait un choc. Tu nous as réveillés. Je t'en prie, arrête. Je te le demande comme une faveur. – Elle resta silencieuse comme si elle n'avait plus de force. Danilo entendait sa respiration lourde. Mais ensuite elle continua, platement : – Je t'ai dit que c'est moi qui t'appelle. Si tu continues comme ça, je ne t'appelle plus. Je te le jure. »

Elle avait raccroché.

Danilo posa le combiné, ferma le livre, enleva ses lunettes, les posa sur la table de chevet et éteignit la lumière.

### 43.

Ramona venait de sortir de prison. Elle portait un T-shirt sans manches, un petit jean très moulant et des bottes de cow-boy. Elle faisait du stop et Bob le bûcheron avec sa chemise à carreaux, au volant d'une camionnette, s'arrêtait.

« Où tu vas ? » demandait-il à Ramona.

Quattro Formaggi, assis en slip devant le petit téléviseur, dit en même temps que la blondinette : « Là où me conduit la fortune. Toi, qu'est-ce que tu as à m'offrir ? »

Bob sourit et la fit monter.

Quattro Formaggi tendit la main et appuya sur la touche d'avance rapide du magnétoscope.

Les images sur l'écran commencèrent à défiler. La camionnette arriva à la petite maison dans la forêt. Salutations très rapides. Déjeuner avec au menu une dinde aux marrons. Et puis tout nus sur la table en train de baiser. Obscurité. Matin. Ramona se réveillait nue et sortait dans la cour. Bob le bûcheron fendait du bois. Ramona lui défaisait son pantalon et la lui prenait dans la main. Là, Quattro Formaggi appuya sur PAUSE.

C'était sa scène préférée. Il l'avait vue au moins mille fois et la qualité des images était très mauvaise, les couleurs ayant toutes viré au rouge. Il alla dans la cuisine et alluma la lumière.

Il y avait encore la puanteur du chou-fleur bouilli qu'il avait mangé deux jours auparavant et dont les restes flottaient, violacés, dans une casserole posée sur la cuisinière à gaz. Sur la table, il y avait la carcasse desséchée d'un poulet et une bouteille vide de Fanta.

Il sortit du congélateur une dizaine de bacs à glaçons. Il les passa sous le robinet et fit tomber les petits cubes dans un seau qu'il remplit avec cinq doigts d'eau. Il posa le seau sur la table, souleva la manche droite de sa robe de chambre et y plongea la main.

Mille aiguilles pénétrèrent dans sa chair. Mais au bout d'un moment, l'eau commença à lui paraître bouillante.

Par expérience, il savait qu'il fallait au moins dix minutes.

Il serra les dents et attendit.

Quand il lui sembla que le temps était écoulé, il retira du seau sa main rouge et glacée et l'essuya avec un torchon.

Il se la pinça.

Rien.

Il prit sur la table une fourchette et l'enfonça dans sa paume.

Rien.

En tenant son bras droit vers le haut, il revint devant la télévision et appuya sur PLAY.

Il s'assit, baissa son slip et, avec sa main raidie par le froid, il attrapa sa queue.

Il sentit sur sa peau les doigts glacés qui la serraient fort.

C'était exactement comme ça quand on vous branlait.

Exactement comme ça.

La main glacée de Ramona commença à aller et venir frénétiquement.

Quattro Formaggi écarta les jambes et ouvrit la bouche. Sa tête tomba en arrière et un plaisir incandescent explosa juste à la base de sa nuque.

## 44.

Le centre social Peace Warrior était une usine de peausserie qui avait fermé ses portes au début des années soixante-dix, qui avait été occupée et où souvent on donnait des concerts.

Six hangars collés les uns aux autres recouverts de graffitis et entourés par une esplanade en gravier. Des langues de feu et une fumée noire sortaient par des barils. Un épais brouillard s'était formé dans lequel les phares des voitures s'estompaient en halos dorés. Une musique assourdissante provenait de l'intérieur.

Rino se gara à côté d'une rangée de gros choppers.

Il descendit du fourgon avec une bouteille de Johnny Walker Etiquette Rouge, cadeau de la femme à la Mercedes. Il se dirigea, avec deux fentes à la place des yeux, vers l'entrée.

Un tas de jeunes mecs, déguisés en punks, en motards américains, en heavy-metal, s'amassaient devant le centre social.

Rino fendit la foule à coups de coude. Certains essayaient de protester, mais quand ils le voyaient, même les plus costauds et les plus méchants la bouclaient et le laissaient passer. Malgré l'alcool qui brouillait ses sens, Rino percevait, comme un animal sauvage, la peur qu'ils avaient de lui, et il adorait ça. C'était un peu comme avoir sur la tête une pancarte avec écrit dessus : J'ATTENDS JUSTE QUE QUELQU'UN VIENNE ME CASSER LES COUILLES.

Mais ce soir-là il ne cherchait pas la bagarre. Et il avait eu tort de boire tout ce whisky avec le mal de crâne qui le reprenait.

Il arriva devant le service d'ordre. Trois connards aux cheveux enroulés en bananes crasseuses et puantes tenaient des boîtes à chaussures pleines de billets de banque.

L'un d'eux, les joues creuses et une paire de lunettes de soleil sur le nez, lui demanda une offrande selon son bon vouloir pour les musiciens. Probablement, dans la cohue, il ne s'était pas rendu compte de qui il avait en face de lui, et quand il leva les yeux et vit devant lui cet animal pelé, tout en muscles et sans yeux, il accoucha d'un petit sourire constipé et balbutia : « Non... Toi... Je sais... Vas-y... Vas-y... » Et il le fit entrer.

Dedans, il faisait au moins trente degrés et c'était irrespirable. La faute à ce millier de corps entassés dans la boîte qui fluctuaient comme une marée. Il y avait une puanteur dégoûtante. Un mélange répugnant d'herbe, de cigarettes, de sueur et de plâtre humide.

Au fond de la salle, un mur d'enceintes bombardait la musique sur le public. Le groupe, des petits points lointains éclairés par des spots rouges, jouait une merde tout en guitares distordues et batterie. Un pauvre malheureux s'égosillait et sautait comme s'il avait un porc-épic enfilé dans le cul. Au-dessus de la scène, était accroché un énorme drapeau de la paix.

Rino plongea dans la foule et arriva sur le côté de l'immense pièce, près du mur. Là, la pression diminuait et il y avait un peu d'espace pour respirer. La lumière des projecteurs, accrochés au plafond, n'arrivait pas jusque-là et dans la pénombre on entrevoyait des silhouettes assises par terre, des mégots rougeoyants, des têtes qui s'embrassaient, des petits groupes qui parlaient.

En franchissant des jambes et des canettes de bière, Rino se transporta jusqu'à une trentaine de mètres de la scène. La musique ici était si forte qu'il n'arrivait même pas à entendre ses pensées.

Maintenant il voyait le groupe. Avec ces cheveux longs, ces chaussures à semelles compensées, les visages couverts de fard, ils étaient le brouillon d'un groupe de heavy-metal américain. Et il n'y a rien de pire que d'être le brouillon d'un truc brouillon.

Il vit sous la scène une fille grande et maigre, avec les cheveux courts, blonds, qui dansait.

*On dirait Irina.*

Il s'appuya à un pilier, s'attaqua à la bouteille et ferma les yeux. Son menton rebondit sur sa poitrine. Tout ondoyait. Il s'agrippa au pilier pour ne pas tomber.

Irina était grande et très maigre. Des petits seins et des jambes du tonnerre. Ses jambes et son cou étaient ce qu'elle avait de mieux. Et, à part le cerveau, le reste non plus n'était pas à jeter…

Qu'est-ce qu'il l'avait aimée ! Il se rappelait que s'il ne la voyait pas pendant plus d'une demi-journée, son estomac commençait à lui faire mal.

Mais pourquoi tout avait merdé ?

« *Je veux avorter… Je suis trop jeune, Rino. Moi, je veux vivre.* »

« *Essaye et je te bute.* »

Et sa main qui devenait un poing.

Rino rouvrit les yeux.

*Je commence à me sentir mal. Basta ! Je me casse.*

De toute façon, dans l'état où il était, draguer était impossible. Et une tristesse lui était tombée dessus et s'il ne s'arrachait pas, il allait se mettre à chialer comme un con.

Avec le regard éteint d'un lion en cage, il s'enfila une autre rasade d'alcool et il resta à observer la foule qui ondulait les bras levés, exaltée par cette daube.

*J'ai soif.*

En face, de l'autre côté de l'immense pièce, il y avait une longue table où on vendait de la bière et de l'eau minérale.

Il avait encore de l'argent en poche. Sauf que traverser ce tapis humain lui semblait une entreprise impossible.

Parmi ceux qui s'amassaient devant la table du bar, il y avait la fille blonde. Maintenant il réussissait à mieux la voir.

*C'est elle...*

Rino reconnut ce corps maigre de top model, ce cou... Et il lui sembla même se souvenir de cette robe blanche qui tombait comme un fourreau le long de son corps et lui laissait le dos nu.

Son cœur explosa dans sa poitrine comme s'il avait vu un spectre. Il lâcha un rot alcoolique et, en bataillant, il s'appuya étourdi contre le pilier, comme s'il avait reçu un gnon dans la figure. Ses jambes ne le soutenaient pas.

*Irina !*

*C'est pas possible. Qu'est-ce qu'elle fout ici ? Elle est devenue folle. Il le lui avait dit que si elle revenait, il la tuerait.*

Et pourtant c'était elle. Même taille. Mêmes cheveux. Même façon de bouger.

Il ne pouvait pas y croire. Pas une seule fois pendant ces douze ans, il n'avait envisagé la possibilité de la revoir.

Un matin il s'était réveillé à moitié ivre. Cristiano pleurait dans son berceau. Irina n'était pas là. Il n'y avait plus ses affaires. Elle était partie.

*Et maintenant qu'est-ce qu'elle fout ici ? Elle veut reprendre Cristiano. Sinon, pourquoi elle est venue ?*

Un nœud à la gorge lui bloqua la trachée. Il se dirigea, tête basse, au milieu de la foule en fonçant vers la chevelure blonde de l'autre côté de la salle et en se frayant un chemin à coups de coude. La femme maintenant était plus près. Il voyait ses cheveux courts et ses épaules osseuses. C'était elle. Elle n'avait pas vieilli d'un poil.

Maintenant, il devait lui saisir un poignet et lui susurrer à l'oreille : « Surprise ! T'es faite aux pattes. » Et la traîner dehors. Il était à quelques mètres.

Son cœur s'était mis à battre avec un rythme forcené. Il tendit la main et à ce moment-là Irina tourna la tête et...

*Putain...*

... c'était une autre.

Rino ressentit une chose étrange qui ressemblait à de la déception. Comme si...

Comme si, rien.

C'était pas elle.

### 45.

Cristiano se réveilla devant la télé. Un type découpait au couteau une canette de Coca-Cola.

Il se leva et passa devant la fenêtre. Le fourgon n'était pas là.

*Il est sorti.*

Il pissa dans l'évier dans la cuisine. Puis il ouvrit le robinet et but.

Il retourna dans le salon, se remit devant la télé et commença à zapper en utilisant le manche à balai. Sur une chaîne régionale, il tomba sur Antonella, une rousse décolorée avec un aigle tatoué sur l'épaule, qui se déshabillait et parlait au téléphone en faisant tout un tas de grimaces. Pour se décider à quitter son soutien-gorge, il lui fallut au moins dix minutes. A ce train-là, elle enlèverait sa culotte à l'aube. Et puis, avec tous ces nombres et toutes ces inscriptions, on n'y voyait que dalle.

Il pouvait peut-être se branler.

Il imagina que la rousse entrait dans le salon. Elle était boudinée dans un T-shirt bleu qui lui arrivait au-dessus du nombril et dessous, elle était nue. Elle avait des chaussures noires pointues à talons aiguilles. Et entre les jambes, une petite bande blond filasse. Elle s'asseyait sur une chaise les jambes écartées, et un rayon de soleil, qui filtrait par la fenêtre, éclairait sa chatte béante comme un fruit de mer... Et tranquillement, elle lui parlait de ses devoirs.

Dans les oreilles, il avait la voix asthmatique de la télé qui lui répétait : « Allez, appelle-moi... Appelle-moi... Qu'est-ce que tu fais ? Qu'est-ce que tu attends... ? Appelle-moi... Ne sois pas timide. Appelle-moi. » Derrière la voix, Eros Ramazzotti chantait « je me suis encore enlisé avec toi », puis arriva une chanson très triste d'un type célèbre, un vieux, dont il ne connaissait pas le nom et qui disait « quand tu es ici avec moi, cette pièce n'a plus de murs, mais des arbres, une infinité d'arbres, quand tu es ici près de moi... »

A la radio, Cristiano avait entendu une Française qui chantait cette chanson avec une voix si douce et si sereine qu'elle vous donnait envie de pleurer. Et elle la chantait normalement, exactement comme si elle était chez elle et qu'elle la chantait à son fils pour l'endormir. Peut-être que ça s'était passé comme ça. Son mari l'avait enregistrée en cachette et puis il lui avait dit qu'elle devait en faire un disque et c'est comme ça qu'elle était devenue célèbre.

Il ne savait pas pourquoi, mais cette chanson le faisait penser à sa maman. Il la voyait assise sur son lit, la guitare à la main, en train de lui chanter une chanson. Elle avait les cheveux lisses et blonds et elle ressemblait à l'animatrice qui sur RAI Due présentait *Une famille très spéciale*.

Il était allé à Disco Boom pour s'acheter le CD, mais quand il s'était retrouvé devant le vendeur, il avait eu honte de lui demander s'il la connaissait. Il ne savait pas le nom de la chanteuse et pas non plus le titre de la chanson. Et il aurait eu l'air trop con de lui chanter « quand tu es ici avec moi »...

L'envie de se branler lui était passée. Il éteignit la télé et monta se coucher.


## 46.

Rino Zena se réveilla dans le noir en gesticulant.

Il dégringolait d'un avion. Au-dessous, il y avait une étendue noire couleur d'asphalte. Haletant, il comprit que ce n'était qu'un rêve et que c'était fini.

Il faisait nuit. Dans la bouche, il avait le goût rance du whisky, la langue gonflée comme si elle avait été piquée par une guêpe, et un mal de crâne monstrueux. A la puanteur de tabac et de moquette humide, il réalisa qu'il était dans sa chambre, étendu sur le matelas.

Il tendit la main à la recherche de l'interrupteur et toucha un corps allongé près de lui. Au début, il pensa qu'il s'agissait de Cristiano. Jusqu'à il y a quelques années, il lui permettait de dormir avec lui s'il faisait des cauchemars.

Il alluma la lumière et quand enfin il réussit à

ouvrir les yeux, il vit la blonde du concert. Celle qu'il avait prise pour Irina. Elle dormait les bras écartés. La bouche grande ouverte. Elle était nue, à part un soutien-gorge baissé d'où pointaient deux petits nichons avec les tétons sombres, larges comme une pièce de cinquante centimes.

En la regardant mieux, il se rendit compte qu'elle ne ressemblait pas à Irina. Elle avait la même peau laiteuse, les jambes longues et les hanches étroites et un beau cou. Mais le visage était différent. Celle-là avait le nez plus long et plus fin et le menton en galoche. Et elle devait avoir au maximum vingt-cinq ans.

*Mais comment elle a atterri ici ?*

Rino tenta de revenir en arrière, au concert. Il se souvenait qu'il avait fendu la foule, sûr que c'était Irina et de s'être aperçu que ce n'était pas elle.

Et puis plus rien.

Le trou noir.

Il devait l'avoir ramenée à la maison.

Il toucha sa queue. Elle était endolorie.

Il se l'était tapée.

Une image confuse s'imprima dans son esprit. Lui dessus et elle dessous. Il la tenait par les cheveux.

Rino était sur le point de se lever et d'aller pisser quand il vit qu'à côté du matelas, du côté de la blonde, il y avait une seringue avec une grande aiguille et tout l'attirail du parfait toxico.

Rino observa les bras de la fille. Elle avait de minuscules trous coagulés et autour, la peau violacée.

*Une droguée de merde. Et elle s'était shootée ici, pendant que je dormais, avec Cristiano dans la pièce d'à côté.*

Rino l'attrapa par le cou et la souleva du matelas et puis il lui enfila une main entre les fesses comme s'il voulait la pénétrer avec les doigts, mais au lieu de ça, il la balança comme un sac de patates et elle, elle ouvrit la bouche et n'eut même pas le temps de se réveiller, de hurler, de rien faire, elle rebondit contre la porte du placard et se retrouva à terre, dans un coin de la chambre.

« Jésus ! » hurla-t-elle en reprenant ses esprits, terrorisée. Elle serra un bras autour de son cou et tendit l'autre en avant, en essayant de s'abriter, puis elle se mit à genoux et commença à errer à quatre pattes dans la pièce.

« Fous le camp, salope ! Tu t'es shootée chez moi ! » Rino lui flanqua un coup de pied au cul qui lui souleva les jambes. La toxico se plia en avant et frotta son museau contre la moquette et se retrouva le nez à deux centimètres du pistolet posé par terre.

Rino, debout, nu et enragé comme un démon, s'élança pour le lui prendre, mais la toxico, rapide, attrapa l'arme et l'empoigna des deux mains et elle se recula vers un coin. « T'approche pas, bâtard, fils de pute ! Je te descends. J'te jure que j'te descends. » Elle haletait, les yeux écarquillés. Puis elle sembla réaliser l'endroit où elle se trouvait : le drapeau rouge à croix gammée sur le mur, ce psychopathe tout tatoué qui voulait la tuer. « Nazi de merde, t'es mort ! » Et elle lui tira dessus.

« Connasse ! Il est pas chargé. » Rino secoua la tête. Il ouvrit son bras droit et écarta les doigts de la main et fit un pas vers elle, mais il marcha sur la seringue et l'aiguille s'enfonça dans la voûte plantaire. Il étouffa un hurlement et se mit à sautiller, le pied à la main.

Profitant de la situation, la fille se rua vers la porte de la chambre.

Rino attrapa un cendrier en verre plein de mégots et le jeta sur elle comme si c'était un frisbee. Il l'atteignit à l'épaule. Elle se plia en glapissant, laissa tomber le pistolet et réussit à s'échapper.


## 47.


Cristiano Zena fut réveillé par les cris forcenés d'une femme.

*Papa est en train de se taper une de ses pu...* il n'arriva pas à finir sa pensée que quelqu'un se précipita dans sa chambre en hurlant.

Il hurla lui aussi. Il alluma la lumière.

C'était une femme nue et terrifiée qui se cognait contre les murs comme une hirondelle entrée par erreur par la fenêtre.

Rino arriva dans la chambre, nu. Dans une main, il tenait les vêtements et le sac de la fille et dans l'autre des bottes noires pointues. Il avait deux fentes à la place des yeux et sa mâchoire frémissait de rage.

*Il va la tuer*, pensa Cristiano et il se mit les mains dans les cheveux.

Mais au lieu de cela, Rino lui balança ses vêtements à la figure. « Dégage, connasse. »

La femme les ramassa et elle voulait s'enfuir, mais elle avait la trouille de passer près de lui.

A la fin, les vêtements serrés entre ses bras, elle se décida. Elle courut vers la porte et se chopa un coup de pied au cul de la part de Rino. Elle trébucha et s'affala de tout son long dans le couloir. Cristiano l'entendit dévaler les escaliers et claquer la porte.

Son père s'approcha de la fenêtre. « Voilà. Elle reviendra plus. »

Cristiano se recroquevilla sous les couvertures. « Qu'est-ce qui s'est passé ? »

Rino s'approcha du lit. « Rien. Juste une pute. Rendors-toi. Bonne nuit. » Et il alla dans sa chambre.

# II
## Samedi

### 48.

Le samedi il n'y avait pas école et on pouvait faire la grasse matinée.

Il était onze heures et demie quand Cristiano Zena sortit la tête de dessous les couvertures.

Vers une heure, Trecca allait arriver. Il avait tout juste le temps de se laver et de prendre son petit déjeuner.

Il avait une faim de loup. Il aurait dévoré un poulet avec tous ses os. A cette pensée, son ventre se mit à gargouiller.

Mais il devait se contenter de pain et de confiture.

Il se frotta les yeux, regarda par la fenêtre en bâillant et il eut envie de rire en imaginant cette pauvre fille qui avait quitté la maison toute nue avec un coup de pied imprimé sur la fesse.

Cet après-midi, il aimerait bien aller voir les motos chez le concessionnaire. Il pouvait demander à Quattro Formaggi de l'accompagner.

Il s'habilla et descendit. La télé était sur MTV.

Rino était dans la cuisine et il était déjà prêt pour la rencontre avec l'assistant social. Chaque fois qu'il le voyait super sapé comme s'il allait à un mariage, Cristiano avait envie de rire. On aurait dit un mannequin d'osier. Chemise bleue. Cravate. Pantalon marine. Chaussures basses à lacets.

« Regarde un peu ! » Son père lui indiqua le plan de travail en formica.

Il y avait un papier gras avec dessus une dizaine de tranches de mortadelle et sur une assiette un beau morceau de fromage stracchino frais et une baguette de pain. Dans l'air, il y avait une odeur de café. Et de la porte du four sortait une bonne petite chaleur.

Le sandwich à la mortadelle et au stracchino était selon Cristiano le meilleur sandwich du monde (suivi par celui à la mozzarella et au jambon cru) et il n'y avait rien de plus délicieux que de le manger le matin avec un café au lait.

Mais qu'est-ce qui se passait ? C'était pas Noël, ni même son anniversaire.

« Je me suis réveillé de bonne heure et j'ai fait quelques courses. Mange. »

Cristiano ne se le fit pas répéter deux fois. Ils se rassasièrent en silence en dégustant chaque bouchée. Rino tenant le sandwich loin de lui de peur de tacher sa chemise.

### 49.

Beppe Trecca conduisait sa Puma à travers les rues de Varrano et il écoutait un CD avec des cris de dauphins mixés à des notes de piano. Il l'avait acheté en promo au restoroute parce que sur la pochette, il était écrit que c'était une musique étudiée pour faire du yoga ou se relaxer après une intense journée de travail, mais les appels stridents de ces poissons ne le relaxaient absolument pas, surtout après une nuit blanche.

Il éteignit l'autoradio, s'arrêta au feu rouge et, en attendant le vert, il ouvrit son attaché-case. Dedans, il y avait une bouteille de Ballantine's. Il regarda autour de lui et il s'y attaqua, il en but une gorgée et la renferma dans la mallette.

Il repartit et, en plaçant sa voix, il déclama : « Certains hommes voient les choses comme elles sont et disent "Pourquoi ?". Moi je rêve des choses qui ne furent jamais, et je dis "Pourquoi pas ?". »

Cette phrase de George Bernard Shaw qu'il avait trouvée dans *Le Grand Livre des aphorismes* était parfaite pour ouvrir la table ronde sur « Les jeunes comme moteur du changement de la société » qu'il avait organisée cet après-midi pour les bénévoles de la paroisse.

Il ne savait pas exactement quel rapport elle avait avec le thème du séminaire, mais elle sonnait bien.

Beppe Trecca avait trente-cinq ans et il était né à Ariccia, une bourgade des Castelli Romani, et s'était transféré à Varrano après avoir été reçu au concours d'assistant social.

Il faisait un mètre soixante-dix. Ces derniers temps, il avait maigri et, étant déjà maigre de constitution, avec ces deux kilos en moins il était devenu sec et anguleux comme un hippocampe. Sur sa tête, une boule de boucles blond filasse se rebellait même aux gels les plus tenaces.

Il portait un costume bleu, une chemise blanche et une cravate à rayures. Il avait aussi une paire de bretelles jaunes pour tenir son pantalon trop large.

Il s'habillait ainsi depuis qu'il avait lu un livre intitulé *Jésus comme manager*.

C'était un essai d'un certain Bob Briner, un génial businessman américain qui avait étudié longuement les Evangiles pour essayer de comprendre comment le Christ, outre qu'il était le fils de Notre Seigneur, était aussi un exceptionnel manager. La construction d'un projet important, le choix des collaborateurs (les douze apôtres), le refus de toute forme de corruption et les bonnes relations avec le peuple de Palestine avaient été autant d'armes gagnantes pour faire de lui le plus grand entrepreneur de tous les temps.

A partir de là, Trecca avait réalisé qu'il ne devait pas aborder son travail avec une approche assistancielle mais managériale, et par conséquent, il s'habillait comme un manager.

Il enleva ses lunettes de soleil et observa ses cernes dans le rétroviseur. On aurait dit un panda.

Il savait que les femmes se mettaient un truc, une crème pour les cacher, il était peut-être temps de se l'acheter.

Ida ne devait pas le voir dans cet état. Même s'il était certain que cet après-midi, elle ne viendrait pas à la table ronde après ce qui s'était passé entre eux.

Ida Montanari était la femme de Mario Lo Vino, le directeur de l'antenne de la DDASS de Varrano et peut-être le meilleur ami de Beppe Trecca.

*Peut-être*, parce qu'après ce qu'il avait fait à ce malheureux, Beppe n'était pas certain de pouvoir encore se définir comme tel.

Il s'était amouraché de sa femme. Mais amouraché n'était pas le mot juste, il avait complètement perdu la tête pour cette femme.

Cela ne lui ressemblait pas. Lui, il était quelqu'un qui croyait à des valeurs comme la loyauté, la correction, l'amitié.

Et pourtant, ce n'était pas de sa faute si dans ce triste monde du bénévolat, Ida, vingt-sept ans, brillait comme un oiseau de paradis dans un poulailler infesté par la grippe aviaire.

Tout était né d'une innocente amitié. Ils s'étaient connus grâce à Mario. Quand il était arrivé d'Ariccia, déprimé et démotivé, Beppe avait été accueilli chez les Lo Vino comme un ami. Il avait découvert le plaisir d'être en famille, de jouer aux cartes le soir en sirotant un verre de vin. Il était devenu un oncle pour Michele et Daria, leurs enfants. L'été dernier, il était même allé en vacances à la montagne avec eux. Et là, il avait découvert l'âme d'Ida. Une femme qui le faisait se sentir bien et lui faisait voir la vie sous son jour le meilleur. Et surtout, elle le faisait se sentir léger. Il y avait des journées où ils riaient sans arrêt.

Et c'était elle qui lui avait demandé de l'aider à coordonner les groupes de bénévoles de la paroisse.

Bref, tout allait pour le mieux. Jusqu'à ce que, il y a environ trois jours, Dieu et Satan en personne se soient entendus pour comploter contre lui.

Ce soir-là, sans raison précise, la réunion avec les nécessiteux avait été supprimée et Beppe s'était retrouvé seul avec Ida dans la salle de vidéoconférence. Même le père Marcello, qui ne se déscotchait jamais de sa paroisse depuis quinze ans, était sorti pour une pizza-party avec le groupe des alcooliques.

Et c'est alors qu'était intervenu le Malin, qui avait pris possession de sa langue et de ses mandibules et avait parlé à sa place. « Ida, j'ai une vidéo très intéressante sur les œuvres des bénévoles en Ethiopie. Je voudrais te la montrer. Elle vaut vraiment la peine. Les gars, là-bas, ils font vraiment du bon boulot. »

Beppe Trecca, arrêté au feu, commença à se donner des coups de poing sur le front. « Devant – coup de poing – la vidéo – coup de poing – des enfants africains. T'as pas honte ?! »

Il devait s'arrêter parce que, à côté de lui, deux gars sur un ScooterOne l'observaient, déconcertés.

Il sourit d'un air embarrassé, baissa sa vitre et dit :

« Les mecs… C'est rien… Des soucis… Rien que des soucis… »

Ida avait jeté un coup d'œil à sa montre et avait souri. « Mario et les enfants dînent chez leur grand-mère Eva. Pourquoi pas ? »

« Satanée grand-mère ! » Et Beppe s'engagea sur la nationale en faisant crisser ses pneus.

Beppe avait inséré la cassette dans le magnéto-scope qui d'habitude ne fonctionnait jamais mais qui, ce soir-là, Dieu sait pourquoi, fonctionnait parfaitement, et la bande était partie.

D'un côté, eux deux, l'un près de l'autre, dans l'obscurité, assis sur le divan en skaï. De l'autre, les enfants avec leurs estomacs dilatés par la faim et la dysenterie.

Elle, assise bien droite, jambes et bras croisés, mais tout à coup elle s'était reculée et avait posé, sans lui donner de poids, sa main à quelques centimètres de sa cuisse à lui. Et lui, tout en continuant à fixer la télévision, lentement, imperceptiblement, mais obsti-nément comme les racines d'un figuier sauvage, il avait écarté un peu les jambes jusqu'à sentir les join-tures de sa main qui frôlaient le tissu de son pantalon.

Il s'était tourné et, avec la détermination d'un kamikaze islamiste, il l'avait embrassée.

En oubliant Mario Lo Vino, les innocents Michele et Daria, en oubliant toutes ces soirées où il avait été nourri, accueilli, hébergé comme un ami, mieux, comme un frère.

Et elle ? Et elle, qu'est-ce qu'elle avait fait ? Elle s'était laissé embrasser. Du moins au début. Beppe sentait encore imprimées sur ses lèvres ses lèvres à elle. Le goût du chewing-gum au xylitol. Cet éphé-mère et pourtant indéniable contact avec sa langue douce et liquide.

Mais après, Ida s'était écartée, l'avait repoussé et

lui avait dit, rouge pivoine : « Mais tu es devenu fou ?! Qu'est-ce que tu fais ?! » Et elle s'était enfuie, fâchée comme une midinette de roman à l'eau de rose.

Le lendemain, elle ne s'était pas montrée à la paroisse, ni le jour suivant.

Et pendant ce temps, Beppe avait souffert désespérément, comme jamais de toute sa vie. Et c'étaient des douleurs physiques. Surtout aux intestins. Sa colite spasmodique était revenue.

Il avait découvert qu'il avait occulté sa passion pour Ida comme si c'était une maladie vénérienne.

Il avait songé à se confier à sa cousine Luisa. A lui demander de l'aide. Mais il avait trop honte. Et donc, seul et en plein désarroi, sans même le réconfort d'une voix amie, il avait supporté le silence en espérant que cette maladie passe toute seule, que son organisme s'immunise contre ce virus diabolique.

Il n'y était pas arrivé. Il avait cessé de dormir et s'était mis à boire pour essayer d'oublier. Impossible. Il s'était maudit de s'être comporté ainsi, mais il avait continué à se dire que le contact des langues avait existé. C'était ainsi. Indiscutable. Aussi vrai qu'il était vrai qu'il était né à Ariccia. Et si vraiment elle, elle n'avait pas voulu, elle ne l'aurait pas laissé introduire sa langue à lui dans sa bouche à elle. Pas vrai ?

A cinq heures quarante-trois de ce matin-là, il lui avait envoyé un SMS. Le texte auquel il avait pensé toute la nuit disait :

PARDONNE-MOI ☹

Juste ça. Simple. Précis. Elle, bien entendu, elle n'avait pas répondu.

L'assistant social s'arrêta devant chez Rino Zena, prit son attaché-case, descendit de la Puma.

*Maintenant ça suffit, basta, les problèmes personnels ne doivent pas interférer dans le travail*, se dit-il en sautillant entre les flaques pour ne pas salir ses chaussures, et il allait poser le doigt sur la sonnette quand son portable vibra deux fois.

Le corps de Trecca fut traversé par une secousse, comme si on lui avait posé les électrodes d'un électrostimulateur sur le cœur.

Il se raidit et sortit son portable de sa poche, en apnée. A côté du dessin de la petite enveloppe, il y avait écrit IDA.

Il ferma les yeux, appuya sur la touche et les rouvrit.

DE QUOI ? C'ÉTAIT SUPER.

ÇA TE DIT SI ON SE VOIT DEMAIN ?

C'EST TOI QUI ORGANISES. ☺

Quelle salope ! Alors elle avait aimé ça !

Il serra les dents, plia les genoux et en soulevant les poings, il dit : « C'est parti !!! »

Et il sonna à la porte.

50.

« Vous avez vu ce sale temps, les enfants ? Alors, qu'est-ce que vous me racontez ? – Beppe Trecca s'installa à côté de Rino et posa son attaché-case sur ses cuisses et se frotta les mains, tout content.

— Tout va bien. C'est moi qui gagne », répondit Cristiano en lançant les dés et en l'observant.

Il était bizarre. Il était tout excité, et pourtant, depuis la dernière fois qu'il était venu, il semblait avoir maigri, comme s'il avait eu une maladie, et puis il avait les yeux enfoncés dans le crâne et cernés comme s'il n'avait pas dormi.

« Excellent ! Excellent ! Alors, vous aimez bien le Monopoly ? »

Depuis que Beppe leur avait reproché de ne pas assez jouer ensemble (le jeu favorise la construction d'un rapport père-fils plus étroit et plus confiant), toutes les fois qu'il venait les trouver, ils montaient cette comédie.

Rino aussi jeta les dés et fit un petit sourire moqueur. « Ouais, vachement. C'est super de manipuler tout ce pognon. »

Cristiano était à chaque fois frappé par le calme de son père pendant les visites de Trecca. Il était méconnaissable. Il le haïssait, il l'aurait volontiers renversé avec sa voiture, et pourtant, il collait sur ses lèvres un petit sourire faux et répondait avec la gentillesse d'un lord. Quels efforts surhumains il devait faire pour ne pas exploser et ne pas l'attraper par la cravate et lui démolir le groin à coups de boule... Mais au bout d'un moment, Cristiano s'inquiétait parce qu'il le voyait cyanosé, qui avalait de l'air et serrait le bord de la table comme s'il voulait la briser, alors il devait inventer un moyen pour faire partir l'assistant social.

Beppe ouvrit son attaché-case et en sortit des imprimés. « Rino, j'ai là un questionnaire que je voudrais que tu remplisses.

— C'est quoi ? fit Rino, soupçonneux.

— Le drame avec l'alcool, c'est que ceux qui ont des problèmes avec cette plaie sociale le nient. Il est naturel pour l'alcoolique de mentir et de tout faire pour le cacher, y compris à lui-même. Et tu sais pourquoi, Rino ? A cause de la marque d'infamie qui entache les problèmes relatifs à l'abus de substances alcoolisées. C'est ça qui contribue au déni. Il est inutile que je te répète les graves dommages que l'alcool cause à ton organisme. Et les conséquences négatives que peut avoir cette habitude sur les rapports en famille, au travail et en société. »

Cristiano était nerveux. Ce type-là ne cherchait qu'une occasion pour l'envoyer à l'assistance. Et le séparer de son père. Deux jours plus tôt, il l'avait croisé sur le cours et Trecca l'avait à peine salué, comme s'il cachait quelque chose. Et maintenant, il leur sortait ce questionnaire. Il semblait tramer quelque chose.

L'assistant social sourit. « Rino, écoute-moi, j'étudie sérieusement la possibilité de ta participation à un séminaire que j'organise sur les dangers de l'alcoolisme dans la société, donc, remplis avec une grande sincérité ce questionnaire. Je sais que tu bois sec, tu ne dois pas me le cacher. Et même, aujourd'hui, il faut qu'on fasse une chose. Un geste symbolique devant ton fils. – Il ouvrit son attaché-case et en sortit une bouteille de Ballantine's à moitié vide. – Cristiano, amène deux verres, s'il te plaît. »

Cristiano courut à la cuisine et revint avec les verres.

« Merci. – Beppe versa deux doigts dans un verre et le donna à Rino, puis il remplit l'autre à plus de la moitié et le garda pour lui. – Ça, c'est le dernier verre d'alcool fort que tu bois jusqu'à notre prochaine rencontre. D'accord ? C'est une promesse. Compris ?

— D'accord », répondit Rino comme un petit soldat.

L'assistant social leva son verre au ciel et le but cul sec. Rino l'imita.

« Aaaaah… – Trecca tordit la bouche et se l'essuya avec le dos de la main. Puis il ajusta sa cravate. – Les enfants, je peux aller un instant aux toilettes ?

— Bien sûr », firent Cristiano et Rino, soulagés.

L'assistant social s'enferma aux cabinets.

« Mais qu'est-ce qu'il a ? T'as vu ? Il s'est enfilé un verre de whisky… » murmura Rino.

Cristiano haussa les épaules. « Qu'est-ce que j'en sais, moi… ? »

## 51.

Beppe Trecca s'enferma à clé dans les toilettes et se lava le visage.

Il avait parlé avec les Zena sans même comprendre un traître mot de ce qu'il racontait. Il n'arrivait à penser qu'aux lèvres d'Ida, sombres comme des griottes mûres, à ce V entre les seins que laissaient toujours apparaître ses petites robes, et à ces grands yeux de biche qui la faisaient ressembler à Meg Ryan. Et surtout au putain de lieu où ils pourraient se rencontrer.

Il se regarda sans le miroir et secoua la tête.

*Je suis trop pâle, je devrais peut-être me faire des UV.*

Chez lui, c'était impossible. Trop risqué. Dans un hôtel non plus. Il fallait un endroit spécial, romantique…

Il fut frappé par une illumination.

*Mais bien sûr ! Le camping-car du mari de ma cousine.*

Il sortit son portable et écrivit rapidement :

GÉNIAL !
ON SE VOIT DEMAIN VERS 22 H
AU CAMPING BAHAMAS.

Il allait envoyer le SMS quand il changea d'avis et, tout tremblant, il ajouta :

JE T'AIME ☺

## 52.

Cet après-midi-là, Cristiano Zena prit l'autobus et alla faire un petit tour.

Il n'avait rien de prévu et trois euros en poche, mais ça n'existait pas de rester le samedi à la maison.

Après avoir mangé, il avait essayé de téléphoner à Quattro Formaggi pour lui demander s'il avait envie d'aller voir les motos, mais son portable était éteint, comme d'habitude.

Il était sans doute à l'église.

Quand les portes de l'autobus s'ouvrirent en chuintant et que Cristiano descendit sur le trottoir, il était à peine quatre heures, mais la nuit tombait déjà sur la plaine. Entre ciel et terre, il ne restait qu'une mince bande couleur saumon. De l'est soufflait un vent cinglant et les cyprès plantés sur le terre-plein central de la nationale étaient tous pliés d'un côté. Même les longues banderoles publicitaires accrochées sous le pont piétonnier claquaient comme des voiles larguées.

Face à Cristiano s'étirait un kilomètre et demi de boutiques, de magasins en gros et au détail, de ventes d'usines, de stations de lavage de voiture en self-service, de stocks de grandes marques, d'illuminations colorées, d'enseignes clignotantes proposant des promotions et des rabais. Il y avait même une mosquée.

A gauche, derrière le petit immeuble de la Cathédrale de la Chaussure, entre les nuages de fumée produits par les vendeurs ambulants de saucisses et de cochons de lait rôtis, s'élevaient les murs imposants du centre commercial Les Quatre Chemins. Un peu plus loin, le cube de verre du Mediastore, et de l'autre côté de la route, le grand concessionnaire Opel-General Motors, avec les enfilades de voitures neuves et le grand espace du marché automobile avec les guirlandes en feston des super offres. Et aussi le parking de la salle Multiplex à côté du petit immeuble du McDonald's.

Au centre de la rotonde, sur laquelle donnaient deux autres rues longues et droites, le vieux sculpteur Callisto Arabuia avait érigé sa dernière œuvre, une énorme sculpture en bronze ayant la forme conique d'un *pandoro* qui tournait et pissotait des giclées d'eau dans une vasque.

Cristiano se dirigea vers le centre commercial. Les quatre tours, aux coins de la construction, se voyaient, les jours clairs, à des kilomètres de distance. On disait qu'elles dépassaient d'un demi-mètre le campanile de la place Saint-Marc à Venise. Pour un euro, on pouvait prendre un ascenseur qui vous amenait en haut de la tour numéro deux. Et de là-haut, on voyait le Forgese qui serpentait vers la mer et tous les minuscules lieux-dits et les hameaux qui tachaient la plaine comme une scarlatine.

Le centre commercial était un immense parallélépipède, plus grand que le hangar d'un avion, bleu et sans fenêtres, construit au milieu des années quatre-vingt-dix.

Ce jour-là, en l'honneur du mois des soldes, au sommet des tours, on avait attaché des ballons aérostatiques à tranches jaunes et bleues sur lesquels était écrit : LES BONNES AFFAIRES SE FONT AUX QUATRE CHEMINS. Tout autour du bâtiment, s'étendait une esplanade d'asphalte parsemée de milliers de voitures.

Les gens venaient de loin aux Quatre Chemins. C'était le plus grand centre commercial dans un rayon d'une centaine de kilomètres. Cent mille mètres carrés, partagés en trois étages et deux entresols. Avec un parking souterrain qui contenait jusqu'à trois mille voitures. Le rez-de-chaussée était tout entier réservé à l'hypermarché Coral Reef où l'on faisait de bonnes affaires et où l'on pouvait emporter un pack de bières à moins de dix euros. Tout le reste était occupé par des magasins. Vous y trouviez tout ce que vous vouliez : une agence bancaire du Monte dei Paschi, des points de vente Vodafone et TIM, un bureau de poste, une nursery, des boutiques de vêtements et de chaussures, trois coiffeurs, quatre pizzerias, un bar à vins, un restaurant chinois, un pub irlandais, une salle de jeu, une animalerie, une salle de sport, un laboratoire d'analyses médicales et un centre de bronzage. Il ne manquait qu'une librairie.

Au centre du premier étage, il y avait une grande place ovale avec une fontaine en forme de barque et un escalier en marbre qui menait au deuxième étage. Dans les intentions de l'architecte, elle reproduisait de manière surréelle la place d'Espagne à Rome.

Cristiano traversa le parking, tout courbé pour se défendre du vent glacé. Il y avait un bordel noir, car c'était le premier jour d'un long mois d'offres spéciales.

Une file interminable de voitures était arrêtée face aux barrières automatiques du parking et un fleuve humain s'agglutinait aux entrées. Des familles sortaient avec des caddies pleins à ras bord de marchandises, des mamans avec leurs enfants emmitouflés comme des astronautes dans les poussettes, des bandes d'adolescents en mobylette qui roulaient au milieu des voitures, des gens qui se disputaient les places de parking, des cars qui vomissaient des troupeaux de vieux. Dans un coin du parking, ils avaient aussi installé un petit parc d'attractions ambulant avec plein d'auto-tamponneuses et de stands de tir à la carabine.

La musique sortait, forte et distordue, des haut-parleurs à la porte d'entrée.

Cristiano regarda derrière la rangée des poubelles, là où Fabiana Ponticelli et Esmeralda Guerra se tenaient en général avec leur bande en été et où en hiver elles garaient leur scooter.

Le Scarabeo avec le smiley était là, attaché à la moto de Tekken.

Son cœur se mit à cogner.

Il observa la moto. Il était désolé de l'admettre, mais ce fils de pute avait vraiment une superbe machine. Il avait changé les roues et mis des roues piste, pour slalomer dans la circulation. Il remarqua aussi que le pot d'échappement n'était pas réglementaire. Qui sait combien de fric il avait dû dépenser pour faire ces modifications. Mais ce n'était pas un problème. Le père de Tekken était une grosse légume de Biolumex, l'usine d'ampoules près de San Rocco, et donc, depuis qu'il était tout petit, ses parents lui passaient tous ses caprices.

Cristiano ne put s'empêcher de sentir la jalousie lui brûler les tripes. Mais ensuite, il se dit que les fils à papa naissent avec une cuiller d'argent dans la bouche et que quand arrivent les emmerdes, ils pleurnichent comme des femmelettes.

*Si par exemple il y a un tremblement de terre qui lui prend tout ce qu'il a, Tekken ne saura rien faire, il sera désespéré d'être pauvre et il se pendra au premier arbre qu'il trouvera. Moi, par contre, j'ai rien à perdre.*

*Ce serait génial s'il y avait un tremblement de terre.*

Et puis, il reprit courage en se disant que les grands ont toujours dû se frayer tout seuls un chemin dans la merde. Y avait qu'à voir Eminem, Hitler ou Christian Vieri.

Il se glissa dans la marée humaine qui entrait au centre commercial.

Dedans, il faisait très chaud. Sur les côtés, il y avait des brochettes de filles en minijupe et petite veste qui vous inondaient de prospectus de promotion pour les tarifs téléphoniques, la salle de sport et le centre de bronzage. Autour d'un type qui coupait des carottes et des courgettes avec un truc en plastique, il y avait un attroupement.

Comme toujours, Cristiano s'arrêta devant Cellulandia, la boutique de téléphones portables.

Il aurait tellement aimé en avoir un.

Il était probablement le seul de tout le collège à ne pas en avoir.

« Et t'es pas fier d'être différent des autres ? – Voilà ce que lui avait répondu son père quand il le lui avait fait remarquer.

— Non. Non, je suis pas fier. Moi aussi j'en veux un. »

Il passa devant un magasin d'électronique qui exposait des offres promotionnelles très intéressantes sur des écrans et des PC. Mais il y resta peu de temps. Il était bousculé par des épaules et des panses, assourdi par des lèvres maquillées qui hurlaient dans ses tympans, enveloppé dans des nuages de parfum et d'après-rasage, aveuglé par des cheveux teints.

Que diable était-il venu faire dans ce bordel ?

Il se rendit au Pub de l'Ours Electrique et regarda à l'intérieur pour voir si, par hasard, il n'y avait pas Danilo.

Eclairées à grand-peine par des lumières tamisées, les tables étaient entourées de silhouettes sombres. Le comptoir aussi était rempli de gens assis sur les tabourets. Trois écrans plasma retransmettaient des combats de catch. La musique était assourdissante. Et chaque fois que quelqu'un donnait un pourboire, les garçons tapaient sur une cloche.

Aucune trace de Danilo.

Cristiano sortit et avec les trois euros qu'il avait en poche, il s'acheta une tranche de pizza au saucisson et champignons. Il décida de faire un petit tour rapide, sans s'arrêter pour regarder les vitrines.

Alors que la masse compacte qui se déplaçait à travers la galerie B l'entraînait, il faillit se casser la figure sur Fabiana Ponticelli.

Il l'évita d'un poil. Il entendit Esmeralda qui disait : « Par ici ! Par ici ! »

Deux lutins bariolés qui jaillissaient dans la foule en poussant des petits cris de joie. Elles sautaient. Elles attrapaient et bousculaient ceux qui se présentaient devant elles. Elles récoltaient des tas d'insultes, mais ne les entendaient même pas. Comme possédées par un démon crétin.

Il les suivit en essayant de ne pas se faire voir et en faisant gaffe à ne pas les perdre de vue. Fabiana, soudain, indiqua une boutique de vêtements et, en ricanant, Esmeralda et elle se précipitèrent dedans, main dans la main. Cristiano s'approcha de la vitrine.

Elles sortaient des étagères des jupes, des gilets et des T-shirts, elles y jetaient à peine un coup d'œil et puis elles balançaient les vêtements en boule au milieu des piles bien rangées. Mais de temps en temps, elles s'arrêtaient, observaient les murs et le plafond.

Cristiano ne comprenait pas, puis il eut une illumination.

*Les caméras de surveillance.*

Quand elles n'étaient pas couvertes par le faisceau des caméras, l'une provoquait un grand vacarme, attirant l'attention sur elle, et l'autre fourrait à toute vitesse les fringues dans son sac.

Il vit que Fabiana entrait avec le sien dans une cabine d'essayage tandis qu'Esmeralda faisait le guet devant le rideau, en faisant mine d'essayer un chapeau, et quand une vendeuse arriva, furibarde à cause du désordre qu'elles avaient semé, elle dégaina un sourire très faux et commença à lui demander mille choses, en l'entraînant vers un rayon éloigné.

Cristiano aurait mis sa main au feu que Fabiana, enfermée dans la cabine, s'affairait avec une pince coupante à retirer les antivols des vêtements.

Quand elle réapparut, elle fit un signe à Esmeralda et, tranquillement, le sac rebondi, elles sortirent de la boutique et s'évanouirent dans la foule.

Elles étaient fortes. Putain, qu'elles étaient fortes.

Lui, au contraire, il était empoté pour voler. Il faisait tout de travers.

Il mettait des siècles à se décider et si les vendeuses ne le chopaient pas, c'était uniquement parce qu'elles étaient des abruties. Mais il finissait toujours par prendre des choses inutiles. Une paire d'Adidas trop serrées pour lui. Une autre fois, un joypad pour PlayStation qui ne lui servait strictement à rien, vu qu'il n'avait pas la console.

La pire des expériences, ç'avait été quand il avait décidé de voler Fragola, le furet de l'animalerie.

Ce petit être à poil, il en était tombé amoureux au premier regard. Il avait un museau de souris mais de grandes oreilles d'ourson et deux gouttes d'encre à la place des yeux. Une fourrure café au lait et une queue en plumeau. Il sommeillait dans une grande cage, allongé de tout son long sur une espèce de hamac. Sur une pancarte, il était écrit : ANIMAL APPRIVOISÉ. Et Cristiano, sans se faire voir de la patronne, avait ouvert la cage et avait introduit sa main. Fragola s'était laissé caresser le ventre et avec ses petites mains il avait attrapé son pouce et le lui avait léché avec sa langue râpeuse.

Pendant des jours, il était allé au magasin pour demander des informations sur combien il coûtait (une somme impensable !), ce qu'il mangeait, où il faisait caca, s'il était gentil, s'il puait, et à la fin, la patronne exaspérée lui avait dit : « Bon, ou tu l'achètes ou tu gicles. »

Cristiano, vexé, se dirigeait vers la porte, mais avant de partir, il avait vu que la sorcière était occupée à vendre un paquet de croquettes à un client. Il avait ouvert la cage, avait attrapé Fragola par le cou et sans trop réfléchir davantage, il l'avait glissé dans son pantalon et s'était enfui.

Le furet, au bout de quelques secondes, avait commencé à s'agiter, à se tordre et à griffer comme si on voulait le tuer.

Cristiano pendant ce temps essayait de marcher de manière désinvolte le long de l'entresol, mais l'animal lui écorchait les cuisses. A un moment donné, il n'y avait plus tenu et s'était mis à hurler et à sauter comme un possédé du démon au milieu de la foule. Il avait fourré une main dans son pantalon tandis que, dans son dos, il avait entendu une voix hurler : « Au voleur ! Au voleur ! Il m'a volé mon furet ! Arrêtez-le ! »

La patronne le poursuivait au milieu des visages ahuris. Cristiano s'était mis à cavaler. Puis la petite tête du furet avait pointé au bout d'une jambe de son pantalon, Cristiano avait secoué les jambes et l'animal avait jailli et, après un bond de deux ou trois mètres, il s'était échappé en direction de la boutique Vodafone tandis que lui se précipitait vers la sortie.

Après cette terrible expérience, il s'était juré qu'il ne volerait plus jamais rien dans les magasins.

Mais en attendant, elles étaient passées où, les deux filles ?

Il poursuivit dans la galerie en les cherchant dans les boutiques de vêtements et de chaussures.

La place d'Espagne était envahie de gens qui se reposaient, installés aux tables du bar La Lune dans le Puits. Il y avait un clown avec un haut-de-forme et une canne qui, pour trois euros, se faisait photographier avec les enfants. Et une blonde allongée en bikini sur un lit, avec des sparadraps et des fils colorés collés partout qui lui faisaient vibrer les fesses.

*Les voilà.*

Elles étaient assises sur les escaliers, tout occupées à essayer les vêtements qu'elles venaient de voler.

Cristiano aurait voulu prendre ses jambes à son cou et, au lieu de cela, en apnée, il continua à passer devant elles, les guettant du coin de l'œil sans qu'elles s'aperçoivent le moins du monde de sa présence. Il faisait semblant d'avoir rendez-vous avec quelqu'un, de temps en temps il regardait la pendule en hauteur.

*Dans trente secondes, je m'en vais.*

Les trente secondes passées, il décida d'en attendre vingt autres. Et il eut raison, car à la dix-huitième seconde tapante, il lui sembla qu'Esmeralda l'appelait.

La musique du clown était tellement forte qu'il arrivait à peine à comprendre si c'était à lui qu'Esmeralda s'adressait.

Puis toutes les deux lui firent signe d'approcher.

Cristiano prit tout son temps pour gravir ces quatre marches. Esmeralda tendit une main et le fit s'asseoir. « Comment ça va ? »

Cristiano sentait que toute salive avait disparu de sa bouche et il eut du mal à dire : « Bien. »

Esmeralda enfila un T-shirt violet sur son chemisier. « Il me va comment ?

— Bien.

— Bien, c'est tout ? – Et puis, à son amie : – Tu vois ? Il me va pas. » Elle le quitta et le jeta par terre.

Fabiana l'observa un moment de ses yeux clairs. « Qu'est-ce que tu fous là ?

— Rien…

— T'attends quelqu'un ?

— Non… – Puis il se rappela la comédie qu'il venait de jouer. Il haussa les épaules. – Si… Mais je suis arrivé en retard. »

Esmeralda sortit du sac un sweat-shirt orné du S de Superman. « Ta petite amie ? »

Cristiano fit un « Non ! » trop hâtif.

« Tu sais, y a aucun mal à avoir une petite amie. T'as peur des filles ?

— Pourquoi je devrais en avoir peur ? – Avec ces deux-là, il se sentait toujours en accusation quand il parlait. Il ajouta, pour être plus clair : – J'ai pas de copine. Un point c'est tout.

— Et Angela Baroni ?

— Quoi, Angela Baroni ?

— Elle gonfle tout le monde en disant qu'elle est dingue de toi…

— Mais toi, tu la regardes même pas, la pauvre. T'es un dur », se moqua Fabiana.

Angela Baroni était une fille de quatrième C. Une toute petite avec de longs cheveux noirs. Il ne s'était jamais aperçu qu'il lui plaisait.

« Elle me plaît pas, susurra-t-il, embarrassé.

— Et c'est qui qui te plaît ?

— Personne. »

Esmeralda posa sa tête sur son épaule. Il se raidit tout entier comme si on lui avait enfilé un bâton dans le cul. Il sentit une bonne odeur de shampoing qui lui fit tourner la tête, elle, elle miaula dans son oreille : « C'est pas possible. T'es le plus canon du collège et toi, y en a pas une qui te plaît… » et elle lui donna un baiser impalpable dans le cou.

Et, bien qu'il soit certain qu'elle se foutait de lui, ce fut une sensation vertigineuse, extravagante, qui l'aveugla pendant un très long moment et lui coupa le souffle et lui donna la chair de poule dans tout le dos.

« Oh t'es dégueulasse ! Toi tu l'embrasses et moi pas ? » Et Fabiana lui colla un baiser sur la bouche. Cristiano eut une seconde secousse, peut-être encore plus violente que la première, comme si on lui avait planté un couteau dans la poitrine. Un cri indéfinissable s'échappa de sa gorge.

Il avait été trop bref, ce contact avec cette peau douce. Très beau et douloureux. Il s'empêcha de se toucher les lèvres du bout des doigts, pour vérifier si un peu de cette humidité y était restée collée.

« Et nous ?

— On te plaît pas ? »

Esmeralda lui enfonça sur la tête une chapka de fourrure synthétique vert phosphorescent. Puis elle se mit à rire. « Ça te va très bien. »

Fabiana sortit son rouge à lèvres et lui en passa sur les lèvres.

Cristiano, à ce moment-là, était dans un tel état de confusion, si déboussolé, que ces deux-là, il leur aurait même permis de lui faire un shampoing.

Esmeralda prit dans son sac un miroir. « Regarde-toi ! »

Cristiano s'observa à peine et s'essuya la bouche.

« On va à la salle de jeux ? » dit Esmeralda à son amie, et elle se dirigea vers la galerie.

Fabiana croisa les bras et fit la moue. « Pfff ! Tu

sais que t'es chiant ? Pourquoi tu ris jamais ? J'ai
l'impression que t'as pris ça de ton père. »

Cristiano devint nerveux. Il n'aimait pas parler de
son père avec les gens. « Pourquoi ?

— Ben, il a l'air si méchant, tout rasé avec ces
tatouages… A propos, dis-moi un truc. Où il les a
fait faire ?

— Quoi ?

— Ses tatouages…

— Je sais pas… Chez les tatoueurs. – Cristiano ne
le savait vraiment pas, la plus grande partie Rino se
les était fait faire quand lui-même était trop petit pour
s'en souvenir et les plus récents, quelque part près
de Murelle.

— Evidemment. Mais où ?

— Aucune idée. Mais pourquoi tu veux le savoir ?

— Je voudrais m'en faire faire un.

— Où ? »

Elle lui sourit et fit non de la tête. « Je te le dis
pas.

— Allez, où ?

— A un endroit secret.

— Allez, dis-le-moi.

— Et toi dis-moi où il s'est fait tatouer, ton père. »

Il mit la main sur son cœur. « Je sais pas. Je te le
jure.

— Ecoute, je peux le lui demander, moi, à ton
père. Tu crois qu'il me fait peur ? Tu sais combien
de temps il me faudrait pour le savoir ? »

Cristiano haussa les épaules. « Eh ben, demande-
lui. »

Fabiana se leva et le prit par la main et le souleva.
« Allez, viens. »

La salle de jeux était pleine de jeunes. Il y en avait
quelques-uns du collège, mais la plupart étaient plus
grands.

C'était une pièce énorme, il y avait un bowling à cinq pistes, un jeu où il fallait marquer un panier, avec un panneau où s'inscrivaient les coups réussis, des grues qui pêchaient des peluches et des centaines de jeux vidéo. La musique était assourdissante. Et c'était plein de Philippins, de Chinois, de gamins qui sautaient sur une estrade en essayant de danser en rythme, en suivant les indications du jeu vidéo. Au fond, il y avait une deuxième salle plus sombre et moins fréquentée, où l'on jouait au billard et où il y avait des enfilades de machines à sous de poker. Une dizaine de tables vertes avec les lumières basses au-dessus et autour, des silhouettes noires armées de queues de billard.

Cristiano n'était jamais entré là-dedans. Primo, parce qu'il y avait une pancarte qui disait que l'entrée n'était autorisée qu'aux majeurs, deuzio parce qu'il ne connaissait personne, tertio parce qu'il ne savait pas jouer au billard.

Fabiana courut dans la salle, en se contrefichant de l'interdiction d'entrer et Cristiano la suivit, mais il resta sur le pas de la porte quand il vit qu'il y avait Tekken.

Tekken était en train de jouer une doublette et Esmeralda l'embêtait. Elle donnait un coup à la queue de billard au moment où il tirait, elle le chatouillait et elle se frottait contre lui. Lui, il faisait semblant de se foutre en rogne, mais on voyait à un kilomètre à la ronde qu'il était content.

Il était avec deux autres gars. Memmo, un gars avec un bouc tout ciselé et un catogan, et Nespola, qui était convaincu de ressembler à Robbie Williams mais ce n'était pas vrai.

A ce moment-là, Esmeralda s'assit sur le billard et Tekken tira une boule entre ses cuisses, au milieu des ricanements de tous.

156

Cristiano ferma les yeux et s'appuya contre le mur. Il manquait d'air et il continuait à sentir sur son cou et sur sa bouche la pression des lèvres d'Esmeralda et de Fabiana.

« Quelles putes… » murmura-t-il en appuyant la tête contre le mur.

Son père avait raison, ces filles-là, elles aimaient que les fils à papa. Comme Tekken. Leur moto. Leur fric.

Lui qui avait pas un rond, elles se foutaient de sa gueule.

Il sentait un truc acide lui brûler l'estomac comme s'il avait bu un berlingot de javel. Il avait envie de vomir.

Une rage folle brouillait ses pensées. Ses mains le démangeaient. Il avait envie d'entrer là-dedans, de prendre une queue de billard et de la briser sur la tête de ce bâtard. Mais il se retourna et partit en courant, respirant bouche grande ouverte. Il détestait cet endroit. Ces gens. Ces vitrines pleines de marchandises inutiles que lui ne pouvait pas s'acheter.

Il entra dans un magasin d'articles ménagers et prit un long couteau sur une souche en bois, le cacha sous sa veste et sortit sur le parking en jouant des coudes pour se frayer un passage.

Il courut derrière les poubelles et avec le couteau il lacéra la selle et creva les pneus de la moto de Tekken. Il allait rayer le réservoir quand il entendit une voix dans son dos qui criait : « Eh ! Mais qu'est-ce que tu fous, putain ? »

D'effroi, son cœur remonta dans ses amygdales.

Il se retourna. Sur une grosse Ducati, il y avait un type avec un casque noir et un blouson de cuir. « Fils de pute, je vais te casser la gueule ! » lui hurla le motard tandis qu'il mettait la moto sur sa fourche.

Cristiano jeta le couteau et se mit à détaler entre

les voitures alors que l'autre hurlait derrière lui : « Poule mouillée ! C'est pas la peine de te tailler. Je sais qui tu es ! T'es au collège ! De toute façon, on va te choper. On te chopera et... »

Il arriva sur la nationale et continua à courir.

Il ne parvenait pas vraiment à croire qu'il avait fait une connerie aussi grosse. En quelques secondes, il s'était foutu dans la merde jusqu'au cou.

De toutes les conneries à faire, il avait choisi la pire. Rayer la moto de Tekken et se faire gauler !

Il avançait tête basse en essayant d'éviter les flaques. Il avait mal à la rate et il appuyait dessus avec une main. La nationale, les glissières de sécurité, les phares des voitures se troublaient et réapparaissaient à chaque pas.

Sous le halètement rauque de sa respiration, il continuait à entendre les menaces du motard noir : « Où tu cours ? Je sais qui t'es ! Je te connais ! Tu nous paieras ça ! »

Il avait la sensation d'être dans un mauvais rêve, qu'il suffisait de s'arrêter, de fermer les yeux et de les rouvrir pour se retrouver à nouveau dans le coin sombre de la salle de jeux qui sentait la sueur et le déodorant.

Il devait être devenu fou, tout à coup. Il avait volé le couteau et s'était acharné sur la moto comme s'il avait été hypnotisé. Comme si, dans son cerveau, il y avait eu une sorte de black-out. Quand il était entré dans le magasin d'articles ménagers, il n'avait même pas donné un coup d'œil autour de lui pour vérifier si on le voyait.

Il ne savait même pas comment il faisait encore pour courir, avec toute cette peur qu'il avait dans le corps. Bientôt, la vengeance de Tekken s'abattrait sur lui avec sa force exterminatrice et impitoyable.

Ce gars-là était capable de le tuer.

Une fois, Cristiano l'avait vu devant le bar se battre avec un routier.

Ce dont il se souvenait, c'était la sérénité avec laquelle il affrontait un type qui pesait une vingtaine de kilos de plus que lui et qui avait deux paluches grosses comme des côtes de porc. Tekken sautillait en se déhanchant comme un minable danseur de mérengué. Et il s'amusait. Comme s'il était en train de s'entraîner à la salle de sport.

Tandis que le bestiau moulinait des bras et lançait des insultes, Tekken lui avait placé un coup de pied ajusté sur un genou et le géant s'était écroulé par terre. Puis il lui avait attrapé une oreille, lui avait soulevé la tête et avait fait non avec le doigt : « Toi, ici, t'es personne. Et viens pas jouer les fanfarons. »

Et tout ça, uniquement parce que le bestiau avait dit à Tekken, sans faire précéder sa phrase de « s'il te plaît », de déplacer sa moto pour lui permettre de garer son camion.

*T'imagines ce qu'il va me faire, à moi qui la lui ai bousillée…*

Il avait les poumons en feu et fut contraint de ralentir. Il traversa un viaduc qui enjambait un canal d'irrigation et il s'arrêta en haletant sous un abribus, juste au milieu du pont. Sur l'affichage des horaires et sur les parois, il y avait un embrouillamini de graffitis colorés. Le banc était dégoûtant de ketchup, de restes de frites et de croquettes de riz. Et ça puait la pisse. Le néon déchargé crépitait au plafond.

Il resta debout en scrutant la route pour repérer l'autobus.

A cette heure, le motard devait déjà avoir tout raconté à Tekken. « *Putain, mais c'était qui ?*

— *Un petit blond. Du collège.* »

Fabiana et Esmeralda comprendraient immédiatement que c'était lui. « *On le connaît. Il s'appelle Cristiano Zena. Il est dans notre collège.* »

Ces deux putes ne le couvriraient jamais.

En attendant, l'autobus n'arrivait pas. Et Tekken et sa bande étaient certainement déjà en chasse. Cristiano se cacha dans l'espace étroit entre l'abribus et la glissière de sécurité. Il entendait le gargouillis de l'eau qui coulait dans le canal à une dizaine de mètres sous le pont.

Il hésitait, se demandant s'il devait continuer à pied, quand au loin apparurent les phares de l'autobus.

*C'est bon.*

Il sortit de l'abri, se pencha sur la route et il allait lever le bras quand trois motos doublèrent l'autobus à droite et l'éblouirent avec leurs phares. Il recula d'un pas et le bus fila devant lui sans même ralentir. Il vit les gens assis derrière les vitres et aussitôt après les feux rouges.

Il ne s'était pas arrêté. Mais les motos, si.

Il essaya de s'échapper, mais une Ducati noire se planta à côté de lui et Tekken, assis derrière, en un bond fut sur lui.

Cristiano atterrit dans la boue et heurta violemment une épaule. Il essaya de se libérer, de donner des coups de pied, mais Tekken l'avait agrippé à la base du biceps, le bloquant avec son bras en travers du thorax. Avec l'autre main, il l'attrapa par les cheveux et le releva et le frappa en plein visage avec le dos de la main, l'envoyant valdinguer contre la glissière de sécurité.

Les glandes surrénales de Cristiano étaient en train de produire des millions de molécules d'adrénaline qui l'empêchaient, du moins pour le moment, de ressentir la douleur.

Il se remit sur pied d'un saut en essayant de

s'échapper vers la route, mais ne réussit à faire que quelques pas et il retomba à terre.

Tekken, d'un coup de pied, lui avait fauché les jambes.

Maintenant Cristiano se démenait dans la boue glacée et essayait encore de se relever, mais ses jambes ne lui obéissaient pas.

Il se jura à lui-même que de sa bouche ne sortirait pas une plainte.

Tekken posa un talon de sa chaussure sur la main et appuya, et Cristiano poussa un hurlement strident avec le peu d'air qui lui était resté dans les poumons.

« Pourquoi t'as fait ça, hein ?! Pourquoi ? continuait à lui répéter Tekken. Dis-le-moi ! » Il avait la voix brisée et incrédule, comme s'il allait se mettre à pleurer.

Cristiano ne pouvait pas répondre car il n'avait pas de réponses à donner, sinon que, pendant cinq minutes, il avait pété les plombs.

Tekken appuya plus fort et Cristiano sentit une explosion de douleur lui envelopper l'avant-bras et les doigts.

« Pourquoi ?! Parle ! »

D'un côté, Cristiano voulait implorer sa pitié, le prier d'arrêter, dire que ce n'était pas lui, qu'ils se trompaient, qu'il avait rien à voir là-dedans, d'un autre côté, il avait au fond de lui une masse dure comme de la pierre qui l'en empêchait. Il se ferait tuer mais il n'implorerait jamais sa pitié.

Tekken recula et Cristiano se mit à ramper vers l'abribus. Autour, tout s'était confondu en un arc-en-ciel de couleurs, de fumées d'échappement, de roues et de jambes. Ses oreilles bourdonnaient et il n'arrivait pas à comprendre ce que se disaient les autres, à cheval sur leur moto.

Il crut entendre des voix féminines.

Esmeralda et Fabiana.

Elles étaient là elles aussi. Raison de plus pour ne pas céder.

Cristiano se traîna sous le banc de l'arrêt de l'autobus.

*Peut-être que je vais réussir à m'enfoncer un peu plus loin et ils me trouveront pas.*

Mais ce fut une vaine espérance. Tekken l'attrapa par une cheville et le tira en arrière. « Alors, qu'est-ce que je dois te faire ? – Il lui flanqua un coup de pied. – Vous avez compris ? Ce petit con a bousillé ma moto. – Il était désespéré comme si on avait tiré sur sa mère. – Et maintenant, qu'est-ce que je dois lui faire ? »

Cristiano se recroquevilla avec les genoux contre la poitrine. Il n'arrivait pas à cesser de trembler. Il devait réagir, se lever, combattre.

« On le balance en dessous », suggéra une voix.

Un instant de silence, puis Tekken décréta : « Bien vu. »

Malgré la douleur qui l'entraînait dans d'obscurs abîmes, Cristiano trouva que l'idée de mourir comme ça, jeté par-dessus un pont, était presque belle, une libération.

« Prends-le par les pieds. »

Ils lui saisirent les chevilles. Une main d'acier le tirait par un bras. Il n'opposa pas de résistance.

Ce serait une vieille qui attendait l'autobus qui le remarquerait le lendemain, écrabouillé comme un cafard sur le ciment des digues du canal. Il était désolé pour son père.

*Il va mourir de chagrin.*

Mais quand il sentit au-dessous de lui un gouffre sombre qui l'aspirait et le bruit de l'eau et le vent gelé, il se rendit compte qu'ils l'avaient soulevé et quelque chose en lui se déclencha soudain. Il écarquilla les yeux et commença à se démener comme un beau diable et à hurler : « Salauds ! Salauds ! Salauds ! Fils de pute ! Vous me le paierez ! Je vous crèverai ! Je vous crèverai tous ! »

Mais il n'arriva pas à se libérer. Ils devaient être au moins trois à le tenir.

Le sang lui monta à la tête. Au-dessous de lui, il y avait un ruisseau noir qui étincelait d'argent chaque fois que passait une voiture.

« Alors, petit con, tu veux mourir ?

— Va te faire foutre !

— Ah, t'es un dur ? »

Ils le poussèrent encore plus vers l'extérieur.

« Allez vous faire foutre, salauds ! »

Il se ramassa une baffe qui fit gicler de son nez un filet de sang.

La voix de Tekken : « Ecoute-moi bien. Si lundi, tu me files pas mille euros, jusqu'au dernier centime, je te jure sur la tête de ma mère que je te crève ! Et ne crois pas que tu peux m'échapper, parce que je te choperai de toute façon. – Et puis aux autres : – Et maintenant, lâchez-le. »

Ils le mirent à terre.

Il eut l'impression que le monde entier était un tourbillon de lumières et de faces sans visages.

Là, jeté contre la glissière de sécurité, Cristiano les vit partir, faire demi-tour et s'éloigner vers le village.

Cinq minutes passèrent avant qu'il essaie de bouger un muscle, et à ce moment-là il s'aperçut qu'il s'était pissé dessus.

### 53.

Quand Cristiano Zena arriva à la maison il vit que les fenêtres étaient éclairées.

Tout allait mal pour lui aujourd'hui.

Si son père le voyait dans cet état, avec le pantalon trempé de pisse et plein de boue, la veste tachée de sang et déchirée…

*Bon, laissons tomber.*

Cristiano traversa la cour en boitant, dépassa le fourgon et contourna la maison. Sur l'arrière, il y avait une rampe en ciment qui conduisait à un garage en sous-sol, fermé par un rideau d'aluminium. Il souleva un vase, dessous il y avait une clé. Il l'enfila dans la serrure et, en étouffant un gémissement de douleur, il souleva le rideau juste ce qu'il lui fallait pour se glisser en dessous.

Dans le garage il faisait froid. Il alluma la lumière et apparut un endroit qui sentait l'humidité et la peinture des pots posés sur les longues étagères. Les murs peints en vert pomme et le néon jaune le faisaient ressembler à une chambre mortuaire. Au milieu, il y avait une vieille table de ping-pong recouverte de journaux, de pneus et de trucs inutiles accumulés là au cours des ans comme dans une décharge. Contre un mur, un vieux piano droit tout poussiéreux et rongé par les vers. Sur son origine et sur le pourquoi de sa présence ici, Rino avait toujours tenté d'éluder. Ce truc n'avait rien à voir avec leur vie. Et son père était la personne qu'il connaissait qui chantait le plus faux. Au bout de la millionième fois, il avait réussi à lui faire cracher le morceau.

« Il était à ta mère.

— Et qu'est-ce qu'elle en faisait ?

— Elle en jouait. Elle voulait être chanteuse.

— Mais elle était douée ? »

Son père avait eu du mal à l'admettre. « Une belle voix. Mais en fin de compte, ce qu'elle aimait, c'était pas chanter, mais s'habiller comme une pute et aller dans les pianos-bars pour se faire draguer. J'ai cher-

164

ché à le vendre, mais j'ai trouvé personne qui veuille le prendre. »

Et ainsi, pendant quelque temps, Cristiano était descendu au garage et avait essayé d'en jouer. Mais il était encore moins bon que son père.

Dans les cartons accumulés contre un mur, Cristiano trouva de vieux vêtements. Il enleva sa veste et enfila un gilet tout mité et une paire de jeans. Il se lava le visage dans l'évier et arrangea ses cheveux. Il aurait voulu un miroir pour voir comment il était amoché, mais il n'y en avait pas.

Il ferma le garage et alla à la porte de la maison.

Le problème était sa lèvre gonflée. Il avait aussi le dos écorché, les mains égratignées, la jambe douloureuse, mais tout ça il pourrait le cacher.

Le second problème, qui n'était pas un problème mais une tragédie, c'étaient les mille euros. Bon, ça, il valait mieux s'en occuper après, calmement, parce qu'il n'avait aucune idée de la façon de le résoudre.

Pour l'instant, il fallait juste espérer que son père dorme ou qu'il soit déjà cuit par l'alcool, entrer dans la maison et passer silencieusement comme une panthère, monter l'escalier et s'éclipser dans sa chambre.

Il respira un bon coup. Il contrôla une dernière fois ses vêtements, ouvrit la porte de la maison et la referma en essayant de ne pas faire de bruit.

Dans le séjour, seule la lampe près de la télévision était allumée. Le reste de la pièce était dans la pénombre.

Son père était, comme d'habitude, sur la chaise longue. A la position dans laquelle il se tenait, Cristiano voyait son crâne rasé. Sur le divan, il y avait aussi Quattro Formaggi, de dos. Ils dormaient ? Il attendit un peu pour écouter s'ils parlaient. Rien.

Bien.

Il se dirigea vers l'escalier sur la pointe des pieds. En retenant son souffle, il mit un pied sur la première marche et l'autre sur la seconde, mais il ne vit pas qu'il y avait un marteau et une pince, qui tombèrent en faisant du bruit.

Cristiano serra les dents et leva la tête et au même instant, il entendit la voix pâteuse de son père :

« Qui c'est ? Cristiano, c'est toi ? »

Il retint un juron et répondit d'un ton détendu : « Oui, c'est moi.

— Ciao ! – Quattro Formaggi souleva un bras.

— Ciao. »

Son père leva la tête lentement, un masque peint en bleu par l'écran de la télévision.

« Mais t'étais à la maison ? »

Cristiano, raide comme une statue, serra la rampe. « Ouais.

— J'ai pas vu de lumière dans ta chambre.

— J'étais en train de dormir, jeta-t-il.

— Ah. »

Ouf. Il était assez ivre pour ne pas s'intéresser à ce que lui faisait. Il monta une autre marche.

« Il doit y avoir un reste de mortadelle. Tu me l'apportes avec un bout de pain ? continua Rino.

— Tu peux pas aller te la prendre toi-même ?

— Non.

— Allez. Qu'est-ce que ça te coûte ?

— J'y vais moi, te la chercher, proposa Quattro Formaggi.

— Non, toi tu restes là. Si un père demande à son fils de la mortadelle, le fils y va et lui amène la mortadelle. C'est comme ça que ça marche. Sinon, pourquoi on ferait des enfants ? » Il avait haussé le ton. Et donc, soit il était de mauvais poil, soit il avait mal au crâne.

Cristiano descendit en soupirant et alla lui chercher la mortadelle. Il en était resté une tranche solitaire dans le frigo désert.

Il prit aussi le pain. Il s'approcha en restant caché dans l'ombre.

Mais au moment où il la lui tendait, la malchance s'acharna sur lui encore une fois. A la télévision, un type trouva la réponse à vingt mille euros et deux mille lampes de millions de volts s'allumèrent en même temps, inondant le salon de lumière.

Cristiano baissa les paupières et quand il les souleva, l'expression de son père avait changé.

« Qu'est-ce que tu t'es fait à la lèvre ?

— Rien. Qu'est-ce que j'ai ? – Il la couvrit de ses mains.

— Et sur les mains ?

— Je suis tombé.

— Comment ? »

Du vide de l'esprit de Cristiano sortit le premier mensonge, stupide. « Dans les escaliers. C'est rien », minimisa-t-il.

Son père le regarda, soupçonneux. « Dans les escaliers ? Et tu t'es arrangé comme ça ? Tu les as dévalés du premier au dernier ?

— Ouais... Je me suis pris les pieds dans mes lacets...

— Mais putain comment t'as fait ? On dirait qu'on t'a foutu un coup de poing...

— Non... Je suis juste tombé...

— T'es en train de me raconter des conneries. »

Il était impossible de mentir à son père. Il avait un talent particulier pour repérer les mensonges. Il disait que les craques ça puait et que lui il sentait tout de suite leur puanteur à cent lieues à la ronde. Et il vous attrapait toujours. Comment il faisait, Cristiano l'ignorait, mais il subodorait que c'était à cause de ce frémissement de la mâchoire qu'il n'arrivait pas à contrôler quand il lui mentait.

Bizarrement, avec tous les autres, il était un véritable as du pipeautage. Il balançait des trucs stratosphériques avec une assurance telle que personne ne doutait de lui. Mais avec son père, c'était une tout autre histoire, il n'y arrivait vraiment pas, il sentait ses yeux noirs qui creusaient à la recherche de la vérité.

En plus, à ce moment-là, Cristiano n'avait pas du tout l'esprit nécessaire pour soutenir un interrogatoire.

Ses jambes tremblaient encore et il avait l'estomac sens dessus dessous. Une petite voix lui soufflait que pour se sortir du merdier des mille euros, le seul à pouvoir l'aider, c'était son père.

Et, grave erreur, il baissa la tête et, avec un filet de voix, il le lui dit : « C'est pas vrai. Je suis pas tombé. Je me suis battu... »

Rino resta silencieux pendant un temps infini, respirant par le nez, puis il éteignit la télévision. Il avala sa salive. « Et d'après ce que je crois, t'as reçu une raclée. »

Cristiano fit oui de la tête.

Il ne devait pas parler car il sentait que toute l'application qu'il avait mise à ne pas pleurer jusqu'alors était épuisée. Il lui semblait que sa trachée était entourée de fil de fer barbelé.

Il souleva son sweat-shirt et montra son dos écorché.

Son père l'observa sans aucune expression puis il se passa les mains sur le visage comme quelqu'un à qui on vient d'annoncer que toute sa famille est morte dans un accident de la route.

Cristiano regretta d'avoir dit la vérité.

Rino Zena leva la tête et regarda le plafond et

demanda gentiment : « Quattro Formaggi, s'il te plaît, tu peux t'en aller ? – Il soupira. – Je dois rester seul avec mon fils. »

*Maintenant il va me battre...* pensa Cristiano.

Quattro Formaggi, muet comme une carpe, se leva, enfila son vieux manteau, fit une grimace incompréhensible à Cristiano et s'en alla.

Quand la porte fut fermée, Rino se leva et alluma toutes les lumières du salon, puis il s'approcha de Cristiano et examina ses blessures et sa bouche comme si c'était un cheval.

« Ton dos te fait mal ?

— Un peu...

— T'arrives à te pencher ? »

Cristiano plia son dos.

« Oui.

— C'est rien de grave. Et ta jambe, tu la plies ?

— Aussi.

— Tes mains ?

— C'est rien. »

Rino se mit à tourner en rond dans la pièce sans dire un mot, et il finit par s'asseoir sur une chaise. Il alluma une cigarette et le fixa. « Et toi ?

— Quoi, moi ?

— Tu lui as fait mal ? – Il lui suffit de regarder son fils dans les yeux pour comprendre. – Que dalle, tu lui as fait ! – Il secoua la tête, désespéré. – Toi... toi tu sais pas te battre. – Ce fut une révélation. – T'es pas capable de te battre. – Il le dit d'un ton entre scandalisé et coupable. Comme s'il ne lui avait pas appris à parler, à marcher. Comme s'il avait eu un fils présentant une allergie mortelle aux farinacés et qu'il l'ait obligé à se gaver de pain.

— Mais... – Cristiano essaya de l'interrompre pour lui expliquer qui était Tekken. Mais son père était lancé.

— C'est ma faute. C'est ma faute. – Maintenant, il tournait en rond en se tenant la tête entre les mains comme un pénitent à Lourdes. – Il sait pas se défendre. C'est ma faute. Mais quel imbécile… »

Qui sait combien de temps il aurait continué comme ça si Cristiano n'avait pas hurlé. « Papa ! Papa ! »

Rino s'arrêta. « Qu'est-ce qu'il y a ?

— Ce gars, c'est un grand, il est majeur… et c'est un champion de boxe thaïlandaise. Il a gagné les régionales. »

Son père le regarda sans comprendre. « Qui ?

— Tekken !

— Qui c'est ce putain de Tekken ?

— Celui qui m'a frappé. »

Rino l'attrapa par le revers. Il avait le visage tout contracté, les narines gonflées et la bouche serrée. Il souleva un poing. Instinctivement, Cristiano se protégea la tête avec les bras. Rino le tint ainsi, indécis, puis il le repoussa et l'envoya valdinguer sur le divan.

« T'es un vrai crétin. Tu crois encore à cette connerie que c'est le mec qui connaît les arts martiaux qui sait se battre ? Mais putain, t'as appris quoi de la vie ? Comment tu raisonnes, bordel ?… Ah oui, voilà ! J'ai pigé ! Toi, tu crois ce qu'on voit à la télé : c'est comme ça que t'apprends à vivre. Dis-le ! C'est comme ça, hein ? Toi, tu regardes les dessins animés où les gars font du kung-fu et des conneries de ce genre et tu crois qu'il faut être Bruce Lee ou n'importe quel connard de Chinois qui, au lieu de se battre, fait des acrobaties et pousse des petits cris. T'as vraiment compris que dalle. Tu sais ce qu'il faut pour se battre ? Tu le sais ou pas ? »

Cristiano secoua la tête.

« C'est simple, pourtant. La méchanceté, Cristiano ! La méchanceté ! Il suffit d'être un fils de pute et de ne regarder personne dans les yeux. Ça peut même être Jésus-Christ dans le temple qui se fait bouffer le cul, mais si tu sais y faire, tu l'abats comme une quille. Tu vas derrière lui, tu lui dis "Excusez-moi !", le gars se retourne et tu lui flanques un coup de barre de fer dans la gueule et l'autre s'affale direct et si t'en as envie, quand il est à terre, tu lui flanques un coup de pied dans la bouche et le tour est joué. Amen. Par contre, si c'est un mec qui te fait chier la bite, qui commence à te bousculer, à ouvrir la bouche et à donner de la voix, à essayer de te faire peur en faisant ses petits ballets, tu sais ce que tu dois faire ? Rien. Tu restes immobile. Puis – il pointa un pied en avant – tu mets ton pied comme ça. Et quand il s'approche, tu lui frappes le nez avec un coup de boule. Comme si c'était un ballon, en chargeant avec le cou et les épaules. Et tu dois le frapper de ce côté-là, sinon tu te fais mal. – Il se toucha la partie haute du front. – Si ton coup est précis, tu te fais pas mal. Au grand max, t'es un peu rouge le lendemain. Le mec tombe par terre et après, comme d'hab, un coup de pied dans la bouche et c'est fini. Je défie quiconque de se relever, même ce connard de comment il s'appelle… Mais tu dois être déterminé et méchant, compris ? Maintenant viens ici. »

Cristiano le regarda. « Pourquoi ?

— Viens ici, point barre. »

Cristiano, titubant, obéit.

« Donne-moi un coup de boule. Fais-moi voir.

— Quoi ?

— J'ai dit, donne-moi un coup de boule. »

Cristiano était incrédule. « Moi ? Moi je dois te donner un coup de boule ? »

Son père lui attrapa le poignet. « Et qui d'autre ? Donne-moi ce putain de coup de boule. »

Cristiano essaya de se libérer. « Non... S'il te plaît... Je veux pas... J'ai pas envie. »

Rino lui serra le bras plus fort. « Tu vois, là, il faut que tu m'écoutes attentivement. Personne doit te frapper. Jamais plus. Personne au monde doit se permettre de le faire. Toi, t'es pas un pédé qui se fait casser la gueule par le premier connard qui se met en travers de sa route. Moi je voudrais t'aider, tu sais pas à quel point, mais je peux pas. C'est toi qui dois te démerder. Et pour ça, y a qu'une seule façon : tu dois devenir méchant. – Il lui prit un bras. – Toi, t'es trop gentil. T'es un mou. T'as pas assez la haine. T'es fait en truc doux. Elles sont où, tes couilles ? – Il le secoua comme si c'était une poupée. – Alors, donne-le-moi ce coup de boule. Pense pas que je suis ton père, pense à rien, pense juste que tu dois me faire mal et que je dois regretter pour le reste de ma vie l'idée à la con d'avoir voulu me battre avec toi. Tu comprends, après, quand t'en auras massacré un ou deux, la rumeur se répandra que t'es un fils de pute et jamais plus personne te cassera les couilles. Je le fais pour toi. Si tu réussis pas à me le mettre à moi, tu seras pas capable de le mettre aux autres. – Il lui fit signe avec les doigts et dit : – Donc, vas-y, frappe ! »

Il n'y avait rien à faire. Cristiano le savait. Il devait lui donner ce coup de boule.

Il pointa le pied et recula sa tête, ferma les yeux et balança son front en avant. Il atteignit son père sur la cloison nasale et il entendit un bruit désagréable, comme quand on casse les petits os du poulet. Il ne sentit qu'un léger fourmillement au milieu du front.

Rino fit un pas en arrière comme un boxeur qui a pris une droite, il mit les mains sur son nez, ravala un hurlement et devint pivoine. Quand il les enleva, il avait deux filets de sang qui coulaient de ses narines.

Cristiano le prit dans ses bras. « Excuse-moi, papa, je suis désolé… »

Rino le serra contre lui, lui caressa les cheveux et, d'une voix gutturale, dit : « Bravo ! Je crois que tu m'as cassé le nez. »

## 54.

Tandis que Rino Zena enfilait deux mèches de coton dans ses narines, assis sur la cuvette des cabinets, Cristiano l'observait et réfléchissait que le problème, au fond, était resté tel quel.

D'accord, il avait appris à donner un coup de boule, mais si après avoir bousillé la moto de Tekken, il lui mettait en plus un coup de boule, ceux de sa bande l'attraperaient et s'amuseraient à le traîner sur la nationale.

Mais ce qui le surprenait le plus, c'était que son père ne lui avait même pas demandé pourquoi il s'était battu. Ça ne lui était même pas passé par la tête.

*Pour lui, l'important, c'est seulement que son fils se fasse dérouiller par personne.*

Ces coups, pour être juste, il les méritait. Même Cristiano aurait réagi comme ça si quelqu'un avait détruit sa moto.

Il mit une main sur son front.

*Et si je lui parlais des mille euros ?*

Il aurait dû tout lui expliquer. Il ne savait pas vraiment pas quoi faire.

« T'es prêt ? lui dit son père avec la voix de Donald en s'essuyant le visage.

— Pour faire quoi ? »

Rino changea son T-shirt. « Comment, pour faire quoi ? On va aller choper le petit champion de boxe et lui faire comprendre qu'il a fait une belle connerie de te dérouiller. »

Cristiano eut envie de vomir. Ce n'était pas possible. « Tu déconnes ou quoi ?

— Pas du tout. Ces choses-là, faut pas les laisser passer. Faut répondre tout de suite à celui qui te frappe. Et, comme dit la Bible, sept fois plus fort.

— Maintenant, faut qu'on le fasse ?

— Me dis pas que tu veux passer pour le mec qui se fait cogner et qui la boucle… Ces problèmes-là, faut les résoudre illico. »

Cristiano, d'une voix abattue, objecta : « Mais il va être avec les autres… »

Rino se mit à sautiller comme un boxeur qui doit monter sur le ring. « Encore mieux. Comme ça ils verront tous qu'il faut pas plaisanter avec Cristiano Zena.

— Et si les autres le défendent ?

— T'inquiète… Moi, je suis là. – Dans les yeux de son père brillait une excitation fébrile.

— Et si après il me dénonce… ? Je vais être dans la merde… »

Son père se dirigea vers le salon sans lui répondre.

Cristiano le suivit en l'implorant. « Papa, s'il te plaît. Tu connais Trecca… Ce coup-là, il va vraiment m'envoyer à l'assistance. »

Rino s'approcha du poêle où était entassé le bois à brûler. Il choisit une bûche longue d'environ soixante-dix centimètres et, satisfait, l'agita dans l'air comme si c'était une batte de base-ball.

« Parfait ! Maintenant tu vas lui faire goûter ce morceau de hêtre sur les gencives.

— Moi, j'y vais pas, papa. – Cristiano secoua la tête, effondré, puis il se jeta sur le divan. – Tu dis toujours qu'il faut pas qu'on fasse de conneries. Moi je reste à la maison…. J'en ai rien à foutre. Vas-y si tu veux… T'as dit que je devais me démerder tout seul… Eh ben, je vais me démerder tout seul. S'il te plaît, je t'en prie, lâche ce bâton. T'as l'air d'un con…

— Ecoute-moi bien. Tu penses que ton père est un abruti ? Ton père, on le dirait pas, mais il pense. – Il se toucha la tempe avec un doigt. – Ce cerveau, il fonctionne encore pas trop mal, donc tu vas faire que ce que je te dis de faire. Tu dois être serein. Cool. Laisse-moi faire. – Il lui serra le bras. – Lui, il a dix-huit ans et toi treize. Lui, il est majeur et toi mineur. Les emmerdes, c'est lui qui les aura. C'est lui qui a commencé… Moi, ma façon de voir, c'est que t'es simplement en train de te faire respecter. Et si après, il a un problème, n'importe lequel… – il prit dans le tiroir du buffet son pistolet – on lui fera faire connaissance avec ce petit-là. Il suffira de le lui mettre sous le nez.

— Mais…

— Y a pas de mais ! »

Rino attrapa sur la table la bouteille de grappa, en éclusa un quart et puis il émit une sorte de rugissement. « Bois, allez. Ça va te donner du courage. »

Cristiano s'y attaqua lui aussi. Il sentit l'alcool lui brûler les viscères et il comprit que ça allait chier pour Tekken.


## 55.


Trois fois, sur la route de Verrano, Cristiano eut envie de tout balancer, et trois fois, il se limita à imaginer son aveu.

*Papa, faut que je te dise un truc… Tu sais, j'ai bousillé sa moto… C'est pour ça qu'il m'a frappé. Il en a pour mille euros de dégâts, alors qu'il m'avait rien fait.*

Tout à fait exact. Tekken ne lui avait vraiment rien fait. Jamais. Devant le collège, il avait emmerdé des tas de gens, mais lui, jamais. Même pas un mot. Probablement, avant ce soir, Tekken ne savait même pas qu'il existait.

Quand ils le choperaient, Tekken dirait que Cristiano avait démoli sa moto et son père découvrirait le pot aux roses…

*Quelle merde…*

Mais quand ils arrivèrent au centre commercial, il était fermé. Les grilles étaient bouclées. Les illuminations éteintes. Les tours noires. L'étendue d'asphalte battue par la pluie qui avait recommencé à rebondir sous les rayons de lumière des lampadaires. Tekken avait emporté sa moto.

Cristiano poussa un soupir de soulagement. « Il est pas là. On rentre à la maison. »

Et pour toute réponse : « T'inquiète. Je vais le trouver, moi. »

Ils se mirent à rouler dans le village. Le bar. Le cours. Les rues centrales. Il n'était que neuf heures et quart, mais il n'y avait pas un chat.

Son père conduisait par à-coups, il poussait les vitesses, commettait mille infractions. « Putain, mais où il est passé ?

— Il a dû rentrer chez lui. On laisse tomber. Il est tard. »

Les rues étaient vides et la pluie tambourinait sur le toit du fourgon.

Ils s'arrêtèrent sur le bord de la nationale. Rino alluma la énième cigarette. « Qu'est-ce qu'on fait ? demanda-t-il.

— Je sais pas. »

176

Son père resta silencieux en touchant son nez gonflé.

« Allez, on rentre à la maison », lui conseilla Cristiano.

Et c'est ainsi qu'ils se mirent en route, mais Rino, pour être sûr, voulut faire un dernier tour du village. Il dépassa l'église et pénétra dans les rues résidentielles avec les foules de petites villas éclairées et les jardinets soignés et les stations-wagon et les $4 \times 4$ garés en face et puis, enfin, il s'engagea de nouveau sur la nationale déserte. Tous les cent mètres, les lampadaires dessinaient des cercles jaunes sur l'asphalte et les essuie-glaces fonctionnaient au maximum pour garder le pare-brise sec.

Cristiano allait lui dire de passer à la rôtisserie quand il vit, de l'autre côté de la nationale, une silhouette noire qui poussait une moto sous la pluie.

Tekken.

L'anorak trempé. Les pneus crevés. Comme il devait en baver. Il était tout seul, le long de la nationale… Pas même le risque de paraître minable, et encore moins de tomber sur les flics.

Il aurait tellement la trouille qu'il lui réclamerait plus le pognon. Mais il fallait agir vite, descendre du fourgon et le sécher avec le bâton sans lui donner le temps de dire ouf.

Cristiano compta jusqu'à trois et puis il hurla en sautant sur son siège : « Je l'ai vu ! Papa, je l'ai vu !

— Où ça ?! Où ça ?! – Rino se secoua de sa léthargie.

— De l'autre côté de la route. On l'a dépassé. Il est à pied. Fais demi-tour ! Fais demi-tour !

— Et c'est parti ! Fils de pute, on a fini par te choper ! – hurla Rino et sans regarder, il fit demi-tour en faisant crisser les pneus. – Il est seul ?

— Oui. Il est en train de pousser une moto.

« — Une moto ?

— Oui. »

Rino enregistra l'information sans faire de commentaires.

Cristiano sentit l'excitation monter en lui et sa respiration devenir plus courte. Il attrapa la bûche. Elle était bien lourde. Il n'avait plus de salive dans la bouche. « Comment on fait, papa ?

— D'abord, on éteint les phares, comme ça il s'aperçoit pas qu'on est derrière lui. Quand on sera à cinquante mètres, tu descends, tu t'approches sans faire de bruit et puis tu l'appelles par son nom et quand il se retourne tu lui donnes juste le temps de te reconnaître et tu le frappes. Une seule fois. Si tu le chopes bien, c'est suffisant. Et moi, après, je passe te prendre.

— Et où je le frappe ? »

Rino réfléchit un instant, puis il se toucha la mâchoire.

« Ici. »

Une voiture les doubla et éclaira le cataphote arrière de la moto.

« Le voilà. Vas-y. » Rino arrêta le Ducato.

Cristiano descendit en serrant fort le bâton. Maintenant, ce fils de pute allait apprendre ce que ça voulait dire de s'en prendre à Cristiano Zena.

*Salaud, je vais te péter la gueule.*

Il regarda derrière lui. Pas de voitures à l'horizon.

Il se mit à courir, le bâton à la main. La tache noire de Tekken poussant sa moto devenait plus grande à chaque pas. Le bruit des pneus dégonflés sur l'asphalte. A environ dix mètres, il ralentit d'un coup et se mit à marcher sur la pointe des pieds jusqu'à arriver près de lui, à moins d'un mètre.

*Sois précis*, s'encouragea-t-il.

Il leva le bâton et hurla : « Tekken ! Va te faire foutre ! »

Tekken tourna la tête et n'eut même pas le temps de comprendre ce qui lui arrivait que Cristiano lui décocha un coup de bâton direct sur la tempe qui l'aurait tué ou plongé dans le coma si, au dernier moment, par instinct ou par habitude du combat, il n'avait bougé la tête juste ce qu'il suffisait au bâton pour lui caresser la pommette et s'abattre entre cou et clavicule.

Sans émettre une plainte, Tekken lâcha sa moto, qui tomba en pulvérisant le rétroviseur, il resta un instant en équilibre sur ses jambes vacillantes et, comme au ralenti, appuya une main là où il avait été blessé, et puis, choqué et muet, il s'écroula en arrière et atterrit les quatre fers en l'air contre la moto.

« Sale connard ! Tu me fous la paix, compris ? Toi, tu sais pas qui je suis, faut me laisser tranquille. – Cristiano leva de nouveau son bâton. – Si tu me fous pas la paix, je te tue. – Il avait une envie terrible de le frapper, de défoncer la tête de ce salaud. – Tu te prends pour je sais pas qui et t'es personne. – Il avala. – Personne, t'entends ? »

Et puis, il vit dans les yeux terrorisés de Tekken la certitude de mourir et il se rendit compte que toute la rage qu'il avait dans son corps, de la même façon qu'elle avait enflammé chaque fibre de son être, s'était éteinte, il avait suffi de le regarder dans les yeux et…

*Il allait le tuer.*

… elle n'était plus là, exactement comme si on avait enlevé un bouchon et que la fureur comme un gaz qui s'évapore était sortie de lui. Maintenant, il n'éprouvait que la nausée et une terrible fatigue.

« Pourquoi ? Je t'ai rien fait, moi… Je t'ai… » balbutia Tekken, les mains levées.

179

A ce moment-là, le fourgon s'arrêta derrière Cristiano et la portière s'ouvrit.

« Monte ! Allez, monte ! » Rino lui fit signe de monter.

Cristiano abaissa le bras, laissa tomber le bâton à terre et monta dans le Ducato.

# III

## Dimanche

## 56.

Les Flèches Tricolores arrivaient.

A deux heures de l'après-midi, la trois cent treizième patrouille acrobatique de l'Aéronautique Militaire voltigerait et peindrait de vert, blanc et rouge le ciel au-dessus de Murelle.

A huit heures du matin, Danilo Aprea appela Rino Zena, tout excité. « Un spectacle magnifique ! Les meilleurs pilotes du monde. Ils font notre fierté. Et je suis pas le seul à le dire, moi qui les ai déjà vus il y a dix ans… Ils sont reconnus dans le monde entier. Et en plus c'est gratuit. »

Rino demanda à Cristiano s'il voulait y aller et Cristiano dit que oui.

Affaire conclue.

On irait voir les Flèches.

Quattro Formaggi aussi fut convoqué et puisque l'exhibition se passerait dans un grand champ, il fut décidé qu'ils feraient un pique-nique à base de saucisses à la braise, *bruschette* et vin.

## 57

Comme une couverture grise, une couche de nuages s'était étendue sur le champ où allaient passer les Flèches Tricolores.

La parcelle de quelques hectares avait été clôturée par de longues bandes de plastique rayées et les rares arbres dépouillés se dressaient hors de la boue comme de tristes antennes noires.

Quand nos amis arrivèrent, le parking était déjà occupé par des centaines de voitures et de minibus. Ils n'étaient pas les seuls à avoir eu l'idée de se faire des grillades. Partout, des spirales de fumée de charbon de bois s'élevaient des barbecues. Il y avait aussi des files de camionnettes avec des enseignes lumineuses qui vendaient des boissons et des sandwichs dans le bruit des générateurs électriques.

Les gens étaient assis sur des chaises longues et des tabourets en plastique, les pieds plongés dans la gadoue et le nez en l'air.

Quattro Formaggi se gara à côté d'un gros pick-up bleu.

La petite famille, assise sur le plateau de chargement, était en train de se bourrer de pizzas, de boulettes de riz et de croquettes de poulet.

Rino Zena descendit du fourgon et se rendit compte qu'il ne se sentait pas bien du tout. Le mal de tête était toujours là, vif et pulsant ; tel un poulpe, il se cachait dans les anfractuosités de son cerveau, mais quand il buvait ou fumait trop, il sortait, enragé, et déployait ses tentacules électriques dans ses tempes, ses orbites et sa nuque, jusque dans l'estomac.

*Faut que j'arrête de picoler. Elle est là, la vérité.*

Peut-être qu'il devait aller chez les Alcooliques Anonymes ou suivre les conseils de Trecca, mais il devait faire quelque chose. Même si, pour les services sociaux, ce serait, en fin de compte, la démonstration du fait qu'il n'était pas en mesure de s'occuper de Cristiano.

*Avant d'aller à l'hosto, tu dois te marier. Et si t'en trouves une qui gagne bien, c'est mieux.*

Il y en avait eu une avec qui, à un moment donné, Rino avait pensé se marier. Mariangela Santarelli, propriétaire d'un salon de coiffure à Marezzi, un lieu-dit de la commune de Varrano. Mariangela avait trois filles (cinq, six et sept ans) et était une jeune veuve. Son mari, patron d'une entreprise de construction, avait été emporté par une leucémie après huit ans de mariage.

En réalité, Rino était avec Mariangela parce qu'elle gardait Cristiano quand il sortait le soir. « Si on peut dormir à trois, il n'y a aucune raison pour qu'on ne dorme pas à quatre », disait la coiffeuse, appuyée au chambranle de la porte, face à un lit double couvert d'enfants.

Rino, qui détestait dormir avec les femmes qu'il baisait, passait reprendre Cristiano le matin tôt et l'emmenait à la maternelle.

Puis un jour, Rino et Mariangela avaient rompu, parce qu'il n'était pas sérieux et ne voulait pas l'épouser.

« Trouve-t'en une autre, de conne qui s'occupe de ton fils et qui se fait mettre des cornes qui touchent le plafond ! » l'avait défié la coiffeuse.

Et elle avait gagné son pari.

*Je pourrais peut-être essayer de lui faire signe…*

Même s'il doutait que Mariangela soit encore seule. C'était une belle femme avec un revenu sûr.

Cristiano, le sac du supermarché à la main, s'approcha. « Papa, comment on le fait, le feu pour les saucisses ? »

Rino massa ses yeux endoloris. « J'en sais rien. Cherche des branches ou demande à quelqu'un s'il peut te donner un peu de charbon de bois. Moi, je dois m'allonger un moment. Si les avions arrivent, appelle-moi. » Il ouvrit les portières arrière du Ducato et s'étendit sur la surface de chargement.

Peut-être qu'il devait juste dormir un peu.

« Comment tu te sens ? »

Rino entrouvrit un œil et vit Quattro Formaggi qui le regardait en penchant la tête.

« Bof.

— Je voulais te demander quelque chose.

— Vas-y. »

Quattro Formaggi s'allongea à côté de Rino et commença à se gratter la joue, puis tous deux fixèrent en silence le plafond du Ducato.

« Tu m'aides avec Liliana ? »

Rino bâilla. « Mais dis-moi, elle te plaît vraiment, cette gonzesse ?

— Je crois, oui… D'après toi ?

— Comment tu veux que je sache, Quattro. C'est à toi de le savoir. »

Rino, après la discussion au bord du fleuve, s'était renseigné et avait découvert que Liliana était fiancée depuis plus de deux ans avec un type, mais il n'avait pas encore trouvé la force de le dire à son ami.

« Non, pour mes trucs à moi, c'est toi qui sais. C'est toi qui me sauves la mise. C'est toi qui m'a aidé en pension. Tu te rappelles…

— S'il te plaît, recommence pas avec cette histoire que je te sauve la mise… J'ai la tête comme un compteur. »

Avec insistance, Quattro Formaggi revenait sur le souvenir de cette période au pensionnat, quand ils avaient fait connaissance. A cette époque, il s'appelait encore Corrado Rumitz et tout le monde se foutait de sa gueule, il était torturé, humilié, mené à la baguette sous les yeux indifférents des prêtres.

Et lui, il l'avait aidé. Sans doute parce que, en le protégeant, il démontrerait à tous qu'il fallait foutre la paix à Rino Zena et à tout ce qui lui appartenait, y compris l'abruti. C'était ça, la vérité.

Rino avait quatorze ans et il était sur un muret de l'internat en train de fumer une cigarette quand trois connards avaient foutu un pauvre idiot dans un tonneau et le faisaient rouler dans la cour à coups de pied. Rino avait jeté sa clope et il en avait envoyé un sur le carreau.

« Essayez encore une fois de le faire chier et vous aurez affaire à moi. Imaginez que sur ce gars-là, y a marqué "propriété de Rino Zena", compris ? »

A partir de ce jour-là, le crétin, ils l'avaient laissé tranquille.

Ainsi était née leur amitié, si on pouvait appeler cela une amitié. Et pourtant vingt ans étaient passés et ils étaient encore là, l'un à côté de l'autre. Donc…

« Alors, Rino, tu m'aides ?

— Ecoute… Cette Liliana, c'est pas un truc pour… nous. Tu l'as vue ? Cette fille-là, elle veut se maquer avec un type qui ramène du blé à la maison. Nous, qu'est-ce qu'on peut lui offrir ? Que dalle. Laisse tomber. Et puis, comment tu ferais, tu veux que personne entre chez toi, même pas moi, alors où tu l'emmènerais ? »

Quattro Formaggi lui attrapa le poignet. « Mais elle est fiancée ?

— Je sais pas…

— Dis-le-moi.

— Bon, OK. Elle est fiancée ! T'es content, là ? Donc, arrête avec cette histoire. Terminé. Basta. Je veux plus en entendre parler. »

Silence. Puis, tout bas, Quattro Formaggi dit :
« D'accord. »

## 58.

Quattro Formaggi dit : « D'accord. » Et il resta
silencieux en fixant le toit du fourgon à côté de Rino.

En réalité, à lui aussi on avait dit que Liliana était
fiancée, mais il espérait que Dieu déciderait de l'aider
et qu'il la ferait se disputer avec son fiancé. Et puis
Rino avait raison, une fille comme elle, il n'avait rien
de bon à lui offrir. Mais quand sa crèche serait finie,
lui aussi il aurait quelque chose d'important. Et sa
maison deviendrait un musée.

C'était drôle, mais maintenant qu'il savait n'avoir
aucune chance avec Liliana, il se sentait plus léger.

Rino lui passa la grosse bouteille de vin : « Alors,
on le fait ce casse, ou pas ? »

Quattro Formaggi biberonna et dit : « C'est toi qui
décides.

— Il est prêt, le tracteur ?

— Ouais.

— Eh ben, moi j'essaierais. Mais si on voit qu'au
premier coup on n'arrive pas à démolir le DAB, on
laisse tomber. Les flics arriveront très vite.

— OK. Mais quand ?

— Ce soir. C'est toi qui le dis à Danilo ?

— Non, dis-lui toi.

— On le lui dit après. On va lui faire la surprise. »

Et puis ils restèrent silencieux, continuant à se
passer le vin.

Danilo Aprea, affalé dans la carriole, une bouteille dans une main et dans l'autre une saucisse crue, ignorant que, à quelques mètres de là, Rino avait décidé que son plan se réaliserait, observait, émerveillé, la trois cent treizième patrouille acrobatique qui laissait des sillages tricolores au-dessus de sa tête, au milieu des applaudissements de centaines de personnes.

Il était ivre et avait collé sur son visage un sourire hébété et la seule pensée qu'il réussissait à produire était :

*Putain, qu'ils sont bons. Ils sont vraiment bons.*

Et puis, comme un chameau ivre, il baissa le regard et vit à côté de lui Cristiano qui regardait les avions, et il réussit à en produire une autre :

*Si Laura était vivante, maintenant elle serait sûrement assise ici entre Cristiano et moi.*

*La nuit*

Une nuit si soudaine tombait, qu'Alice crut qu'il se préparait un orage. « Le gros nuage noir que voilà ! s'exclama-t-elle. Et comme il approche vite ! Ma parole, on dirait qu'il a des ailes ! »

Lewis CARROLL, *De l'autre côté du miroir* [1].

1. *De l'autre côté du miroir,* traduit par Henri Parisot, Bibliothèque de la Pléiade, Paris, 1990.

# 60.

La danse de la terreur commença à vingt-deux heures trente-six, quand un front orageux, échoué depuis des jours sur les cimes des montagnes, fut libéré par un courant sibérien qui le poussa vers le sud.

Le croissant de lune qui était accroché au centre d'un ciel limpide et brodé d'étoiles en moins de dix minutes fut bâillonné par une couverture de nuages noirs et bas.

L'obscurité tomba d'un coup sur la plaine.

A vingt-deux heures quarante-huit, des grondements de tonnerre, des éclairs et des rafales de vent ouvrirent le bal d'une longue nuit de tempête.

Puis il commença à pleuvoir et cela ne s'arrêta plus.

Il aurait suffi de quelques degrés de moins et il aurait neigé, et peut-être le reste de cette histoire en serait-il allé différemment.

Les rues se vidèrent. Les volets furent fermés. Les thermostats réglés. Les cheminées allumées. Les paraboles, sur les toits, commencèrent à grincer et le derby Milan-Inter se mit à se décomposer en gros carrés et les gens, furibards, se pendirent à leurs téléphones.

Tandis que la tempête faisait rage sur la villa des Guerra, Fabiana Ponticelli était étendue sur le lit d'Esmeralda en slip et soutien-gorge et elle observait ses pieds appuyés contre le mur.

Peut-être était-ce à cause de l'herbe, mais de cette position, ils ressemblaient à deux filets de carrelet.

Aussi blancs, fins et longs. Et fallait-il parler des orteils ? Squelettiques, si écartés les uns des autres…

Identiques à ceux de son père.

Depuis qu'elle était petite, elle avait espéré être la fille secrète d'un richard américain qui un jour l'emmènerait vivre à Beverly Hills, mais ces pieds valaient plus que mille tests d'ADN.

L'été précédent, les Ponticelli étaient allés au village Valtour de Capo Rizzuto et un garçon de Florence, très mignon et super con, lui avait fait remarquer qu'elle avait les pieds pareils à ceux de son père.

La consolation de Fabiana était que c'était là l'unique ressemblance physique avec son père et qu'elle pouvait être cachée dans les chaussures.

*Peut-être que je pourrais me mettre du vernis.*

Esmeralda, dans la salle de bains, en avait une collection de toutes les couleurs.

Mais rien qu'à l'idée de se hisser, de se mettre debout et de chercher le bon, l'envie lui passa.

Pendant ce temps, à la radio, Bob Dylan se mit à chanter *Knockin' on Heaven's Door*.

« J'adore cette chanson…, bâilla Fabiana.

— C'est un chef-d'œuvre », dit Esmeralda Guerra, assise en tailleur sur son bureau. Elle aussi était en soutien-gorge et slip. Avec les braises de son pétard, elle faisait des trous sur la tête d'une vieille poupée, produisant une fumée noire et toxique qui se mêlait à celle des cigarettes et de l'encens brûlant sur la table de nuit au milieu de piles de revues de mode.

« Qui c'est qui chante ? » Fabiana tourna lentement la tête et vit qu'à la télévision muette, il y avait un film de gangsters qu'elle avait déjà vu, avec cet acteur célèbre…

*Al… Al… ? Al quelque chose.*

« Un type célèbre. Des années quatre-vingt… Ma mère a le disque.

— Mais elles veulent dire quoi les paroles ?

— *Even* signifie paradis. *Dor*, porte. La porte du paradis.

— Et *noquine* ? »

Son amie lança la poupée dans la corbeille et réfléchit un peu trop.

*Elle le sait pas*, pensa Fabiana.

Esmeralda racontait qu'elle était à moitié anglaise parce que, petite, elle avait été en Californie, mais quand vous lui demandiez la signification d'un mot un peu plus compliqué que *window*, il n'y avait pas moyen qu'elle la connaisse.

*Voyons voir la connerie qu'elle va balancer…*

« Alors ? Qu'est-ce que ça veut dire ?

— Ça veut dire "en connaissant"… en connaissant la porte du paradis.

— Et après. »

Esmeralda écouta la chanson les yeux fermés et puis elle fit, sérieuse : « Ça dit que, en connaissant la porte du paradis, c'est facile de la trouver. Et quand tu la trouves tu peux y emmener aussi ta mère même s'il fait très sombre… Enfin, un truc de ce genre. »

Fabiana prit un coussin et le mit sous sa tête. « Ça, on peut dire que c'est une chanson idiote. »

Si elle, elle avait ouvert une porte et y avait trouvé le paradis constitué de petits nuages et d'anges voletants, il est probable qu'elle n'y serait pas allée. Et certainement pas avec sa mère.

*Peut-être que je devrais me mettre la tête sous le robinet.* Elle sentait ses yeux gonflés comme des grains de raisin et son crâne lourd comme s'il était plein de gravier. Tout était la faute de ce limoncello jaune et de l'herbe d'un certain Manish Esposito, un ami de la mère d'Esmeralda, qui vivait dans une communauté Hare Krishna près de Santa Maria di Leuca.

Esmeralda bâilla un : « On prend un bain ?

— Quoi ?

— Un bain. J'ai un super bain moussant au muguet. »

Ce n'était pas une mauvaise idée. Mais quelle heure était-il ? Fabiana regarda la grosse horloge en forme de bouteille de Coca-Cola accrochée au-dessus de la tête du lit.

*Onze heures moins le quart.*

Elles s'étaient enfermées dans cette pièce depuis au moins huit heures.

*On est en train de s'enterrer vivantes.*

Au début, ça lui avait semblé un projet intéressant. *Le Grand Enfermement.*

C'est ainsi qu'elles avaient appelé ça.

Rester barricadées dans la chambre pour regarder des DVD, se rouler des joints, boire et manger tout le dimanche.

Mieux valait être seules qu'avec cette bande de rats morts qui végétaient à l'intérieur d'un centre commercial et se réveillaient uniquement pour jouer des poings. Elles avaient décidé ça après que cet abruti de Tekken avait failli balancer Zena par-dessus le pont.

Dieu sait ce qui lui était passé par la tête, à ce gars-là, de rayer la moto de Tekken... Qu'est-ce qu'il voulait faire ? Si elles n'étaient pas intervenues, Esmeralda et elle, ils l'auraient envoyé en bas.

En tout cas, il avait un sacré courage, Zena. Mais il avait aussi un sale carafon. Il se vexait tout de suite. On ne pouvait rien lui dire.

Depuis quelque temps, elle y pensait trop, à Cristiano Zena.

« Alors ? »

Fabiana se tourna vers son amie. « Alors quoi ?

— On le prend, ce bain ?

— Je peux pas, faut que je rentre chez moi. »

Elle avait juré à La Merde, alias son père, qu'à dix heures pétantes elle serait à la maison.

Le lendemain matin, à huit heures et demie, pendant la première heure de cours, elle avait rendez-vous chez le dentiste pour l'habituelle visite de contrôle.

Fabiana calcula que même si elle se mettait en route maintenant, elle serait de toute façon en retard. Elle mettait vingt bonnes minutes d'ici à chez elle. A ce stade, autant valait prendre son temps.

Heureusement qu'elle avait éteint son portable.

La Merde devait être à peine rentré de…

*Où il était allé ?*

… et en ne la voyant pas à la maison, il avait sûrement saturé son répondeur.

## 62.

Rino avait éteint la télévision, il fixait la pluie qui frappait contre les fenêtres du séjour et essayait de comprendre ce qui l'avait poussé à voir ce film. Il le connaissait par cœur, il l'avait vu plusieurs fois, et pourtant il n'avait pas réussi à décoller de l'écran.

*Un après-midi de chien.* Avec Al Pacino. Son acteur

préféré, ainsi que Robert De Niro. Si un jour il rencontrait ces deux-là dans la rue, il s'inclinerait et leur dirait : « Vous êtes deux grands et vous aurez toujours le respect de Rino Zena. »

Ils savaient comme personne raconter la vie de merde des gens banals.

Mais ce soir, il n'aurait pas dû voir ce film. Al Pacino entrait dans une banque pour faire un hold-up et les choses tournaient au massacre.

Il avait compris que le casse du distributeur de billets était une connerie. Une connerie très grave qu'il paierait pour le restant de ses jours.

Et même si la raison lui soufflait que ce déluge était un coup de bol (dans les rues, il n'y aurait pas un chat), son estomac lui disait que ce film diffusé par Rete 4 exactement deux heures avant l'opération était un signe envoyé par le Seigneur pour lui dire de laisser tomber.

Désormais, il ne cessait de penser au plan et son esprit s'embourbait dans des images de sang et de mort. C'était précisément ce genre de coups, en apparence sûrs et modestes, qui se transformaient soudain en carnages.

*Non mais, t'es fou ou quoi… ?*

Il avait plusieurs fois lu dans le journal l'histoire de hold-up dans les restoroutes ou de vols de voitures qui avaient fini en tueries. Il pariait ses couilles qu'ils arriveraient là-bas en tracteur, pénards, et que les flics débouleraient de partout.

*Mais comment j'ai fait pour me laisser entraîner sur ce coup-là par Danilo ? Les certitudes de Danilo, elles valent pas un clou.*

Si les choses tournaient mal, c'était la taule. Et un max. Au minimum, deux ou trois ans.

Et s'ils l'enfermaient, Cristiano finissait à l'assistance ou placé en famille d'accueil jusqu'à sa majorité.

Et puis, combien de putains d'euros il pouvait y avoir dans un distributeur automatique ? Sans compter qu'il fallait les partager en trois…

*Des clopinettes.*

Il devait juste prendre son courage à deux mains et appeler Danilo et lui dire qu'il laissait tomber.

*Il va mal le prendre.*

Quand, en rentrant à la maison après les Flèches Tricolores, ils lui avaient dit que c'était décidé pour ce soir, il avait failli se mettre à pleurer de joie.

*Mais qu'est-ce que j'en ai à foutre !*

C'était un plan trop idiot et lui, il avait écouté Danilo uniquement parce qu'il glandait du matin au soir. Et si Danilo y tenait vraiment, il pouvait toujours le faire avec Quattro Formaggi. Non, même pas, même pas avec Quattro Formaggi.

*Qu'il se trouve quelqu'un d'autre.*

Heureusement, il était encore temps de retirer ses billes.

Et si ce pressentiment n'était rien d'autre que de la peur ? *Et s'il n'avait plus les couilles ?*

Il se retourna pour regarder Cristiano qui dormait recroquevillé sur le divan.

*Peut-être. Et alors ?*

Il allait prendre le téléphone et appeler Danilo, mais il se ravisa. Il valait mieux attendre qu'il arrive ici avec Quattro Formaggi et lui parler entre quat'z-yeux.

63.

Au moment même où Rino Zena était assailli de doutes, Danilo Aprea, assis devant la télévision, souriait.

Quel film idiot il venait de voir. Une histoire où deux crétins se faisaient arrêter pendant un hold-up. Lui, en revanche, il avait organisé un plan parfait. Personne dans les parages, pas d'armes, pas d'otages ou des conneries de ce genre.

Il prit le journal et, les lunettes sur le bout du nez, feuilleta les pages des annonces immobilières en réfléchissant que, avec un bon capital et un peu d'intuition, il y a mille façons de devenir riche.

Et comme lui, il était certain d'avoir un instinct naturel pour les affaires (il avait prévu que les Quatre Chemins seraient un grand succès), bientôt il posséderait aussi les fonds nécessaires pour le prouver au reste du monde.

Parmi les offres des locaux commerciaux à vendre, il avait entouré au moins cinq occasions. Toutes dans des centres commerciaux ou des immeubles neufs dans le secteur du boulevard extérieur. Des espaces stratégiques qui, en peu de temps, connaîtraient un développement commercial inestimable.

Après le coup de massue de l'euro qui avait mis le pays à genoux, il y aurait certainement une reprise économique.

La théorie des flux et des reflux.

Du moins, c'est ce que disait Berlusconi. Et comment ne pas croire un homme du Nord qui s'était fait tout seul et était devenu la personnalité la plus riche d'Italie, bien que les juges communistes aient tout fait pour lui mettre des bâtons dans les roues.

Et quand il y aurait la reprise, Danilo serait là, prêt à l'attendre avec sa belle boutique de lingerie.

Le problème, c'était qu'il n'arrivait pas à se faire une idée du nombre de mètres carrés qu'il fallait pour monter dans les règles de l'art un commerce de lingerie.

*Quarante, ça suffit ? En réalité, l'essentiel c'était d'avoir une petite pièce derrière qui serve d'entrepôt, où on pouvait mettre un fauteuil pour se reposer et un petit frigo si, tout à coup, on était pris de fringale....*

Et puis, chose fondamentale, il fallait le décorer avec goût, mais pour ça, Danilo ne s'en faisait pas. Il y avait Teresa. Qui sait si ça lui plairait, une boutique dans un centre commercial...

*Tu parles...*

Il mettait sa main au feu qu'elle, elle la voulait en pleine ville, juste sur le cours, pour faire crever d'envie tout le village. Et au fond, elle avait raison.

*Allez vous faire foutre ! On vous emmerde tous ! Regardez la boutique des Aprea.*

Danilo inspira, ferma le journal et s'approcha de la fenêtre.

Le vent avait arraché de l'étendage de la maison d'en face tout le linge accroché, qui avait atterri sur les branches d'un pommier. Même le lampadaire balançait de droite et de gauche et la ruelle s'était transformée en un torrent qui allait se jeter dans le canal à côté de l'immeuble. A travers le double vitrage, on entendait le grondement du courant bridé par les rives du canal.

*Tant mieux. Y aura pas un chat dans les rues.*

L'horloge du magnétoscope indiquait vingt-deux heures quarante-cinq.

Dans un quart d'heure arriverait Quattro Formaggi.

Il s'était perdu dans les petites annonces. Il lui fallait se préparer et bien se couvrir, sinon, avec ce déluge, il risquait la pneumonie.

Le moment où il remettrait sur la piste de décollage son existence, remisée depuis trop longtemps dans un hangar poussiéreux, était enfin arrivé.

Rino le lui avait annoncé en revenant de Murelle

et lui, d'émotion, il avait failli se mettre à chialer. Puis, quand il était rentré à la maison, il avait passé plusieurs heures angoissé sur la cuvette des W-C, mais maintenant qu'était venu le grand moment, il se sentait serein comme un samouraï avant la bataille. Au fond de lui, quelque chose lui disait que tout marcherait comme sur des roulettes, sans problèmes.

Il s'approcha du téléviseur et il allait l'éteindre quand il vit un grand tableau, fixé sur panneau vert, qui occupait tout l'écran.

L'habituelle émission d'enchères de Canale 35.

Au centre du tableau, il y avait un clown, avec un haut-de-forme démesuré, une cravate à losanges, un nez rouge couleur cerise.

Comme un grimpeur à mains nues, le clown était accroché au sommet d'une montagne et tendait le bras pour essayer de cueillir un edelweiss qui poussait, solitaire, au milieu des roches grises.

Le peintre avait réussi à arrêter le mouvement, comme quand on met sur pause une cassette vidéo.

Il était facile d'imaginer la conclusion : le clown prend la fleur et la porte à son nez pour sentir son parfum.

Mais le tableau ne finissait pas là. Derrière la figure au premier plan se déployait un crépuscule à vous couper le souffle. Cela rappelait à Danilo les crépuscules d'été de son enfance, quand le ciel était bien autre chose, et on aurait dit que c'était le Père Eternel en personne qui l'avait peint. Les tonalités chromatiques se fondaient et s'estompaient l'une dans l'autre comme dans le drapeau de la paix. Du noir au bleu au violet jusqu'à l'orange de la vallée lointaine, sur laquelle flottait la boule du soleil, enveloppée de nuages blancs comme une mariée par son voile. Dans la partie supérieure, où désormais la nuit s'était emparée de la voûte du ciel, brillaient des étoiles lointaines. Mais en bas, la plaine avec ses villages et ses rues et ses forêts était encore baignée des derniers rayons de lumière.

Danilo ne comprenait strictement rien à l'art, et il n'avait jamais désiré posséder un tableau. Les tableaux, en fin de compte, ne sont que des nids à poussière et à acariens. Mais celui-là, c'était vraiment un chef-d'œuvre.

*Autre chose que les Joconde et Picasso de mes deux.*

Ce qui l'émouvait le plus, c'était l'expression du clown.

Triste et… Danilo ne savait même pas comment la définir.

*Obstinée ?*

Non, pas exactement.

*Fière.*

Voilà. Ce clown fier avait défié la montagne et ses dangers pour arriver jusque là-haut. Et ce n'était pas un alpiniste, mais rien qu'un pauvre clown. Quelles difficultés incroyables il avait dû avoir avec ces longues chaussures déchirées. Et quel froid…

Pourquoi avoir fait tous ces efforts ? Bien sûr, pour cueillir une petite fleur rare qu'il allait offrir en même temps que son âme à la femme aimée.

Ce clown et lui, ils avaient un tas de choses en commun. Lui aussi, il avait été traité comme un moins que rien, presque un assassin, un alcoolique dont tout le monde se foutait, mais cette nuit, il allait défier la montagne, il allait risquer sa vie juste pour cueillir une fleur, la boutique à offrir à Teresa, la seule femme qu'il ait aimée dans sa vie.

Oui, ce clown et lui étaient tristes et fiers. Deux héros incompris.

Le cadrage s'élargit un peu et, à côté de la peinture, apparut un homme grisonnant vêtu d'un costume croisé bleu et d'une chemise rose à col blanc.

Danilo prit vite la télécommande et augmenta le son.

« Ce tableau appartient à la splendide série des clowns à la montagne du maître Moreno Capobianco, disait le vendeur avec un fort *r* grasseyant. Mais de toute la série, je veux dire, celui-ci est sans aucun doute le plus efficace et le plus accompli, celui où l'artiste a donné le maximum et exprimé le mieux, comment dire... voilà, le choc titanesque et éternel entre homme et nature. La signification est claire, même pour les profanes : le clown représente la farce qui dépasse les confins du monde comme nous nous le voyons, pour arriver là où personne n'est jamais arrivé. Vers Dieu et l'amour, avec une attitude quasi mystico-religieuse. »

Danilo n'en croyait pas ses oreilles. L'expert était en train de dire, d'une manière plus juste, les mêmes choses que ce que lui avait pensé. Il monta encore le son.

« Mais, mesdames et messieurs, sans parler des très grands systèmes, regardons les choses concrètes : le paysage splendide, la lumière, le phrasé raffiné, le coup de pinceau affirmé... Le coup de pinceau de Capobianco, c'est quelque chose de si délicat que... Imaginez rien qu'un instant que vous avez un tableau comme ça dans votre salon, dans l'entrée, je veux dire, où bon vous semble, c'est une occasion qui ne se représ... »

Danilo regarda le mur nu à côté de la porte. Un rectangle d'un mètre sur deux semblait vibrer sur le reste du mur.

*C'est là qu'il doit être.*

Avec au-dessus une petite lumière halogène, ce serait extraordinaire.

« Imaginez que vous vous offrez ce chef-d'œuvre... Imaginez que vous l'avez, que vous le possédez, que vous pouvez en faire ce que vous voulez et ça, seulement pour sept mille cinq cents euros ! Un investissement, mesdames messieurs, qui d'ici cinq ans pourrait bien prendre sept, huit fois sa valeur, autre chose que les bons du Trésor et les actions… Si vous le laissez passer, je suis presque… »

Danilo se remit à fixer l'écran puis, comme en transe, il s'empara du téléphone et composa le numéro en surimpression.

## 64.

Quattro Formaggi lui aussi avait regardé distraitement *Un après-midi de chien*, mais en aucune façon il n'avait associé le film au casse. Puis, s'ennuyant, il avait allumé le magnétoscope et lancé *Les Grandes Lèvres de Ramona*.

Avec l'avance rapide, il était arrivé au moment où elle baisait avec le shérif moustachu.

« Tu le sais qu'il y a que les putes qui font du stop dans ce comté ? » déclama-t-il sur le ton du représentant des forces de l'ordre. Et puis, d'une voix de fausset, en imitant la tonalité féminine de Ramona : « Je ne le savais pas, shérif. Tout ce que je sais, c'est que je suis disposée à tout faire pour ne pas finir en prison. »

Tandis qu'il jouait le dialogue, il se coucha par terre et se mit à construire en Lego une nouvelle gare ferroviaire.

La fenêtre, poussée par le vent, s'ouvrit d'un coup et une rafale de pluie lui mouilla le visage et fit tomber de la table une grosse lampe qui, comme un astronef en panne, s'effondra sur un pont en carton plein de petites voitures, le détruisant, puis alla s'encastrer dans une montagne en carton-pâte où paissaient une bande de rhinocéros et des Schtroumpfs et les éparpilla parmi les troupeaux de brebis et de Tiny Toons qui marchaient dans la gorge d'un canyon.

Quattro Formaggi courut fermer la fenêtre.

Quand il observa mieux, il s'aperçut que le vent avait causé d'autres désastres. Les processions des soldats de plomb bleus, de serpents, de robots galactiques étaient renversées et quelques-uns d'entre eux flottaient dans un lac fait avec une boîte en fer de biscuits danois.

Il se mit à passer ses doigts dans ses cheveux et à faire d'étranges grimaces avec sa bouche.

Il fallait immédiatement tout remettre en ordre. Il était paralysé en sachant que sa crèche était dans cet état.

« Mais je dois aller chez Danilo. Comment je vais faire ? » se dit-il à lui-même en se pressant la joue.

*Un instant. Je ne mets qu'un instant.*

*Et si Danilo m'appelle ?*

Il éteignit son portable et commença à tout remettre en ordre.

## 65.

« Fabi, écoute, j'ai une idée géniale ! – Esmeralda, aussitôt, comme si on avait appuyé sur la touche PLAY de la télécommande, se réveilla et sauta au bas de la table.

— C'est quoi ?

— On va faire une blague à madame Carraccio.

— Quelle blague ? »

Esmeralda et Fabiana étaient sûres que Nuccia Carraccio, leur prof de maths, les détestait parce qu'elle crevait de rage qu'elles soient si belles et elle un monstre. Non seulement elle ne leur mettait jamais la moyenne, mais en plus elles étaient certaines qu'elle faisait des messes noires avec Pozzolini, la prof de gym, contre elles.

« Le petit gros ! Tu vois le petit gros ?

— Quel petit gros ?

— Celui de 5e C.

— Rinaldi ?

— Exact. »

Matteo Rinaldi était un pauvre môme, atteint d'un grave déséquilibre hypophysaire, il pesait cent dix kilos à douze ans. En CM2, il avait eu son quart d'heure de célébrité parce qu'il avait témoigné pour une campagne contre l'obésité infantile organisée par la Région.

Fabiana s'étira et bâilla un : « Et alors ?

— Ravanelli m'a raconté qu'il a été scout avec Rinaldi et qu'une fois, Rinaldi a fait caca dans un champ. Et lui, par curiosité, il est allé voir sa crotte… – Esmeralda secoua la tête – Tu peux pas savoir… Il a dit qu'elle était grosse comme… – elle ne trouvait pas – un rouleau sous vide de polenta précuite. Tu vois ?

— Pas vraiment. J'en ai jamais vu. En général, c'est ma mère qui la fait. C'est comment ? C'est bon ?

— Bof. On la coupe et on la fait réchauffer au four. Vaut mieux celle qu'on fait à la maison. Bon, en tout cas… – Esmeralda indiqua la grandeur avec ses mains et ajouta : – Et il a dit qu'elle était super compacte, genre torpille.

— Et alors ?

— Alors on doit convaincre Rinaldi de chier sur le bureau de la prof. Le mercredi, avant maths, on a gym. Pendant cette heure, on l'amène en classe et on le fait monter sur le bureau pour qu'il chie dessus. »

Fabiana ricana : « Quelle connerie. »

Esmeralda la fixa, déçue. « Et pourquoi ?

— Comment tu vas le convaincre, Rinaldi, de faire un truc pareil ? »

Effectivement, Esmeralda n'avait pas pensé à cela. Leur arme, la séduction, qui pliait pratiquement tous les garçons de l'école à leurs bons vouloirs, n'avait aucun effet sur ce gros lard asexué.

« Et si on lui offrait du fric ? De la bouffe ? lança Esmeralda.

— Non, il est riche à vomir. Mais peut-être que si tu lui fais une petite pipe… »

Esmeralda fit une moue dégoûtée. « Trop gerbant… Même si on me tue. »

Fabiana se toucha les reins avec une grimace de douleur. « Combien tu te ferais payer pour lui faire une pipe ?

— Y a pas de chiffre !

— Mille euros ?

— T'es folle ? Pas assez.

— Trois mille ? »

Elle sourit. « Ah, à trois mille, on peut commencer à y penser… »

C'était leur jeu préféré. Elles passaient des heures à imaginer qu'elles branlaient, suçaient, se faisaient sodomiser par les êtres les plus horribles qu'elles connaissaient pour de l'argent.

« Et si tu devais choisir entre Rinaldi et… – Fabiana ne trouvait rien de plus dégoûtant, puis elle eut une illumination : – le marchand de tabac du centre commercial ?

— Celui avec la moumoute qui tient avec de la colle Vinavil ?

— Exact !

— Je sais pas… Aucun des deux.

— Si tu le fais pas, on tue ton frère.

— T'es dégueulasse ! Ça compte pas !

— Si si, ça compte ! »

Esmeralda réfléchit un peu. « Pour finir, tout bien pesé, le marchand de tabac. Au moins, je pourrais récupérer une cartouche de cigarettes.

— Mais en avalant, hein.

— Ah ben, bien sûr, à ce stade, je lui fais la totale… Mais t'imagines, si on y arrivait ? T'imagines quand la Carraccio entre dans la classe et trouve une merde fumante posée sur son bureau ? Un monument à sa personne…

— Cette bonne femme, elle appelle les flics…

— Et les flics, ils doivent saisir la merde.

— Pourquoi ?

— C'est une preuve.

— Mais ils peuvent pas la toucher, sinon ils laissent leurs empreintes. »

Esmeralda éclata de rire. « Et ils l'emmènent à la chose… A la… Oh, zut, comment ça s'appelle ?

— Quoi ?

— Ceux qui analysent les preuves… Allez… Les… – Rien. Absolument rien ne lui venait. Elle avait l'impression d'avoir la tête pleine de caoutchouc mousse. – Je sais pas, moi… A qui ils l'emmènent ?

— Mais si, tu sais, ceux de la série télé…

— Les Experts ?

— Bravo ! Ils font des tests ADN et comme ça, ils coffrent Rinaldi. »

### 66.

Il l'avait fait. Il avait téléphoné et s'était acheté le *Clown alpiniste*, le chef-d'œuvre de Moreno Capobianco.

*Très facile.*

Danilo Aprea arpentait tout content son salon, en observant le mur où il accrocherait le tableau.

Quelle merveille. Vous entriez et un clown alpiniste vous accueillait. Ça donnerait à la maison une touche d'élégance et de raffinement unique. Un tableau de ce niveau était capable de donner de la luminosité même à une catacombe.

A la main, Danilo avait un petit verre de grappa.

Il s'était juré de ne même pas boire une goutte, avant le coup, mais on ne pouvait pas ne pas trinquer à un achat de ce genre. Peut-être s'était-il un peu précipité pour l'acheter, mais avec la certitude de l'argent du distributeur, il avait bien fait.

« Plus que bien. » Il souleva le verre en direction du mur blanc.

La demoiselle du centre d'appels avait été très gentille. Elle l'avait félicité et avait ajouté que les tableaux de Capobianco se vendaient comme des petits pains.

*Si j'avais pas appelé tout de suite, il me passait sûrement sous le nez.*

Danilo avait pris un rendez-vous sans engagement pour le lendemain. Un de leurs experts lui apporterait la toile directement à la maison.

« A la nouvelle vie ! » Et il avala son verre cul sec.

La demoiselle lui avait assuré qu'il pourrait le regarder tout le temps qu'il voudrait et puis se décider tranquillement. Danilo ne le lui avait pas dit, mais lui, il avait décidé de l'acheter au moment même où la silhouette du clown était apparue sur le téléviseur.

Ce tableau lui avait parlé à travers l'écran.

Le baptême de la nouvelle vie de Danilo Aprea.

D'abord le tableau et aussitôt après la boutique pour Teresa.

Et tout recommencerait.

## 67

Les phares de la Puma de Beppe Trecca éclairaient une immense enseigne en forme de banane sur laquelle était écrit CAMPING BAHAMAS.

*Nous y voilà.*

L'assistant social, tout ému, sortit courbé du coupé métallisé en s'abritant sous un parapluie étriqué que le vent retourna comme un entonnoir. Il s'approcha du portail clos par une chaîne et sortit de la poche de son imperméable le trousseau de clés du camping-car d'Ernesto, le mari de sa cousine.

*Il doit y avoir aussi celles du portail.*

Mais il n'en avait pas la certitude vu qu'il les avait…

*(volées.)*

… empruntées dans le vide-poche à l'entrée de l'appartement de sa cousine Luisa, sans rien dire.

*OK d'accord, mais c'est quoi le problème ? Demain matin, je les remets à leur place et personne ne s'apercevra de rien.*

L'idée de demander à Ernesto de lui prêter son camping-car pour la nuit ne l'avait même pas effleuré, et ce pour deux raisons :

1) Le mari de Luisa était curieux comme un singe et il aurait tout découvert et personne au monde ne devait savoir pour lui et Ida Lo Vino. Si quelque chose était dévoilé, il était un homme mort.

2) Son camping-car, Ernesto ne le prêtait à personne. Pour acheter cette maison voyageuse, il s'était endetté jusqu'au cou.

Beppe réussit à trouver la clé qui ouvrait le cadenas, poussa le portail et entra dans le camping avec sa voiture, sans le refermer.

L'esplanade recouverte de gravier qui donnait sur le Forgese était inondée. Le fleuve, noir comme de l'encre, qui coulait d'habitude à une trentaine de mètres de là, avait désormais englouti le petit quai et venait lécher la baraque des canoës. Les palmiers aux feuilles mangées par l'hiver étaient ballottés par des rafales de vent et de pluie. Même derrière les vitres, on entendait le fracas du fleuve en crue.

Une nuit plus merdique que celle-là pour une rencontre romantique, c'était difficile à imaginer.

Les camping-cars et les caravanes étaient garés les uns à côté des autres.

*Et maintenant, bon Dieu, c'est lequel celui d'Ernesto ?*

Beppe se souvenait qu'il s'appelait quelque chose comme Rimmel. A la fin, juste au bout de la rangée, il vit un monstre blanc avec écrit dessus Rimor Super Duke 688TC.

*Le voilà.*

C'est dans cette chose que s'accomplirait l'atroce trahison. Oui, car Beppe en était conscient, ce qu'il s'apprêtait à commettre était une véritable infamie, un attentat en règle à l'intégrité d'une famille. Le pauvre Mario ne la méritait vraiment pas, cette saloperie de la part de son meilleur ami.

*(Laisse tomber. Fais marche arrière. Mario t'a accueilli chez lui comme un frère. Il aime sa femme à en mourir et il a confiance en toi.)*

Il se gara en essayant de ne pas écouter la voix de sa conscience.

*(Même Ida t'en serait certainement reconnaissante.)*

Beppe soupira en éteignant le moteur.

*Je suis une merde. Je le sais. Je voudrais, mais je ne peux pas... Peut-être qu'après l'avoir eue, je m'effacerai. Mais comme ça, je ne peux pas vivre, je dois l'avoir eue au moins une fois.*

Il descendit de la voiture et tourna autour du camping-car en tirant derrière lui une valise à roulette bleue au milieu des flaques.

Après quelques tentatives, la porte s'ouvrit, et avec un mélange d'excitation et de sentiment de culpabilité, l'assistant social monta les marches et entra, tandis qu'un éclair colorait de bleu le coin repas et le petit canapé.

## 68.

Cristiano Zena fut réveillé par un coup de tonnerre si puissant que, pendant un instant, il crut qu'un camion-citerne avait explosé sur la nationale.

Il tâta les coussins, le dossier, et se rendit compte qu'il était sur le canapé. Il s'était endormi pendant qu'ils regardaient le film avec Al Pacino.

Tout était sombre. La pluie cognait sur les vitres et dans la cour, le petit portail claquait, poussé par le vent.

« T'inquiète, Cris. C'est juste une panne de courant. »

Cristiano distinguait à peine les traits du visage de son père, teintés de rouge par les braises de la cigarette.

« Il y a un orage du feu de Dieu. Va te coucher.

— Mais quelle heure il est ?

— Je sais pas. Onze heures et demie environ. »

Cristiano bâilla. « Comment vous allez faire avec le tracteur ? La route du fleuve doit être un océan de boue.

— Sûrement », répondit Rino d'une voix tranquille.

Cristiano était sur le point de lui demander s'il pouvait venir avec lui, mais il se ravisa. Il connaissait la réponse. « Mais il est pas tard ? demanda-t-il pour finir.

— Bof.

— Qu'est-ce qu'il y a ? Tu veux plus le faire ? »

Son père souffla par le nez. Silence. Puis : « Non.

— Pourquoi ?

— J'ai changé d'avis.

— Pourquoi ?

— Trop dangereux. »

Cristiano ne savait pas s'il devait s'en réjouir. Avec les sous, ils auraient pu acheter un tas de choses, avoir une voiture neuve, vivre mieux, voyager. Mais d'un autre côté, le coup l'avait toujours inquiété. En fin compte, c'était mieux comme ça. En y réfléchissant, il avait toujours eu la sensation que son père, en réalité, n'avait jamais voulu le faire.

Cristiano s'assit et croisa les jambes. « Et maintenant, tu vas lui dire quoi, à Danilo ?

— J'ai mal au crâne. Va te coucher. – Rino commençait à s'énerver. Comme si son fils lui chatouillait une blessure ouverte. Cristiano savait qu'il valait mieux laisser tomber, mais ça l'embêtait à mort que son père ne tienne jamais ses promesses. Comme quand il avait dit qu'il lui offrait la PlayStation pour Noël.

— Mais tu lui as promis.

— Et qu'est-ce que ça peut foutre ?

— Danilo va te détester.

— Aucun problème. Et puis s'il veut, il peut le faire avec quelqu'un d'autre. Mais pas avec moi.

— Ouais, mais toi, t'es leur chef. Tout seuls, ils y arriveront pas, tu le sais très bien. Tu peux pas les planter comme ça. » Tandis qu'il parlait, Cristiano se demanda pourquoi diable il continuait à insister alors qu'il était content que son père ait décidé de laisser tomber.

Rino se mit à hurler : « Ecoute-moi bien, petit crétin. Fourre-toi dans la caboche que moi, je suis le
chef de personne, personne, et surtout pas de ces
deux-là, et puis, moi, contrairement à eux, j'ai un fils.
Moi, je prends pas de risques pour des clopinettes.
La discussion est close. »

La lumière revint. La télévision se ralluma. Dans
la cuisine, le frigo se mit à ronfler.

Cristiano plissa les paupières. « Et tu vas le lui dire
quand ? »

Rino ouvrit une canette de bière et se mit à la
boire. Puis, en s'essuyant la bouche avec un bras, il
répondit : « Maintenant. Quand ils arrivent ici. Toi,
tu vas te coucher. J'ai pas envie de discuter devant
toi. File. »

Cristiano allait répondre que c'était pas juste, qu'il
avait toujours été là à leurs réunions et qu'il devait
être là maintenant aussi, mais il se mordit la langue.

« T'es chiant… » Il se leva et se dirigea vers les
escaliers sans même dire bonne nuit.

De toute façon, d'en haut on entendait tout.


69.


Dans le camping-car, il y avait une puanteur horrible.

Et pas seulement à cause de l'humidité, c'était
quelque chose de pire, d'immonde… Quelque chose
qui avait à voir avec des excréments humains et les
W-C chimiques.

Beppe Trecca commença à tâter à l'aveugle les
murs, à la recherche d'un tableau électrique.

L'été dernier il était monté dans ce truc quand ils
étaient allés au couvent de San Giovanni Rotondo,

mais il avait eu le mal des transports pendant tout le voyage.

Enfin, derrière un petit meuble, il trouva des interrupteurs et se mit à les actionner au hasard.

Le néon au plafond et les voyants du coin repas s'allumèrent en répandant une lumière glaciale.

Devant lui, il y avait un espace réduit occupé par des meubles en formica beige, la zone jour avec une petite table et un divan et au-dessus de la cabine de conduite, la capucine avec un lit à deux places.

Une main sur la bouche, il ouvrit la porte des toilettes. Ce fut comme recevoir un coup de poing dans la figure. L'assistant social, pivoine, étourdi par les miasmes, dut s'appuyer contre la cloison pour ne pas tomber sur la moquette bleu clair.

La pestilence, compacte comme un mur, était humaine et chimique à la fois. Un instant, il pensa que le mari de sa cousine avait dissous une charogne dans de l'acide, mais après il vit dans la cuvette un liquide violacé où flottait de la matière à première vue organique d'origine incertaine.

Il s'attaqua à un gros bouton-poussoir rouge en espérant qu'une pompe quelconque assainisse cette fosse nauséabonde, mais il n'en fut rien. La seule chose qu'il put faire fut d'ouvrir le hublot, de mettre en marche un ventilateur fatigué et de refermer la porte.

L'impact de la puanteur avait été si fort qu'il s'aperçut à cet instant seulement qu'il faisait au bas mot moins cinq dans le camping-car et que la pluie le martelait comme une enclume.

Comment fonctionnait le système de chauffage ? Mais surtout : les camping-cars ont-ils un système de chauffage ?

*Ils devraient.*

Il posa sa valise sur la table et ouvrit la fermeture

Eclair. Il disposa sur la kitchenette une série de barquettes en aluminium qui contenaient du poulet au bambou, des rouleaux de printemps, des raviolis à la vapeur, du porc en sauce aigre-douce et du riz cantonnais. Le tout pris au restaurant La Pagode Enchantée, au kilomètre vingt de la nationale. Puis il sortit une bouteille de Falanghina qu'il avait payée douze euros et une de vodka au melon pour donner à Ida le coup final au cas où...

*(Où quoi ?)*

*Où rien.*

Il disposa une nappe rouge sur la petite table, des assiettes en plastique, les baguettes et puis il alluma des bougies au cédrat et une dizaine de bâtonnets d'encens qui se mirent à exhaler des spirales de fumée blanche.

*Comme ça, je cache la puanteur...*

Son portable dans la poche de sa veste fit plusieurs bips.

*Message.*

Il prit le téléphone et lut :

MARIO EST REVENU À L'IMPROVISTE. ☹

J'ATTENDS QU'IL AILLE SE COUCHER ET J'ARRIVE.

## 70.

Il était onze heures et demie et Fabiana Ponticelli ne pouvait pas croire qu'elle était encore allongée sur le lit d'Esmeralda.

Elle avait une heure de retard, mais à l'idée de sortir et de se taper vingt minutes en scooter sous la tempête, elle avait envie de pleurer.

En plus elle n'arrivait pas à ne pas penser que le lendemain matin, avant d'aller au collège, elle devait aller chez le dentiste qui découvrirait son piercing sur la langue.

*Et si je m'en foutais et que je restais dormir ici ? Comme ça je raterais aussi le dentiste. Qu'est-ce qui peut m'arriver ?*

Tout d'abord, La Merde lui confisquerait son scooter. La chose à laquelle elle tenait le plus et qui lui permettait de fuir le Jardin Fleuri, le complexe résidentiel où vivait sa famille.

Oui, parce que lui il ne prenait pas, il *confisquait*. Et il en jouissait à mort.

« Je te confisque ton portable ! » « Je te confisque tes rangers ! »

*Je te confisque ta joie de vivre.*

Mais combien elle le détestait ? Elle aurait aimé le quantifier, avec un instrument comme celui pour la tension, un hainomètre, qui lui indiquerait la haine qu'elle éprouvait pour son père. Cet appareil, elle le ferait disjoncter. Elle le haïssait autant qu'il y a de grains de sable sur toutes les plages du monde. Non, plus. Autant que les molécules d'eau dans la mer. Non, encore plus. Les étoiles de l'univers. Voilà.

*Pour finir, le scooter, il me l'enlève pour une semaine. Dix jours au grand max.*

Elle savait que si elle était tellement angoissée, c'était à cause de cette herbe qu'elles avaient fumée. Depuis quelque temps, les joints ne la faisaient plus rire comme au début, ils la rendaient paranoïaque.

Pour garder cet effet sous contrôle, Fabiana avait descendu une demi-bouteille de limoncello.

L'alcool et l'herbe étaient deux monstres qui luttaient pour l'emporter sur son esprit. Celui de la marijuana était géométrique. Tout en pointes, lames, angles. Celui du limoncello, en revanche, était amorphe, baveux et aveugle. Et si vous les preniez aux bonnes doses, les deux monstres, au lieu de se combattre, se fondaient en un hybride parfait qui vous mettait en état de grâce.

Mais le monstre avait perdu sa perfection sphérique et il avait sorti lames et pointes (la faute à ce dernier maudit pétard) et il les lui plantait sans cesse dans le cerveau.

Elle prit une profonde inspiration et rejeta l'air.

Dans ces cas-là, ne jamais penser aux parents, à l'école, à une connerie de visite chez le dentiste.

*Mais si je vais pas chez le dentiste, La Merde va avoir des soupçons. Au bas mot, il va penser que je suis enceinte.*

Pourquoi Esmeralda, elle, elle avait jamais ces accès de parano ? Elle se défonçait de joints et n'avait aucun effet collatéral. Ça devait être un fait génétique.

*Bois. Bois, ça fait du bien.*

Fabiana s'attaqua au fond de limoncello chaud et essaya de penser à autre chose sans y parvenir. « Quelle angoisse… » laissa-t-elle échapper.

Esmeralda, occupée à s'arracher les poils des sourcils avec une pince à épiler, souleva la tête. « Quoi ?

— Je dois rentrer à la maison.

— Reste dormir ici. Où tu veux aller ? T'as vu ce qu'il y a dehors ? – Esmeralda s'alluma une cigarette.

— Je peux pas. Ils vont me tuer si je rentre pas. »

Esmeralda se mit à brûler ses cheveux fourchus avec la braise. « La vérité, c'est que toi, t'as pas de méthode, tes vieux, tu les envoies pas assez balader. C'est juste une question de régularité. Tu dois être inflexible avec toi-même, même si t'as pas envie, tu dois le faire chaque jour. T'as vu, moi ? J'envoie chier ma mère tous les jours que le bon Dieu fait et on a résolu tous les conflits. »

Fabiana ne répondit pas. Dans cette chambre, on

manquait d'air. Entre encens, joints et clopes, il y avait un brouillard tel qu'elle n'arrivait presque plus à voir Esmeralda.

« Esme, ouvre la fenêtre, j'étouffe. »

Son amie, concentrée sur son œuvre de coiffeuse, ne lui obéit pas.

« *Madame, votre fille a une petite boule d'argent sur la langue.* » Voilà ce que dirait le dentiste à sa mère.

Elle avait été maligne, elle avait réussi à cacher son piercing jusqu'à maintenant. Ça n'avait pas été un problème. Il suffisait de garder la bouche fermée, d'éviter les bâillements et surtout de ne jamais rire. Mais chez elle, de toute façon, il n'y avait pas de quoi rire.

Le vrai problème avait été de s'habituer à avoir un clou planté au milieu de la langue. Et, pour dire toute la vérité, Fabiana n'y était pas encore parvenue. Elle continuait à le tourner et retourner dans sa bouche, à se le passer sur les dents et le soir, elle se retrouvait avec la langue gonflée et la bouche endolorie.

Quand sa mère le découvrirait, elle se mettrait à faire une scène pitoyable devant le dentiste, les patients, n'importe qui. Sa mère adorait avoir l'air con en public. Mais plus que ça, c'était pas possible. Cette femme avait l'épine dorsale d'un invertébré.

*T'as accepté celui sur les sourcils, celui sur le nombril, maintenant, mamine chérie, tu dois en accepter un nouveau. C'est pas grand-chose !*

La tragédie, c'était si elle le disait à La Merde. Et comme mamine n'avait pas une personnalité définie, bien à elle, une vie individuelle, comme elle n'était qu'un organe externe de son mari, Fabiana pouvait parier qu'elle le lui dirait.

Pourtant, en y réfléchissant bien, il y avait aussi la possibilité que, pour une fois dans sa vie, l'organe

218

externe bride le stimulus de tout avouer. Et cela uniquement et exclusivement pour de sales raisons utilitaristes.

Son père lui casserait les pieds pendant les douze prochaines années en l'accusant de ne pas savoir élever ses enfants. Et puis, c'était pas dit que le dentiste balancerait tout.

« Je parie que t'as une crise de parano à cause du piercing ! » dit Esmeralda.

Mais comment elle faisait, celle-là, pour toujours comprendre ce qu'elle avait dans la tête ? Elle lisait dans ses pensées ?

Fabiana regarda son amie qui se roulait un autre joint.

Elle essaya de paraître sereine. « Non, je pensais à tout autre chose. – Mais c'était comme si, sur son front, était écrit en lettres majuscules : CHOPÉE !

— Et tu pensais à quoi ?

— A rien.

— Tu pensais à quand le dentiste ira voir ta mère... "Madame, votre fille s'est fait faire un piercing sur la langue"... »

*Mais ça t'amuse vraiment que mes parents me fassent chier ?* « Tu sais, les médecins, par profession, ils sont contraints de ne rien révéler. »

Esmeralda leva le nez du papier à cigarettes et prit une expression ahurie. « Mais t'es marteau ? Le dentiste ?

— C'est comme ça. Ils font un serment... Je le sais...

— Ouais, le serment de Xénophon. Bien sûr... Ecoute-moi... N'y va pas. Reste ici. Moi, si j'étais toi, La Merde et ta mère, je les laisserais pas me faire chier... Ils te mènent à la baguette, ils te considèrent comme une crétine. Fais-toi respecter, une fois dans ta vie. »

Fabiana se leva du lit.

Esmeralda lui avait donné la force de rentrer chez elle. Elle se mit nerveusement à chercher ses vêtements au milieu du bordel répandu sur le sol.

« Tu sais ce que je vais faire ? Je l'enlève pour aller chez le dentiste. – Et elle aurait voulu ajouter que ce truc ne lui plaisait pas, et même que ça la dégoûtait vraiment et que, en fin de compte, c'était juste un cauchemar, surtout depuis que quelqu'un lui avait dit que le piercing à la langue donnait des tics et que, pour le restant de sa vie, on ressemblait à un chameau qui rumine.

— Tu fais une connerie grosse comme une maison, je t'avertis… Qu'est-ce qu'il t'a dit James ? Que si tu l'enlèves, ça cicatrise tout de suite. » Esmeralda colla son joint d'un coup de langue précis.

Fabiana enfila son pull. « Juste le temps de la visite… »

Esmeralda alluma son joint et rejeta un nuage blanc. « Ça suffit largement. Les muqueuses se referment tout de suite ! Et si tu crois qu'après, c'est moi qui te le remets, t'oublies. »

Fabiana ne répliqua pas, elle finit de s'habiller et se donna un coup d'œil dans un long miroir encadré par des photos de Christina Aguilera et Johnny Depp. Elle avait les yeux injectés de sang et les lèvres sèches comme Reagan, la petite fille de *L'Exorciste*. Elle se passa la main dans les cheveux et se remit du rouge à lèvres. « Bon, j'y vais. »

Esmeralda tendit le joint à Fabiana. « Au moins, on se fume le dernier petit pour la route.

— Non, je suis trop chargée. Je tiens plus debout. J'y vais.

— Allez, Fabi, tu sais que ça porte la poisse de fumer seule, fit Esmeralda avec une petite voix d'enfant triste.

— Faut que j'y aille… »

Esmeralda baissa ses yeux noirs puis les releva.

« Excuse-moi, Fabi…

— De quoi ?

— Tu le sais… Il se passera rien, tu verras. Au grand max, ta mère te fait une scène chez le dentiste… T'inquiète. »

Fabiana s'aperçut que sa rage s'était volatilisée. Il suffisait qu'Esmeralda la regarde de cette façon et elle, elle fondait comme une crétine.

« Bon, allez, je me sauve.

— Je t'aime ! – Esmeralda sauta sur ses pieds et lui colla un baiser sur la bouche et la serra très fort et lui dit : – Mais celui-là, on se le fait sérieusement. Passe-moi la bouteille d'eau et un stylo. »

### 71.

Cet abruti de Quattro Formaggi était en retard de plus d'une demi-heure.

Danilo Aprea tournait en rond dans son salon, en bottes en caoutchouc, anorak bleu, écharpe et chapeau loden, et il répétait comme un disque rayé : « C'est pas possible, mais c'est pas possible. Mais bordel, il est passé où, ce con ? »

Il avait déjà essayé de l'appeler six fois sur son portable et, à chaque fois, son putain de correspondant n'était pas joignable.

« Mais quelle espèce d'abruti…, marmonna Danilo en s'écroulant comme une masse sur le canapé. C'est pas possible de travailler avec des gens comme ça. Allume ton téléphone, connard ! »

Il se versa le quatrième (c'était le quatrième ou le cinquième ?) petit verre de grappa et l'avala avec une grimace.

Peut-être qu'il devait appeler Rino et lui dire que Quattro Formaggi était en retard sur le plan prévu, perdu Dieu sait où.

*Mais Rino va tout de suite piquer sa crise.*

Et ce soir, il n'y avait pas de place pour les crises.

Ils devaient être une équipe unie, compacte et motivée.

Mais comment on fait pour former une équipe compacte et motivée avec un fou hystérique et l'idiot du village ?

Il allait se reverser une autre goutte, mais il se ravisa.

*Après, je vais être bourré.*

Il ferma les yeux en essayant de se calmer.

« Il va arriver. Il va arriver. Il va…, se mit-il à répéter comme un mantra. S'il arrive pas d'ici un quart d'heure, je jure que je le pulvérise. » Il se tut et entendit la fureur de la tempête envelopper l'immeuble et, en bas, le canal gronder, gorgé d'eau.


### 72.


*Voilà c'est fait, c'est terminé.*

Tous les habitants de la crèche étaient de nouveau debout et le pont avait été réparé. Comme ça, il se sentait beaucoup plus tranquille. Mais ce pont, ça faisait longtemps qu'il lui causait des soucis, et tôt ou tard, il devrait en construire un plus grand et plus résistant, au moins à trois voies.

Quattro Formaggi enfila son pantalon imperméable et contrôla pour la énième fois si quelque chose ne lui avait pas échappé.

Le lendemain matin, avant tout, il arrangerait la colline et, tant qu'il y était, il pouvait aussi la faire devenir une montagne, haute, tout en rochers. Il pouvait aller au fleuve et prendre quelques rocs sur la grève et le tour était joué.

*Un tas d'animaux vivent sur les rochers.*

*Les…* Le nom ne lui venait pas. *Les trucs. Ceux avec les longues cornes et qui sautent.*

« Les bouquetins », fit-il en enfilant ses bottes de caoutchouc. Il mit sa cagoule et par-dessus, son casque intégral vert.

Il attrapa son ciré jaune, mais ne le mit pas.

Danilo lui avait dit de ne pas l'utiliser parce qu'il se voyait à des kilomètres à la ronde.

*Mais qui tu veux qu'y se balade avec ce temps ?*

Il le mit.

Il n'avait aucune envie de sortir. Il serait volontiers resté chez lui à travailler sur sa crèche.

C'était vraiment ce soir qu'ils devaient faire le coup ? Avec toute cette pluie ?

Il éteignit la télévision au moment où Ramona sortait de la maison toute nue et rencontrait Bob le bûcheron et lui disait : « Sort ta plante du bonheur, on va s'amuser. »

« Ça suffit, vas-y », s'ordonna-t-il. Il enfila ses gants et sortit de la maison.


## 73.


Cristiano Zena était dans son lit, enfoui sous trois couches de couvertures, et il écoutait la tempête. Dès qu'il fermait les yeux, il lui semblait être dans la couchette d'un transatlantique au centre d'un ouragan. La pluie battait contre les vitres de la fenêtre et le châssis craquait, poussé par le vent. Du rebord, coulait dans la chambre un filet d'eau et dans un coin du plafond, une tache sombre s'était élargie et toutes les une, deux, trois, quatre, cinq secondes, une goutte tombait en faisant un beau FLOC.

Il aurait dû se lever et mettre un seau et rouler une serpillière et la poser sur le rebord de la fenêtre pour arrêter la pluie, mais il avait tellement sommeil…

## 74.

Fabiana Ponticelli sortit de la chambre d'Esmeralda en se tenant debout à grand-peine. Elle resta dans le couloir, dans la pénombre, pour chercher la force d'affronter la tourmente. Le dernier pétard lui avait donné l'estocade finale.

*J'ai envie de vomir.*

A sa gauche, sur un long buffet, elle aperçut les silhouettes de quatre vases chinois, et une seconde, l'idée l'effleura de vomir dedans.

En titubant et en s'appuyant sur les murs couverts de tapis arabes et d'étagères pleines de livres, elle avança vers la sortie. La porte d'entrée, au fond du couloir, était éclairée par une tache de lumière rougeâtre qui provenait du salon.

*Je t'en prie, mon Dieu, fais qu'il n'y ait pas la mère d'Esmeralda… Si elle me voit dans cet état…*

L'année dernière, Serena Guerra les avait surprises dans un état encore plus désastreux que celui-là, enlacées à la cuvette des W-C ou comateuses sur le lit.

*Cette fois-là on s'était shootées à l'acide et…*

Mais maintenant, avec le bad trip qu'elle vivait, Fabiana ne pensait même pas pouvoir lui dire « bonne nuit ».

*Va tout droit, vite, sans t'arrêter, ne regarde pas dans le salon, ouvre la porte et sors.*

Elle ferma mieux sa parka, souleva la capuche, inspira et visa la sortie avec désinvolture comme un cuirassier à la parade des forces armées, mais quand elle fut devant la porte du salon, elle y jeta un rapide coup d'œil.

Serena Guerra était allongée par terre sur une natte de coco et feuilletait un grand livre de photographies.

La pièce était éclairée par la faible lueur du feu qui mourait dans la cheminée et par une dizaine de bougies posées sur un coffre de bois rouge. Sur un vieux divan, tout emmitouflé dans des couvertures et avec un drôle de bonnet de laine sur la tête, dormait, bouche ouverte, le petit Mattia.

Même dans les conditions psychophysiques précaires où elle se trouvait, Fabiana ne put s'empêcher de s'étonner pour la millionième fois de la ressemblance entre la mère et la fille.

La première fois qu'elle avait vu ensemble Esmeralda et Serena, elle était restée sans voix. Mêmes cheveux raides et bruns, même ovale. Mêmes yeux, même forme de la bouche, même tout. La seule chose était que Serena était la version extra-small d'Esmeralda. Dix bons centimètres les séparaient. Sur les bras et sur les épaules, la mère était un peu plus musculeuse, et elle avait le teint plus clair et le nez plus irrégulier et les yeux plus doux et liquides. Une certaine angulosité des traits de la fille était comme limée dans le visage de la mère.

Serena devait avoir une quarantaine d'années, mais elle paraissait beaucoup plus jeune. Elle pouvait tranquillement passer pour une trentenaire.

Fabiana trouvait qu'elle s'habillait très bien. Ce soir, elle portait un Levi's taille basse, des santiags, un cardigan de laine grège à dessins géométriques et elle avait attaché ses cheveux en plein de petites tresses.

Quelques jours auparavant, dans des conditions pas très différentes de celles-ci, Fabiana avait croisé la mère d'Esmeralda et elles avaient bavardé. Serena vous mettait à l'aise, elle vous traitait en adulte et elle vous écoutait. Sauf que ce soir-là, elle l'avait regardée un peu plus longuement et puis elle lui avait demandé : « Dis-moi, toutes les deux, vous ne forcez pas trop sur la fumette j'espère ? »

Fabiana, comme un chien qui se serait oublié sur le tapis, s'était aplatie contre le mur et, avec un sourire qui avait failli lui déboîter la mâchoire, elle avait dit, hyper-fausse : « Comment ? Pardon, je n'ai pas compris.

— Vous ne forcez pas trop sur la fumette ? »

Elle avait ouvert la bouche et avait espéré qu'il en sortirait quelque chose de sensé, mais il ne s'était rien passé, alors elle l'avait refermée et avait fait non de la tête.

« Je sais... Ce sont vos affaires et je suis sûre que... voilà, je suis sûre que vous êtes assez intelligentes pour savoir gérer. Mais avec les joints, il est facile de se laisser entraîner... Et puis ça devient de plus en plus difficile de se concentrer en classe... Excuse-moi si je te casse les pieds... Je ne le fais pas en général. »

*Ça lui coûte vachement de me dire ça*, avait pensé Fabiana.

« Je suis un peu inquiète, si tu veux savoir la vérité. Avec Esmeralda, en ce moment, il est impossible de parler... Elle est toujours en colère, comme si je lui avais fait quelque chose de terrible. Elle me répond de façon si agressive qu'elle me fait peur... Moi je dis seulement que si vous forcez trop sur les joints, après, vous vous isolez et le monde commence à vous paraître petit et étouffant... Peut-être que vous devriez essayer de sortir davantage, de ne pas rester toujours seules, enfermées dans cette... »

Fabiana, bouche bée, l'avait fixée avec l'expression ahurie d'un enfant devant un caméléon qui change de couleur.

*Le monde petit et étouffant.*

Voilà, la mère d'Esmeralda était tombée pile sur ce qu'elle, depuis quelque temps, elle sentait en son for intérieur et qui la faisait être aussi mal.

*Un monde petit et étouffant. D'où tu dois te tirer dès que tu as fini le bahut. Tu dois t'en aller en Amérique, à Rome, à Milan, où tu veux, mais tu dois quitter ce village petit et étouffant.*

Pourquoi cet être sensible, très beau, debout devant elle était-elle la mère d'Esmeralda et pas la sienne ? Pourquoi est-ce qu'elle avait cette grande malchance d'être la fille d'une femme qui avait l'ouverture d'esprit d'une sœur cloîtrée et qui passait son existence à répéter la rengaine comme quoi papa traversait une sale période et qu'il fallait s'efforcer de lui rendre la vie plus facile ?

*Et moi ? J'existe pas, moi ? Non, pour ma mère, moi j'existe pas. Ou mieux, j'existe parce que je fais partie de la famille Ponticelli et que je dois donc être Brave, Bonne et Belle.*

*Mais, elle est pas merveilleuse, la mère qui te dit que si tu te défonces à coups de joints, c'est pas ses oignons ?*

Quand sa maman avait découvert dans une poche de pantalon un minuscule petit bout de shit, d'abord elle avait simulé un évanouissement, puis elle l'avait emmenée parler avec Beppe Trecca, l'assistant social, et enfin elle avait essayé de l'expédier dans une pension en Suisse. Et si ça n'avait pas été l'avarice de La Merde, à cette heure, elle aurait été reléguée à Lugano dans un pensionnat paramilitaire.

Et la chose la plus absurde de toutes, qui lui filait les boules, c'était qu'Esmeralda ne se rendait pas compte de la chance qu'elle avait d'avoir une mère pareille. Elle lui répondait mal par principe. Elle levait les yeux au ciel. Elle soupirait.

Pendant une seconde, cachée dans l'ombre, Fabiana hésita à demander à Serena de la raccompagner en voiture. Mais mieux valait la pluie plutôt que de se faire voir dans cet état-là.

Avec la légèreté furtive d'Eva Kant, Fabiana Ponticelli tourna la clé dans la serrure et sortit dans la tempête.

## 75.

Danilo Aprea serrait le combiné entre ses deux mains comme si c'était un maillet. « Rino, mais putain, comment je fais pour rester calme ? Dis-le-moi, toi ! Cet abruti a disparu ! On a un retard incr…

— Il va arriver. Calme-toi ! Et puis, un retard par rapport à quoi, dis-moi ? Si on arrive plus tôt ou plus tard, ça change quoi, bon Dieu ? » répondit Rino en bâillant.

A l'intérieur des parois de l'estomac de Danilo Aprea, jaillissait de l'acide chlorhydrique pur. Il fit un effort surhumain pour ne pas se mettre à hurler à s'en faire péter une coronaire. Il devait rester calme. Très calme. Il avala la bile qui lui irritait l'œsophage et il piailla : « Comment ça, par rapport à quoi ? S'il te plaît Rino, ne sois pas comme ça…

— Comme ça comment ? Mais t'as vu le temps qu'il fait dehors ? Comment on y va, prendre le tracteur ? A la nage ? Pendant ce temps, on attend que ça diminue et après on verra. »

Danilo inspirait et expirait en gonflant et en dégonflant ses joues comme Dizzy Gillespie.

« Mais qu'est-ce que tu fais ? T'as de l'asthme ? lui demanda Rino.

— Rien. Rien. C'est toi qui as raison. Comme toujours, t'as raison. Attendons. »

*De la haine à l'état pur.*

C'était ce ton paisible de Rino, du style père éternel je-sais-tout qui restait calme même quand les Martiens envahissaient la Terre, qui le rendait fou de rage. Combien il aurait adoré lui planter un poignard dans le cœur. Cent fois, mille fois, en hurlant : « Tu sais tout, hein ? T'as raison, tu sais toujours tout, toi ! »

« Bon. Relax, Max. Je vous attends ici, faut qu'on parle. » Et Rino raccrocha sans même le saluer.

« Parler ? Parler de quoi ? » hurla Danilo, il attrapa la télécommande et l'envoya se fracasser contre le mur, et puis il se mit à sauter sur les débris.

## 76.

Le ciel noir d'encre s'abattait comme un marteau sur Quattro Formaggi et son Boxer. Les rafales de vent et de pluie le balançaient à droite et à gauche et c'était une entreprise de garder sa mobylette droite.

Le ruissellement des torrents qui dévalaient la route et le gargouillement des bouches d'égout qui vomissaient des flots d'eau marron se fondaient dans son casque en un rugissement terrifiant.

On n'y voyait goutte et Quattro Formaggi roulait vers la maison de Danilo de mémoire.

La tourmente avait arraché une rangée d'arbres du trottoir et les avait jetés au milieu de la rue. Un gros pin s'était abattu sur une automobile, lui défonçant le pare-brise.

Mais qu'est-ce que c'était ? La tempête du siècle ?

Le lendemain, tous les journaux parleraient de crues, d'alluvions, d'écroulements, de dommages à l'agriculture, de remboursements. Et tandis que le déluge s'acharnait sur la plaine, une bande avait emporté le distributeur automatique de billets du Crédit Agricole Italien.

*En plus d'êtres riches, on sera aussi dans tous les journaux...*

Les jours derniers, Quattro Formaggi avait essayé d'imaginer quoi faire de tout cet argent. La seule chose qu'il avait réussi à trouver, c'était d'acheter encore de l'argile pour construire un grand château et un train électrique avec des tas d'aiguillages, de passages à niveau et de gares pour relier le sud et le nord de sa crèche. Les voyages maintenant étaient très compliqués avec toutes ces montagnes, ces lacs et ces rivières, et avoir à sa disposition le chemin de fer aiderait vachement les habitants de la crèche.

*Et si j'y mettais une...*

Comment ça s'appelait, cette boîte accrochée à un fil qui sert à ceux qui skient en montagne ? Il ne le savait pas, mais ça n'avait pas d'importance. Dans le magasin de jouets du centre commercial, il en avait vu une à vous couper le souffle. Avec deux cabines en tôle verte et au toit noir avec même des skieurs dedans et un moteur électrique qui la faisait fonctionner vraiment.

*Il pourrait emmener les gens directement à la grotte de l'Enfant Jésus sans qu'ils soient obligés de se faire à pied toute...*

Il était là à s'imaginer son téléphérique qui montait et descendait quand, de l'autre côté de la visière du casque striée par la pluie, apparut au loin une lueur rouge au milieu de la route.

On aurait dit le phare d'une mobylette.

## 77.

Dans le camping-car, Beppe Trecca, assis sur le petit divan, avait mangé les raviolis à la vapeur qui, avec le froid, avaient pris la consistance de Big Babol mâchés. Pour se réchauffer, il avait bu un peu de vodka au melon et il s'était emmitouflé dans toutes les couvertures qu'il avait trouvées.

*Regarde la vérité en face, Ida ne viendra jamais.*

Mario était rentré à la maison. Elle devrait attendre qu'il s'endorme et puis elle devrait sortir en cachette. Une folie.

Mais si Ida prenait de tels risques, c'est qu'elle était folle amoureuse de lui. Et ça, ça le faisait se sentir super bien.

Evidemment, il valait peut-être mieux reporter à une autre fois.

L'assistant social sortit de la poche intérieure de sa veste une boîte de comprimés de Xanax et l'approcha de la bougie comme si c'était une amulette magique.

Il en avait déjà pris deux. Un troisième, ça le rendrait insensible comme un lichen ?

Sur Internet, il avait lu qu'en général, les anxiolytiques ont pour effet le plus fréquent sur l'activité sexuelle l'inhibition du réflexe orgasmique, qui peut se manifester comme retard à l'atteinte du plaisir. Les conséquences sont variables : un bon avantage sur la qualité du rapport pour l'homme et sa partenaire, au cas où préexisterait une éjaculation précoce.

Et en effet, une maudite et préexistante éjaculation

précoce affligeait Beppe depuis les temps lointains de son adolescence. Il l'avait traînée pendant ses quatre tristes années de sociologie à l'université de Rome.

Maintenant, en bon manager de lui-même, il décida d'évaluer les différents effets que produirait l'absorption d'un comprimé supplémentaire.

Il ne lui en vint que deux à l'esprit, l'un plus désagréable que l'autre.

1) Malgré la présence massive de benzodiazépine dans son organisme, il jouirait de la même façon, avec la rapidité d'un coureur de cent mètres.

2) Il ne banderait pas du tout.

Il était très indécis, ne sachant laquelle des deux options préférer.

Il se massa le menton comme le *Penseur* de Rodin. *Oui, c'est peut-être mieux si je ne bande pas. C'est toujours passer pour un minable, mais plus légèrement. Et je pourrais toujours me trouver une excuse pour laisser tomber. Si en revanche je jouis tout de suite, elle va me considérer comme un pauvre naze.*

Puis, lui traversa l'esprit une troisième possibilité : *Et si au lieu de tout ça je me barrais ? Et si je ne me faisais pas trouver ?*

Effondré et vaincu, il prit une autre gorgée de vodka.

### 78.

Fabiana Ponticelli en selle sur son scooter était en train de se geler. Ce casque bol qu'elle portait ne lui servait strictement à rien. La pluie entrait dans ses yeux et son cou et lui glaçait le bout du nez. Ses oreilles étaient devenues insensibles. Pour tenter d'y voir quelque chose, elle avait essayé de mettre ses lunettes de soleil, mais c'était pire. Son pantalon était trempé et maintenant, elle commençait à sentir ses pieds flotter dans ses baskets.

Depuis qu'elle était sortie de chez Esmeralda, elle n'avait pas rencontré une voiture, un être humain.

Tout fermé. Tout éteint. Tout abandonné. Les arbres écroulés au milieu de la route. Les voitures défoncées. Fabiana se sentait comme l'unique survivante d'une catastrophe qui aurait exterminé l'humanité.

*Mais si ça continue comme ça, le fleuve déborde et couvre la route... et par conséquent, le rendez-vous chez le dentiste saute. Génial !*

Cette considération fut suffisante pour lui redonner un peu de chaleur dans les membres et faire remonter son moral.

*Et puis si je me chope la crève...* se dit-elle en essayant de mieux fermer sa veste. *Génialissime.*

Comme ça, elle n'irait même pas en cours pendant quelques jours.

*A la maison. Peinarde. MTV. Charin qui cuisine pour toi... Et Esmeralda qui sera plus dans mes pattes pendant un moment.* De toute façon, elle détestait venir chez Fabiana. Elle disait qu'il y avait trop d'ordre que « trop d'ordre, pour moi, ça sent la folie ». Selon elle, la famille Ponticelli était la classique famille parfaite où le père rentre le soir à la maison de son travail et où il abat sa femme et ses enfants et se flanque une balle dans le crâne.

*Elle se permet de me dire tout ce qui lui passe par la tête.*

Peut-être que, pendant quelque temps, je dois me tenir loin d'elle. Elle commençait à ne plus la supporter. C'était un petit dictateur. Pour être son amie, elle avait changé sa vie. Parce que si vous êtes avec Esmeralda Guerra, ou vous faites comme elle veut elle, ou vous n'existez pas. Pour être son amie, elle ne voyait plus Anna et Alessandra.

*D'accord, elles sont peut-être ringardes, mais avec elles j'étais bien.*

Et puis elle l'avait littéralement jetée dans les bras de Tekken.

Esmeralda avait couché avec lui deux ou trois fois et elle insistait pour qu'elle aussi le fasse. Elle répétait que ç'avait été une baise magnifique, qu'elle avait eu trois orgasmes, l'un après l'autre, comme si elle avait été avec mille hommes. Mais si c'était tout ce paradis, pourquoi, tout à coup, elle ne l'avait plus fait ?

Simple : Tekken était aussi romantique qu'un cochon dans son fumier. Il s'était tapé Esmeralda et merci et au revoir. Et elle, elle s'était sentie comme une merde. C'est pour ça qu'elle voulait que Fabiana aussi couche avec lui. Comme ça, elles auraient été au moins deux à être dépucelées et jetées.

L'unique fois où Fabiana était sortie seule avec Tekken, ils étaient allés au cinéma, et lui, il lui avait mis les mains partout. Et tandis qu'il la ramenait à la maison, ils s'étaient arrêtés au jardin public et lui, tout fier, il avait sorti son zizi tout dur, et pratiquement, il l'avait obligée à le branler à vingt mètres du kiosque du marchand de journaux. Si elle n'avait pas menacé de hurler, il l'aurait sautée là, dans le jardinet, devant tout le monde.

La pétarade assourdissante d'un pot d'échappement percé la fit sursauter. Fabiana tourna la tête et vit sur la voie de dépassement un homme, couvert d'un ciré jaune et d'un casque intégral, sur la selle d'un vieux Boxer vert.

*Alors je ne suis pas seule au monde. Cette mob, je l'ai déjà vue...*

Elle mit un instant à le relier au demi-clochard qui, quand il marchait, semblait faire une breakdance et qu'elle avait vu souvent avec le père de Cristiano Zena.

Mais où il allait par ce temps de merde ?

### 79.

Impossible !

Ça ne pouvait pas être vrai !

La petite blonde identique à Ramona !

C'était son scooter. L'autocollant jaune. Le casque.

Qu'est-ce qu'elle faisait à se promener sous ce déluge ?

Et pourtant c'était elle, en chair et en os, toute trempée.

Quattro Formaggi la revit dans le jardin public, cette nuit d'été, quand, debout, elle tenait dans sa main…

*En avant, en arrière. En…*

La vision de cette gamine qui tenait entre ses mains la queue du motard l'aveugla et lui arracha un gémissement guttural. Un frisson de plaisir remonta le long de sa colonne en sautant d'une vertèbre à l'autre, et Quattro Formaggi sentit soudain ses bras et ses jambes se ramollir comme les tentacules d'une méduse et il dut serrer fort le guidon pour rester en selle.

*Ramona sort de la maison et dit en souriant au bûcheron : « Sors ta plante du bonheur, on va s'amuser. »*

*En avant, en arrière. En…*

Quattro Formaggi sentit bouillir le sang qui circulait dans ses oreilles, ses viscères, entre les jambes.

Il se mit à se donner des coups de poing sur la cuisse. Puis il glissa sa main sous son anorak et s'enfonça les ongles dans un flanc.

« Salope. Putain de salope, grogna-t-il au fond de son casque. Pourquoi ? Pourquoi tu aimes faire ces choses-là ? Pourquoi tu me laisses pas tranquille ? »

Elle les faisait contre lui. Pour le faire se sentir mal.

*(Allez. Arrête-la.)* La voix de Bob le bûcheron se fit entendre, puissante et résolue. *(Allez, putain, qu'est-ce que t'attends ?)*

*Je peux pas.*

*(Tu retrouveras plus une occasion de ce genre. Tu te rends compte quelle chance tu as ? Elle sera heureuse de le faire à toi aussi.)*

*C'est pas vrai.*

*(Si, c'est vrai.)*

*Je peux pas. J'y arrive pas.*

*(T'es rien qu'un pauvre abruti, un idiot, un cré...)*

Quattro Formaggi ferma les yeux en essayant de ne pas l'écouter. Il respirait bouche ouverte et avait la visière de son casque tout embuée.

*(Elle aura les mains froides et mouillées. Et elle sourira.)*

*Non. Je peux pas... Et si elle veut pas ?*

*(Bien sûr què si, elle veut. On va faire comme ça. Si elle prend le boulevard extérieur, alors ça veut dire qu'elle veut pas. Si en revanche elle prend la route qui passe dans le bois alors tu ne pourras plus rien dire...)*

Bien vu. La route dans le bois était déserte, si elle veut pas être arrêtée, elle la prendra jamais, donc si elle la prend, ça veut dire...

*(Bravo ! T'as enfin compris.)*

... qu'elle, elle le voulait et que donc il l'arrêterait.

Il ne savait pas comment, mais il l'arrêterait.

Le clochard roulait maintenant à la même vitesse qu'elle, derrière elle. A un moment donné, Fabiana Ponticelli l'avait vu se donner des coups de poing sur une jambe.

*Mieux valait accélérer.*

Avec cette mobylette déglinguée, le fou avait peu de chances de tenir la distance.

Fabiana tourna la poignée des gaz et peu à peu elle le sema.

Elle devait faire attention, à cette vitesse, si elle tombait sur un trou, elle n'aurait pas le temps de freiner. Elle regarda dans le rétroviseur.

Le Boxer était encore derrière. Mais plus loin.

Elle poussa un soupir et s'aperçut qu'elle n'avait pratiquement plus respiré depuis que le type s'était matérialisé à côté d'elle.

Le sommeil l'avait emporté sur la famille Zena.

Cristiano s'était écroulé après une lutte désespérée pour rester réveillé jusqu'à l'arrivée de Danilo et Quattro Formaggi, et à l'étage en dessous Rino ronflait devant la télé allumée.

Beppe Trecca, lui aussi, avec trois Xanax et une demi-bouteille de vodka au melon dans le corps, ronflait, le front appuyé au milieu des barquettes du chinois.

« Moi, je pouvais trouver qui je voulais pour faire ce coup, mon cher Rino Zena. Qu'est-ce que tu crois ? Qu'est-ce tu penses, que t'es le seul ? Et qu'est-ce que t'as dit ? "Il faut qu'on parle" ! Mais, bordel, de quoi tu veux qu'on parle ? Quelqu'un t'a nommé chef ? C'est moi, le chef, jusqu'à preuve du contraire. Tu sais combien j'en trouvais, des meilleurs que toi, si j'avais voulu ? – Danilo Aprea parlait à haute voix et gesticulait en haussant les épaules. – Qui c'est qui a pensé le plan ? Et qui c'est qui a tout fait ? Qui c'est qui a passé un mois devant la banque pour étudier chaque mouvement ? Qui c'est qu'a trouvé le tracteur ? Moi ! Moi ! Et Moi. C'est moi qui ai tout fait ! C'est moi qui vous fais devenir riches ! C'est moi… – Il s'adressait au divan, comme si Rino et Quattro Formaggi étaient là assis dessus. – Vous voulez que je vous dise tout, mais vraiment tout ? Sans mâcher mes mots ? Eh ben, moi je devrais avoir cinquante pour cent et vous deux vingt-cinq. Voilà, ça ce serait juste. Mais vu que je suis un seigneur, un grand seigneur… » Il regarda la bouteille de grappa sur la table. Il avait besoin d'un autre gorgeon. Il la souleva.

Vide.

Après le coup de fil avec Rino, il s'était dit qu'une goutte l'aiderait à apaiser sa rage et il l'avait sifflée tout entière sans même s'en apercevoir.

*Je vais bien. Peinard. Y a pas de problème.* Il secoua la tête comme un cocker après le bain. *Ça va me passer.*

Il fit trois pas incertains. En effet, il était un peu stone, mais dès que Quattro Formaggi arriverait, il sortirait et avec la pluie et le froid, il se reprendrait en une seconde.

*(Elle a tourné la tête. Tu vois pas qu'elle t'appelle ? T'es rien qu'un abruti)* lui expliqua Bob.

*Alors pourquoi elle a accéléré ?*

Quattro Formaggi ralentit encore, restant toutefois à une distance suffisante pour ne pas perdre de vue le scooter.

*(Eteins ton phare. Elle pensera que tu as changé de direction.)*

Il aurait pu la rattraper tout de suite, le moteur du Boxer était modifié, il avait un pot à expansion, et quand il se mettait en position aérodynamique, en descente, il pouvait atteindre jusqu'à quatre-vingts à l'heure.

Bientôt la blondinette arriverait au croisement.

A elle de décider. Si elle prenait la route du bois, il l'arrêterait.

*Je t'en prie, prends le boulevard extérieur. Je t'en prie.*

*(Idiot.)*

85.

Fabiana Ponticelli regarda dans son rétroviseur.

Le phare du Boxer n'était plus là. Le clochard avait changé de direction.

Classique parano de pétard.

*Mais purée, quelle trouille.*

Pendant ce temps, devant elle la route fouettée par la pluie s'élargissait et à cent mètres se divisait.

A gauche, il y avait la petite route qui passait par le bois de San Rocco et arrivait directement à la maison, à droite s'ouvrait le boulevard extérieur qui faisait le tour de la colline et qui était large et éclairé, mais n'en finissait pas.

Elle entendit la voix de son père qui, comme la maman du Chaperon rouge, récitait :

*(Fabiana, je t'en prie, la nuit ne prends pas la route du bois.)*

*Oui, c'est peut-être mieux que je prenne le boulevard. De toute façon, maintenant, je suis trempée jusqu'au slip.*

Mais au dernier moment elle se ravisa – *avec un temps pareil, le grand méchant loup reste dans sa tanière* – et elle braqua d'un coup sec, prenant la petite route qui s'enfonçait dans le bois.

## 86.

Quand Quattro Formaggi avait vu que Ramona se dirigeait résolument vers le boulevard extérieur, son cœur avait été comblé de déception et de bonheur.

*Tu vois qu'elle veut pas de moi ? Donc fous-moi la paix.*

Mais ensuite, au dernier moment, comme si le Père Eternel lui-même avait commandé à la jeune fille de prendre la route du bois, elle avait tourné son guidon.

*(T'as plus d'excuses.)*

Et maintenant, comment il allait l'arrêter ? Il ne pouvait tout de même pas aller là-bas et lui dire : « Excuse-moi, tu peux t'arrêter s'il te plaît ? »

*J'ose pas.*

*(Si tu l'arrêtes pas, t'es un pauvre type. Tu t'en repentiras pour le restant de tes jours. Elle, elle n'attend que ça.)*

C'était vrai, mais il devait réfléchir. Il devait s'efforcer de trouver un moyen pour l'arrêter et le lui demander.

*(Si tu te magnes pas, tu l'attraperas jamais.)*
Quattro Formaggi accéléra.

## 87.

Les arbres ployaient sur la petite route, allongeant leurs branches comme s'ils voulaient s'emparer de Fabiana Ponticelli.

La pluie, sous le toit de feuillage, était moins battante et il y avait une odeur de terre mouillée et de végétation pourrie.

Le phare du Scarabeo dessinait sur l'asphalte parsemé de feuilles et de boue un faible cône de lumière.

La jeune fille conduisait en suivant, concentrée, la ligne blanche peinte au milieu de la route. Le jeu était de rester avec les roues sur la bande parce que autour il y avait des abîmes sans fond et si elle sortait du blanc, elle y serait précipitée pour le reste de son existence.

Mais soudain la route s'incurva brusquement en suivant le profil de la colline et Fabiana ne réussit pas à garder son pneu sur la ligne blanche.

*Tu serais morte. Bon d'accord, la première fois, ça compte pas, tu es précipitée au fond seulement après trois erreurs.*

Elle était tellement prise par le jeu qu'elle ne s'aperçut pas que derrière elle, à une cinquantaine de mètres, un Boxer la suivait.

## 88.

Maintenant il savait quoi faire.

Quattro Formaggi s'était trituré les méninges, et à

la fin, Bob le bûcheron l'avait aidé. Une grande idée, comme par magie, s'était matérialisée dans son esprit.

Il alluma le phare et mit les gaz. Le moteur se mit à gémir et lentement le Boxer prit de la vitesse.

Le petit point rouge du phare du Scarabeo à chaque tournant se faisait plus proche. Dans environ deux cents mètres, s'il se rappelait bien la route, commencerait la descente, à cet endroit, il la doublerait.

### 89.

Fabiana Ponticelli, sur la ligne blanche, concentrée pour ne pas finir dans un abîme sans fond, faillit tomber de sa selle quand émergea des ténèbres, courbé comme un vautour sur un perchoir, le fou sur le Boxer. Il tenait sa tête à la même hauteur que le guidon et les coudes déployés comme des ailes.

La jeune fille serra les poignées et se raidit tout entière.

Elle n'eut même pas le temps de décider si elle devait accélérer ou ralentir qu'il la doubla en se jetant dans la descente à une vitesse folle. Elle le vit prendre le tournant tout courbé sans freiner.

Fabiana ferma les yeux, certaine d'entendre un bruit de tôles, mais quand elle les rouvrit, il n'y avait qu'un rideau de fumée blanche et la pétarade du pot d'échappement désormais lointain.

*Il est vraiment givré, ce type.*

Mais, bon Dieu, qu'est-ce qu'il foutait ? Il voulait se tuer ? Et pour qui il se prenait ? Valentino Rossi ?

Elle n'arrivait pas à comprendre s'il en avait après elle ou si c'était simplement un pauvre fou qui s'amusait à faire des courses pendant les tempêtes.

# 90.

Après l'avoir dépassée, Quattro Formaggi avait failli s'écraser contre la glissière de sécurité. Il avait été bon, au moment où il était pratiquement à terre, il avait tendu une jambe et d'un coup de pied avait réussi à se relever, mais maintenant, après trois autres tournants où il avait risqué de se rompre le cou, il décida de ralentir, encore un virage comme ça, sur l'asphalte visqueux, et ça finirait mal.

Il appuya doucement sur les manettes de frein, ne se fiant pas aux tambours, surtout maintenant qu'ils étaient pleins d'eau. L'amortisseur avant se mit à sautiller pire qu'un marteau-piqueur et le pneu arrière chassa et remua comme un poisson pris à l'hameçon.

Il s'arrêta au bout de cinquante mètres à l'endroit où la route du bois s'élargissait sur une aire de stationnement où était construite une cabine en ciment de l'ENEL.

Quattro Formaggi descendit vite du Boxer et le coucha sur l'asphalte, attentif à ne pas l'éteindre, juste au milieu de la route. Il enleva ses gants et se jeta à terre. Ventre contre la route et bras et jambes écartés.

# 91.

Fabiana Ponticelli franchit le dernier virage et se lança dans la longue descente qui dévalait tout droit de la colline jusqu'à la plaine. Elle était presque arrivée. Elle devait dépasser la pompe à essence et puis tourner et prendre une petite route qui coupait à travers champs pendant environ un kilomètre et elle serait à la maison. Par l'esprit, elle était déjà au lit sous sa couette, avait déjà pris une douche bouillante et le reste du strudel qui était au four. La pluie et le vent froid avaient balayé son étourdissement, donc si jamais elle rencontrait ses parents encore debout, elle n'éclaterait pas de rire comme une crétine.

*Je pourrais leur dire que je suis en retard parce que mon scoot est tombé en panne et qu'il y avait personne. La batterie de mon portable vide. Je pourr...*

Elle n'acheva pas sa pensée car elle vit devant elle une lueur rouge au centre de la route. En avançant, elle s'aperçut qu'il y avait aussi une flaque de lumière blanche sur l'asphalte. Elle ralentit et entendit le gargouillement métallique du pot d'échappement de la mobylette du fou et elle comprit immédiatement que l'idiot s'était planté dans la descente.

## 92.

*(Bouge pas.*
*Immobile.*
*T'es une rascasse qui attend le petit poisson.)*
*La voilà. Je la vois.*
*(Arrête ! Bouge pas.*
*Laisse-la.*
*Laisse-la s'approcher.*
*Si tu bouges, c'est fichu.*
*Mort.)*
*Pour sûr, chef. Mortissime. Y a pas plus mort que moi, même pas les morts.*

## 93.

Putain, comme il s'était planté.

Il était à terre, de tout son long, à côté de la mobylette, et il ne bougeait pas. Fabiana Ponticelli passa à côté de lui et ne s'arrêta pas.

*Il doit être mort. A cette vitesse, avec cette mob si vieille…*

Elle ne savait pas quoi faire. Non, au contraire, elle savait très bien ce qu'elle devait faire, mais n'en avait aucune envie. Elle était trempée, à moitié congelée et elle était presque arrivée à la maison.

*(La qualité d'une personne se reconnaît si elle aide les gens en difficulté.)*

Voilà ce qu'aurait dit papa.

*Esmeralda à ma place…*

Sauf qu'elle, elle n'était pas Esmeralda, même si ces derniers six mois, elle avait essayé de l'être. Elle, les autres, elle les aidait, même les clodos qui se prenaient pour Valentino Rossi.

Elle soupira, tourna son scooter et revint en arrière.

## 94.

Danilo Aprea téléphonait à Quattro Formaggi à intervalles de trente secondes et dès qu'il entendait l'odieuse voix enregistrée qui disait « Votre correspondant n'est pas… », il raccrochait en jurant.

Maintenant, il était certain que l'autre, crétin comme il était, avait oublié le coup.

« C'est possible. C'est tout à fait possible. Il est capable de tout », dit Danilo en s'attaquant à une bouteille de Cynar qu'il avait dénichée au fond d'un meuble de la cuisine.

Cette amère certitude lui venait d'années d'amitié avec Quattro Formaggi, mais surtout de la fameuse « affaire Belladonna » à cause de laquelle il n'avait pas voulu le voir pendant trois mois.

Environ un an auparavant, Danilo avait dégoté un petit boulot à la villa d'Ettore Belladonna, l'avocat, mais pour bien le faire, il avait besoin d'aide. Entre Rino et Quattro Formaggi, il avait choisi Quattro Formaggi, parce que Rino voulait cinquante pour cent. Chose absurde, du modeste avis de Danilo, vu que le boulot, c'était lui qui l'avait trouvé. A Quattro Formaggi, il avait offert trente-cinq pour cent de rémunération et lui, sans discuter, avait accepté. Le boulot consistait à réparer une fissure dans la fosse d'aisances de la villa. La citerne avait été vidée le jour d'avant par une entreprise spécialisée, mais quand Danilo s'était laissé glisser à l'intérieur, il avait failli s'évanouir, à cause de la puanteur.

Pour réussir à travailler, il avait versé un peu d'eau de Cologne sur un mouchoir qu'il s'était attaché autour du nez. Quand il eut fini de réparer la fissure avec du ciment à prise rapide, il avait, selon les accords, tiré deux fois sur la corde pour appeler Quattro Formaggi, mais le bout était tombé dans le puits. Danilo avait commencé à l'appeler en s'égosillant. Rien. L'autre s'était barré. De là-dessous, il ne voyait que l'œil circulaire de l'égout et le ciel bleu dans lequel couraient les nuages comme autant de petites brebis à la con.

Danilo ne pouvait s'asseoir sans plonger ses fesses dans les eaux usées, et là-dedans il faisait plus chaud que dans le trou du cul du diable et l'air puait le fromage avarié.

Soudain était apparu le visage d'un enfant. Dix, onze ans. Une touffe de cheveux blonds et un beau sourire innocent. Ce devait être René, le fils de maître Belladonna. René avait salué de la main et puis, bien que Danilo l'ait imploré de ne pas le faire, il avait fermé l'égout, l'ensevelissant vivant.

Quattro Formaggi, deux heures après, l'avait rouvert et avait fait sortir un être hystérique couvert d'excréments qui ressemblait de loin à son collègue Danilo Aprea.

L'abruti s'était excusé en disant : « Je suis allé un instant – *un instant*, il avait vraiment dit ça – m'acheter une part de pizza parce que je mourais de faim. Je t'ai pris une part aux pommes de terre et au romarin, celle que tu aimes bien. »

Danilo lui avait arraché la pizza des mains et avait sauté dessus avec ses bottillons pleins de merde.

« Voilà avec quel genre de mec faut que je bosse ! » fit-il et il s'attaqua au Cynar, en fronçant la bouche comme un enfant à qui on a fait boire de l'huile de foie de morue.

### 95.

A travers la visière de son casque, Quattro Formaggi voyait les longues jambes du petit poisson qui s'approchaient.

*Viens ici, petit poisson.*

Il faisait un pas et s'arrêtait. Mais c'était un petit poisson bien élevé et il n'aurait jamais laissé un homme blessé, peut-être mort, sur la route.

« Monsieur… ? Monsieur ? Vous vous êtes fait mal ? »

*(Mort.)*

« Monsieur, vous m'entendez ? »

Trois autres pas. Il était à moins de trois mètres.

*Si je fais un bond…*

*(Attends !)*

Il n'avait jamais été aussi près de cette fille. Son sang pulsait dans ses tempes. Ses muscles chargés d'une énergie électrique qui aurait pu plier une barre de fer. Et, comme par magie, les sursauts et les tics avaient disparu.

Le petit poisson s'accroupit et l'observa, indécis.

« Monsieur, vous voulez que j'appelle une ambulance ? »

Caché derrière le casque, un sourire rêveur se dessina sur les lèvres de Quattro Formaggi, découvrant ses grosses dents jaunes.

## 96.

« Vous m'entendez ? Si vous n'arrivez pas à parler, bougez quelque chose... un bras... » demanda Fabiana Ponticelli.

*Mince, il est mort pour de vrai...*

La mobylette par terre, au milieu de la route, avec la roue qui tournait encore, éclairait la fumée blanche du pot d'échappement et la silhouette de l'homme immobile.

Une pensée rapide lui traversa l'esprit : comment il avait fait pour tomber juste ici, là où la route était droite ? Il devait avoir glissé dans une flaque, ou il avait crevé et il s'était cogné la tête.

*Mais il a son casque...*

Elle fit un autre pas incertain et s'arrêta. Il y avait un truc qui clochait. Elle ne savait pas dire exactement quoi, mais quelque chose lui hurlait de ne pas s'approcher davantage. De ne pas le toucher. Comme si là, il n'y avait pas un pauvre type qui avait eu un accident, mais un scorpion.

*Bon, moi, j'appelle une ambulance.*

## 97.

*(Arrête-la ! Elle téléphone.)*

## 98

Fabiana Ponticelli n'eut même pas le temps d'appuyer sur la touche pour allumer son portable qu'elle sentit la terre se dérober sous ses pieds et qu'elle se retrouva en train de tomber, bouche ouverte, et finit par terre, heurtant l'asphalte avec son menton, une hanche et un genou.

Elle ne comprit même pas ce qui lui était arrivé et elle pensa qu'elle avait glissé toute seule et elle essaya de se remettre debout, mais elle s'aperçut que quelque chose l'empêchait de se relever.

Quand elle vit une main sombre autour de sa cheville, son cœur, comme une lance à incendie, explosa dans sa poitrine et un petit cri étranglé lui échappa.

*C'est un traquenard ! Il s'est rien fait !*

Fabiana essaya de se libérer, mais la peur lui avait coupé le souffle. En haletant, elle essaya de se soulever sur les bras, de s'éloigner d'une manière ou d'une autre, mais l'unique chose qu'elle obtint fut de s'écorcher les paumes des mains et les coudes sur l'asphalte. Alors elle commença à ruer avec sa jambe libre. Elle frappa l'homme sur les épaules et sur le casque sans rien obtenir, l'autre se tenait étendu par terre cramponné à sa cheville : il encaissait les coups de pied comme un sac de patates et il ne lâchait pas, le salaud, il ne lâchait pas.

*Frappe-le sur la main.*

Et c'est ce qu'elle fit.

Une fois, deux fois, trois fois, et à la fin elle sentit l'étau se desserrer. Un autre coup juste sur ces gros doigts et elle fut libre.

Elle bondit sur ses pieds, mais l'homme lui tomba dessus de tout son poids, la plaquant comme un joueur de rugby et la faisant s'écrouler de nouveau.

Fabiana, à ce moment, commença à s'agiter

comme si elle avait une crise d'épilepsie, à hurler, à balancer des coups de poing dans tous les sens, mais la plus grande partie de ses coups finissait dans le vide ou sur le casque, sans rien lui faire. « Lâche-moi ! Salaud, lâche-moi !

— Non, ne hurle pas ! Ne hurle pas, je t'en prie ! Je veux rien te faire ! – Il lui semblait entendre la voix étouffée de l'homme dans le casque.

— Lâche-moi, ordure ! » Fabiana regarda autour d'elle. Si seulement elle avait eu un bâton, une pierre, quelque chose, mais elle était entourée d'asphalte et rien d'autre, alors elle se plia et de toutes ses forces, elle tendit le bras vers le Boxer couché au milieu de la route.

En se traînant à la force de ses coudes, elle réussit à se cramponner au rétroviseur et elle se mit à tirer pour se libérer de l'étau de l'homme, mais le rétroviseur avec toute la tige se brisa.

Fabiana se tourna et en hurlant le lui planta dans l'épaule.

L'homme, en glapissant, lui décocha un coup de coude qui la frappa en plein sur le nez. Le cartilage de sa cloison nasale s'écrasa en un bruit sec et elle, sur le moment, elle ne sentit rien, saturée comme elle était d'adrénaline, mais son cou se plia en arrière avec un vilain STOC et puis un liquide dense commença à couler de ses narines, se mêlant à ses larmes et à la pluie.

Elle ouvrit grand la bouche et se mit à cracher des flots de sang et à essayer d'avaler de l'air.

99.

*(Qu'est-ce que t'as fait ?)*
*Je jure que je voulais pas lui faire de mal…*

Quattro Formaggi, à genoux, arracha de son épaule le rétroviseur et le jeta à terre.

La douleur lui avait brouillé la vue, quand il vit à nouveau il s'aperçut que Ramona, bouche ouverte, râlait et crachait du sang, un masque de terreur peint sur son visage.

Il allait enlever son casque mais ensuite…

*(Faut pas qu'elle te voie.)*

… il se ravisa. Il sortit de sa poche sa torche et l'alluma. Il la pointa sur elle.

*Elle va mal. Elle respire plus.*

« Attends… Attends, je vais t'aider. »

Ramona était enroulée sur elle-même, mais quand il essaya de la toucher, elle se releva et se mit à se balancer, pliée en deux, en essayant de respirer. De sa bouche sortait un son horrible.

Quattro Formaggi enfila ses mains dans son casque et se mordit les doigts.

## 100.

Elle s'enfonçait dans les ténèbres et elle était en train de mourir.

Si ses poumons ne se décidaient pas à fonctionner, elle mourrait étouffée, ça elle en était sûre.

Fabiana Ponticelli réussissait encore à penser et elle savait qu'elle devait se calmer, car plus elle s'agitait et plus elle consommait d'oxygène. Elle s'arrêta, bouche ouverte, attendant qu'un miracle remette en marche ses poumons. Et le miracle, qui n'était pas un miracle mais juste son diaphragme paralysé qui se détendait, eut lieu, et sa cage thoracique recommença à s'élargir et à se contracter toute seule, sans qu'elle ait plus à s'en occuper.

Un mince filet d'air gelé fut aspiré à l'intérieur de

sa trachée et de là à travers les bronches dans ses poumons comprimés, comme quand on ouvre un paquet de café sous vide.

Elle se mit à cracher et à avaler de l'air et à tousser en tremblant, sans se soucier de la lumière qui l'aveuglait et de l'homme qui était derrière elle.

Autour d'elle, les sons s'étaient mélangés et elle avait l'impression d'avoir dans la tête le réacteur d'un avion qui pulsait, mais malgré ce vacarme elle entendait l'homme qui répétait comme un disque rayé : « Excuse-moi, je t'en prie ! Je voulais pas te faire mal ! Excuse-moi, fais-moi voir. »

*Il s'approche.*

Fabiana se releva et essaya de s'échapper, mais dès qu'elle tourna la tête, elle fut écrasée de douleur, c'était comme si on lui avait enfilé une lame entre la clavicule et le cou. Les yeux fermés, elle boitilla vers le centre de la route, soulevant un bras et espérant que quelqu'un passerait.

Maintenant ! C'était maintenant qu'il devait arriver, son sauveur. Maintenant, c'était parfait. Il devait descendre de voiture et tirer dans l'estomac de ce fils de pute, comme ça, après, elle, elle pourrait s'évanouir en paix.

## 101.

Quattro Formaggi observa Ramona qui avançait de quelques pas, toute tordue et avec ce bras soulevé comme si elle voulait appeler un taxi, et puis il la vit trébucher sur le Scarabeo et tomber, bras et jambes écartés comme Willy le Coyote.

Pauvre petite, elle avait dû se faire mal.

Mais lui, il ne s'y retrouvait plus. D'un côté, ça lui faisait beaucoup de peine, il était désolé, mais d'un autre côté, il éprouvait du plaisir à la voir souffrir. C'était une belle sensation. Il se sentait être un lion et il aurait pu se battre avec n'importe qui. Sa queue durcissait et pressait contre son ventre.

Une main sur l'épaule blessée, il s'approcha de la fille qui était encore à terre et remuait les jambes et la tête comme un pâle dragon d'eau.

## 102.

Fabiana Ponticelli n'avait pas vu son scooter et elle était rentrée dedans et elle était tombée.

Son bras devait être sorti de son épaule. Ce bras luxé pendant une classe de neige à Andalo, dont son père lui avait dit un million de fois qu'il fallait l'opérer, « sinon, à quoi ça sert que je paye l'assurance contre les accidents ? C'est une opération très simple, en deux jours tu es sur pied. Si tu ne te fais pas opérer, il peut se déboîter à nouveau lors de situations désagréables ».

*Situ... ations... désagré... ables,* répétait son cerveau, tandis qu'elle, elle essayait de se remettre debout.

C'était une douleur qui dépassait de très loin celle du nez. Un courant électrique courait dans les muscles de son bras et de son épaule, les enroulant comme une corde.

*Pourquoi je m'évanouis pas ?*

*(Parce que tu dois te le remettre en place.)*

S'empêchant de vomir, elle saisit avec la main gauche son bras droit, juste sous l'aisselle, et tira.

Il ne se passa rien.

*Encore.*

Elle tira de nouveau son bras, mais plus fort et vers le bas, et comme par magie le courant électrique

253

s'éteignit et, incroyable, pour la première fois depuis qu'elle avait décidé de s'arrêter pour aider le fils de pute, une sensation de bien-être envahit son corps.

*Bravo. Bravo. Maintenant, tu te sens bien. Tu peux y arriver. Attends qu'il s'approche.*

A travers ses paupières closes, elle percevait la lumière qui l'éclairait.

*Attends.*

### 103.

Quattro Formaggi s'approcha, l'attrapa par une jambe et la traîna vers le bord de la route. Elle semblait évanouie, mais de temps en temps, elle entrouvrait ses paupières pour comprendre ce qui se passait.

Il la tira à grand-peine vers la glissière de sécurité et reprit son souffle quand elle, d'un bond soudain, lança un coup de pied qui l'atteignit entre les jambes.

Quattro Formaggi sauta en arrière comme si un être invisible l'avait repoussé et se mit à se serrer le ventre, puis un jet jaune de bile sortit de son casque, et tandis qu'il vomissait, il s'aperçut que la conne s'était relevée et qu'elle était en train de s'échapper.

### 104.

L'homme au casque la rejoignit et la frappa au visage avec le revers de la main, lui faisant faire une demi-pirouette disgracieuse, et Fabiana Ponticelli vola en arrière, raide comme un mannequin, et elle heurta la glissière de sécurité avec sa hanche droite, atterrit sur une pommette et puis, avec le reste de son corps, sur un tapis de sacs plastique, papiers et feuilles mouillées, tandis que ses chevilles heurtèrent contre la base en ciment de la barrière métallique.

Elle savait qu'elle devait se relever aussitôt, immédiatement, et qu'elle devait se mettre à courir et se sauver, car il était clair que l'homme au casque allait faire quelque chose, quelque chose de très moche, et pourtant son corps refusait de lui obéir. Tout seul, il s'était enroulé sur lui-même. Ses mains avaient enserré ses genoux, et sa tête reposait contre une épaule.

*(Au moins ouvre les yeux, regarde où il est.)* La voix de son père.

*Je peux pas.*

*(Laisse-le faire ! Vaut mieux être violée que violée et tuée sous ses coups)* lui souffla Esmeralda, qui, comme à son habitude, ne s'exprimait jamais à demi-mot.

*C'est Esme qu'a raison, papa. Il va me violer et il me laissera ici.*

Et pourtant, au fond d'elle, une partie plus résistante et têtue lui disait de ne pas céder. Car ce n'était pas juste.

Elle se mit à pleurer, en silence, secouée de sanglots, se maudissant de s'être arrêtée. Si elle avait su quel genre de salaud c'était, elle lui aurait roulé dessus avec son scooter.

Un bruit métallique la ramena à la réalité.

*Qu'est-ce qu'il fabrique ?*

Mais elle avait les yeux tuméfiés et même si elle les ouvrait, elle était submergée par l'obscurité et n'y voyait rien, mais elle entendait encore et ce qu'elle entendit lui donna un peu d'espoir.

Le type était en train de batailler avec son scooter.

*Il veut juste me prendre le Scarabeo.*

Il l'avait frappée pour lui voler un stupide scooter. Il suffisait qu'il le lui demande.

*Prends-le. Il est tout à toi. Il suffit que tu me fasses pas de mal.*

Elle devait juste attendre. Bien sage. Et tout passerait.

## 105.

Quattro Formaggi prit le Scarabeo et le poussa vers la cabine de l'ENEL.

Quand il avait vu Ramona tourner sur elle-même, heurter la glissière de sécurité et tomber la tête la première, il avait eu une terrible frayeur.

Il l'avait tuée avec une gifle ? Possible ?

Il l'avait observée attentivement et il avait vu qu'elle respirait encore, recroquevillée sous la pluie. Sans défense et trempée, comme un têtard quand on le sort de l'eau.

*(Maintenant, elle est tout à toi. Tu peux en faire ce que tu veux. Mais tu dois l'emmener dans le bois, comme ça s'il passe quelqu'un…)*

Il cacha le Scarabeo et le Boxer derrière la cabine de l'ENEL, puis il alla vérifier si quelqu'un, en passant en voiture, pouvait les voir.

## 106.

Bizarre, malgré le sang qui obturait ses narines, Fabiana Ponticelli avait l'impression de sentir une odeur de champignons.

Pas les champignons cuits. Les frais, ceux qu'on arrache de la terre humide avec deux doigts, en faisant attention à ne pas les briser.

*Ici c'est l'endroit des champignons.*

Elle se souvint que c'était précisément d'ici, de

cette aire, que, quand elle était petite, ils partaient pour la promenade des girolles. Ils laissaient la vieille Saab avec le toit ouvrant rapiécé à côté de la cabine de l'ENEL, et ils s'enfonçaient dans le bois à la recherche des girolles, les petits champignons jaunes qui dans le risotto...

Elle se revoyait enfant, avec son frère Vincenzo en poussette, sa mère avec les cheveux longs noués en queue-de-cheval comme celle de la photographie accrochée dans l'entrée, avec son père qui avait encore des moustaches, et elle avec sa doudoune rouge et son bonnet de laine... Tous ensemble, ils sortaient de la voiture avec des paniers à champignons et papa l'attrapait sous les bras et, hop là, il la faisait passer par-dessus la glissière de sécurité et elle, elle disait : « Moi, je sais le faire tout seule » et elle grimpait sur cette longue bande de fer et il lui sembla les voir tous les quatre qui passaient à côté d'elle presque sans la regarder, comme on le fait avec la carcasse d'un chien écrasé par une voiture et puis ils entraient dans le bois et son père les arrêtait : « Celui qui en ramasse le plus a gagné. »

*Dans le risotto, les girolles c'est meilleur que les cèpes.*

*Il y a quelques jours, sa mère a fait un risotto. Mais c'était avec des cèpes. Non, c'était...*

Un bruit.

*Alors il est pas parti.*

Fabiana ouvrit un œil tuméfié. Une lumière. L'homme au casque était au milieu de la route, la torche à la main, et il courait d'un côté à l'autre.

*(Fabi, tu dois te sauver.)*

Elle devait juste trouver la force de se relever, mais maintenant elle ne croyait vraiment pas pouvoir y arriver. C'était comme si la douleur circulait de part et d'autre de son corps, à travers les os, les muscles et les viscères, et de temps en temps s'arrêtait et enfonçait ses griffes.

*Le bois est grand et sombre et tu peux te cacher.*

Si elle s'était sentie bien, si ce fils de pute avait été loyal et ne lui avait pas tendu un piège, il n'aurait jamais pu l'attraper.

*J'ai gagné pendant trois ans le marathon.*

*Fabiana, l'éclair. C'est comme ça qu'on m'appelait... L'éclair.*

*(Si tu te lèves maintenant et que tu entres dans le bois, tu deviens invisible.)*

*(LÈVE-TOI !)*

*(LÈVE-TOI !)*

Elle serra les dents et les poings et lentement, elle se mit à genoux, le bras droit tout endolori. Dans l'os de la cheville, il lui semblait avoir des éclats de verre.

*(LÈVE-TOI !)*

Les yeux fermés, elle se mit debout sans même regarder où était le salaud et se dirigea vers le bois, les ténèbres qui la protégeraient et la cacheraient. Entre-temps la douleur s'était déplacée sur le visage, elle ne la quittait pas d'un pouce et...

*Il suffit de serrer les dents.*

... chaque fois qu'elle inspirait l'air froid, c'était comme recevoir une autre gifle...

*Je dois être monstrueuse. Mais ça va passer. Tu vas redevenir normale. J'ai vu à la télé une fille après une opération...*

Elle n'y voyait rien, mais il n'y avait pas de danger parce que Dieu l'aiderait à trouver sa route et à ne pas trébucher et à ne pas tomber et à trouver un trou où disparaître.

Elle était sauve, elle était dans le bois. Les branches lui fouettaient les joues et les ronces essayaient de l'arrêter, mais désormais elle était loin, seule, dans l'obscurité, elle marchait sur un tas de cailloux, de rochers, de troncs, et elle ne tombait pas, et ça c'était Dieu.


## 107.


Danilo Aprea dormait assis devant la télévision allumée. Il ressemblait à la statue du pharaon Khephren. Dans une main la bouteille de Cynar vide et dans l'autre le portable.


## 108.


A environ huit kilomètres de chez Danilo, Rino Zena se réveilla dans son vieux duvet militaire. Une bombe atomique avait explosé dans son crâne. Il entrouvrit les paupières, la télé ressemblait à la palette d'un peintre et une bande de têtes de nœud pérorait sur les retraites et les droits des travailleurs.

Il était très tard. Les deux autres ne viendraient plus.

Rino tira le sac de couchage sur son nez et pensa que le vieux Quattro Formaggi était génial. Il avait éteint son portable et salut.

« Merci, Quattro. » Il bâilla, se mit sur un côté et ferma les yeux.


## 109.


*Parfait. Comme ça on peut pas voir les deux-roues.*

Quattro Formaggi se tourna tout content vers Ramona et...

*Ben, elle est où ?*

… elle n'était plus là.

Ça devait être juste une impression, il faisait trop sombre. Il se mit à marcher plus vite, à courir jusqu'à l'endroit où elle était tombée.

« Où tu es ? » gémit-il, désespéré.

Il allait et venait en courant sur l'aire de stationnement et puis il revenait sans cesse, incrédule, à côté de la glissière de sécurité, où Ramona était trente secondes auparavant. Il regarda longuement la masse noire du bois qui dominait, menaçante, la route. Non, elle ne pouvait pas être entrée dans cet enchevêtrement de ronces.

*(Va voir. Qu'est-ce que t'attends ? Où elle peut être allée d'autre ?)*

Il enjamba la glissière de sécurité et s'enfonça dans le bois en s'éclairant de sa torche.

Il n'avait pas fait dix mètres qu'il la vit. Il s'appuya contre un tronc et poussa un soupir de soulagement.

Elle était là, qui avançait les bras tendus et les yeux fermés au milieu des arbres comme si elle jouait à colin-maillard.

Quattro Formaggi s'approcha d'elle, attentif à ne pas faire de bruit, la torche pointée vers le sol. Il tendit la main, il allait lui toucher l'épaule, mais il s'arrêta pour la regarder.

Elle était courageuse. N'importe quelle autre petite cruche ne serait jamais entrée toute seule dans le bois. Elle serait restée par terre à pleurer. C'en était une qui ne flanchait pas.

*« Allez ! On le fout à la baille ! »*

Quattro Formaggi avait douze ans, et il se traînait le long de la grève du fleuve sur un lit de pierres pointues. Ils étaient sur lui. Ils avaient écrasé une cigarette sur son cou et lui avaient balancé des coups de pied et des cailloux. Puis, à deux, ils l'avaient attrapé par les jambes et ils le tiraient vers l'eau, mais lui, il ne cédait pas et il s'agrippait aux cailloux, aux branches délavées par le fleuve, aux roseaux. En silence, en serrant les dents, il ne se rendait pas. Lui aussi, il gardait les yeux fermés et il ne flanchait pas, mais, les yeux fermés, il avait été attrapé et jeté à l'eau et entraîné au loin par le courant.

*On est pareils.*

Quattro Formaggi la poussa par terre.


# 110.

Fabiana Ponticelli atterrit droit sur une branche qui plia sous le poids de son corps et puis, d'un coup sec, cassa en déchirant sa veste, son gilet et en lui écorchant le flanc. Un élancement de douleur entortilla ses tentacules autour de ses côtes.

*Alors je ne suis pas invisible. Et Dieu n'est pas là ou alors, s'il est là, il se contente de regarder.*

Elle sentait un poids sur son estomac. Elle mit quelques secondes à comprendre que le salaud était assis sur elle.

Il lui saisit un poignet et elle, elle n'opposa aucune résistance.

Une chose chaude et mouligasse sur la paume de sa main. Elle n'arrivait pas à comprendre ce que c'était.

*(Et qu'est-ce que tu veux que ce soit ?)* La voix d'Esmeralda. *(Fais-le-lui. Qu'est-ce que t'attends ?)*

En pleurant, Fabiana commença à bouger sa main en avant, en arrière.

# 111.

*(T'as vu, elle te le fait tout de suite, abruti que tu es.)*

Quattro Formaggi regardait en haletant la petite main de Ramona, à l'annulaire elle avait une bague avec une tête de mort en argent qui allait et venait, lentement. A lui en couper le souffle.

Il ferma les yeux et appuya son buste de côté contre un tronc en attendant de bander.

Il ne comprenait pas. C'était la chose la plus belle du monde, mais alors pourquoi sa queue était aussi molle ? Il serra les fesses, serra les dents en essayant de la réveiller, mais sans obtenir de résultats.

Non, c'était impossible, maintenant qu'enfin Ramona était en train de lui faire…

« Doucement. Plus doucement, s'il te plaît… » Quattro Formaggi souleva dans l'air un poing tremblant et se frappa la poitrine.

Il savait qu'il pouvait venir en un instant. Mais c'était comme si cette queue n'était pas la sienne. Un appendice mort. C'était le contraire de ce à quoi il s'était attendu. La main chaude et son corps froid et insensible. Pourquoi tout seul oui et comme ça non ?

*(C'est de sa faute. C'est la faute de cette traînée.)*

Il l'attrapa par les cheveux et lui murmura, désespéré : « Plus lentement. Plus lentement. Je t'en prie… »

# 112.

Jamais il ne banderait.

Fabiana Ponticelli avait l'impression que des heures étaient passées, mais il restait flasque comme une limace morte. Elle avait l'impression qu'il était en train de fondre dans sa main, comme un morceau de beurre.

« Plus lentement. Plus lentement. Je t'en prie… »

Elle aurait bien voulu, mais plus lentement que ça…

« Non, serre-la. Fort. Très fort. Tire-la. »

Elle ne comprenait pas, d'abord lentement puis… Mais elle obéit.

A un moment donné, elle s'arrêta, frustrée et apeurée et coupable et elle s'aperçut que le salaud pleurait.

« Calme-toi, cool, si tu y arrives pas… – fit-elle sans même s'en apercevoir. – Tu verras, attends… »

Mais l'homme, avec un sursaut rageur, lui enleva la main et commença frénétiquement à dégrafer sa ceinture, ses pantalons. Il lui baissa la culotte.

Le cœur de Fabiana se mit à cogner. Elle ouvrit grand la bouche et enfonça ses doigts dans la terre froide.

*(Bon, ça y est. Ne t'inquiète pas. Ce n'est rien. Reste immobile.)* C'était la voix de sa mère. Comme cette fois où on lui avait fait des points sur le front après sa chute de bicyclette et à l'hôpital…

*(Tu dois juste le laisser faire et après tout sera fini.)*

Elle sentit qu'il lui fourrageait entre les jambes, et puis qu'il l'attrapait par les cheveux en hurlant.

*Allez. Pense à quelque chose. A quelque chose de beau, de loin. Allez. Pense à Milan. A quand tu seras à Milan à l'université. Au petit appart que tu as loué. Il est petit. Une pièce pour moi. Une autre pour Esme. Oui, Esme aussi. Les posters. Les livres sur la table. L'ordinateur. Il y aura le désordre habituel. Une petite maison, il faut que ce soit bien rangé. Dans le frigo, évidemment, il n'y aura rien. Entre Esme et moi, tu parles. Mais la porte donne sur un long balcon plein de soleil et de fle…*

# 113.

Le portable, par terre, s'éclaira et se mit à vibrer et vint la version polyphonique de *Va'pensiero* de Giuseppe Verdi.

Rino Zena ouvrit les yeux lentement et mit quelques secondes à comprendre que c'était son portable qui sonnait sur le sol.

Il bâilla et d'un geste las, attrapa l'appareil, sûr que c'était encore ce casse-couilles de Danilo, mais non, sur l'écran, il était écrit 4 FORM.

Il répondit en bâillant : « T'es resté chez toi ? »

Mais pour toute réponse, il n'eut que des pleurs à gros sanglots.

« Quattro Formaggi ? »

Il l'entendit renifler et se remettre à pleurnicher. Il ne pouvait pas être chez lui car on entendait le bruit de la pluie.

« Qu'est-ce qui se passe ? »

De l'autre côté, Quattro Formaggi continuait à pleurer, désespéré.

« Parle ! Qu'est-ce qu'il y a ?! »

Au bout d'un moment, il l'entendit bredouiller, au milieu des sanglots, des mots confus. « Oh mon Dieu… Oh mon Dieu… Viens ici… Vite. »

Rino se leva. « Où ?! Dis-moi où ! »

Quattro Formaggi sanglotait et ne parlait pas.

« Arrête de chialer ! Ecoute-moi. Dis-moi où tu es. – Rino commençait à perdre patience. – Fais un effort et, putain de merde, dis-moi où tu es, bordel. »

# 114.

Danilo Aprea se réveilla avec un tel sursaut qu'il lança le téléphone par terre et se mit à crier.

Il était en train de rêver qu'il serrait dans sa main une raquette de tennis qui s'était soudain transformée en serpent à sonnette.

*Le portable !*

Il se leva d'un bond pour répondre, mais dut retourner s'asseoir. La pièce tanguait. La cuite n'était pas passée.

Il tendit le bras et ramassa le téléphone, plissa les yeux, cherchant inutilement à voir nettement l'écran, certain que c'était cet abruti de Quattro Formaggi.

« Allô ?! T'es passé où ?

— C'est Rino.

— Rino… ? – Dans la bouche, il avait un goût de rat mort.

— Quattro Formaggi a eu un accident. Il lui est arrivé quelque chose. Il pleurait comme un malheureux. Je vais le chercher. »

Danilo se massa les tempes et fit non avec la tête. Rino était en train de lui raconter des conneries. « Qu'est-ce qui lui est arrivé ?

— Je sais pas.

— Pourquoi il pleurait ? Je comprends pas. J'arrive pas à comprendre. »

*Vous pouviez inventer autre chose.*

« Mais tu m'entends pas quand je te parle ? »

Danilo se massa le ventre. « Et alors ? Qu'est-ce que tu cherches à me dire ? Qu'on remet le coup à plus tard ?

— Bien vu.

— A quand ? »

*Maintenant il va me balancer qu'il sait pas.*

« T'as compris que Quattro Formaggi a eu un accident ? »

Une explosion de douleur dans les viscères lui ôta la force de répondre à cette insulte à son intelligence. Il avait la sensation qu'un bouchon avait sauté dans son estomac. Exactement comme quand on agite le prosecco. Sauf qu'à la place du vin, c'était de la rage mousseuse au goût de Cynar.

Il avait envie de tout démolir. De balancer des coups de pied dans la télé, d'abattre les murs avec une pioche, de faire exploser l'immeuble, de prendre la tête d'une escadrille de bombardiers et de raser au sol Varrano et toute la plaine de merde, de lancer la bombe H sur l'Italie.

Il ne parvint pas à se retenir : « J'ai compris ! J'ai compris, qu'est-ce que tu crois ? Je suis pas idiot ! Et tu veux savoir une chose ? C'est bien fait pour lui ! C'est vraiment bien fait pour sa gueule, il a que ce qu'il mérite ! Je lui avais dit de venir ici. Je l'avais même invité à bouffer. Je lui avais dit de venir ici, on se tapait des spaghettis à la tomate et après on partait ensemble. Tu parles. S'il était venu ici, il lui serait arrivé aucun accident. Mais vous, vous m'écoutez jamais ! Moi je suis rien qu'un couillon et vous deux des gros malins. – Une petite voix sage lui souffla de laisser tomber, mais il ne l'écouta pas. C'était si bon de se défouler. Il se mit à balancer la tête comme un pigeon. – Mais de toute façon, je le savais. Je le savais très bien.

— Quoi ?

— J'ai compris, je suis pas un crétin, qu'est-ce tu crois ? Vous, vous voulez pas le faire. Dites-le. C'est si simple. Jusqu'à cette histoire d'accident… "On veut pas le faire, on chie dans nos frocs", il suffit de le dire. Y a pas de problèmes. Cool. C'est humain. Je l'avais compris depuis un bon bout de temps. Vous chiez dans vos frocs non seulement de faire le braquage, mais aussi d'avoir du fric, de changer votre existence de merde, de pas rester des ratés pour toujours. – Tandis que Danilo crachait sa rage et son amertume, la petite lampe du danger se mit à clignoter dans son cerveau, mais elle non plus, il ne l'écouta pas. Pour une fois dans sa vie, il avait lâché la bride du cheval qui piaffait au fond de lui, et il s'en tamponnait complètement si ce salaud de menteur de Rino Zena se foutait en rogne. Au contraire, vu qu'il y était, il doubla la dose : – En fait, vous, ça vous va bien comme ça. Vous êtes des crève-la-faim heureux de vous vautrer dans votre malheur comme des porcs… Bien sûr, je suis désolé pour ce pauvre innocent de Cristiano… Moi…

— Tu t'es pinté, sale connard que tu es ! » l'interrompit Rino.

Danilo se raidit, allongea le cou et gonfla sa poitrine et, tout vexé comme si on l'avait accusé de pisser dans le lavabo, il répondit d'un ton offensé : « T'es devenu fou ? Mais qu'est-ce que tu racontes ?

— Si nous on est des porcs qui se vautrent dans la merde, toi, t'es qui ? L'alcoolo fils de pute qui devrait nous servir de chef ?

— Mais… » Danilo essaya de répliquer, de le remettre à sa place, mais où était passée sa rage ? Son envie de tout démolir ? Elles avaient brûlé en même temps que les mots et le courage.

Sa pomme d'Adam bougea dans la gorge.

« La vérité, mon cher Danilo, c'est que t'es qu'un ivrogne paranoïaque et égoïste qui se fout de tout et de tout le monde. Si Quattro Formaggi a eu un accident, toi, t'en as rien à foutre. Mieux, tu penses que c'est un bobard. Tu me débectes. T'es là, tu penses qu'à ta putain de boutique, à tes fantasmes de grand homme. T'es qu'un pauvre con qui se chiale dessus parce qu'il a été abandonné par une femme qu'en pouvait plus d'avaler la merde d'un connard qui lui a… »

*Tué sa fille, dis-le, allez*, pensa Danilo.

« … gâché la vie. Ta femme, elle a bien fait de te

quitter. Très bien fait. Et je te donne un conseil. Essaye encore une fois, une seule fois, de me dire comment je dois élever mon fils et… Laisse-moi tranquille, Danilo. Fous-moi la paix. M'approche plus, que tu risques gros. »

## 115.

« "Laisse-moi tranquille, Danilo. Fous-moi la paix. M'approche plus, que tu risques gros." – Rino Zena coupa la conversation en secouant la tête, alluma une cigarette et sortit de chez lui. – Mais quel enfoiré… »

Ses mains le démangeaient. S'il n'avait pas dû courir auprès de Quattro Formaggi, il serait volontiers allé rendre une petite visite au cher vieux Danilo Aprea pour clarifier définitivement l'histoire.

*Mais c'est quoi, la route la plus rapide pour arriver au bois de San Rocco ?*

A la fin, Quattro Formaggi avait réussi, entre deux sanglots, à bredouiller qu'il était dans le bois de San Rocco. Près d'une cabine de l'ENEL.

*Mais qu'est-ce qu'il est allé foutre là-haut ?*

Rino montait dans le fourgon quand, soudain, il eut une absence, il se sentit sans force, il eut l'impression de s'évanouir, sa cigarette tomba de sa bouche, ses jambes se plièrent sous lui et il atterrit par terre.

*Putain, qu'est-ce qui m'arrive ?*

Il voulut se remettre debout mais il avait des vertiges. Il resta là longtemps, immobile sous le déluge, à se reprendre. Ses mains tremblaient et son cœur battait la chamade dans sa poitrine.

Quand il se sentit un peu mieux, il monta dans le Ducato et sortit par le portail de la maison. La douleur à la tête était si forte qu'il n'arrivait même pas à décider s'il devait prendre la nationale ou passer par la petite route du bois à côté du boulevard extérieur.

## 116.

Danilo Aprea était paralysé, le portable collé à l'oreille.

Rino Zena l'avait menacé. Et une menace de ce nazi fou furieux n'était pas une chose à prendre à la légère. Ce type-là vous tuait sans trop réfléchir.

Et surtout, il n'oubliait pas.

Une fois, à un pauvre malheureux qui lui avait coupé la route, ce criminel avait démoli trois côtes. Mais pas tout de suite, au bout de six mois. Pendant tout ce temps, il avait incubé sa rage et le jour où il s'était trouvé nez à nez avec lui dans une brasserie, d'abord il l'avait allongé en le frappant avec un demi de bière et puis il lui avait balancé un coup de pied qui lui avait défoncé trois côtes.

Tout à coup, il sentit ses viscères pulser et son sphincter anal se contracter et se relâcher, il lâcha le téléphone et courut aux toilettes. Il déchargea un flot de diarrhée et resta sur la cuvette, les coudes sur les genoux et les mains qui tenaient son front bouillant.

La situation était trop bordélique pour y ajouter aussi les menaces de mort de Rino Zena.

« Eh ben, si tu veux me tuer, tue-moi. Qu'est-ce que tu veux que je te dise…, murmura-t-il. Moi, j'ai juste cherché à vous faire devenir riches… »

Un autre cauchemar se présenta à son esprit. Le lendemain à midi environ, les gars du téléachat viendraient lui apporter le tableau du clown alpiniste.

« Et moi, qu'est-ce que je leur dis ? "Excusez-moi, j'ai pas le fric. Le tableau, j'en veux plus. Je me suis trompé" ? » déclama-t-il, en selle sur le bidet.

Il ne pouvait pas rater comme ça ce chef-d'œuvre.

« En tout cas, moi, j'ai pas peur de toi, mon cher Rino Zena. Moi, je m'en fous… – Il souleva une lèvre en montrant les dents comme un loup enragé et il se fit des gargarismes avec une solution antiseptique. – Faut pas me faire chier, compris ?! Fais très gaffe, si tu fais chier Danilo Aprea ! »

Il retourna au salon en slip et anorak. Un sourire perfide s'était formé sous ses moustaches. Il se mit à rire grossièrement. « C'est qui le soûlard ? C'est moi le soûlard ? Et toi, alors, cher Rino Zena, qu'est-ce que t'es ? Un pauvre nazi alcoolo ? Un raté ? Un déchet humain ? Quoi ? C'est toi qui décides. Comment tu veux qu'on t'appelle ? S'il te plaît, dis-le-moi toi. – Puis il se mit à faire oui de la tête et continua : – Avec moi, c'est terminé. J'ai pas peur de toi. Approche-toi et je te… – le terme ne lui venait pas –… démolis. Tu vas te repentir amèrement de la connerie que t'as fait. Alors ? T'as pas compris à qui tu as affaire ! – Il se laissa tomber sur le divan et conclut en levant son index vers le plafond : – Danilo Aprea, faut pas le faire chier ! Faut que je me fasse faire un beau T-shirt avec cette inscription. »


117.


Beppe Trecca était certain qu'Ida ne viendrait plus.

*C'est mieux comme ça.*

Il avait passé une soirée infernale, enfermé dans ce truc puant, au moins, ça lui apprendrait à ne plus jouer à l'amoureux transi avec la femme de son ami.

Basta. Il devait rentrer chez lui, se coucher et se faire passer cette convoitise absurde pour Ida Lo

Vino. Il s'agissait juste d'une tentation qui lui brûlait l'âme et le damnerait pour toujours.

*J'ai vraiment exagéré.*

Il devait lui écrire un beau texto et lui expliquer que cette histoire ne pouvait pas continuer pour le bien de tout le monde.

*Mais qu'est-ce que j'écris ?*

*« Pardon de t'avoir importunée » ? « Laissons tomber » ?*

Non. Trop lâche. Il la verrait le lendemain et lui demanderait de réfléchir. En lui rappelant qu'elle avait des enfants et un mari qui l'aimait et qu'il était juste de se dire adieu.

Voilà, ça, c'était une preuve de caractère qui le ferait se sentir en paix avec sa conscience et avec Dieu.

Mais dehors un klaxon retentit.

Beppe s'élança vers la petite fenêtre et vit deux phares jaunes sous la pluie.

*C'est elle ! Elle est arrivée. Je vais lui parler maintenant.*

*Oui, mais vérifie à quoi tu ressembles d'abord...*

Et il allait entrer dans la salle de bains pour jeter un coup d'œil dans le miroir quand il se souvint de ce qu'il y avait là-dedans.

Il arrangea sa cravate en se regardant dans la vitre striée par la pluie et passa ses doigts dans ses cheveux, puis il se mit à sautiller et à plier la tête à droite et à gauche, à s'assouplir les bras, comme ferait un boxeur qui vient de monter sur le ring.

*Je dois trouver les mots justes pour ne pas la blesser.* Mais il ne pensait même pas être capable de parler, tant était grande son émotion. Il avait l'estomac contracté et n'avait plus de salive.

*Je dois avoir une haleine à faire tomber un rhinocéros.*

Les mains tremblantes, il prit la petite boîte de pastilles à la menthe qu'il avait dans la poche, les goba toutes et se mit à les triturer avec les dents, en repensant à une phrase prononcée une fois par Loris Reggiani, le grand champion de moto : « J'ai passé une grande partie de ma vie en selle d'une moto de course, conscient que j'aurais eu de meilleurs résultats si j'avais été capable de gérer au mieux mes émotions et mon potentiel. »

*Donc, vas-y. Cool. Tu peux y arriver.*

Il ouvrit la porte du camping-car en inspirant et expirant.

Ida Lo Vino se précipita à l'intérieur, toute trempée. « Mais qu'est-ce qui se passe. C'est le déluge universel ? » fit-elle en enlevant son imperméable dégoulinant.

Beppe aurait voulu lui répondre, dire quelque chose, n'importe quoi, mais ses cordes vocales s'étaient paralysées en la voyant là, devant lui.

*Misère, qu'elle est belle.*

Même noyée dans le brouillard d'encens, c'était une déesse. Elle avait mis une jupe qui lui arrivait aux genoux, des escarpins noirs à talons aiguilles et un cache-poussière couleur pêche.

*Et elle est venue pour toi.*

« Quel froid, je suis gelée ! » dit-elle en se massant les bras.

L'unique chose que Beppe réussit à faire fut de prendre la bouteille de vodka au melon et de la lui passer.

Elle, elle l'observa, perplexe : « Tu ne me donnes même pas un verre ?

— Pardon… Tu as… » *raison.* Il prit un verre à pied sur la table et le lui tendit.

Elle se versa deux doigts d'alcool en regardant autour d'elle.

272

« Petit. Mais bien organisé. – Elle tordit le nez. –
Tu as mis de l'encens. Il y a une drôle d'odeur… »

On aurait dit qu'ils étaient dans un tambour en
tôle, tant était grand le fracas que faisait la pluie sur
le toit.

Il hurla : « Oui, effectivement. »

Il aurait voulu lui demander comment elle avait
réussi à venir sans éveiller les soupçons de Mario,
mais il ne le fit pas.

Ida but la vodka en une gorgée. « Ah, un peu de
chaleur. J'en avais besoin. »

Elle semblait plus émue et embarrassée que lui.
« Je vais faire pipi dans ma culotte. Il y a des toilettes,
ici ? »

Il lui indiqua la porte et aurait voulu l'avertir de
ne pas ouvrir, que dedans il y avait l'enfer et qu'elle
ferait mieux de ne pas… Mais le blocage de ses capa-
cités vocales persistait.

« Je ne serai pas longue. » Ida ouvrit la porte et
s'enferma à l'intérieur.

L'assistant social, effondré, se mit la main sur le
front.


## 118.


Le fleuve avait débordé et recouvert les champs
et, bientôt, même cette mince bande d'asphalte sur
laquelle roulait le fourgon de Rino Zena serait submergée par la crue. Les phares du Ducato glissaient
sur les champs noyés d'eau.

Les balais usés des essuie-glaces peinaient à dégager le pare-brise, et dedans la vitre était embuée.

Rino passait la main dessus et continuait à se
demander ce que diable était allé faire Quattro Formaggi dans le bois. Et puis pourquoi il chialait

comme ça ? Il devait vraiment s'inquiéter ? Ou bien c'était une autre folie de ce cerveau pourri ?

Essayer d'entrer dans les mécanismes tortueux de l'esprit de Quattro Formaggi était une entreprise à laquelle Rino avait renoncé depuis longtemps. Le coup de jus à l'écluse ne l'avait pas aidé, mais même avant, on ne peut pas dire qu'il ait été en forme. Il n'avait pas tous ces tics et ne boitait pas, mais il était fou comme un cheval.

Il se souvenait de lui au pensionnat, où il faisait des choses absurdes comme jouer pendant des heures au tennis sans balle et sans raquette avec un adversaire imaginaire nommé Aurelio.

Il passa devant la station d'essence Agip déserte. De là, la route montait sur la colline recouverte par le bois.

Les phares faisaient briller la pluie qui tombait dru, mais ils ne perçaient pas la végétation sur les côtés de la route.

Au téléphone, Quattro Formaggi avait pleurniché que c'était une aire où il y avait une cabine de l'ENEL.

Peu avant que la montée s'incurve, Rino vit sur la gauche une longue aire de stationnement. Au fond, devant la glissière de sécurité, il y avait un parallélépipède en ciment couvert de graffitis colorés.

*La voilà.*

Rino se gara, éteignit le moteur, ouvrit sa boîte à outils, prit la torche munie d'élastiques et la passa sur sa tête.

Personne. Peut-être que c'était pas cette cabine-là. Il allait revenir au fourgon quand quelque chose brilla derrière la construction. Il s'approcha et vit le Boxer et un Scarabeo appuyés l'un sur l'autre.

*A qui il est, ce scooter ?*

Et puis, il comprit.

Un salaud qui n'avait rien de mieux à faire que de faire chier son prochain devait avoir croisé sur sa route Quattro Formaggi.

Il était déjà arrivé qu'il soit encerclé, bousculé, qu'on s'amuse à le faire danser et chanter. On s'en prenait à lui parce qu'il ne réagissait pas.

« Ordures. Si vous lui avez fait quelque chose, je vous tue. » Rino sortit le pistolet de son pantalon. Il revint au fourgon, prit des balles et le chargea, en sentant la rage qui lui échauffait les sangs.

Il pointa la lumière vers le bois.

## 119.

Danilo Aprea était étendu sur son lit, en slip et anorak, et il regardait le plafond en haletant.

*Je me sens super mal.*

Il avait les aisselles glacées. Les pieds bouillants. Les viscères noués. Et dans la poitrine une douleur inquiétante. Le classique élancement qui vous prend avant un infarctus. La griffe acérée d'un faucon qui s'enfonce dans les ventricules.

« Je suis en train de faire une attaque. Comme ça, tout est fini. Et vous serez tous contents », et il rota la grappa.

Il voulait éteindre la télévision qui hurlait au salon, la voix de Bruno Vespa et des autres connards qui jacassaient sur déficits, impôts et inflation lui faisait monter une nausée terrible, mais il avait peur de s'endormir et de crever dans son sommeil.

Quelle connerie il avait fait de s'attaquer au Cynar.

*Les liqueurs, ça peut se périmer ?*

Et puis, dès qu'il fermait les yeux, il lui semblait être précipité dans un trou sans fond qui l'emporterait tout droit au centre enflammé de la Terre.

Il devait réfléchir. Même si dans ces conditions et avec Bruno Vespa qui martelait de l'autre côté, c'était vraiment difficile.

La première chose à considérer, c'était que le plan du distributeur automatique de billets, tel qu'il avait été conçu, avait foiré. La seconde, c'était qu'il avait coupé les ponts pour toujours avec Rino et Quattro Formaggi.

« Mais comme dit le proverbe, mieux vaut être seul que mal accompagné », marmonna-t-il en gardant une main sur sa poitrine.

Il devait monter à nouveau le casse. Sans eux. C'était la meilleure chose que son esprit ait produite depuis qu'il était venu au monde. Il fallait pas abandonner. La grandeur de ce plan était qu'on pouvait toujours le faire. Toutes les nuits. Il suffisait d'avoir les bons complices et non des lâches.

Il trouverait des vrais professionnels avec qui repartir de zéro. Pour l'instant, il ne savait pas qui ils étaient, ni où les trouver, mais le lendemain, avec l'esprit lucide, il aurait certainement des idées.

« Les Albanais. Des gens couillus, fit-il en haletant. Mon cher Rino, tu m'as vraiment pas compris. Quel dommage. Quel grand dommage. Tu vois pas clairement à qui tu as affaire. Pour arrêter Danilo Aprea, il faut lui tirer dessus à coups de bazooka. »

Les coups de pinceau bleutés de la télévision, à travers la porte, teintaient le plafond au-dessus du lit. C'était drôle, mais parmi les flaques azurées il lui semblait qu'émergeait une tache sombre qui avait une forme humaine.

« C'est toi, mon vieux ? » demanda-t-il en s'adressant au plafond.

*(Bien sûr que c'est moi.)*

Le clown alpiniste l'observait, plaqué comme Spiderman au plafond de la chambre.

« J'ai bien fait d'envoyer balader Rino, non ? Moi, faut pas qu'on me fasse chier, mais ils veulent pas le comprendre. La seule chose qui m'ennuie, c'est que demain les gars viennent avec le tableau et que moi, j'aie pas d'argent. Ça, ça m'emmerde à mourir. – Il chercha par terre avec sa main la bouteille de Cynar sans la trouver. – Mais t'en fais pas... Fais-moi confiance... Moi, ma vie, je la balance pas aux orties – il s'adressait au clown au-dessus de sa tête. – Moi je t'abandonnerai pas. Je ferai pas comme certaines personnes de ma connaissance. Je te jure, je te jure sur la tête de... »

*Laura.*

« ... Teresa, la chose la plus importante de ma vie, que tu seras ici, dans cette maison. Demain. Je vendrai tout, plutôt. »

Tout à coup, un caillot de douleur explosa comme une bulle sous son sternum. Il se toucha les yeux, les joues. Il pleurait et ne s'en était pas rendu compte.

« Je me sens mal, sanglota-t-il. Qu'est-ce que je dois faire ? Dis-le-moi, toi. Je t'en prie, dis-le-moi, toi. »

*(Appelle-la. Elle, elle est la seule à te comprendre.)* Au plafond, le clown lui sourit.

« C'est pas vrai... Elle m'a quitté... C'était pas de ma faute si Laura est morte. Je sais bien que c'est ce qu'elle pense... »

*(Dis-lui qu'à partir de demain, tu arrêtes de boire.)* Danilo savait qu'au plafond, il n'y avait aucun clown. Que cette ombre était due à la télévision dans le salon. Et pourtant c'était vraiment comme s'il était en train de lui parler.

« C'est pas la peine de se raconter des craques, j'y arriverai jamais. » Une autre bulle de douleur éclata sous sa pomme d'Adam.

*(Tu y arriveras. Si elle revient vers toi et qu'elle*

*t'aide, tu y arriveras sûrement... Parle-lui de la bouti-*
*que. Tu verras comme elle va revenir.)*

Danilo souleva un peu la tête et plissa les yeux :
« Maintenant ? Je l'appelle maintenant ? »

*(Oui, maintenant.)*

« Et si elle se fout en rogne ? »

*(Et pourquoi elle devrait se foutre en rogne ?)*

« C'est trop tard. J'ai juré que je l'appellerais plus
la nuit. »

*(Il est jamais trop tard pour dire la vérité. Pour dire*
*qu'on aime. Dis-lui ce que tu es en train de faire pour*
*elle. Que tu vas défier la grande montagne rien que*
*pour elle. Les femmes, c'est ça qu'elles veulent s'enten-*
*dre dire. Parle-lui de la boutique. Tu verras, tu*
*verras...)*

Danilo souleva la tête de l'oreiller et tout se mit à
tourner. Il respira, chercha à tâtons l'interrupteur et
alluma la lampe. La lumière lui poignarda les rétines.
Il se mit une main sur les yeux et de l'autre, il attrapa
le téléphone sur le chevet. « Mais je l'appelle sur son
portable. » Il composa le numéro de Teresa.

Son correspondant n'était pas joignable.

« Elle répond pas, t'as vu ? »

*(Appelle-la chez elle.)*

Ça, oui, c'était une connerie garantie sur facture.
Surtout à cette heure, quand il y avait aussi ce fils de
pute de garagiste. Et pourtant, il devait le faire, il
devait entendre la voix de Teresa, la seule chose qui
lui ferait du bien en ce moment.

*(Fais-le. Si c'est lui qui répond, tu raccroches, non ?)*
*Effectivement...*

Et puis cette fois, c'était différent. C'était pour lui
dire qu'il allait tout arranger. Vraiment. Il était au
fond du tunnel et s'il ne changeait pas, il y laisserait
des plumes. Et elle, elle comprendrait. Teresa comprendrait combien il souffrait et elle reviendrait à la

maison et lui, le lendemain matin, il se réveillerait et il la trouverait à son côté, toute blottie contre lui avec un masque sur les yeux contre la lumière.

(*Qu'est-ce que tu attends ?*)

Son index glissa sur le clavier et, avec une rapidité surprenante pour sa condition mentale, il composa le numéro.

## 120.

Il le prit d'abord pour un chien, puis pour un sanglier et enfin pour un gorille.

Rino Zena fit trois pas en arrière et, instinctivement, il pointa dessus son pistolet, mais dès que la torche l'éclaira, il comprit que c'était un être humain.

Il était à quatre pattes au milieu du bois, à côté du casque. Tout mouillé. Les cheveux noirs collés sur le crâne... Sur une épaule un trou d'où coulait du sang. Les mains enfoncées dans la boue.

« Quattro Formaggi ?! Qu'est-ce qui s'est passé ? »

Au début, il ne paraissait même pas entendre, mais ensuite il leva lentement la tête vers la lumière.

Rino se mit instinctivement la main sur la bouche.

Il avait les yeux écarquillés, deux trous creusés dans ses orbites, et la mâchoire pendante comme celle d'un pauvre idiot.

« Qu'est-ce qu'ils t'ont fait ? »

Le visage, marqué par les ombres, était transformé en tête de mort. On aurait dit que quelque chose, dans l'esprit de Quattro Formaggi, avait court-circuité comme chez certains malades après une lobotomie. Il ne semblait plus lui-même.

« Où ils sont ? Putain, où ils sont ? – Rino se mit à pointer son pistolet tout autour de lui, sûr qu'ils étaient là, cachés quelque part, dans le noir. – Sortez de là, fils de pute. Prenez-vous-en à moi ! – Puis il se baissa, toujours avec le pistolet pointé vers l'avant, attrapa Quattro Formaggi par un bras et essaya de le relever, mais il était comme planté dans la terre. – Allez ! Lève-toi. Il faut qu'on se tire d'ici. – A la fin, en faisant un terrible effort, il le mit debout. – Je suis là. T'inquiète pas. – Il allait le traîner quand il s'aperçut qu'il avait la queue sortie de son pantalon.

— Mais put… ?

— Je voulais pas. Je voulais pas. Je l'ai pas fait exprès, balbutia Quattro Formaggi et il se mit à pleurer. Excuse-moi. »

Rino eut l'impression que quelqu'un lui avait ouvert le ventre d'un coup de couteau et en même temps lui avait enfoncé une chaussette au fond de la trachée.

Il lâcha Quattro Formaggi qui s'affaissa à terre, il fit deux pas en arrière et comprit son erreur. Sa terrible erreur.

*Le Scarabeo, c'est celui de cette gamine… La camarade de classe de Cristiano… L'autocollant avec le visage.*

Il fut terrassé par la certitude effrayante que Quattro Formaggi avait fini par exploser en vol. Et qu'il avait fait quelque chose de très moche.

Car Rino savait que la fable que tout le monde racontait selon laquelle Quattro Formaggi n'aurait jamais fait de mal à une mouche était une connerie aussi grosse que celle qui disait qu'un jour ils baisseraient les impôts.

Chaque jour, il y avait quelqu'un qui, d'une manière ou d'une autre, se chargeait de se foutre de sa gueule, de l'imiter, de lui donner moins de soupe à la cantine, de le mettre minable, et lui, il ne se vexait pas, il souriait, alors tous disaient que Quattro Formaggi était supérieur.

*Supérieur mon cul !*

Ce demi-sourire qui lui venait après avoir été singé ou traité d'empoté, n'était pas le signe que Quattro Formaggi était un saint, mais que l'insulte avait fait mouche, qu'elle avait troué une partie sensible et que la douleur allait grossir une zone de son cerveau où pulsait quelque chose d'infecté, de tordu. Et un jour ou l'autre, tôt ou tard, cette chose mauvaise se réveillerait.

Un million de fois, Rino l'avait pensé et un million de fois il s'était dit qu'il espérait se tromper.

Il dut se forcer pour réussir à lui parler. C'était comme s'il avait pris un coup de poing en plein estomac.

« Qu'est-ce que tu as fait ? Putain, qu'est-ce que tu as fait ? – Il se tourna sur le sentier couvert de feuilles et il fit quelques pas et la lumière jaune de la torche qu'il avait sur le front glissa sur le cadavre de Fabiana allongé au milieu du sentier. La tête fracassée par une pierre. – Une gamine... Tu as assassiné une gamine. »

### 121.

Le téléphone continuait à sonner.

*Je raccroche...*

*(Non. Attends au moins trois...)*

« Allô ? »

Danilo Aprea poussa un soupir et respira de nouveau. Il avait la bouche sèche et la langue pâteuse. « Teresa, c'est moi. »

Un infini moment de silence.

« Danilo, qu'est-ce que tu veux ? – Dans le ton de la voix, il n'y avait pas de colère, mais quelque chose de pire, qui le fit aussitôt se maudire d'avoir appelé.

281

Il y avait de l'abattement et de la résignation. Comme un paysan qui a accepté le destin fatal qui veut que de temps en temps un renard entre dans son poulailler et dévore ses poules.

— Ecoute. Faut que je te parle…

— Tu es ivre. »

Il essaya de paraître offensé, presque outragé par cette basse insinuation. « Pourquoi tu dis ça ?

— Il suffit de t'entendre.

— Tu te trompes. J'ai pas bu une goutte. C'est pas juste qu'à chaque fois tu penses…

— Tu m'avais juré de plus appeler… Tu sais l'heure qu'il est ?

— Il est tard, je sais, mais c'est important, je suis pas fou, sinon je t'aurais jamais appelé. C'est très important. Ecou… »

Teresa l'interrompit : « Non, Danilo, c'est toi qui vas m'écouter. Moi, je ne peux pas débrancher le téléphone, la mère de Piero est gravement malade à l'hôpital et tu le sais. »

*Merde, je l'avais oublié.*

« Tu le sais très bien, Danilo. Chaque fois que le téléphone sonne, on a un coup au cœur. Piero est dans l'autre pièce. Et il doit avoir compris que c'est toi. Tu dois me laisser en paix. Qu'est-ce qu'il faut que je fasse pour… »

Il réussit à l'interrompre : « Excuse-moi, Teresa. Excuse-moi. T'as raison. Pardonne-moi. Mais j'ai une surprise incroyable pour notre avenir. Une chose que tu dois absolument entendre… »

Là, ce fut elle qui l'interrompit : « Mais de quel avenir est-ce que tu parles ? C'est toi qui dois m'écouter. Donc débouche-toi bien les oreilles. – La femme prit une inspiration : – Je suis enceinte, Danilo. J'attends un enfant de Piero. Depuis trois mois. Tu dois te faire une raison. Je ne veux pas revenir avec toi, je ne t'aime pas. C'est Piero que j'aime. Laura est morte, Danilo. Nous devons nous faire une raison. Moi je veux être heureuse et Piero me rend heureuse. Je veux reconstruire une famille. Et toi, tu continues à me tourmenter, à m'appeler la nuit ! Je vais être obligée d'aller à la police. Et si ça ne suffit pas, je partirai, je disparaîtrai. Si tu m'aimes, comme tu me le répètes sans arrêt, tu dois me laisser en paix. Donc, je t'implore, je te conjure de nous laisser en paix. Si tu ne veux pas le faire pour moi, fais-le pour toi. Oublie-moi. Recommence à vivre. Adieu. »

CLIC.

## 122.

*Elle est morte.*

Cinq minutes au moins s'étaient écoulées depuis qu'Ida s'était enfermée dans les cabinets.

Elle pouvait aussi s'être évanouie à cause de la puanteur.

Beppe Trecca, inquiet, approcha l'oreille de la porte. On n'entendait rien, à cause du fracas de la pluie et du hurlement du vent qui secouait le camping-car.

Il s'était préparé un discours clair, simple, pour lui faire comprendre que cette histoire était une erreur.

Il s'éclaircit la voix. « Ida… ? Ida, tu es là ? »

La porte s'ouvrit et Ida Lo Vino sortit, pâle comme un fantôme.

Il déglutit. « Ça ne puait pas un peu ? »

Elle fit signe que oui et ajouta : « Beppe, je t'aime. Je t'aime à en mourir. » Et elle lui enfila sa langue dans la bouche.

## 123

« Mais putain, qu'est-ce que t'as fait ? Sale fils de pute psychopathe assassin que tu es ! » Rino hurlait et secouait Quattro Formaggi par un bras. « T'as tué une gamine ! T'as pété les plombs, espèce de débile… » Il lui asséna une gifle si forte qu'il sentit les os de sa main craquer.

Quattro Formaggi vola à terre et se mit à sangloter, désespéré.

« Ne pleure pas, connard. Ne pleure pas ou je te bute. » Rino leva sa tête comme un coyote qui hurle à la lune, il grinça des dents en se massant la main endolorie et lui balança un coup de pied dans les côtes.

Quattro Formaggi roula dans la boue et se mit à tousser.

« Tu lui as défoncé le crâne avec une pierre. – Et, vlan, un autre coup. – T'as compris, salopard ? – Et encore un autre.

— Je… vou… lais… pas. Je te ju… re que je… voulais pas. Je suis dés… olé, pleurnichait Quattro Formaggi en secouant la tête, anéanti. Je le… sais… même pas moi… pourquoi.

— Ah, tu le sais pas ? Moi non plus je le sais pas. Saloperie de violeur de merde… – Il l'attrapa par les cheveux et lui fourra le canon de son pistolet contre un œil.

— Je vais te flinguer.

— Oui, tue-moi ! Tue-moi. Je le mérite… » marmonna Quattro Formaggi.

Une fureur noire, impétueuse, avait enflammé le cerveau et gonflé les muscles et raidi les tendons de l'index de Rino Zena qui enserrait la gâchette du pistolet, et Rino savait qu'il devait se calmer tout de suite, immédiatement, sinon il finirait par faire sauter la cervelle de cette tête de nœud qu'il avait devant lui.

Avec la semelle de sa ranger, il frappa à la bouche Quattro Formaggi qui cracha un flot de sang puis se recroquevilla, les bras sur la tête.

Rino, en soupirant, fourra son pistolet dans sa ceinture, prit de ses deux mains une énorme branche et la brisa contre le tronc.

Cela ne suffisait pas. Il avait encore trop de rage au fond de lui.

Il attrapa avec les deux mains un rocher qui devait peser au moins cinquante kilos pour le balancer Dieu sait où, il le souleva de la boue en hurlant, mais il se tut aussitôt.

La grosse pierre lui glissa des mains.

Le monde autour de lui se décomposa en des centaines de fragments colorés comme une vitre qui explose, et une tenaille lourde comme une masse de plomb incandescent lui enserra le crâne. Deux poinçons s'enfoncèrent dans ses tempes et toutes les extrémités de son corps commencèrent à fourmiller.

Il resta immobile, les jambes pliées et le buste en avant comme un lutteur de sumo, roulant des yeux, et il se rendit compte que jusqu'à ce moment, il n'avait jamais eu la moindre idée de ce qu'était un mal de tête.

Il perdit l'équilibre et tomba raide à terre.

## 124.

Dix minutes étaient passées depuis que Teresa lui avait annoncé qu'elle était enceinte, mais Danilo Aprea était encore là, assis sur le bord de son lit.

Il savait qu'il devait, au minimum, se mettre à

pleurer, au maximum, se jeter par la fenêtre et en finir pour toujours.

*Si seulement j'avais le courage de me suicider. Imagine comme tu te sentirais une merde, après, chère Teresa... Quel pied ! Tout le reste de ta vie tu vivrais dans le remords.*

Le problème était qu'il habitait au deuxième étage. Et avec la poisse qu'il avait, il resterait paraplégique.

Quand même, il fallait qu'il fasse quelque chose. Peut-être qu'il suffisait de partir. S'enfuir loin. Aller vivre en Inde. Mais, lui, l'Inde, ça le dégoûtait. C'était sale. Et plein de mouches.

Mais s'il continuait à penser à des trucs de ce genre toute la nuit jusqu'au matin, à l'aube, à la lumière, cette nuit, la nuit la plus merdique de sa vie merdique, serait passée. Car Danilo savait que s'il arrêtait de garder son cerveau occupé, il pourrait faire quelque connerie dont après il se repentirait amèrement.

Il regarda le plafond. Le clown était encore là. Accroché dans un coin où la lueur de la télévision n'arrivait pas.

*(La pauvre petite, qui sait ? dans ses fantasmes, elle croit... Peut-être que cette belle nouvelle te bouleverserait au point que tu te pendrais au lampadaire ? Tu penses qu'elle, elle vivrait dans le remords ? Au contraire, elle serait heureuse. Elle serait débarrassée de toi. Voilà ce qu'elle espère. Eh ben, elle se trompe. Toi, pour t'abattre, on doit te tirer dessus au bazooka.)*

Danilo aurait aimé sourire, mais ses lèvres étaient collées. Alors il secoua la tête.

Quelle naïve, Teresa. Elle n'avait rien compris du tout. Lui, il le savait très bien que, tôt ou tard, ça arriverait.

*Elle a oublié Laura. Elle pense pouvoir la remplacer avec un autre enfant.*

« Bravo. – Il se mit à applaudir. – Bravo, comme tu es forte ! »

*(Mais ça, ça change pas tes plans d'un iota. Parce que Teresa, ce garagiste tiré à quatre épingles, elle en a rien à foutre. Disons-le, il lui a été utile parce qu'il a du pognon et qu'il l'a mise enceinte. C'est tout. Mais dès que tu arriveras avec la boutique et du fric pour de vrai, elle reviendra vers toi.)*

« Et qui c'est qui voudra d'elle, celle-là ? » murmura-t-il en reniflant.

*(Fais le casse tout seul. T'as besoin de personne. Fais-le tout de suite. Maintenant.)*

Danilo regarda le clown. « T'as raison. Bien sûr que je peux le faire tout seul, comment j'ai fait pour pas y penser avant ? »

Dehors, la tempête continuait à faire rage sur le village désert. Il n'avait même pas besoin du tracteur. Une voiture suffisait.

Et lui, la voiture, il l'avait encore. Elle était au parking, immobile depuis le jour de l'enterrement de Laura. Il avait eu diverses occasions de la vendre, et pourtant il ne l'avait jamais fait. Pourquoi ? Pas parce qu'il pensait reconduire un jour et pas non plus parce que c'était là-dedans que l'ange de sa vie était monté au paradis. Non. Pas pour ça. Mais parce qu'elle lui servirait pour faire le coup tout seul.

« Tout se tient. »

Et donc même le fait que Rino et Quattro Formaggi l'aient lâché entrait dans un projet plus grand organisé par Dieu exprès pour lui.

*(Tout l'argent sera pour toi. Tu devras le partager avec personne.)*

Il deviendrait vraiment riche, et il les emmerderait tous. Et Teresa reviendrait vers lui, la tête basse.

« Je suis désolé, Teresa. Tu as oublié Laura. Tu as dit que tu aimes le garagiste. Que tu as voulu un enfant de lui. Et donc, tu restes avec lui », dit-il en pointant son doigt comme si elle était là et en éprouvant la première lueur de plaisir depuis plusieurs heures.

Il savait ce qu'il avait à faire.

Il se leva et en titubant alla aux toilettes s'enfiler deux doigts dans la gorge.

## 125.

Quand Rino Zena lui avait pointé son pistolet en pleine poire, Quattro Formaggi avait eu la certitude qu'il aimait la vie.

Il avait répété « Tue-moi, tue-moi » pour lui faire comprendre qu'il se sentait coupable, mais il ne le voulait pas vraiment : au fond de lui, jamais comme en ce moment, il n'avait désiré vivre.

Vivre. Vivre après avoir tué. Vivre malgré tout. Vivre avec le poids de la faute. Vivre dans une prison pour le reste de sa vie. Vivre battu et méprisé jusqu'à la fin de ses jours.

Peu importait comment, mais vivre.

Et quand il avait senti le froid de l'acier du pistolet contre son nez, il avait eu la certitude que Rino ne lui tirerait pas dessus et que, comme d'habitude, il arrangerait tout.

Il devait seulement laisser passer sa rage.

Il s'était fermé comme une huître et c'était juste, il les méritait, bien sûr qu'il les méritait, les coups de pied, même si c'était la faute de Ramona si elle était morte. Si elle n'avait pas pris la route du bois, tout ça ne serait pas arrivé.

Par terre, la tête cachée entre ses bras, il avait vu la silhouette noire de Rino s'agiter et prendre une branche et la casser contre un tronc. Et puis, comme un géant avec un œil de lumière au centre du front, soulever une pierre énorme et tandis qu'il la soulevait se paralyser soudainement. Pendant une seconde, Quattro Formaggi avait pensé qu'il s'était fait un tour de reins, mais après Rino était tombé à terre tout raide.

Et il était resté là, immobile. Sans dire un mot, sans pousser un cri.

Il était comme ça depuis au moins cinq minutes.

Il s'approcha de lui, prêt à détaler s'il se relevait.

Rino avait les yeux ouverts et une étrange expression sur le visage qu'il n'arrivait pas à définir. Comme s'il était en train d'attendre une réponse.

« Rino, tu m'entends ? » lui demanda-t-il en le secouant.

Il avait les dents serrées et une écume blanche coulait du coin de sa bouche.

Quattro Formaggi n'y connaissait rien en médecine, mais il devait lui être arrivé quelque chose de grave. Quelque chose qui vous arrive dans le cerveau et qui fait que vous êtes pratiquement mort.

*Le coma.*

« Rino ! Dis-moi, t'es dans le coma ? »

Rien.

Il lui balança une gifle, mais Rino ne fit rien, il resta là avec une expression interrogative peinte sur son visage.

Il lui en donna une autre, plus forte.

Néant.

Il sortit le pistolet de son pantalon, le soupesa et le lui colla sur le front en imitant sa grosse voix : « Saloperie de violeur de merde. Je vais te flinguer. » Et puis il lui enfila le canon dans une narine, dans la bouche, lui tartina sa bave sur le menton.

Quand il en eut marre, il resta un peu ainsi, la tête vide, en massant ses côtes endolories et en continuant à se donner des coups avec la crosse du pistolet sur la cuisse.

## 126.

Des lucioles dansaient devant les yeux de Rino Zena. Il voyait aussi les gouttes de pluie lourdes comme du mercure qui lui tombaient sur le visage.

Le reste était fourmillement.

Les jambes. Les bras. L'estomac. La bouche.

*Comme un sac de peau farci de fourmis.*

Il ne se rappelait pas où il était, mais s'il se concentrait, il arrivait à entendre : le halètement de sa propre respiration, la tempête dans les arbres.

Une espèce de nuage violet était en train de le recouvrir, cachant les lucioles.

C'est vrai, il était dans le bois. Et là où le nuage était plus clair, ça devait être Quattro Formaggi.

« *Aide-moi* », dit-il. Mais sa bouche ne remua pas, sa langue non plus et les mots ne sortirent pas de ses lèvres, et pourtant cela résonna dans ses oreilles comme un hurlement désespéré de terreur.

Il sentit quelque chose sur sa joue. Une gifle peut-être. Ou une caresse. Mais c'était loin. Comme si sa tête était doublée de laine. De laine rêche. La laine vert sombre des couvertures du pensionnat.

Il s'étonna de réussir encore à penser.

Des pensées petites. L'une après l'autre. Des pensées violettes plongées dans un noir sans fin.

« Rino ! Dis-moi, t'es dans le coma ? »

Son cœur se mit à battre plus fort. Les mots de Quattro Formaggi comme des flèches aiguisées trouaient le violet qui se refermait après leur passage et arrivaient jusqu'à lui.

« *Je sais pas* », lui répondit-il, conscient de ne pas avoir parlé.

« Saloperie de violeur de merde. Je vais te flinguer. » D'autres flèches trouèrent la chape. Mais cette fois, Rino ne comprit pas ce qu'elles voulaient dire.

Si au moins il avait réussi à bouger un doigt…

*Un doigt plein de fourmis.*

Il fit un effort, essayant de déplacer sa main. Peut-être qu'il l'avait bougée, mais dans cet état il ne pouvait pas le savoir.

« T'es mort ? » lui demanda Quattro Formaggi.

*Le doigt. Remue ce putain de doigt.*

Il devait faire comprendre à Quattro Formaggi qu'il fallait le conduire tout de suite à l'hôpital.

*Remue ton doigt. Allez.*

Il ordonna à toutes les fourmis de converger de toutes les parties de son corps dans le doigt et de le lui lever.

Mais elles, elles n'obéissaient pas, et soudain le brouillard s'épaissit et son corps commença à sursauter et à trembler, entraîné dans le violet qui virait au noir.

Un feu ardent explosa au centre de sa poitrine, lui pompant l'air de ses poumons.

Rino implora Dieu de l'aider, de le sortir de ce trou noir et, comme ils étaient arrivés, les spasmes cessèrent et il se retrouva seul, dans une quiétude sans lumière.

### 127.

Quattro Formaggi voyait Rino se débattre et combattre une force invisible qui l'avait pris et essayait de l'emporter au loin. Rino agitait les jambes et les bras, roulait des yeux, son dos se tendait comme un arc, il tordait la bouche, il tapait la tête et la lampe qu'il avait sur le front, devenue folle, déchirait le bois de mille lames dorées.

Effrayé et impressionné, Quattro Formaggi essaya de l'aider, de se jeter sur lui pour lui bloquer les bras, mais il se prit un gnon dans la figure et un coup de pied, alors il s'éloigna, penaud.

En se tirant les cheveux, il pria pour que ça s'arrête vite. C'était une chose trop effrayante à voir.

La force invisible maintenant poussait encore plus et lui pliait le dos comme si elle voulait le briser, mais l'instant d'après, elle l'abandonna et Rino resta là, liquéfié dans la boue. Même la torche s'était éteinte.

*Elle est partie parce qu'elle a pris l'âme de Rino.*

Son meilleur ami était mort. L'unique personne qui l'ait aimé.

Il était venu ici pour l'aider et Dieu...

*(qui devait te prendre toi, abominable saloperie de violeur assassin)*

... lui avait ôté la vie tandis qu'il soulevait une roche.

Il s'accroupit à côté de Rino.

*Et maintenant ? Qu'est-ce que je dois faire ?*

Normalement, ces questions, c'était Rino qui y répondait. Lui, il savait toujours quoi faire.

Quattro Formaggi s'assit et lui donna une tape sur l'épaule : « Amen. » Et il fit le signe de la croix.

*Il est mort pour moi. Dieu voulait quelqu'un pour la mort de Ramona et Rino s'est sacrifié.*

*(On le trouvera et on pensera que c'est lui qui l'a assassinée. Toi, il t'arrivera rien.)*

Quattro Formaggi sourit, soulagé. Puis il se leva, rentra sa queue dans son slip, récupéra la torche et le casque, mit le pistolet dans son pantalon et revint vers Ramona.

Il ôta de son doigt la bague avec la tête de mort et, en boitant, se dirigea vers la route.


### 128.


Les portes en aluminium de l'ascenseur s'écartèrent et Danilo Aprea, tout emmitouflé, fit son entrée dans le hall de l'immeuble.

Il s'appuya contre le châssis de l'ascenseur, les yeux réduits à deux fentes.

Le hall était une longue pièce tapissée de lattes de bois sombre. Au sol, du marbre brillant. A gauche, la loge du gardien, avec un petit téléviseur et une pile de factures. A droite les escaliers. De l'autre côté de la porte-fenêtre, les gouttes de pluie sautillaient sur le paillasson détrempé et fouettaient les géraniums dans les pots.

Danilo avait vomi trois litres d'alcool et ingurgité une cafetière entière, maintenant il se sentait un peu mieux même s'il ne pouvait pas dire que la cuite était passée. Mais au moins, il n'avait plus la nausée.

Il se dirigea en titubant vers une porte camouflée dans la boiserie, il l'ouvrit et sans même allumer les lumières, descendit une courte volée d'escaliers, il trouva la poignée et ouvrit en grand la porte du garage de l'immeuble. Il inspira.

La même odeur d'humidité et d'essence.

Il n'avait pas remis les pieds ici depuis exactement le 12 juillet 2001.

Il prit son courage à deux mains et appuya sur l'interrupteur.

Les tubes au néon papillotèrent et éclairèrent un long parking en sous-sol où étaient garées deux rangées de voitures.

Danilo le traversa en entendant le bruit de ses pas rebondir contre les parois de ciment.

L'Alfa Romeo était recouverte d'une bâche grise.

Il posa une main sur le capot. A ce contact, un frisson remonta le long de ses avant-bras, lui donnant la chair de poule.

N'y pense pas.

Il prit une inspiration et souleva la bâche.

Pendant un instant, il imagina sa fille, assise sur le siège auto vert, qui riait. Il chassa la vision de son esprit.

C'était la faute de ce siège auto si Laura Aprea était morte.

« Cette maudite boucle ne s'est pas ouverte. Elle s'est bloquée », avait-il répété à tous jusqu'à l'épuisement. A Teresa, aux policiers, au monde entier.

Le 9 juillet 2001 Danilo avait demandé un congé à son travail pour emmener sa fille à une visite médicale de contrôle. En général, c'était Teresa qui s'occupait de ces choses, mais ce jour-là elle devait aller avec sa mère chez le notaire.

« Tout va bien – avait dit le médecin en donnant une tape affectueuse sur les fesses de Laura qui rigolait et s'agitait toute nue sur la table d'auscultation. – Ce petit bout de chou va très bien.

— C'est pas un petit bout de chou. C'est un petit trognon, pas vrai ? » Danilo s'était adressé à sa fille avec un sourire qui allait d'une oreille à l'autre. Et tandis que le médecin se lavait les mains, il avait enfoui son visage dans le bedon de la fillette et lui appliquait des bisous soufflés qui faisaient grand bruit. Laura s'était mise à rire. « Mais où elles sont, les mozzaaaarelliiiine ? Elles sont là ! » Et il avait mordu affectueusement ses petites jambes potelées dont il était fou.

Après la visite médicale, ils s'étaient arrêtés au supermarché.

C'était une entreprise d'arriver à faire les courses avec Laura, assise sur le caddie qui chantait le tube de Rita Pavone : « Viva la pappa con il po-po-po-pomodoro… »

Puis ils étaient rentrés en voiture. Danilo avait posé les sacs sur le siège arrière et sanglé la petite fille sur son siège auto et lui avait dit : « Maintenant, on va retrouver maman. »

Ils étaient partis.

Danilo Aprea, à cette époque, travaillait dans une entreprise de transports comme gardien de nuit et il savait que tôt ou tard, il y aurait une compression du personnel. Et il y avait de grandes chances pour qu'il fasse partie de la charrette lui aussi.

Il conduisait sur la route inhabituellement dégagée pour cette heure et ne cessait de penser à un autre boulot à trouver tout de suite, du genre EuroEdil, une entreprise de construction où ils avaient souvent besoin de manœuvres.

Et soudain il s'était rendu compte que, dans la voiture, il y avait une odeur de pomme verte. Pas celle des vraies pommes, mais l'odeur synthétique de pomme verte du shampoing antipelliculaire.

« Je l'ai prise pour l'odeur de l'Arbre Magique, avait-il expliqué après à sa femme.

— Comment tu as fait ? Le déodorant est au pin sylvestre et le shampoing à la pomme verte. Ce n'est pas la même chose ! avait hurlé sa femme, désespérée, les yeux gonflés.

— T'as raison. Mais je l'ai pas compris tout de suite. Je sais pas pourquoi… »

Danilo s'était retourné et avait vu que le tricot rouge et les pantalons bleus de Laura étaient tout emplâtrés d'un liquide vert.

« Laura, qu'est-ce que tu as fabriqué ? » Danilo avait vu le sac des provisions renversé et le flacon de shampoing sans bouchon sur le siège tout barbouillé de liquide.

Puis, il s'en souvenait comme si c'était aujourd'hui, il avait entendu un bruit de succion, un râle étouffé, et il avait regardé sa fille.

La fillette avait la bouche grande ouverte et ses yeux bleus, exorbités, étaient rouges. Elle s'agitait désespérément, mais les ceintures de sécurité du siège auto faisaient leur devoir et la tenaient collée au siège comme un condamné à mort à la chaise électrique.

*Elle respire plus. Le bouchon ! Elle a avalé le bouchon !*

Danilo avait serré le volant et, sans regarder, il avait braqué et s'était élancé, dans un crissement de pneus, vers le bord de la route, frôlant le nez d'un camion qui s'était mis à klaxonner follement.

L'Alfa Romeo s'était arrêtée sur la bande d'arrêt d'urgence de la nationale dans un nuage de fumée blanche. Danilo s'était catapulté au-dehors, avait trébuché, s'était relevé et, le cœur cognant dans sa poitrine, il s'était accroché des deux mains à la poignée de la portière arrière.

« Me voilà ! Me voilà ! Papa est là... » avait-il haleté en se glissant dans la voiture et il s'était attaqué à la boucle de la sangle de sécurité du siège auto pour libérer sa fille qui agitait ses petites mains et ses jambes, le frappant au visage et à la poitrine.

Et la chose incroyable était que cette maudite boucle ne s'ouvrait pas, elle avait deux boutons énormes, colorés en orange, où il suffisait simplement d'appuyer en même temps, chose qu'il avait faite cent fois, l'ouvrant toujours parfaitement, un boucle allemande conçue par les meilleurs ingénieurs du monde, parce qu'on sait que les Allemands sont les meilleurs

296

ingénieurs du monde, qui avait passé les tests de sécurité les plus improbables, avait été certifiée par une commission internationale et avait été homologuée selon la norme CE, pourtant cette maudite boucle ne s'ouvrait pas.

Elle ne s'ouvrait en aucune manière.

Danilo s'était dit qu'il devait rester calme, qu'il ne devait pas paniquer, qu'elle allait s'ouvrir maintenant, mais le regard désespéré de Laura et ses sanglots étranglés lui faisaient perdre la tête, il aurait voulu arracher ces sangles à coups de dents, mais il devait rester calme. Alors il avait fermé les yeux pour ne pas voir son bébé qui s'en allait et il avait continué à appuyer, à triturer, à tirer tandis que sa fille suffoquait, mais rien. Il avait tenté de la dégager du siège sans y parvenir et puis il s'était attaqué à ce maudit truc en hurlant, mais les ceintures de la voiture enveloppaient la carcasse de plastique.

*Je dois la prendre par les pieds. Je dois la prendre par les pieds et la secouer...*

Mais comment, s'il n'arrivait à rien ?

Alors, en inspirant l'odeur de pomme verte, il avait enfilé ses gros doigts dans la bouche de sa fille qui maintenant se débattait moins, soudain plus faible et fatiguée, et il avait cherché le bouchon encastré dans les profondeurs de la trachée. Au bout de ses doigts, il avait senti sa petite langue, l'épiglotte, les amygdales, mais pas le bouchon.

Maintenant, Laura ne bougeait plus. Sa petite tête balançait sur sa poitrine et ses bras pendaient sur les côtés du siège auto.

Oui, il savait ce qu'il devait faire. Comment il avait fait pour ne pas y penser avant ? Il devait lui trouer la gorge, comme ça l'air... Mais avec quoi ?

Il avait hurlé et imploré : « Au secours, aidez-moi, une enfant, ma fille, est en train de mourir... » et il s'était enfilé entre les deux sièges avant, lui, un bestiau de cent kilos passés encastré entre les deux sièges, avec le levier de vitesses contre le sternum et les bras tendus vers le boîte à gants du tableau de bord. Le médium de sa main droite avait réussi à trouver le bouton et le battant s'était ouvert et avait vomi des feuilles, des livrets, des cartes et un stylo Bic qui avait roulé sous le siège.

Il avait tâtonné, en haletant, le tapis de sol et finalement il avait saisi le stylo et l'empoignant comme un poinçon il s'était tourné, il avait levé le bras droit prêt à...

*Elle est morte.*

Le Bic lui était tombé des mains.

Laura Aprea, sans vie, était adossée au siège auto, les yeux bleus écarquillés et les petits bras écartés, la bouche ouverte...

Un an après l'accident, alors que son existence était allègrement partie en vrille, dans un journal Danilo avait trouvé ce bref entrefilet :

A l'occasion de tests sur les sièges auto de 2002, il a été constaté que les boucles de l'entreprise Rausberg produites de 2000 à 2001 et utilisées par certains producteurs de sièges auto ne ferment pas toujours correctement, bien que le CLIC soit bien accentué. Si les deux languettes métalliques sont insérées obliquement, la ceinture pourrait ne plus être bien fixée d'un côté et de l'autre et la boucle pourrait ne pas s'ouvrir, au préjudice de la sécurité de l'enfant. Une boucle défectueuse a été montée sur les sièges auto suivants : Boulgoum, Chicco, Fair/Wavo, Kiddy et Storchenmühle. Il est donc conseillé de vérifier la date de fabrication du siège auto en votre possession et, au cas où il aurait été produit en 2000-2001, de le réexpédier aux fabricants qui se sont engagés à le remplacer rapidement.


## 129.


Le fourgon de Rino était garé au centre de l'aire de stationnement.

Quattro Formaggi franchit la glissière de sécurité et l'observa un peu, en se grattant la barbe et en appuyant une main sur son épaule blessée.

Il devait faire en sorte que les automobilistes le remarquent.

Il pouvait appeler les flics et dire qu'il avait découvert un homicide et comme ça il deviendrait célèbre. Il passerait à la télévision.

*Non, c'est pas possible.*

Il était un ami de Rino et ils penseraient tout de suite qu'il y était mêlé lui aussi.

Il se mit à se taper le front en se répétant, les dents serrées : « Pense ! Pense ! Pense, cerveau pourri. »

S'il allumait les phares, tout le monde verrait le Ducato. Mais la batterie serait morte en moins d'une heure.

Il ouvrit le fourgon, alluma la radio au maximum et laissa la portière ouverte, comme ça la lampe intérieure restait éclairée.

Tandis qu'il allait reprendre son Boxer, la radio attaqua avec *So Lonely* de Police.

Il se mit à dodeliner de la tête et puis, en tournant sur lui-même, il ouvrit ses bras à la pluie, ressentant une joie euphorique qui lui gonflait la poitrine.

*Vivant ! Vivant ! Je suis vivant !*

Il avait tué et il était vivant. Et personne ne le découvrirait jamais.

Il dégagea le Boxer, monta dessus et mit son casque. Il n'arrivait pas à bouger son bras gauche et il eut un mal de chien à mettre en marche. Au bout de quelques pétarades, le moteur se mit à tourner et à produire une fumée blanche.

« C'est bien, mon petit. » Il caressa le phare et, en chantant « So lonely, so lonely... », il se dirigea vers sa maison, poussé par le vent et la pluie.

### 130.

Tandis que Beppe Trecca et Ida Lo Vino étaient enfermés dans le camping-car, la tempête faisait rage sur le camping Bahamas.

Au-dessus du portail, la grande enseigne en forme de banane claquait comme un spinnaker. Un des quatre filins d'acier céda avec un STOC qui se perdit dans la tourmente.

### 131.

Danilo Aprea roula en boule la bâche et la posa par terre. Il s'approcha de la portière et tout naturellement, il mit ses mains dans ses poches.

*Où elles sont, les clés ?*

Quand il se souvint où elles étaient, il dut s'appuyer contre la fenêtre pour ne pas tomber par terre.

« Non, non, c'est pas possible. C'est pas possible – répéta-t-il en secouant la tête. Puis il se mit les mains sur la figure. – Quelle connerie... Quelle connerie... »

Il les avait jetées dans le canal le jour où Laura avait été enterrée, jurant qu'il ne conduirait plus jamais cette voiture de sa vie.

*Et maintenant ?*

Il ne pouvait pas laisser tomber à cause d'un putain de trousseau de clés. C'était pas un problème aussi stupide qui l'arrêterait.

« Pour arrêter Danilo Aprea, il faut lui tirer dessus à coups de bazooka – s'exclama-t-il en constatant combien sa voix était ferme et résolue. – Et puis il suffit de monter et de prendre le double des clés. »

Il remonta et se mit à ouvrir tous les tiroirs, à chercher dans chaque armoire, à fouiller dans chaque boîte, dans chaque foutu recoin.

Elles avaient disparu. Volatilisées. Désintégrées.

Lui, il était un homme ordonné. Il ne perdait jamais rien. « Chaque chose a sa place et chaque place a sa chose » était sa devise.

Et donc ces clés devaient être là, cachées quelque part. Seulement, il ne savait plus où les chercher.

Il était fatigué, il avait chaud et un atroce mal de crâne. Il se traîna à travers l'appartement où on aurait dit qu'étaient passés les lansquenets, et il s'effondra, jambes écartées, dans le fauteuil.

*A moins que...*

Il jaillit sur ses pieds comme si le coussin avait pris feu.

Et si cette pute de Teresa, sur les conseils du garagiste, les lui avait piquées ?

*Mais pourquoi ?*

Le garagiste avait une Lexus, bon Dieu, qu'est-ce qu'il pourrait bien en faire, de sa vieille Alfa ?

*Comme ça. Pour m'emmerder. Ou peut-être, c'est Teresa qui avait peur que je conduise à nouveau.*

Mais ça pouvait très bien aussi être Rino qui les lui avait piquées quand il venait faire sa lessive. Et pourquoi exclure cet abruti de Quattro Formaggi ?

Sa voiture faisait envie à tout le monde. Vous imaginez quand il aurait dans son salon le tableau du clown alpiniste, un objet de cette valeur, tout le monde chercherait à le lui voler…

*La première chose que je dois faire demain c'est monter une porte blindée avec une tripotée de serrures.*

Mais en attendant il était sans clés.

*Je suis crevé. Je ferais peut-être mieux de renoncer pour ce soir…*

Mais il se connaissait trop bien, s'il abandonnait maintenant, le lendemain il n'aurait jamais le courage de faire le coup tout seul. Et en plus il serait obligé de partager le butin avec quelqu'un d'autre.

*Non. Impossible.*

Sauf qu'il se sentait vidé et que ses yeux se fermaient.

Il devait reprendre courage. Et pour ça, il connaissait un seul moyen. Il alla à la cuisine en traînant les pieds et en bâillant. Il avait tout sorti des étagères, et entre autres choses, il y avait aussi de la liqueur de café, une bouteille de Caffè Sport Borghetti.

Il s'y attaqua et se sentit aussitôt mieux.

*(Au lieu de rester ici comme un crétin, va voir dans le parking si quelqu'un a laissé ses clés sur sa voiture.)*

Cette idée géniale ne pouvait qu'être du clown alpiniste, étalé sur le plafond de la chambre à coucher.

« Bien sûr ! T'es un génie ! »

S'il existait un plan du destin qui voulait que cette nuit le cours de son existence change, il trouverait certainement une automobile ouverte.

## 132.

Pour commencer, il ne souffrait pas.

Et ça, c'était une bonne chose.

Et puis il pensait ne pas être mort.

Et ça, c'était une autre bonne chose.

Il y avait eu un immense moment, quand le nuage fluorescent avait été subitement aspiré par le noir, où Rino Zena avait été sûr que le mot fin avait été écrit à son histoire.

Mais maintenant le violet était revenu.

Personne ne lui assurait qu'il n'était pas mort. Mais Rino avait toujours cru au paradis et à l'enfer, et cet endroit n'était ni l'un ni l'autre. Ça, il en était sûr. Il était conscient qu'il était encore à l'intérieur de son propre corps.

Il pouvait penser. Et penser, c'est vivre.

Et même s'il ne souffrait pas trop, il sentait un feu lointain, une douleur distante et les fourmis qui couraient dans ses veines, mais il lui semblait aussi entendre à des kilomètres le groupe Police qui chantait et la pluie qui tombait sur les feuilles, qui ruisselait, argentée, sur les branches, qui coulait sur l'écorce des arbres et imprégnait la terre.

Il était aveugle. Insensible. Paralysé. Et pourtant, étrangement, il entendait.

Quand il s'était réveillé, le noir était moins noir et virait lentement à un violet phosphorescent et tout à coup des millions de fourmis étaient là. Elles couvraient la plaine jusqu'à l'horizon. Grandes, comme celles qu'on trouve dans les champs de blé en août. Avec une grosse tête brillante et des antennes.

Rino n'arrivait pas à comprendre si elles étaient au-dehors ou au-dedans de lui. Et si ce désert sur lequel elles couraient, c'était lui.

Il sentait qu'il y avait une autre réalité juste derrière le nuage violet qui l'enveloppait. Celle d'où il était tombé à pic.

Le bois. La pluie.

Il se revit lui-même dans le bois avec la grosse

pierre dans les mains, Quattro Formaggi, la fille morte.

C'était là qu'il devait revenir.

Il pensait qu'il était encore là, et il était certain que Quattro Formaggi était allé cherché du secours.

## 133.

Danilo Aprea, la bouteille de Caffè Sport Borghetti serrée dans sa main, avait vérifié les automobiles du parking. Une à une.

Toutes fermées.

Dans cet immeuble de merde, tous vivaient dans la terreur qu'on leur pique leur bagnole. Et bien sûr, à cent pour cent, elles étaient aussi équipées d'antivols et de tas d'antitout à la con.

Il avait pensé défoncer une fenêtre et connecter les fils de l'allumage comme on voit faire dans les films.

Mais c'était pas pour lui, ces trucs-là. Il ferait jour, le temps qu'il essaye de démonter le tableau de bord.

*Si Quattro Formaggi était là…*

Danilo grinça des dents comme un chien hydrophobe et hurla, livide de rage : « Allez vous faire foutre ! Allez vous faire foutre, tous autant que vous êtes ! Vous m'arrêterez pas ! Vous avez compris ? Vous m'arrêterez pas ! Vous essayez par tous les moyens, mais vous y arriverez pas ! Non ! Non ! Et non ! Moi, ce coup, il faut que je le fasse. » Et il donna un coup de pied contre la portière d'une Mini Cooper, en se faisant un mal incroyable.

Il commença à sautiller en jurant et quand la douleur diminua, il souleva la bouteille de Caffè Sport Borghetti, en siffla un tiers et se dirigea en vacillant vers la sortie du parking.

# 134.

Dans la poche de son pantalon, il y avait son portable.

Quand Rino Zena pensait à son téléphone, il le voyait apparaître énorme, comme s'il était projeté sur la voûte violette.

Ce n'était pas la photo d'un portable, mais un dessin fait avec un gros feutre neutre. Et les chiffres écrits avec une graphie enfantine et à la place de l'écran, un cercle avec un sourire et des yeux. Il aurait pu le contempler pour toujours.

Mais maintenant, il devait prendre son téléphone dans la poche de son pantalon…

Il fallait parler aux fourmis et leur expliquer quoi faire.

# 135.

Danilo Aprea se tenait debout sur le parapet du canal, les mains appuyées sur ses flancs, et il fixait hébété les gouttes de pluie.

A la lueur faible du lampadaire sur le petit pont piétonnier, les gouttes semblaient des fils d'argent qui fondaient sur la surface brunâtre du fleuve bridé par le terre-plein.

Les rives et une grande partie des piliers sous le pont avaient été englouties par la crue. Si la pluie continuait à tomber comme ça, avant le matin, l'eau déborderait des digues.

Danilo était trempé jusqu'au slip. Les joues et le menton gelés et les verres de ses lunettes striés par la pluie.

Il avait suffi de cinquante mètres, la distance de

chez lui à ici, sous cette averse, pour le transformer en une serpillière dégoulinante.

Une boîte en polystyrène, de celles qu'on utilise pour le poisson, fila comme une flèche en tanguant au milieu des flots comme un canot pneumatique sur les rapides du Colorado et disparut sous le pont.

Danilo, essayant de ne pas prêter attention à un filet glacé qui coulait le long de son dos, ferma les yeux et essaya de se rappeler où, cinq ans plus tôt, il avait lancé ses clés.

*Plus ou moins ici.*

*Le 12 juillet d'il y a cinq ans… Il faisait une chaleur infernale et les moustiques me harcelaient sans répit.*

Après l'enterrement de Laura, il avait laissé Teresa repartir avec sa mère et il s'était arrêté dans un bar où il avait sifflé le premier verre de grappa de sa vie et, pour plus de sécurité, il en avait acheté une bouteille entière, puis il était passé par un magasin de pièces détachées et il avait acheté une bâche pour voiture et il était rentré à la maison. Il avait garé sa voiture au parking, il l'avait recouverte de la bâche et était allé au canal.

Ce jour-là, le cours d'eau avait un tout autre aspect. Il ne pleuvait pas depuis un bon bout de temps et il n'était plus qu'un ruisseau puant, infesté d'insectes, qui coulait lentement entre les carcasses de mobylettes, les squelettes d'appareils ménagers et les callas en fleur.

Danilo avait regardé l'eau verdâtre. Puis il avait pris dans sa poche les clés de la voiture et les avait balancées de toutes ses forces dans le canal. Le trousseau avait franchi le ruisseau, la rive sablonneuse couverte de roseaux, avait rebondi contre le terre-plein et était tombé sur le rivage découvert par l'assèchement des eaux, disparaissant entre de gros cubes de ciment enfoncés dans la boue sèche.

306

Ça il s'en souvenait bien, parce qu'un instant, il avait pensé qu'il aurait dû descendre et jeter les clés dans l'eau, sinon, les vieux qui venaient pêcher de temps en temps sur le pont pouvaient les voir et puis aller lui piquer sa voiture. Mais il ne l'avait pas fait.

N'importe qui aurait dit qu'il était mathématiquement impossible qu'elles soient encore là, que le courant les avait emportées et qu'elles se trouvaient désormais dans les profondeurs de la mer. Mais ça, c'était dans des circonstances ordinaires. Celles dans lesquelles se trouvait Danilo, en revanche, n'étaient pas ordinaires, c'était sa vie et si le destin avait décidé qu'il devait les trouver, il les trouverait.

Il courut le long du canal, traversa le petit pont en brique et revint en arrière, à l'endroit où il se souvenait que ses clés étaient tombées.

Il regarda en bas. Ce n'était pas très haut. Deux, trois mètres. En se laissant pendre à bout de bras, le saut n'était pas impossible.

Le problème se présenterait après, quand il devrait en sortir.

Une vingtaine de mètres plus bas un tronc d'arbre pointait hors de l'eau.

*De là, je peux arriver jusqu'à la route.*

Danilo enleva ses lunettes et les glissa dans la poche de sa veste.

Il monta sur le muret, sortit la chaînette avec la médaille de Padre Pio, il l'embrassa et se laissa pendre à la corniche.

Maintenant il devait juste se lancer.

*Il suffit de trouver le courage.*

Mais même s'il n'avait pas trouvé le courage, désormais il ne parviendrait pas à se hisser à la seule force de ses bras, donc…

Il prit une bonne inspiration et se laissa aller.

Il atterrit dans l'eau jusqu'à la ceinture. Elle était

tellement glacée qu'il n'eut même pas la force de hurler. Un milliard d'aiguilles pénétrèrent ses chairs et il fut aussitôt happé par le courant impétueux. Il dut s'accrocher des deux mains aux arbustes qui poussaient dans les interstices des briques du terre-plein pour ne pas être emporté.

Il n'arrivait même pas à poser les pieds sur le fond, tant le courant était fort. Et les branchages, bien que robustes, ne supporteraient pas longtemps son poids.

Il commença à chercher ses clés sur le fond du torrent. Il lâcha la prise d'une main et le fleuve le poussa sous l'eau.

Il but la tasse, l'eau avait un goût de terre.

Il bondit pour ressortir la tête et se mit à cracher et puis, haletant, il fouilla à nouveau le fond. Il sentit au bout de ses doigts les arêtes des cubes de ciment recouverts d'algues et les tiges visqueuses des plantes aquatiques. Il bougeait à grand-peine ses doigts engourdis par le froid.

*Elles y sont pas. Comment elles pourraient y être encore ? Il faut être un débile comme moi pour penser qu'au bout de cinq ans...*

La branche à laquelle il était accroché, sans préavis, se déracina du mur. Danilo sentit que le courant le happait, il se mit à mouliner de tous ses membres comme un chien qui se noie en essayant de résister, mais c'était impossible, alors, désespéré, il essaya de s'ancrer aux cubes de ciment, qui pourtant étaient visqueux. Ses phalanges heurtèrent une tige de fer qui pointait de la boue. Il réussit à s'y agripper et il resta pendu, au milieu des tourbillons et du fracas de l'eau qui l'assourdissait, comme un gros thon pris à l'hameçon.

Il savait qu'il ne tiendrait pas longtemps, le froid était insupportable et le courant le tirait, mais s'il lâchait prise il serait entraîné au loin et aboutirait tout droit contre les grilles de l'écluse, un kilomètre plus bas.

*Mais qu'est-ce que je suis en train de faire ?*

Soudain, comme un somnambule qui se réveille au bord d'une corniche au cinquième étage d'un immeuble, il fut terrifié en prenant conscience de la merde dans laquelle il s'était fourré. Seule une folie suicidaire avait pu l'amener de la chaleur douillette et sûre de sa maison aux tourbillons d'un canal en crue.

Il explosa en une rafale de jurons malséants qui l'auraient damné pour toujours, s'il n'avait pas été certain d'être depuis longtemps déjà condamné au feu éternel.

Il était à bout de forces, il essayait de résister, de s'accrocher à la pique de fer, mais désormais il n'avait plus que le nez, comme l'aileron d'un requin, qui affleurait de l'eau. Il allait lâcher quand il s'aperçut qu'autour de la tige il y avait quelque chose, comme un anneau métallique.

Il le toucha.

*Non ! C'était pas possible !*

D'émotion, il faillit lâcher sa prise.

*Les clés !*

*J'ai trouvé les clés !*

*Mes clés.*

Toutes les trois. Celle de la voiture, celle de la porte du hall et celle du rideau de fer du parking.

*Quel coup de pot !*

Non, c'était un blasphème d'appeler ainsi cette découverte. Ça, c'était un miracle. Un miracle dans les règles de l'art.

Quand il les avait lancées, les clés avaient rebondi contre le terre-plein et en tombant, l'anneau qui les tenait ensemble s'était enfilé dans la pointe en fer.

Un peu comme ce jeu à la fête foraine où si vous lancez un anneau autour du goulot d'une bouteille, vous gagnez une peluche. Mais lui, il n'avait pas visé. Il ne l'avait même pas vue, la pointe en fer.

Cela signifiait que Dieu, le destin, le hasard, qui qu'il soit, avait voulu qu'il en soit ainsi. Combien de chances y avait-il qu'une chose de ce genre puisse arriver ? Une sur dix milliards.

Ces clés étaient restées là, pendant toutes ces années, plongées dans l'eau et dans la boue, en attendant que lui, il vienne les récupérer.

A moitié noyé et mort de froid, Danilo Aprea éprouva une sensation de chaleur au centre du thorax qui le réchauffa et chassa de lui tous les doutes et toutes les peurs sur ce qu'il était en train de faire, exactement comme un four incandescent réduit en cendres en un instant un bout de papier.

Là-haut, dans le ciel, il y avait quelqu'un qui l'aidait.

Il dégagea les clés de la pointe en fer. Il les serra fort, se les enfonçant dans la paume de la main. Et puis, sûr de trouver le moyen de sortir de ce fleuve, il prit une inspiration, ferma la bouche, se boucha le nez et se laissa aller.

### 136.

Les trois câbles rouillés qui tenaient la grande banane se tendaient comme les haubans d'un vaisseau dans une tempête boréale.

A environ trente mètres du panneau, dans le Rimor SuperDuca 688TC, Beppe Trecca et Ida Lo Vino s'étaient lancés dans un accouplement frénétique.

L'assistant social était étendu dans la capucine au-dessus de la cabine de conduite, et Ida, en une Andromaque étriquée, s'agitait à califourchon sur lui et haletait en massant ses petits seins blancs qui sortaient du soutien-gorge de dentelle noire.

Assourdi par le fracas de la pluie, du tonnerre et des coups de tête d'Ida contre le plafond rembourré du camping-car, Beppe inspirait et expirait, avec la femme de son meilleur ami emmanchée sur sa queue, et il livrait une bataille avec son propre système nerveux sympathique qui avait décidé de lui faire avoir un orgasme d'ici quelques secondes. Il le sentait descendre, l'infâme, à travers sa moelle épinière et enfoncer ses crocs dans ses cuisses et converger, rageur, vers le bassin en contractant sa musculature.

Il devait faire ralentir Ida, suspendre un instant, il lui suffisait d'un instant, parce que comme ça il ne tiendrait pas encore longtemps…

Il la saisit par la taille en essayant de la soulever et de sortir d'elle, mais elle, elle interpréta mal le geste et se crocheta à lui, et continuant à pomper elle lui susurra à l'oreille gauche : « Oui… Oui… Tu ne sais pas combien de fois j'ai imaginé ce moment. Défonce-moi ! »

Bon, comme ça, ça ne marchait pas. Il devait y arriver tout seul, à endiguer son orgasme, se distraire, penser à quelque chose de dégoûtant, d'abject, qui le calmerait. Il suffisait d'un instant et ça passerait.

Il s'imagina en train de baiser le père Marcello. Cet être horrible, grêlé par la variole et dévasté par le psoriasis, qui vivait à la paroisse. Il imagina qu'il pénétrait les fesses flasques et velues du prêtre des Marches.

Cela, effectivement, l'aida un peu. Mais dès qu'il vit, dans la pénombre de la veilleuse de lecture, le visage d'Ida défiguré par le plaisir et qu'il s'aperçut que, comme en transe, elle enfonçait son index entre ses lèvres humides et le passait sur sa langue, il ne résista plus, il essaya de penser à quelque chose de plus déprimant, il lui vint à l'esprit la « *Noche triste* » de Cortés et l'horrible massacre du peuple aztèque, mais cela ne suffit pas, il jouit quand même en silence.

Il n'arrivait même pas à comprendre si c'était plus du plaisir ou de la déception. Il étouffa un vagissement et espéra qu'il resterait dur le temps suffisant pour la faire venir elle aussi.

Il serra les dents, impassible comme un fantassin prussien.

« Beppe… Beppe… Oh mon Dieu, je vais venir… Je viens ! Je viens ! » miaula-t-elle en lui enfonçant ses ongles dans les épaules.

Au même moment, dehors, une rafale de vent donna le coup fatal au panneau, les câbles cassèrent et la banane se détacha des boulons et prit son envol, voltigeant comme un boomerang au-dessus de l'esplanade du camping, dépassa le kiosque des boissons, dépassa quelques caravanes et vint se ficher dans le côté droit du camping-car.

Beppe hurla, se cramponna à Ida et pensa qu'une bombe avait explosé. Mario Lo Vino les avait découverts et il avait mis un engin explosif sous le camping-car. Mais ensuite il s'aperçut qu'une paroi avait été arrachée, ouverte comme une boîte de thon par une demi-banane jaune avec une énorme tige marron qui pointait son nez entre le coin repas et la kitchenette.

Le panneau devait avoir frappé un point névralgique de la structure du véhicule, car le toit se détacha du flanc avec une plainte sombre, et le vent, hululant à travers la brèche, l'arracha et l'emporta au loin.

Les deux pauvres amants, trempés et nus, s'enlacèrent terrorisés sur ce qu'il restait de la capucine.

Quattro Formaggi, durant le retour chez lui, n'avait pas rencontré un chat. Il ne s'en était pas étonné, cette nuit était une nuit spéciale.

Sa nuit.

Presque cinq kilomètres de routes inondées, des arbres abattus et des panneaux arrachés par la tempête. Sur piazza Bologna, le grand écran lumineux avec la température et l'heure, placé en haut de l'immeuble des assurances Generali, était tombé et pendouillait, attaché à un câble électrique ; il n'y avait dans les rues pas même une voiture de police, ou un camion de pompiers.

Quattro Formaggi s'arrêta devant le Mediastore, amarra sa mobylette avec la chaîne au poteau habituel et boita vers les escaliers qui descendaient chez lui. Il ouvrit la porte et la referma derrière lui, il s'y appuya, ouvrit grand la bouche et, malgré sa douleur à l'épaule, là où Ramona avait planté le rétroviseur, il se mit à pleurer de joie en secouant la tête.

Il observa ses mains.

Ces mains avaient tué.

Quattro Formaggi déglutit et un frisson impudique s'empara de ses cuisses et comprima son pubis. Ses jambes, affaiblies, ne le soutinrent pas, et il dut s'accrocher au verrou de la serrure pour ne pas tomber.

Il se libéra de ses chaussures et se déshabilla en jetant tout par terre comme si ses vêtements brûlaient sur lui.

Il ferma les yeux et vit la main de la fille autour de sa bite, l'annulaire avec la bague en argent à tête de mort. Il la chercha dans la poche de son pantalon et quand il la trouva la serra fort entre ses mains, puis il l'avala.

Rino Zena, le Grand Général des Fourmis, avait disposé son armée d'insectes en un million de bataillons.

Les fourmis étaient braves et obéissantes et elles feraient tout ce qu'il ordonnerait.

*Ecoutez-moi !*

Les fourmis, sous le ciel violet, se mirent au garde-à-vous et des milliards d'yeux noirs le regardèrent.

*Je veux que vous alliez toutes dans mon bras droit.*

Son bras, du moins comme il le voyait lui, était un long tunnel noir qui s'élargissait en une espèce de place d'où partaient cinq petits tunnels en impasse.

Les fourmis s'amassèrent dedans, l'une sur l'autre, et elles le remplirent tout entier, jusqu'au bout, jusqu'à la pointe des doigts.

*Et maintenant si vous bougez toutes ensemble, de la bonne façon, mon bras se déplacera et ma main prendra mon portable.*

*C'est bien mes petites fourmis, c'est très bien.*

### 139.

Danilo Aprea était revenu dans le parking et il ne pouvait arrêter de claquer des dents et de trembler. Le gel s'était infiltré jusqu'à la moelle de ses os.

« Quel froid ! Je suis en train de crever ! » répétait-il en essayant d'ouvrir la portière de son Alfa Romeo.

Enfin, la clé à moitié rouillée entra dans la serrure.

Danilo retint son souffle, ferma les yeux, tourna et, comme par enchantement, le loquet de sécurité se souleva.

« Yes ! Yes ! Yes ! », il se mit à faire des pirouettes

et à lever les bras comme un danseur de flamenco, puis il se glissa dans la voiture et enleva ses vêtements trempés, ses chaussettes et ses chaussures et il resta nu.

Il avait besoin immédiatement de quelque chose pour se couvrir, il risquait l'hypothermie.

Il regarda sur le siège arrière s'il y avait quelque chose de chaud à enfiler…

*Ce plaid écossais que Teresa utilisait pour les pique-niques.*

… mais il ne le vit pas. En revanche, il trouva la bouteille de grappa qu'il s'était achetée en revenant de l'enterrement. Il en était resté plus de la moitié.

« C'est parti ! » Il l'éclusa avec tant de fougue qu'il faillit s'étrangler. L'alcool traversa son œsophage et lui réchauffa les viscères.

*Ça va mieux. Beaucoup mieux.*

Mais cela ne suffisait pas. Il devait se mettre quelque chose sur le dos, mais ne voulait pas remonter chez lui.

A la fin, il dégagea les housses en fausse fourrure à damiers blancs et noirs des sièges avant et il les enfila, l'une sur l'autre. Dans le trou pour l'appuie-tête, il passa la tête et à travers les attaches latérales, il fit pointer ses bras.

« Parfait. »

Mais cela ne suffisait pas encore. Il devait mettre la voiture en marche et allumer le chauffage au maximum.

Il chaussa ses lunettes, enfila la clé de contact dans le barillet et tourna.

Même pas un sanglot, un sursaut du démarreur.

La batterie était à plat.

*Après tout ce temps, tu t'attendais à quoi ?*

Il mit les mains sur le volant et fixa, hébété, l'Arbre Magique au pin sylvestre.

C'était vraiment bizarre que la voiture n'ait pas démarré.

Quelque chose ne collait pas. Comment se faisait-il que Dieu lui ait fait retrouver les clés et qu'il n'ait pas rechargé la batterie ?

Il prit une autre gorgée de grappa et, en se frictionnant les bras, il se mit à penser à la nature des deux miracles.

En fait, si on y réfléchissait, il s'agissait de deux phénomènes très différents.

Que le porte-clés se soit enfilé dans la pointe de fer était hautement improbable, plus improbable que gagner le premier prix à la loterie. Mais une chance existait. Lointaine, tout ce que vous voulez, mais elle existait.

Si la batterie s'était rechargée toute seule, ça c'était un miracle exagéré, du genre la Madonnina de Civitavecchia qui pleure du sang ou Jésus-Christ qui multiplie les pains et les poissons.

Un vrai prodige qui, si l'Eglise venait à le découvrir, transformerait ce parking en un lieu de culte.

Danilo était certain que le Seigneur l'aidait, mais pas au point d'accomplir un véritable miracle, contre les lois de la physique. Qu'il ait retrouvé ses clés était sûrement un miracle, mais – comment dire – de seconde classe, la recharge de la batterie était de première classe et valait presque autant que l'apparition de la Madone.

« C'est bien comme ça ! Ce que tu as fait m'a suffi, Seigneur. T'inquiète, la batterie, c'est moi qui m'en occupe », dit Danilo, et au même moment le rideau de fer du parking se souleva. La lumière aveuglante de deux phares au tungstène éclaira à giorno le local.

Danilo essaya de disparaître sous le tableau de bord.

*Putain, qui ça peut être ?*

Un gros 4 × 4 gris métallisé avec vitres fumées et enjoliveurs dorés roula devant lui et se gara juste à l'emplacement à côté du sien.

*C'est ce connard pété de tunes de Niccolò Donazzan. Ses parents lui ont acheté une bagnole à cinquante mille euros. Il doit revenir de la discothèque complètement défoncé.*

Mais c'est quoi, des parents comme ça ?

Danilo regarda sa montre. Elle était pleine d'eau et les aiguilles étaient arrêtées. Il devait se magner, d'ici peu les premiers banlieusards sortiraient de chez eux.

Niccolò Donazzan descendit de son 4 × 4, il portait un bandana noir sur la tête, une veste en cuir blanche à franges et, accrochés à la ceinture, des lambeaux de jean.

Au même instant, l'autre portière s'ouvrit et descendit un pot à tabac aux cheveux paille réunis en deux tresses à la Fifi Brindacier. Des lunettes énormes et très sombres lui enveloppaient le visage. Sur le dos, elle avait un manteau violet avec une capuche en fourrure et des pantalons informes avec l'entrejambe qui lui arrivait aux genoux.

Il vit son jeune voisin attraper sans façon la fille par les bras et la coller contre le capot de l'Alfa.

« Mais put… » Danilo se mit une main sur la bouche.

Donazzan se jeta lui aussi sur le capot et commença à embrasser la fille avec une telle fougue qu'on aurait dit qu'il voulait lui arracher la langue de la bouche.

Danilo, caché sous le tableau de bord, fulminait.

*Et maintenant ?*

Les deux porcs avaient toutes les intentions du monde de baiser sur son capot. Le jeune Donazzan s'acharnait sur la fermeture éclair du pantalon de la fille. Elle, elle tapait la tête sur le pare-brise, s'agitait et gémissait sans que le môme lui ait rien fait. Ou elle était épileptique ou elle était tellement chargée qu'elle croyait être dans un film porno.

Donazzan essayait de la calmer : « Poussinette, si tu t'agites comme ça, je vais pas arriver à dégrafer ton pantalon… »

Danilo se releva et hurla : « Ça suffit, vous deux ! Je vais le dire à ton père ! »

Quand il entendit cette voix exploser dans le silence, le gamin sauta en l'air comme un bouchon de champagne et tomba du capot. Poussinette poussa un cri plaintif et se jeta elle aussi au bas de l'automobile.

Ils se serrèrent l'un contre l'autre, apeurés et coupables, en essayant de comprendre qui avait parlé.

« T'as compris ? Je le dis à ton père. Et j'en parle aussi à la réunion des copropriétaires. »

Finalement, tous deux virent pointer, de la fenêtre de l'Alfa Romeo, la tête d'un gros bonhomme habillé comme Fred Caillou dans *Les Pierrafeu.*

Niccolò Donazzan mit un moment à réaliser que c'était Aprea, celui du deuxième étage. Il était tellement terrorisé par la menace de mêler son père à cette histoire qu'il ne se demanda même pas que diable fichait Aprea à trois heures du matin, enfermé dans sa voiture et habillé de cette manière.

« Excusez-moi… On ne savait pas que vous étiez là, sinon…, balbutia-t-il.

— Sinon, tu faisais quoi, mon petit ?

— Sinon je ne l'aurais pas fait. Je vous le jure ! Toutes mes excuses.

— D'accord. – Danilo prit une expression satisfaite. – File-moi ton blouson. Demain je te le rends.

— Mon blouson ? Mais c'est un Avirex original…

On me l'a off... – Le gamin devait y tenir, à son horrible blouson de motard.

— Je parle chinois, peut-être ? Ton blouson ! Sans discussion. Tu veux que j'aille trouver ton père ?

— Mais...

— Y a pas de mais. Et file-moi aussi ton pantalon et tes bottes. »

Donazzan hésitait.

« Donne-les-lui, allez. Tu vois pas comment il est ? Il a pété les plombs, un mec comme ça, il est capable de faire un massacre, intervint la fille, plutôt calme.

— C'est elle qui a raison. Tu vois pas comment je suis ? Ecoute ta fiancée, ça vaut mieux. »

Elle le corrigea en exhalant un nuage de fumée : « Je suis pas sa fiancée. »

Le garçon, pendant ce temps, avait quitté ses bottes et son pantalon.

« Donne-les-moi. Magne. – Danilo tendit le bras hors de la fenêtre et les prit. – Et maintenant, vous allez pousser la bagnole. La batterie est à plat. »

Niccolò Donazzan fit à Poussinette : « Allez, aide-moi. Sa batterie est à plat. »

La fille s'approcha nonchalamment du coffre : « Faites chier ! »

Ils se mirent tous les deux à pousser la voiture vers la sortie du parking.

Danilo attendit qu'ils aillent assez vite, il lâcha l'embrayage et enclencha la seconde. Le moteur eut trois hoquets et démarra dans un nuage de fumée blanche.

Ces deux-là aussi, se dit Danilo en sortant du parking, c'étaient des anges envoyés par le Seigneur.

Les fourmis lui bougeaient le bras, mais dans l'effort, elles mouraient par milliers et elles étaient emportées hors de la caverne et remplacées par d'autres qui provenaient de régions lointaines de son corps.

Rino Zena n'arrivait pas à comprendre pourquoi elles s'immolaient pour l'aider.

Celles qui étaient dans sa main bougeaient ensemble, avec coordination, de façon à permettre à ses doigts de se plier et d'attraper le portable dans la poche de son pantalon.

*C'est bien… C'est bien, mes braves petites.*

*Maintenant appelez Cristiano. Je vous en prie…*

Rino essaya de s'imaginer son pouce qui appuyait sur la touche verte deux fois.

Chez les Zena, le téléphone ne sonnait pas souvent.

Et après une certaine heure, jamais.

Deux ou trois fois, Danilo Aprea en proie à une de ses crises de nostalgie pour Teresa avait appelé après onze heures du soir en quête d'une voix amie : Rino l'avait écouté et puis il lui avait expliqué que s'il essayait une autre fois de téléphoner à cette heure, il lui faisait avaler ses dents.

Mais cette nuit-là, après des mois de silence, le téléphone se mit à sonner.

La stridulation de la sonnerie mit trois bonnes minutes pour réveiller Cristiano qui dormait à l'étage au-dessus.

Il était en train de faire un mauvais rêve. Il était bouillant et avait trempé ses draps de sueur, comme s'il avait la fièvre. Il leva la tête et s'aperçut que l'ouragan ne semblait pas vouloir se calmer. Le store cassé tapait contre la fenêtre. Et le petit portail, dehors, gémissait, secoué par le vent.

Il mourait de soif.

*Le jambon.*

Il tendit le bras, prit la bouteille par terre, et tandis qu'il buvait, il s'aperçut qu'en bas le téléphone sonnait.

*Pourquoi papa ne répond pas ?*

Il secoua les couvertures pour faire partir un peu de chaleur du lit et puis, vu que le téléphone continuait à sonner, en bâillant il flanqua deux ou trois coups de poing dans la mince cloison qui séparait sa chambre de celle de son père et d'une voix pâteuse, il hurla :

« Papa ! Papa ! Le téléphone ! Tu l'entends ?! »

Rien.

Pour changer, il était soûl et quand il était soûl un troupeau de gnous sauvages pouvait passer dans sa chambre sans qu'il s'en aperçoive.

Cristiano glissa sa tête sous son oreiller et au bout de même pas une minute, le téléphone se tut.

## 142.

Après que la banane eut transformé le camping-car en une décapotable, la tempête avait soulevé les coussins, les assiettes, la nourriture chinoise et tout le reste et les avait fait valser sur l'esplanade.

Beppe Trecca et Ida Lo Vino, nus et tremblants, étaient enlacés comme s'ils ne faisaient qu'un sur ce qu'il restait de la capucine. Au-dessus de leurs têtes, le ciel se contorsionnait en rugissant et les nuages, grands comme des montagnes, s'illuminaient en des milliers d'éclats électriques.

De la remise, un canot pneumatique se souleva de terre et en tournoyant tomba au milieu du fleuve en crue.

« Beppe, mais qu'est-ce qui se passe ? hurla Ida en essayant de couvrir le fracas de la tempête.

— Je ne sais pas. Il faut qu'on s'en aille. Descendons de là », lui répondit-il, et tant bien que mal, main dans la main, ils réussirent à traverser les restes du camping-car et à récupérer leurs vêtements éparpillés sur l'esplanade.

Ils s'abritèrent dans la Puma.

Heureusement, Beppe avait son sac de sport dans sa voiture. Lui mit son jogging et elle un T-shirt et le peignoir de bain.

Il aurait voulu lui dire qu'il l'aimait comme il n'avait jamais aimé personne et qu'il se sentait renaître et qu'il aurait affronté n'importe quoi pourvu qu'il ne la perde pas, mais au lieu de cela, il la serra très fort et ils restèrent à regarder la tempête qui finissait de dévaster le camping.

Puis elle lui caressa le cou. « Beppe, j'ai mis un peu de temps à le comprendre mais maintenant j'en suis sûre, je t'aime. Et je ne me sens pas coupable pour ce que nous avons fait cette nuit. »

Beppe sortit spontanément : « Mais qu'est-ce qu'on va faire ? Ton mari ? »

Elle secoua la tête. « Je ne sais pas... Je ne sais plus où j'en suis. Je sais seulement que je t'aime. Je t'aime à en mourir.

— Moi aussi, Ida. »

## 143

« Il fiume va. Guardo più in là. Un'automobile corre e lascia dietro sé del fumo grigio e me. E questo verde mondo indifferente perché…[*] » chantait Danilo Aprea au volant de son Alfa Romeo en traversant la tourmente.

Quelle sensation fantastique, conduire à nouveau.

Et quel plaisir de serrer entre ses mains le volant, et d'avoir le jet chaud du chauffage sur ses pieds. La jauge d'essence était à moitié. Dans l'autoradio, tournait la cassette des grands succès de Bruno Lauzi.

*Mais pourquoi diable j'ai arrêté de conduire ?*

Il n'avait plus froid, son esprit s'était éclairci et la tristesse s'en était allée à l'improviste, remplacée par une euphorie alcoolisée.

Danilo poussa encore le volume de la stéréo : « … da troppo tempo ormai apre le braccia a nessuno come me che ho bisogno di qualcosa di più[**] ».

*L'Aquila* était depuis toujours sa chanson préférée.

Il se retrouva à penser au voyage qu'il avait fait en automne 1995 avec Teresa. Qu'est-ce qu'ils avaient écouté ce disque ! Et ils chantaient dessus.

A cette époque, il avait une A112 avec le toit blanc.

Teresa et lui venaient de se fiancer. Et ils avaient décidé d'aller passer trois jours à Riccione. Comme Teresa était jeune alors. Quel âge elle pouvait avoir ?

*Dix-huit, dix-neuf ans.*

---

\* Premiers vers de la chanson *L'Aquila* (L'Aigle) de l'auteur compositeur interprète Bruno Lauzi. Traduction littérale : *Le fleuve va loin. Je regarde plus loin. Une automobile roule et laisse derrière elle de la fumée grise et moi. Et ce monde vert indifférent parce que…* (NdT).

\*\* *Depuis trop longtemps désormais il n'ouvre les bras à personne comme moi qui ai besoin de quelque chose en plus…*

Elle était maigre. Maintenant elle avait un peu grossi, mais elle avait encore une belle silhouette.

Quel voyage ! Trois jours à faire l'amour enfermés dans une petite pension de famille. Et ils n'étaient même pas mariés. Ils se marièrent aussitôt après. Leur mariage, les parents de Teresa n'y avaient pas assisté. Parce qu'ils ne voulaient pas que leur fille se marie si tôt, et en plus avec un chômeur.

« Mais Teresa s'en est foutue. Elle voulait m'épouser », fit Danilo avec un sourire orgueilleux.

Elle était restée paisible même le jour où elle avait mis au monde Laura. A l'obstétricien, elle avait dit : « Faites entrer mon mari. Je veux lui tenir la main. »

« Mon mari », dit Danilo à haute voix. Et il le répéta : « Mon mari. »


## 144.

Comment il avait fait pour ne pas y penser ?

Les fourmis ne pouvaient pas parler à sa place.

C'était une erreur d'en faire mourir autant pour ce coup de fil inutile.

Rino Zena, emprisonné dans son propre corps, ne savait même pas si les fourmis lui avaient vraiment bougé le bras, avaient appuyé sur la bonne touche. Et maintenant, en plus, il n'entendait plus rien. La pluie avait disparu. D'un coup. Et ce ciel violet, vers l'horizon, était en train de se couvrir de nuages bleuâtres.

*Il y a trop de silence. Peut-être qu'on m'a enterré vivant.*

« *Toute créature de la Terre est seule quand elle meurt* », lui disait toujours sa mère.

Mais elle se trompait : quand vous mourez, il y a les fourmis qui vous tiennent compagnie.

Elles étaient disposées en rangs bien ordonnés, elles l'observaient en silence. Elles bougeaient juste leurs antennes. Il sentait sur lui des milliards de petits yeux.

*Je vous en prie, mes petites fourmis, essayez encore. Un autre coup de fil et c'est tout. Je vous en prie.*

## 145.

Tandis que Cristiano Zena, la tête sous l'oreiller, se berçait en remuant son derrière pour essayer de se rendormir, du fond de son subconscient revinrent à la surface des bribes de rêve, et un nœud de tristesse lui serra la gorge.

Il ne se rappelait pas pourquoi, mais dans son rêve, il était désespéré (peut-être à cause de quelque chose qu'il ne savait pas faire) et il avait décidé d'en finir.

Il était dans les toilettes du gymnase du collège, qui toutefois étaient un peu différentes. Tout d'abord, elles étaient mille fois plus grandes et puis il y avait un tas de douches d'où jaillissaient de l'eau chaude et de la vapeur. Au centre de la pièce, une baignoire ancien modèle, avec les pattes de lion, et Cristiano était dedans, de l'eau jusqu'aux épaules.

Il devait se suicider et il devait même faire vite, si quelqu'un entrait et le chopait tout nu, il aurait l'air d'un con. Ses camarades de classe arriveraient bientôt. Il les entendait, dans le gymnase, qui jouaient au basket. Les voix qui s'appelaient. Le ballon qui rebondissait contre le panneau.

Dans la main, il serrait un rasoir, un vieux coupe-chou, à lame carrée et rouillée. Avec calme, sans peur, il s'était ouvert les veines des poignets, mais le sang n'était pas sorti.

C'est toujours comme ça quand vous vous coupez,

un instant après le sang se met à couler, mais cette fois plus d'une minute était passée.

Alors Cristiano avait inspecté sa blessure et des bords étaient sorties des fourmis, chacune avec un petit morceau de feuille verte dans la bouche.

Et puis il s'était réveillé.

Il espéra que ce n'était pas un de ces cauchemars à épisodes qui reprennent dès que vous vous endormez.

Le téléphone se remit à sonner.

*Alors c'était pas une erreur de numéro…*

« La barbe ! » Il se leva de son lit en soupirant et, en slip et tricot de peau, il sortit dans le couloir sombre. Il faisait un froid de canard et la chaleur qu'il avait sur lui se dissipa aussitôt.

Il ouvrit la porte de la chambre de son père et à tâtons trouva l'interrupteur.

« Papa, t'ent… »

Le lit était vide.

*Il est en bas.*

S'il n'entendait pas le téléphone, à un demi-mètre de son oreille, ça voulait dire qu'il devait être vraiment bien beurré.


## 146.


Danilo Aprea aurait pu conduire pour toujours. Comme c'était bon de laisser derrière soi cet orage et cette terre grise peuplée de serpents et de scorpions, et de filer vers le sud.

Là-bas jusqu'en Calabre. Jusqu'en Sicile. Et de là encore plus au sud. En Afrique. Toujours plus au sud. Les déserts. Les savanes. Le Nil. Les crocodiles. Les nègres. Les éléphants. L'Afrique du Sud. Jusqu'au…

Comment ça s'appelait. Le cap Horn ? Là, il s'arrêterait. Sur la pointe de l'Afrique.

« ... qualcosa di più che non puoi darmi tu, un auto che va basta già a farmi chiedere se io vivo[*] », chantait Bruno Lauzi. D'une main, il se mit à battre la mesure sur le tableau de bord.

En Afrique du Sud, il recommencerait. *Dans ces pays sous-développés, il suffit d'avoir un peu d'initiative et en cinq minutes tu montes une belle activité.* Et il trouverait une femme jeune, beaucoup plus jeune que lui, et il lui ferait un enfant.

Puis il appellerait Teresa. « Ciao, c'est Danilo, je suis en Afrique du Sud, je voulais juste t'informer que je suis pas mort, au contraire je vais très bien et j'ai fait un enfant avec une fille... » déclama-t-il en appuyant sur le champignon. L'aiguille du compteur atteignit les cent quarante. Les lampadaires jaillissaient sur les côtés en une longue traînée au sodium.

Il s'engagea sur la rocade qui menait à la banque.

## 147.

Tandis que le téléphone continuait de sonner, Cristiano Zena descendait à l'étage en dessous en maudissant son ivrogne de père.

Le séjour était dans l'obscurité et la télévision allumée diffusait une lueur bleuâtre sur une partie de la pièce. A l'écran, il y avait un type avec une petite frange grise et de grosses moustaches qui dessinait des graphiques.

---

[*] *... quelque chose en plus que toi, tu ne peux pas me donner, une auto qui roule suffit déjà à me faire me demander si je suis vivant.*

Le relax était vide. La couverture en boule. Le poêle éteint.

*Où il est ?*

En courant vers le téléphone, il passa devant la fenêtre à l'instant où, sur le ciel livide, s'imprimait un vaisseau sanguin électrique qui éclaira à giorno la nationale et la cour.

*Le fourgon n'est pas là.*

Voilà pourquoi il ne répondait pas.

Donc, pour finir, il avait fait chier pour rien. « Moi le coup, je le fais pas... Moi ci, moi là... » Et au contraire, il y était allé. Ça aussi c'était bizarre. Son père changeait difficilement d'avis. Il pouvait aussi être sorti pour se chercher une autre pute.

*Toujours le même bouffon ! Ça doit être lui au téléphone.*

Cristiano franchit le relax d'un saut maladroit et posa un pied dans le carton de pizza et de l'autre il shoota dans une bouteille de bière qui roula sur le sol. Une tranche de jambon resta collée sous son talon. Il saisit le combiné et aboya dans le combiné : « Allô, papa ?! »

Le fracas d'un coup de tonnerre l'assourdit en faisant trembler les fenêtres.

Cristiano se boucha l'oreille libre. « Allô ?! Allô, papa ? C'est toi ?! »

Silence.

« Allô ?! Allô ?! »

*Tekken !*

Ses viscères se nouèrent en un spasme douloureux et son scrotum se crispa entre les jambes tandis que la peur rampait dans ses veines.

C'était lui. Tekken. Sûrement. Il voulait se venger.

Il avait attendu que son père sorte pour se venger.

Il inspira et gronda : « Tekken, c'est toi ?! Je sais

que c'est toi ! Parle, merde ! Quoi, t'as pas le courage ? Réponds ! »

La pluie, soudain, comme si le ciel s'était déchiré, commença à taper contre les vitres et en même temps la télévision s'éteignit et Cristiano se retrouva dans le noir.

*T'inquiète. C'est juste une panne de courant.*

« C'est toi, Tekken ? Dis-le ! C'est toi ! » répéta-t-il sans la même conviction qu'avant.

Avec un doigt, il enleva le jambon de dessous son pied et il se blottit, glacé, sur le divan et il resta en silence avec l'écouteur appuyé contre l'oreille à attendre le CLIC de Tekken qui raccrochait.

## 148.

Rino Zena avait l'impression d'entendre la voix de Cristiano.

Mais elle était si lointaine que c'était peut-être seulement son imagination.

Si seulement il avait réussi à lui parler. Si les fourmis avaient réussi à bouger son bras, peut-être qu'elles pouvaient aussi bouger sa bouche, ses mâchoires et sa langue et le faire parler.

Trop difficile pour des insectes.

Le problème maintenant c'étaient ces grands nuages noirs à l'horizon qui étaient en train de recouvrir le ciel violet et qui ramenaient les ténèbres sur lui, sur le désert de pierres et sur les fourmis.

Oui, il fallait essayer.

## 149

Danilo Aprea sortit de la rocade et prit la rue Enrico Fermi, en chantant à tue-tête : « ... apre le braccia a nessuno come me che ho bisogno di qualcosa di più che non puoi darmi tu...<sup>*</sup> »

La banque était là. Juste devant le musée de la voiture.

Danilo embrassa sa petite médaille de Padre Pio, il s'écrasa contre le siège et pointa tout droit contre le distributeur automatique de billets.

« ... un'auto che va basta già a farmi chiedere se io... » hurla-t-il en même temps que Bruno Lauzi.

La roue droite heurta à cent soixante kilomètres-heure le trottoir, elle se détacha de son essieu, la voiture se retourna et commença à faire des tonneaux et elle se ratatina contre une énorme jardinière en ciment qui avait été mise là par le nouveau conseil municipal pour empêcher les voitures d'entrer dans ce qu'ils appelaient le centre historique.

Danilo défonça le pare-brise la tête la première et fut éjecté au-delà de la jardinière, atterrissant le nez contre un râtelier à vélos.

Il resta là, bras ouverts, mais ensuite, lentement, comme s'il était ressuscité, il se releva et tituba au milieu de la petite place piétonne.

A la place du visage, il avait un masque de chair à vif et de verre. De l'unique œil qui fonctionnait, il voyait une lueur verdâtre.

*La banque.*

*Touchée.*

Il voyait le distributeur qui crachait de l'argent comme une machine à sous devenue folle. Mais au

---

* *... il n'ouvre les bras à personne comme moi qui ai besoin de quelque chose en plus que toi, tu ne peux pas me donner.*

lieu des pièces de monnaie, c'étaient des billets verts grands comme des tapis.

*Je suis riche.*

Il s'agenouilla pour les ramasser et cracha un caillot de sang, de mucus et de dents.

*J'y crois pas. Je meurs...*

S'il avait pu rire, il l'aurait fait.

*Comme la vie est absurde...*

S'il s'était rappelé de mettre la ceinture de sécurité, il n'aurait pas défoncé le pare-brise la tête la première et peut-être qu'il s'en serait sorti, alors que Laura... Laura était...

Il tomba et la mort le cueillit à terre, sous la pluie, tandis qu'il riait et agitait les doigts en ramassant ses sous.


## 150.


Beppe Trecca conduisait le cœur gonflé d'émotion. Devant lui, il avait les feux rouges de l'Opel d'Ida qui rentrait chez elle.

Il continuait à secouer la tête, incrédule. D'abord, faire l'amour avec Ida, puis le camping-car qui était détruit et eux, comme les héros d'un film d'aventures, qui étaient sains et saufs... Ç'avait été incroyable.

Maintenant, c'était dur, très dur, d'accepter de ne pas passer le reste de la nuit ensemble, de ne pas voir les lumières de l'aube dans les bras l'un de l'autre.

En trente-cinq ans de vie, il n'avait jamais eu un rapport sexuel aussi intense et...

*Mystique ?! Oui, mystique.*

Il sourit, heureux.

« *Beppe... Beppe... Oh mon Dieu, je vais venir... Je viens ! Je viens !* » l'avait-il entendue miauler, peu avant que le camping-car soit pris par la tempête comme la maisonnette du *Magicien d'Oz*.

« Bel essai », se congratula-t-il.

Et cette étreinte au milieu de la furie des éléments avait scellé une union qui ne se conclurait pas comme ça, sur une simple baise. Avant qu'ils se séparent, Ida l'avait serré fort et s'était mise à pleurer et puis lui avait dit : « Beppe, tu me veux vraiment ?

— Bien sûr.

— Avec les enfants aussi ?

— Bien sûr.

— Alors on va jusqu'au bout. On parle à Mario et on lui dit tout. »

Pour la première fois de sa vie, Beppe Trecca n'avait pas hésité. « Bien sûr. C'est moi qui lui parlerai. »

Son portable sonna.

*Ida.*

Il répondit sur-le-champ.

« Beppe, mon amour, moi je tourne là. Dors pour nous deux, parce que moi, je ne pourrai pas dormir. Je penserai à toi jusqu'à ce que je te revoie. Je te sens encore au-dedans de moi. »

L'assistant social déglutit. « Et moi je serai mal jusqu'à ce que je repose mes lèvres sur les tiennes.

— Je t'appelle demain ?

— Bien sûr.

— Je t'aime.

— Et moi, encore plus. »

Tandis que l'automobile d'Ida mettait son clignotant à droite et prenait le boulevard extérieur pour Varrano, Beppe déclama avec un ton mélodramatique : « Mario, je dois te dire quelque chose. Je suis tombé amoureux de ta femme. Elle aussi m'aime. Je sais… C'est dur, mais ce sont des choses qu'un homme dans sa vie doit prendre en compte. Je suis terriblement désolé. Mais la force de l'amour est plus grande que tout. Deux âmes jumelles se sont réunies, donc, je t'en prie, laisse-nous partir. »

Satisfait, il appuya sur la touche du CD et se mit à chanter avec Brian Ferry : « More than this… »

## 151.

Il lui semblait le voir, ce satané Tekken, ricanant avec ses amis. Cristiano Zena ne comprenait pas ce qu'il trouvait de si amusant dans cette plaisanterie stupide.

*A partir de demain, je dois faire gaffe à mes moindres gestes.* Il se blottit sur le divan et prit ses gros orteils dans une main. *Tekken ne me pardonnera pas.*

Un coup de tonnerre explosa juste au-dessus de sa tête et, avec un étrange effet stéréo, il l'entendit grésiller à travers le haut-parleur du téléphone.

Cristiano ouvrit grand la bouche et mit ses mains dessus pour ne pas hurler de peur.

*Il est là ! Il est là tout près ! Il a appelé pour savoir si je suis seul.*

Il lâcha le téléphone et courut vérifier la porte. Il la ferma à triple tour et mit la chaîne de sécurité.

*Les fenêtres !*

Il baissa tous les volets, même ceux de la cuisine et de la salle de bains, et il revint au téléphone en tâtonnant dans le noir complet.

Il attrapa le combiné abandonné sur les coussins du canapé. Il était encore en ligne. « Tekken, salaud… Je sais que t'es là… Je suis pas crétin. Je te conseille de pas t'approcher de cette maison… »

*Est-ce qu'il a vu qu'il n'y a pas le fourgon ?*

« … si tu veux pas que je réveille mon père. T'as

compris, connard ? » Il ferma les yeux et se concentra pour écouter. Pendant un instant il n'entendit que sa propre respiration retenue, mais après il lui sembla déceler quelque chose d'autre. Il appuya le combiné contre son oreille et arrêta de respirer.

*Qu'est-ce que c'est ?*

Le vent, quelque chose qui bruissait et la pluie sur les feuilles, le bruit que fait la pluie quand elle tombe sur un arbre...

*Il est là-dehors.*

Il n'avait plus de salive. Ses viscères s'étaient rabougris comme un chiffon sec.

Mais il y avait quelque chose d'autre. A peine audible. Un râle. De quelqu'un d'asthmatique. D'un blessé. De quelqu'un qui...

*... est en train de se branler.*

Cristiano fit une grimace dégoûtée et explosa d'indignation : « Putain, qui tu es ? T'es un maniaque ?! Réponds, salaud ! Salaud ! »

« *Tu me fiches une trouille bleue* », aurait-il voulu ajouter.

*Raccroche, allez... Qu'est-ce que t'attends ? Débranche la prise. Vérifie que la porte est bien fermée et va te pieuter.*

Puis la voix d'un mort qui l'appela par son nom.


### 152.


« Cris... tia... no », dirent les fourmis.

La langue de Rino Zena était une masse moire et compacte d'insectes grouillants. Et ses lèvres et aussi ses dents, sa mâchoire, son palais étaient recouverts de fourmis qui évoluaient avec ordre, qui se déplaçaient comme les ballerines d'une immense chorégraphie, qui mouraient pour le faire parler à son fils.

## 153

« Papa ?! s'écria Cristiano Zena, et tandis qu'il hurlait il comprit que le coup au distributeur avait foiré et il s'imagina son père, criblé de balles, qui pissait le sang, poursuivi par les patrouilles de flics, à l'angle d'une rue, qui bredouillait son nom dans son portable. – Papa… – mais il n'arriva pas à poursuivre. Quelqu'un devait avoir aspiré tout l'air de la pièce et il était en train d'étouffer. Avec le peu de souffle qui lui restait dans les poumons, il soupira : – Papa ?! Papa, qu'est-ce qui s'est passé ? T'es blessé ? Papa ! Papa ! »

La télévision se ralluma soudain avec le volume au maximum. Et sur l'écran apparut l'homme avec la petite frange et les moustaches de griffon qui dessinait une parabole et hurlait comme un possédé : « Les variables x, y, z… »

## 154.

Mais pourquoi il n'entendait plus rien ?

Rino Zena n'était pas sûr que les fourmis aient réussi à prononcer le nom de Cristiano et même pas qu'elles aient réussi à téléphoner.

Des vivantes, il en restait très peu désormais.

Qui sait si celles-là pouvaient encore y arriver ?

## 155.

Cristiano Zena implorait dans le microphone, tandis que la tempête enlaçait la maison comme si elle voulait l'étouffer : « Papa ! Papa ! Réponds, je t'en prie ! Je t'en prie ! Où tu es ? »

Il attendit, mais n'eut pas de réponse.

Il avait envie de hurler, de tout casser.

*Du calme. Reste calme.* Il renversa la tête en arrière et respira puis il dit : « Papa, écoute-moi s'il te plaît ! Dis-moi où tu es. Dis-moi juste où tu es et moi j'arrive. »

Rien.

Son père ne répondait plus et Cristiano sentit que la pierre qui obstruait sa gorge fondait et comme de la lave chaude coulait dans sa poitrine et...

*Tu vas pas te mettre à chialer !*

... il se mit une main sur la bouche et ravala ses larmes.

*Connard, pourquoi tu réponds pas ?*

Il attendit très longtemps, il eut l'impression que c'était des heures, mais de temps en temps il ne pouvait s'empêcher de répéter : « Papa, papa... ? »

*(Tu le sais pourquoi il ne répond pas.)*

*Non, je le sais pas.*

*(Tu le sais...)*

*Non ! Va te faire foutre.*

*(C'est comme ça.)*

*Non ! Non !*

*(Il est...)*

IL EST MORT. D'ACCORD. IL EST MORT.

Voilà pourquoi il ne répondait plus.

Il était parti. Loin. Pour toujours.

Et ça il savait depuis toujours que ça arriverait, parce que Dieu est une merde et tôt ou tard il te prend tout.

## 156.

*Et si c'était ça l'enfer ?*

Rino Zena était parmi les fourmis dans cette énorme caverne qu'était sa bouche.

## 157.

*Il te prend tout. Tout...* soupira Cristiano Zena et ses jambes ne le soutinrent plus et il s'affala par terre et face à l'écran de télévision il ouvrit grand la bouche et poussa un hurlement muet et il se répéta que ce moment était un moment très important, un moment qu'il se rappellerait pour le reste de sa vie, le moment exact et précis où son père était mort et où il l'avait entendu mourir par téléphone et donc il devait imprimer tout ça dans sa mémoire, chaque chose, chaque détail, rien ne devait lui échapper de cet instant, le pire de sa vie : la pluie, les éclairs, la pizza au jambon sous le pied, le moustachu à la télé et cette maison qu'il abandonnerait. Et l'obscurité. Il se rappellerait certainement cette obscurité qui l'entourait de toutes parts.

Il renifla et dit avec un filet de voix : « Je t'en prie, papa ! Réponds ! Réponds-moi... Où je dois venir ? Tu peux pas me faire ça... C'est pas juste. » Il s'assit sur le canapé et posa ses coudes sur ses genoux et il s'essuya la morve d'un revers de main, il serra sa tête et se mit à sangloter : « Si tu me dis pas où tu es... Moi comment je fais... Moi comment je fais... Comment je peux faire... Je t'en prie, Dieu... Je t'en prie... Aide-moi. Mon Dieu, toi, aide-moi. Je t'ai jamais rien demandé... Rien. »

« San Rocco… Agip…p… »

Cristiano se leva d'un bond et hurla : « J'arrive papa ! J'arrive ! J'arrive tout de suite ! T'inquiète. Je vais venir ! Je m'en occupe. » Par sécurité, il resta en attente encore un instant, puis il raccrocha et se mit à aller et venir dans le séjour en sautillant sans arriver à comprendre ce qu'il devait faire.

*Alors… Alors… Réfléchis, Cristiano. Réfléchis.* Il tenait sa tête entre ses mains. *Alors… A la station d'essence Agip. Putain, elle est où cette station Agip à San Rocco ? Mais quelle station ? Sur quelle bretelle de sortie ? Ou bien celle juste avant San Rocco ? C'est pas Esso, celle-là ? Si, c'est Esso.*

Il s'arrêta et commença à se gifler. *Rappelle-toi. Rappelle-toi. Rappelle-toi. Allez. Allez. Allez.*

Non, il s'en souvenait vraiment pas. Il courut dans la chambre et s'habilla et parla à haute voix : « Attends… Attends… Mais il n'y a aucune station Agip à San Rocco. La seule, c'est celle qu'est après le boulevard extérieur. Près du bois. Celle avec le lavage auto. Parfait ! J'ai très bien compris. » Il passa son pantalon. « Vite ! Vite ! Vite ! J'arrive tout de suite papa ! Mais où elles sont, mes chaussures ? »

Il balança tout en l'air. Il souleva le lit et les vit. Tandis que, assis par terre, il les mettait, il s'immobilisa et secoua la tête.

*Mais putain, comment j'y vais ?*

C'était très loin.

Il se rappela que tandis qu'il allait se coucher, son

père lui avait dit qu'il attendait Danilo et Quattro Formaggi.

*Et ces deux-là, comment ils sont venus ici ?*

*Avec le Boxer.*

*Parfait !*

Il se précipita et trébucha sur ses lacets de chaussures et il fit la deuxième volée d'escaliers en vol plané. Il se releva de terre et…

*Je me suis rien fait, je me suis rien fait.*

… il passa son anorak et en boitant il sortit de la maison.

## 160.

## 161.

Il était où, le Boxer ?

Cristiano avait cherché partout dans la cour et il était allé jusqu'au poteau le long de la nationale où d'habitude Quattro Formaggi le laissait, mais cette satanée mobylette n'y était pas.

*Donc, Quattro Formaggi n'est pas venu. Peut-être que c'est papa qui est allé les chercher. Je comprends pas.*

Et maintenant, comment il faisait pour arriver à San Rocco ?

Deux minutes sous ce déluge avaient suffi pour qu'il soit trempé des pieds à la tête. Le ciel déversait des trombes d'eau, et quand surgissait un éclair, Cristiano voyait au-dessus de sa tête les nuages s'enflammer.

Il se dirigea vers la nationale, résolu à y aller à pied, mais au bout de vingt mètres, il se ravisa et revint sur ses pas.

*Où je vais là ? C'est trop loin.*

Il n'avait même aucune idée du nombre de kilomètres qu'il pouvait y avoir d'ici à la station Agip.

*Et si je faisais du stop ?*

*(Laisse tomber. Y a pas un chat dehors.)*

*L'autobus ?*

*(Plus de bus après onze heures.)*

Il se donna une tape sur le front avec la paume de sa main.

Il devait appeler Quattro Formaggi et Danilo. *Bien sûr !* Comment il avait fait pour ne pas y penser plus tôt ?

Il courut jusqu'à la porte de la maison, attrapa la poignée et la tourna, mais il ne se passa rien. Avec la sensation qu'il allait mourir, il chercha les clés dans ses poches.

Elles n'y étaient pas.

Il les avait oubliées à l'intérieur.

*Et en plus j'ai baissé tous les volets.*

Il attrapa un pot en terre et le lança contre la porte et puis, non content de cela, il bourra de coups de pied les escaliers et se mit à sauter sous la pluie en hurlant et en se maudissant de ne pas avoir quatorze ans et de ne pas posséder de scooter.

*Si j'avais eu un scooter, à cette heure…*

*(Ça suffit ! Réfléchis !)*

Il aurait bien voulu, mais il n'y arrivait pas. Dès qu'une pensée se présentait à son esprit, une autre venait l'effacer.

*Si au moins j'avais réparé la Renault… J'aurais pu la conduire.*

*(Ouais, mais tu l'as pas réparée. Donc…)*

340

Sa tête lui échappait. Il arrivait juste à s'imaginer sur un scooter qui fonçait vers son père.

*Avec une moto plus grosse, ce serait encore mieux...*

Cristiano ferma les yeux, rejeta la tête en arrière et ouvrit la bouche.

*La bicyclette !*

Quel imbécile, il y avait la bicyclette dans le garage.

Il courut derrière la maison, souleva un pot en terre et prit la clé. Il l'enfila dans la serrure et au risque de se faire une hernie, il souleva le rideau de fer, alluma le long néon et la bicyclette, une moutain bike vert et gris, était là, pendue par la roue à un crochet.

Son père la lui avait offerte six mois auparavant. Il l'avait gagnée avec les points de l'essence. Mais Cristiano détestait les bicyclettes, lui, il n'aimait que les motos et rien d'autre. Et elle était restée pendue là, avec encore le plastique transparent sur la selle et le guidon.

Cristiano sauta sur un vieux poste radio et la décrocha. Elle était toute poussiéreuse et avait les pneus à moitié dégonflés. Pendant un instant il resta indécis, se demandant s'il devait se mettre à chercher la pompe.

*Pas le temps.*

Il chargea le vélo sur son épaule et le porta sur la route, prit son élan et monta dessus et se mit à pédaler comme il ne l'avait jamais fait de sa vie.

### 162.

Tandis que la Puma, comme une torpille, glissait silencieusement dans la pluie, Beppe Trecca chantait à tue-tête : « More than this... There is nothing... » Avec la tête, il suivait le rythme des essuie-glaces.

L'anglais, il le baragouinait mal, mais ce que disait le grand Brian Ferry, il l'avait compris.

*Plus que ça, il n'y a rien.*

Très juste. En effet, qu'est-ce qu'il pouvait vouloir de plus ? Ida Lo Vino était folle de lui et lui d'elle. Et ça, c'était une vérité aussi vraie que le fait que cette nuit, on aurait dit qu'était arrivée la fin du monde.

Dans le cœur de l'assistant social, il y avait tant de joie et d'amour que le jour suivant, c'est lui qui s'occuperait de dégager le ciel et de faire briller à nouveau le soleil.

*Je me sens comme un dieu.*

Il repensa au camping-car. A la banane.

Ernesto se tuerait en voyant dans quel état il était.

*Mais tu penses bien que, maniaque comme il est, il doit avoir une assurance qui couvre les catastrophes naturelles. Et puis franchement, on n'en a rien à foutre des biens matériels.*

Il avait envie de danser. Pendant une période, il avait suivi un cours de samba organisé par la mairie et il avait découvert le plaisir de la danse.

*Ida aussi aime danser.*

Mais il fallait quelque chose d'un peu plus rythmé. Il prit l'étui pour CD dans le vide-poche de la portière et il se mit en quête d'un disque plus dance. Il n'avait pas grand-chose, en vérité. Supertramp, Eagle, Pino Daniele, Venditti, Rod Stewart. Puis, dans le dernier compartiment, il trouva une compilation de Donna Summer et il la glissa dans l'autoradio.

*Excellent.*

Il poussa le volume au maximum.

La chanteuse se mit à hurler : « Hot stuff. I need hot stuff. » Et Beppe avec elle.

*Hot stuff. La chose chaude. J'ai besoin de la chose chaude.*

« Alors, tu es une coquine comme Ida », ricana Beppe.

Qui aurait pu imaginer qu'Ida était ce fauve assoiffé de sexe ? Même dans ses fantasmes les plus exagérés, il n'avait jamais imaginé que la coordinatrice des activités de bénévolat, cette femme silencieuse et réservée, cette mère affectueuse pouvait avoir tout ce feu intérieur.

Un frisson de plaisir remonta le long de sa nuque et enflamma ses nerfs spinaux.

*Et moi ? Moi je tenais comme la forteresse de Massada. Pas un fléchissement, rien. Un roc.*

Ça devait être les deux Xanax et la vodka au melon qui lui avaient permis de ne pas jouir tout de suite.

Une autre musique. Il fallait une autre musique. Il enleva Donna Summer, prit l'étui et introduisit le CD de Rod Stewart quand il entendit soudain un coup contre le nez de l'automobile, et pendant un instant un truc sombre glissa sur le côté droit de son pare-brise.

Beppe poussa un hurlement et, sans réfléchir, il enfonça la pédale de frein et la voiture se mit à voltiger sur l'asphalte mouillé comme un surf devenu fou et il atterrit sur le bord de la route à un demi-mètre du tronc d'un peuplier.

Beppe, terrifié, les bras raidis et les mains collées au volant, poussa un soupir.

*Putain !*

Un peu plus et il s'écrasait contre cet arbre.

Qu'est-ce que c'était ?

Il avait heurté quelque chose.

*Un tronc. Un chien. Ou un chat. Ou bien une mouette.*

Y en avait plein de ces sales bêtes qui avaient abandonné les mers pour les décharges de l'intérieur. Les phares devaient l'avoir aveuglée.

Il éteignit la radio, dégrafa sa ceinture de sécurité et descendit de la voiture avec un sac du supermarché Esselunga sur la tête. Il tourna autour de la Puma et, les poings serrés, il s'exclama : « Nooon, putain !! »

*Elle sortait de chez le carrossier.*

L'aile droite, au-dessus de la roue avant, était cabossée et sur le capot aussi il y avait des bosses. L'essuie-glace droit s'était plié.

*Et qu'est-ce que j'ai chopé ? Un ours brun ? L'assurance, elle va me rembourser un truc de ce genre ?* se demanda-t-il en rentrant en courant dans la voiture.

Il ferma la portière et passa la première, puis il se ravisa et mit la marche arrière et recula.

*Je veux en avoir le cœur net…*

Il fit moins de cinquante mètres et freina. Dans la lumière des phares arrière, se matérialisa une chose marron recroquevillée à la limite de l'asphalte.

*Le voilà !*

*Un chien ! Un satané chien.*

Il fit trois autres mètres et s'aperçut que le chien portait des baskets avec la marque Nike sur la semelle.


## 163.


Il devait avoir fait au moins dix kilomètres et il n'avait toujours pas trouvé la bretelle de sortie pour San Rocco.

*Peut-être qu'ils l'ont supprimée. Ou peut-être que je l'ai pas vue et que je l'ai dépassée.*

Cristiano Zena pédalait au milieu de la nationale déserte. La petite lumière produite par la dynamo éclairait à peine un mètre de route devant sa roue.

Il tremblait de froid, mais à l'intérieur de son anorak, il bouillait. La pluie lui piquait les yeux, il avait la nuque et les chevilles congelées et désormais il ne sentait plus son menton et ses oreilles.

Ç'avait été une grande connerie de ne pas gonfler les pneus. Il faisait le triple d'efforts. S'il ne trouvait pas la bretelle au plus vite, il était sûr que ses jambes allaient s'arrêter.

De temps en temps, pendant un instant, le reflet électrique d'un éclair illuminait à giorno les champs frappés par l'orage.

Depuis qu'il avait entendu son père au téléphone, il devait s'être écoulé plus d'une demi-heure.

*Si j'avais une moto… Je serais déjà arrivé.*

Rien à faire, son cerveau finissait toujours par revenir comme une obsession à la moto.

Un semi-remorque immatriculé en Allemagne arriva derrière lui, immense et silencieux comme une baleine à bosse, il émit un barrissement et une lueur jaunâtre.

Cristiano se jeta vers le bord de la route.

Le poids lourd le frôla en le dépassant et acheva de le tremper.

Tandis qu'il se remettait de sa peur, il vit devant lui un panneau bleu avec écrit dessus : SAN ROCCO 1 000 M.

Alors la bretelle existait et elle était proche !

Bien que ses doigts soient collés au guidon et que son nez soit un glaçon, il se leva de sa selle, se pencha en avant, serra les dents et, les muscles pleins d'acide lactique, il appuya sur les pédales dures comme des engrenages rouillés et hurla : « Allez ! Pantani ! Allez ! » Enfin il s'engagea dans le tournant à toute vitesse et atterrit, tout courbé, dans une mare juste derrière le virage. Les roues perdirent de l'adhérence et le vélo glissa comme sur une plaque de verglas.

Quand il rouvrit les yeux, il était étendu par terre. Il se souleva et vérifia ce qu'il s'était fait. Il s'était râpé la paume de la main, ses jeans étaient déchirés à un genou et la semelle d'une chaussure avait été mangée par l'asphalte, mais pour le reste il allait bien.

Il redressa le guidon et repartit.


## 164.

J'ai renversé un homme.

Beppe Trecca, la tête tournée vers l'arrière, continuait à fixer, par la lunette arrière, le fagot sur la route. Son cœur battait fort et ses aisselles étaient glacées.

*(Va voir.)*

*C'est pas de ma faute. Moi je conduisais tout doucement.*

*(Va voir.)*

*Ce fou a dû traverser la route sans regarder.*

*(Et toi tu étais en train d'introduire le CD dans le lecteur.)*

*Une seconde. Ça m'a pris une seconde…*

*(Va voir !)*

*S'il est…*

*(Va voir !!)*

*Il doit être blessé. Peut-être qu'il ne s'est pas fait trop mal.*

*(VAS-Y !!!)*

Il se passa la langue sur les dents dans sa bouche sèche et dit : « J'y vais. »


## 165.

La route qui menait à San Rocco était plus étroite et il n'y avait pas de cataphotes sur les côtés de la chaussée.

Cristiano Zena, tête baissée, pédalait et suivait la bande blanche peinte sur l'asphalte. Le vent s'était calmé et la pluie tombait si droite et fine que, dans la faible lueur du phare de son vélo, elle ressemblait aux cheveux argentés d'une sorcière.

Il ne voulait pas lever le regard. Cachés dans l'obscurité qui l'enveloppait, il pouvait y avoir des châteaux habités par des squelettes, des soucoupes volantes d'extraterrestres plantées dans le désert, des géants enchaînés.

Quand enfin il releva la tête, il vit un petit point lumineux qui s'élargissait dans une tache jaune et puis se transforma en une enseigne au centre de laquelle se forma une tache noire qui devenait un chien, ou va-t'en savoir quoi, avec six pattes et du feu qui sort de la bouche.

*La station Agip.*

## 166.

L'homme était étendu sur le bord de la route, recroquevillé, comme s'il était en train de dormir dans son lit.

Beppe Trecca tournait autour de lui, la main gauche pressée sur la bouche. Son jogging était trempé et ses cheveux s'étaient avachis sur son front comme autant de fusilli blondasses.

*C'est un Black.*

Un de ces nombreux immigrés qui travaillaient dans les usines du coin ou plus probablement un de ces innombrables sans-papiers.

L'homme avait un blouson beige, et dessous, une tunique colorée d'où pointaient deux longues jambes noires et deux énormes baskets. A côté, un gros sac à dos rouge.

*Il doit être sénégalais.*

Il ne parvenait pas à voir son visage. Sa tête était repliée sur sa poitrine. Il avait les cheveux courts, striés de gris.

*Respire profondément*, se dit l'assistant social. *Et regarde qui c'est.*

Il avait envie de vomir. Par le nez, il inspira plusieurs fois et se décida enfin à se pencher sur le corps. Il tendit le bras et resta avec sa main à cinq centimètres de l'épaule de l'homme, puis il le poussa doucement et l'autre fut retourné sur l'asphalte.

Il avait une bouille ronde. Le front large. Les yeux clos. Bien rasé. Il devait avoir une quarantaine d'années.

*Je ne l'ai jamais vu. Du moins, il me semble.*

Il arrivait souvent à Beppe de rencontrer des Africains pour son travail. A l'usine. Au centre d'hébergement et d'orientation. Ou quand il allait les voir dans les maisons-dortoirs.

*Et maintenant ?*

Il essaya de le secouer et puis il balbutia : « Tu m'entends ? Tu m'entends ? Tu peux m'entendre ? », mais le type ne répondit pas et ne bougea pas.

*Et maintenant ?*

La seule chose que son esprit réussissait à produire était cette question niaise.

*Et maintenant ?*

Il était abasourdi, si désorienté qu'il ne sentait même plus la pluie et le vent.

*Et s'il est… ?*

Il n'arrivait pas à terminer sa phrase.

Il était trop terrifiant, ce mot, même pour être pensé.

*Non ! C'est impossible.*

Il le tira par un bras.

S'il était… la vie de Beppe serait finie.

Sa première pensée fut pour Ida. S'il finissait en prison, tous ses projets avec Ida seraient détruits. Et puis avocats, procès, police… *Mais Ida et moi nous devons…* Il n'arrivait plus à respirer. *Ce n'est pas moi. C'est un accident.*

*Pourquoi j'ai pris ce CD ?*

Deux phares jaunes pointèrent des ténèbres et l'aveuglèrent.

*Ça y est.*

Beppe Trecca, penché à côté du corps, leva un bras et s'abrita les yeux.


## 167.


« Papa ! Papa ! Rino ! Rino ! » hurlait Cristiano Zena, le cadre du vélo entre les jambes.

L'énorme marquise jaune de la station d'essence répandait une lumière froide sur les pompes et les flaques de gazole couleur arc-en-ciel.

Son père n'était pas là. Et le fourgon non plus. Il n'y avait personne.

Pas une seule fois durant le trajet, il lui était passé par l'esprit que, arrivé là, son père pouvait ne pas y être.

La panique, qui était restée tapie dans les anses de son intestin et ne s'était manifestée que pour lui instiller le doute que la bretelle de San Rocco ait été fermée, maintenant envahit sa tête et enserra sa gorge.

« T'avais… dit à l'Agip… Et moi je suis là. Je sais… J'ai mis super longtemps, mais c'était loin. T'avais… dit… l'Agip. Où tu es ? » bredouilla-t-il en passant ses mains dans ses cheveux mouillés.

Il fit de nouveau un tour autour de la station de lavage, de la cabine.

*Va voir plus loin.*

Il se remit à pédaler, mais au bout de même pas deux cents mètres, la route lentement commençait à monter et s'enfonçait dans le bois.

La lumière du phare se posait sur les troncs noirs qui se penchaient sur la chaussée.

*Cet endroit me plaît pas. Ça peut pas être là.*

Le fourgon pouvait très bien être garé avant la pompe et en passant il ne l'avait pas vu.

Il allait faire demi-tour quand quelque chose le retint. Une musique basse, presque imperceptible. Elle se mêlait à la pluie qui fouettait la route et les feuillages et avec le bruissement des roues qui tournaient sur l'asphalte.

Il s'arrêta, les tripes contractées, et un fourmillement désagréable à la base de la nuque.

*Elisa.*

La chanteuse. Il la connaissait.

Elisa qui chantait : « Ecoute-moi... Maintenant, je sais pleurer. Je sais que j'ai besoin de toi... Nous sommes une lumière qui... Comme un soleil et une étoile... »

Il lui sembla qu'il entrevoyait de l'autre côté de la route une silhouette carrée qui prit les contours d'un fourgon. La pluie tambourinait sur la tôle. Une faible lueur teintait la vitre de la portière couverte de gouttes.

*Le Ducato !*

La musique venait de la radio.

Cristiano ne réussit même pas à se réjouir, tant sa peur était grande.

Et si dedans, il y avait non pas son père, mais quelqu'un d'autre ?

*Sois pas froussard.*

Il descendit du vélo et le coucha par terre en essayant de ne pas faire de bruit. Il tenta de déglutir, mais il n'avait plus de salive.

*Putain, quelle trouille.*

Ses pieds congelés pataugeaient dans ses chaussures tandis qu'il s'approchait. Il était à moins d'un mètre du fourgon. Il tendit la main et tâta le pare-chocs. Cabossé. Le clignotant cassé.

C'était bien le leur.

*Deux pas, tu attrapes la poignée et... Non, je vais pas y arriver.*

Ses jambes ne le soutenaient pas et ses bras si fatigués…

*Si j'ouvre la portière…*

Tout ce qui venait après était sanguinolent et imbibé de mort.

*Je vais appeler quelqu'un…*

D'un coup, il saisit la poignée, ouvrit la portière du conducteur et fit un bond en arrière prêt à esquiver l'attaque d'un assassin.

*Personne.*

L'écran rouge de l'autoradio sur le tableau de bord éclairait la cabine de conduite. Il l'éteignit. Il vit la clé dans le démarreur. Sous le siège du passager, il y avait la caisse à outils. Il l'ouvrit. Il prit une longue torche électrique. Il l'alluma. Puis il s'empara du marteau, descendit et ouvrit la porte arrière.

Mais là non plus il n'y avait rien, si l'on excluait un sac de ciment, deux ou trois planches, un sac avec les restes du pique-nique et la carriole.

En pointant le faisceau de la torche par terre, il vérifia toute l'aire. Quelques poubelles, un panneau avec l'inscription DANGER D'INCENDIE, une cabine de l'ENEL.

Non, il n'y avait rien d'autre.

## 168

Beppe Trecca était agenouillé à côté de l'immigré étendu à terre, attendant que son destin s'accomplisse.

L'automobile noire avec des jantes en alliage s'arrêta en face de lui, et ses pleins phares illuminaient la route et la pluie.

Beppe n'arrivait pas à voir qui il y avait à l'intérieur.

La voiture semblait être une Audi ou une Mercedes.

Enfin la vitre s'éclaira et s'abaissa.

Au volant, il y avait un type d'une cinquantaine d'années. Il portait une veste camel et un sous-pull bleu DolceVita. Une barbe noire et fournie qui arrivait juste sous les pommettes. Les cheveux tirés en arrière avec du gel. Il avait à la bouche une cigarette qu'il éteignit dans le cendrier et puis il se déplaça vers la fenêtre du passager et, en soulevant un sourcil, il jeta un coup d'œil. « Il est parti ? »

Beppe leva les yeux, l'observa sans comprendre et balbutia : « Comment ? »

Le type indiqua le corps du menton : « Il est mort ?

— Je ne sais pas… Je crois…

— Tu l'as renversé ?

— … Oui, je crois que oui.

— C'est un nègre ? »

Beppe fit oui de la tête.

« Et qu'est-ce que t'attends ? s'informa le type comme s'il lui demandait quand arrivait le prochain bus.

— Quoi ?

— Qu'est-ce que t'attends pour te barrer ? »

L'assistant social ne parvint pas à répondre. Il

ouvrit la bouche et la referma comme si un fantôme lui avait versé dans la gorge une cuiller de merde.

L'homme se massa la barbe. « Il est déjà passé quelqu'un ? »

Beppe fit non de la tête.

« Alors tire-toi, qu'est-ce que t'attends ? – Il regarda sa montre. – Bon, ben moi faut que j'y aille. Salut. Bonne chance. »

La vitre remonta et l'Audi, ou ce que c'était, disparut comme elle était apparue.


## 169.


Cristiano Zena se mit au centre de la route, espérant un instant que quelqu'un passe.

Mais pourquoi de jour cette putain de route n'était qu'un long ruban de voitures, de cyclistes et de coureurs, alors que la nuit elle se transformait en une zone évacuée comme si les arbres y étaient des monstres ?

« Papa ! Papa ! Où tu es ? » finit-il par hurler vers le bois. Sa voix s'éteignit contre la densité de la végétation.

*Moi j'y entre pas dans ce bois, même pas en rêve...*

Mais, maintenant qu'il y pensait, le bruit de fond qu'il avait entendu dans le coup de fil était celui de la pluie qui tombait au milieu des arbres.

*Et s'il est là-dedans ?*

Il s'approcha de la glissière de sécurité. Les tôles s'interrompaient et s'ouvraient sur un sentier qui s'insinuait entre les mauvaises herbes et les ronces. Des sacs plastique, des bouteilles, un préservatif, un vieux siège de voiture au milieu des rochers recouverts de mousse. Il pointa sa torche vers l'avant. Des troncs noirs et un enchevêtrement de branches d'où coulait l'eau.

Il fit un pas, s'arrêta puis se mit à sauter en essayant de chasser de lui sa peur.

« Pourquoi tu me fais ça ? Salaud ! Moi j'étais au lit… Si jamais c'est une farce… » dit-il entre ses dents.

Il resta là, planté au début du sentier à déplacer le poids de son corps d'un pied à l'autre. Puis il inspira profondément et, en levant le marteau, il fit un pas et la boue happa sa chaussure, il en fit un autre et elle lui enserra la cheville. Il s'engagea sur le sentier et les arbres semblaient l'attendre, allongeant leurs branches vers lui *(Viens ! Viens !)* et dans le noir, il aurait pu y avoir n'importe qui, prêt à surgir de derrière un tronc pour le frapper en traître.

Il n'avait fait que quelques mètres, mais il lui semblait être déjà à mille kilomètres de la route. La pluie qui dégoulinait des feuilles et coulait sur les troncs. La mousse imbibée d'eau. L'air saturé d'eau, de terre et de bois pourri.

Il imagina qu'une meute de loups aux yeux rouges comme des lapilli apparaissait dans l'obscurité.

Il tenait dans sa main droite le marteau levé, prêt à frapper quiconque se présenterait devant lui, et de la gauche il agitait la torche frénétiquement.

Des zébrures de lumière valsaient sur les gros rochers pointus, les troncs et les ruisseaux creusant des rigoles dans la boue, et sur une paire de rangers noires.

Cristiano hurla, fit deux pas en arrière, trébucha sur une branche et tomba sur le dos. Il se releva et pointa, avec une main qui n'arrêtait pas de trembler, le faisceau de la torche sur les rangers, des rangers tachées de peinture, sur le ciré gris à bande réfléchissante orange que son père utilisait quand il travaillait, sur sa tête rasée plongée dans la gadoue, sur sa main et sur le portable abandonné dans une flaque.

## 170.

Beppe Trecca était encore à genoux sous la pluie, à côté du cadavre, et il ne cessait de se demander : *Qu'est-ce que tu attends ?*

Le type de l'Audi lui avait fait comprendre que lui, à sa place, il aurait continué tout droit.

Mais c'était pas lui, ça. Il était pas un pirate de la route, lui. Lui, les autres, il les aidait, il ne les abandonnait pas.

*(Tu dois appeler la police et une ambulance. Simplement.)*

*Pourquoi ? Pour foutre ma vie en l'air ? Si ce malheureux avait été blessé, mourant, je l'aurais emmené à l'hôpital en vitesse. Mais là ?*

Il s'essuya le visage avec la paume de la main, il tremblait et n'arrivait pas à arrêter de claquer des dents. Il secoua de nouveau l'Africain. Rien.

*Il est mort. C'est tout. Dis-le. Il est mort.*

Et donc… Et donc il n'y avait plus rien à faire.

Pourquoi ne pouvait-il pas remonter le temps ? Pas de beaucoup, juste d'une demi-heure, à l'instant avant de prendre le CD de Rod Stewart ?

L'idée effarante qu'il n'y avait aucun moyen de réparer les choses, qu'il n'y avait personne au monde capable d'exaucer ce simple désir, le plongea dans la terreur.

*(Ça suffit ! Assume la responsabilité de ce que tu as fait.)*

*Mais après ça changera quoi ? Rien. C'est pas comme si ça le ramenait à la vie. Et moi, je serai dans la merde jusqu'au cou.*

Comme ça, une vie malheureuse s'était éteinte et une autre serait détruite pour toujours.

« Ça n'a aucun sens. Aucun », pleurnicha-t-il, les mains sur le visage. « C'est pas juste. Je ne mérite pas ça, moi. Je peux pas, juste maintenant… »

*Ça suffit. Magne-toi. Monte dans ta bagnole et file avant que quelqu'un passe. Le type te l'a dit : « Qu'est-ce que t'attends ? »*

Beppe Trecca se releva et, tête basse, retourna à la Puma.

## 171.

Cristiano Zena avait imaginé de mille manières différentes la façon dont son père aurait pu mourir (poignardé au cours d'une bagarre ou ratatiné entre les tôles du Ducato, ou dégringolé de l'échafaudage d'un immeuble en construction).

Et il s'était toujours imaginé qu'on le lui annoncerait au collège. Le principal qui l'appelait : « Il est arrivé un malheur… Je suis vraiment désolé… »

« Toi, qu'est-ce que ça peut te foutre, fils de pute », il lui aurait répondu, et il n'aurait pas pleuré. Puis il aurait flanqué le feu à la baraque et il se serait embarqué sur un navire marchand et il n'y aurait jamais plus remis les pieds, dans cet endroit de merde.

Jamais il n'avait pensé qu'il mourrait dans la boue, comme une bête.

Et pas si tôt.

*Mais c'est juste.*

Tout collait. Le Seigneur avait commencé par faire partir sa mère et maintenant Il prenait aussi son père.

*Mais faut pas que je pleure.*

Il aurait voulu le sortir de la boue. Il aurait voulu

le prendre dans ses bras, mais il était comme paralysé. Comme s'il avait été mordu par un cobra. Il ouvrit grand la bouche et essaya de cracher cette chose qui l'empêchait de respirer.

Il continuait à le regarder parce qu'il ne pouvait pas y croire, il ne pouvait vraiment pas y croire, que ce mort-là était Rino Zena son père.

Cristiano fit enfin un pas en avant. Le cône de lumière de la torche éclaira un coin de front plongé dans la fange grise, le nez, les yeux éclaboussés de terre. L'écume sur le côté de la bouche.

Il serra la torche entre ses dents et, des deux mains, il attrapa le poignet de son père en essayant de le soulever.

Le corps inerte de Rino Zena se plia lentement d'un côté et le flanc s'appuya sur une grosse roche couverte de mousse. Sa tête tomba sur sa poitrine et ses bras s'écartèrent comme les ailes d'un pigeon mort. La pluie dégoulinait sur son front et ses sourcils barbouillés de terre.

Cristiano approcha son oreille de la poitrine de son père. Il ne pouvait rien entendre. Le sang qui pulsait dans ses tympans et le bruit de la pluie qui tombait sur les arbres couvraient tout.

Il resta là agenouillé, s'essuyant sans cesse le visage avec les mains, ne sachant que faire, puis, au bout d'un moment d'hésitation, il releva la tête de son père et, avec son index, souleva une paupière, dégageant un œil vitreux comme celui d'un animal empaillé.

Il ramassa le portable dans la flaque. Il essaya de l'allumer. Foutu. Il le mit dans sa poche.

Son père ne pouvait pas rester comme ça, tout tordu.

Il l'attrapa par les épaules et essaya de l'asseoir. Mais il ne tenait pas dans cette position. Cristiano le mettait droit, mais dès qu'il le lâchait, petit à petit il s'affaissait.

A la fin, il planta un bâton dans la terre et le lui glissa sous une aisselle.

*Mais qu'est-ce qu'il est venu faire ici ? Pourquoi il a abandonné le fourgon et est entré dans le bois ?*

Il devait s'être senti mal. Il avait eu mal à la tête toute la journée. Il devait avoir pris le fourgon et il voulait aller à l'hôpital.

*Cette route, elle mène à l'hôpital ?*

Il n'en avait aucune idée.

Mais après il était trop mal et il y arrivait plus et il était descendu du fourgon et il était allé mourir dans le bois.

*Comme un loup.*

Les loups, quand ils vont mal, ils quittent la meute et ils s'en vont tout seuls pour mourir.

« Pourquoi tu m'as pas réveillé, salaud ? » lui demanda-t-il et il flanqua un coup de pied dans le bâton et son père retomba dans la boue.

Il devait l'emmener. Le seul moyen était de le prendre par les pieds et de le traîner jusqu'à la route.

Il l'attrapa par les chevilles et se mit à tirer, mais il le lâcha tout à coup, comme s'il avait pris une décharge électrique.

Un instant, il lui avait semblé qu'un frémissement parcourait les jambes de son père.

Cristiano laissa tomber la torche, se jeta à terre et lui tâta frénétiquement les cuisses, les bras et la poitrine, lui secoua la tête qui ballottait de droite et de gauche.

*Je l'ai imaginé ?*

Il lui posa les mains sur son thorax et essaya d'appuyer en répétant « un, deux, trois », comme il l'avait vu faire dans les épisodes d'*Urgences*.

Il ne savait pas comment on faisait ni à quoi ça

servait exactement, mais il continua pendant un bon bout de temps, n'obtenant aucune réaction sinon celle de sentir ses bras se durcir comme du marbre.

Cristiano n'en pouvait plus, il était trempé et à moitié mort de froid. Soudain, toute la fatigue et l'angoisse accumulées l'anéantirent et il s'écroula sur la poitrine de son père.

Il devait dormir. Pas beaucoup. Cinq minutes.

Et après, il l'emmènerait jusqu'au fourgon.

Il se coucha par terre à côté du cadavre. Il avait toujours froid. Il s'enlaça, serra les bras sur sa poitrine pour faire cesser le tremblement, se frotta les épaules en essayant de se réchauffer.

Il prit dans sa poche le portable mais il ne s'allumait pas.

*Peut-être que je peux le laisser là.*

C'était mieux dans un bois que dans un cimetière de merde, à côté d'une bande d'inconnus…

Il se décomposerait en engrais. Pas de prêtre, pas d'église, pas de funérailles.

La torche, à terre, dessinait un ovale lumineux sur un tapis de feuilles mortes, de branchettes, sur le moignon d'un tronc où poussait un bouquet de champignons à long pied et sur la main de son père.

Cristiano se souvint d'une fois où Rino, au milieu d'un pont, avait garé la voiture et était monté debout sur le parapet. Dessous coulait le fleuve, en s'engouffrant entre les roches qui affleuraient au milieu des tourbillons.

Puis il s'était mis à marcher en écartant les bras comme le font les acrobates au cirque.

Cristiano était descendu de voiture et avait suivi son père sur le trottoir. Il ne savait pas quoi faire. La seule chose qu'il arrivait à faire était de marcher à côté de lui.

Les voitures passaient sur la route, mais personne ne s'arrêtait.

Rino sans le regarder lui avait dit : « Si t'espères que quelqu'un va s'arrêter et me faire descendre, t'es cuit. Y a que dans les films que ce genre de choses arrive. – Il avait regardé Cristiano. – Me dis pas que t'as peur que je tombe ? »

Cristiano avait fait signe que oui de la tête. Il aurait voulu lui attraper un pied et le tirer en bas, mais si au contraire il le faisait tomber en dessous…

« Moi, je peux pas tomber.

— Pourquoi ?

— Parce que je connais le secret pour pas tomber.

— Et c'est quoi ?

— Et tu crois que je vais le dire à un morveux comme toi ? Tu dois le découvrir tout seul. Moi, je l'ai découvert tout seul.

— Allez, papa, s'il te plaît, dis-le-moi ! » avait rouspété Cristiano. Il avait mal au ventre comme s'il avait mangé trop de glaces.

« Dis-moi un truc, plutôt. Si je tombe et que je meurs, tu vas sur ma tombe prier pour ton père ?

— Oui. Tous les jours.

— Et des fleurs, tu m'en apportes ?

— Ben, évidemment.

— Et qui c'est qui te donne les sous pour les acheter ? »

Cristiano avait un peu réfléchi à ça. « Quattro Formaggi.

— Te voilà bien !… Ce gars-là est un crève-la-faim…

— Alors je les prends sur les autres tombes. »

Rino avait éclaté de rire et était descendu du parapet. Cristiano avait senti sa douleur au ventre disparaître. Puis, son père l'avait pris dans ses bras et l'avait chargé sur une de ses épaules comme un sac.

« T'amuse pas à ça. Moi, du ciel, je te vois, de là-haut rien ne m'échappe… »

En rentrant à la maison, Cristiano s'était mis à poser mille questions sur la vie et la mort. Découvrir le secret pour ne pas tomber du pont était devenu la chose la plus importante pour lui. Et avec l'obstination d'un enfant de huit ans, il n'avait cessé de harceler son père jusqu'à ce qu'un matin, alors qu'ils étaient allongés sur le canapé, Rino n'y tienne plus. « Tu veux savoir le secret ? Je te le dis mais faut le répéter à personne. Promis ?

— Promis.

— C'est simple : moi, j'ai pas peur de mourir. Il y a que ceux qui ont peur qui se tuent en faisant des conneries comme marcher sur un pont. Si toi, tu t'en fiches de mourir, tu peux être tranquille que tu tombes pas. La mort, elle s'en prend aux froussards. Et puis moi, je peux pas mourir. Du moins jusqu'à ce que le Seigneur le décide. T'en fais pas, le Seigneur ne veut pas que je te laisse seul. Toi et moi, on fait qu'un. Moi je t'ai et toi tu m'as. Y a personne d'autre. Et donc Dieu nous séparera jamais. »

Cristiano, pelotonné dans la boue, prit la main de son père et soupira : « Alors, pourquoi tu me l'as pris, hein ? Explique-moi, pourquoi ? »

## 172.

Beppe Trecca, assis dans la Puma, était encore arrêté sur le bord de la route et il regardait les essuie-glaces qui peinaient à assécher le pare-brise.

Il n'arrivait pas à partir.

Il pensait à sa mère.

*« Ne t'en fais pas pour moi, Giuseppe. Vas-y. Va… »*
Voilà ce que lui avait dit Evelina Trecca sur son lit

dans une salle commune de l'hôpital Gemelli de Rome.

Lui était assis auprès d'elle et il ne la reconnaissait plus, tellement elle était rabougrie… Le cancer était en train de la dévorer.

« Maman, tu le sais, si tu préfères je ne pars pas. Il n'y a pas de problèmes. Ça m'est égal », lui avait-il dit à voix basse en serrant sa main squelettique.

Evelina avait soupiré, les yeux fermés. « Mais à quoi bon rester ici. Avec tout le poison qu'ils me mettent dans les veines, je n'arrive pas à garder les yeux ouverts. Je dors toute la journée. Ne t'inquiète pas pour moi, Giuseppe. Vas-y. Va… Amuse-toi un peu, toi qui en as la possibilité.

— Maman, tu es sûre ?

— Vas-y. Va… »

Et il y était allé. Cinq jours. Juste le temps d'aller à Charm el-Cheikh chez Giulia Savaglia et de revenir.

Il avait connu Giulia Savaglia à l'université et maintenant elle était animatrice dans un village de vacances et elle l'avait tellement invité à la rejoindre que Beppe avait cru que…

Le troisième jour de son séjour au Coral Bay, elle lui avait expliqué la façon dont elle le considérait.

Qu'avait-elle dit ? *Une personne merveilleuse. Un trésor d'ami.*

Le même jour, sa mère était morte. Elle était morte sans que son fils lui tienne la main. Et probablement, elle s'était demandé où il était parti après ces vingt-cinq années passées l'un à côté de l'autre, sans jamais se quitter. Elle s'en était allée toute seule comme un chien.

Beppe Trecca ne se l'était pas pardonné.

Il s'était enfermé dans l'appartement de sa mère à Ariccia, déprimé et fou de douleur, ne voulant plus voir personne. Ses projets pour devenir sociologue, passer le concours de chercheur, s'en étaient allés au diable. Bourré d'antidépresseurs, il avait végété pendant un an, et la seule chose qu'il avait réussi à faire, à part grossir de dix kilos, ç'avait été d'aller prier à l'église pour l'âme de sa mère et obtenir un diplôme d'assistant social sans avoir étudié une ligne.

Et, à la vingtième fois où sa cousine Luisa lui avait dit qu'il y avait un concours à Varrano pour un poste d'assistant social, lui, exaspéré, avait déposé un dossier.

*« Ne t'en fais pas pour moi, Giuseppe. Vas-y. Va... »*

*Je t'ai laissée mourir toute seule comme un chien. Pardonne-moi. Je me suis enfui. Et pas pour Giulia Savaglia, mais parce que je savais que tu partirais et que je n'ai pas eu la force de rester auprès de toi et de te voir mourir.*

Tout à coup, comme un boxeur étourdi qui reçoit un seau d'eau sur le visage, Beppe Trecca se rendit compte de la monstruosité de ce qu'il allait commettre.

En sanglotant, il s'élança hors de la voiture, courut vers l'Africain qui était là où il l'avait laissé, l'attrapa par les épaules et lui dit : « T'inquiète pas. Je vais t'emmener à l'hôpital. – Il le traîna vers la voiture, mais s'arrêta en haletant et posa à terre le corps pour reprendre son souffle. Il fit deux pas en arrière, puis comme une furie, il l'attrapa par le revers du blouson et se mit à le secouer. – Mais pourquoi tu dois foutre ma vie en l'air ? Pourquoi tu as traversé devant moi ? Qu'est-ce que tu veux de moi ? C'est pas juste ! C'est pas juste. Moi... Moi je ne t'ai rien fait. » Il s'immobilisa comme s'il n'avait plus de force dans les bras. Le visage du mort à quelques centimètres du sien.

Il était serein. Comme s'il était en train de faire un beau rêve.

*Non, je ne peux pas faire ça.*

*Je voudrais, mais je ne peux pas.*

Constater qu'il n'avait pas les couilles de prendre cet homme et de l'emmener à l'hôpital le fit éclater en pleurs désespérés. Il ouvrit grand la bouche et, secoué par des sanglots, il s'adressa au Père Eternel. « Je t'en prie, aide-moi, toi. Qu'est-ce que je dois faire ? Qu'est-ce que je dois faire ? Dis-le-moi, toi ! Moi, j'y arrive pas. Donne-moi la force, toi. Je l'ai pas fait exprès. Je m'en suis pas aperçu… Je t'en prie, mon Dieu, aide-moi. – Il commença à tourner autour du cadavre, puis il se mit les mains sur les yeux et implora : – Toi qui peux tout, fais-le. Fais un miracle. Fais-le revivre. Je voulais pas le tuer. C'est un accident. Je Te jure que si Tu lui sauves la vie, moi je renoncerai à tout… Je renoncerai à l'unique belle chose de ma vie… Si Tu le sauves, je Te promets que… – il hésita un instant – … je renoncerai à Ida. Je ne la reverrai jamais plus. Je Te le jure. »

Il s'agenouilla et resta ainsi, immobile, tête basse, sans plus de larmes.


## 173.

Cristiano Zena rouvrit les yeux.

Il devait s'être endormi.

Je dois ramener papa à la maison.

Il mit quelques secondes à réaliser que cette chose sombre qui bougeait lentement devant son nez était l'index de la main de son père.

Attends. Ne bouge pas.

Il devait avoir une autre hallucination, comme le frémissement qu'il avait senti avant en lui prenant les jambes.

Cristiano leva lentement la tête.

Non, il se trompait. Il bougeait. Peu, mais il bougeait.

Il ne résista pas, il poussa un hurlement et saisit la main de son père.

Le pouce, l'index, l'annulaire... se pliaient comme s'ils essayaient de serrer une balle invisible.

Rino Zena se mit à tordre la bouche et à plisser les yeux et un filet de bave blanche pointa au coin de ses lèvres.

Cristiano le secoua par les épaules. « Papa ! Papa ! Papa ! C'est moi ! »

Son père toussa et rouvrit les yeux.

C'était trop. Cristiano, dans le noir, craqua, la torche glissa de sa main, il le prit dans ses bras et, en sanglotant, il se mit à lui donner des coups de poing sur la poitrine. « Connard, salaud. Je le savais, que tu pouvais pas mourir. Tu peux pas mourir... Tu peux pas me laisser... Je te tue moi... Je te tue, je le jure... »

Il attrapa la lampe et la lui pointa sur la figure. « Papa, tu m'entends ? Fais-moi un signe si tu m'entends... Serre-moi la main si t'arrives pas à parler... »

Soudain, le corps de son père fut comme traversé par une secousse de dix mille watts, et Rino écarquilla de nouveau les yeux, les révulsa et se mit à trembler, à grincer des dents et à battre des jambes et des bras et de la tête comme s'il était possédé du démon.

Le tout dura moins de vingt secondes et puis, soudain, les convulsions l'abandonnèrent.

Cristiano lui balança des gifles pour tenter de le réveiller, mais rien...

Il n'était pas mort, toutefois. Son thorax se gonflait et se dégonflait.

Il devait foncer tout de suite à l'hôpital, appeler une ambulance, les médecins...

Cours ! Qu'est-ce que tu attends ?

Cristiano se releva et se précipita vers la route, mais il fit à peine quelques pas qu'il trébucha, sa lampe valdingua et il se retrouva dans l'obscurité affalé sur quelque chose...

Il tendit un bras en tâtonnant pour comprendre ce que c'était. C'était doux, mouillé et c'était couvert de laine et de tissu et ça avait...

Des cheveux !

Il bondit sur ses pieds comme s'il avait été agrippé par une main invisible et en reculant il porta ses mains à la bouche et cria : « Jésus ! Jésus ! Jésus ! »

Il attrapa la torche par terre et, la main tremblante, il la pointa au sol vers...

Fabiana !

Yeux ouverts. Bouche ouverte. Bras ouverts. Jambes ouvertes. La veste ouverte. La chemise ouverte. La tête ouverte.

Une entaille partait de l'implantation des cheveux, traversait son front couvert de gouttes de pluie et divisait en deux l'un de ses sourcils. Son piercing pendait d'un lambeau de chair rose. Les cheveux imbibés de sang et de boue. Les yeux fixes. Le soutien-gorge arraché. Les seins, le sternum et l'estomac couverts d'une chose rosâtre. Le pantalon baissé sur les genoux. Les jambes griffées. Le slip violet déchiré.

Tandis que ses viscères se retournaient dans son ventre, Cristiano recula, ouvrit la bouche en essayant d'avaler de l'air mais un truc chaud monta en lui et il rejeta un jet acide, puis, en poussant un long râle, il s'enfuit dans le bois, mais au bout de quelques dizaines de mètres, il s'écroula à genoux et, cramponné à un tronc, essaya de vomir à nouveau sans y parvenir.

Il s'essuya la bouche avec le dos de la main et se dit qu'il n'avait rien vu, que c'était juste un cauchemar et que ça suffisait comme ça, qu'il devait partir, partir d'ici, et que tout rentrerait dans l'ordre.

« Ça suffit comme ça. Maintenant tu t'en vas, peinard, peinard. »

Il devait aller sur la route, prendre sa bicyclette et rentrer à la maison et se remettre au lit.

Je peux le faire.

Et alors, pourquoi n'arrivait-il pas à se lever, pourquoi continuait-il à voir le sourcil de Fabiana taillé en deux et ce lambeau de chair d'où pendait l'anneau, et ces yeux bleus noyés par la pluie ?

Le secret était de ne pas penser et de s'ordonner des choses simples et de les faire une à la fois.

Maintenant lève-toi.

Il prit une inspiration et, en se tenant au tronc, il se souleva.

Maintenant va sur la route.

Il se mit debout et, bien que ses jambes lui semblaient être celles de quelqu'un d'autre, il commença à avancer, les bras en avant à travers la végétation sombre. Et enfin, il déboucha sur la route. Il enjamba la glissière et se mit à courir le long de la descente, en oubliant sa bicyclette. A un moment donné, le bois fut éclairé par un faisceau de lumière.

Arrête-la.

Il se mit au centre de la route, leva les bras, mais à la dernière minute, quand les phares de la voiture étaient sur le point de l'éclairer, une impulsion le fit se déplacer de côté et sauter derrière la glissière avant que quelqu'un puisse le voir.

Allongé dans le ruisseau qui coulait au bord de la route, il se demanda pourquoi il n'avait pas arrêté cette automobile.

## 174

Beppe Trecca remonta dans sa voiture en reniflant.

Le Seigneur n'avait pas fait le miracle, mais il ne lui avait pas donné non plus le courage d'amener l'homme à l'hôpital.

L'assistant social poussa au maximum le chauffage, appuya sur l'embrayage, passa une vitesse, jeta un coup d'œil au rétroviseur et faillit crever sur le coup.

L'Africain était debout et le regardait à travers la lunette arrière.

175.

Assez. Assez de penser.

Il devait prendre son père et l'emmener et ne pas se demander ce qui s'était passé dans ce putain de bois. Cristiano Zena retourna au fourgon en chassant la vision de Fabiana morte. Il se glissa dans le compartiment arrière et, avec un torchon, il commença à se frotter le corps pour chasser le froid qui avait pénétré ses os.

Il sortit la carriole et entra dans le bois.

176.

« Qu'est-ce qui s'est passé ? Je me souviens de rien. » L'Africain était assis à côté de Beppe Trecca qui conduisait à vingt kilomètres-heure, avec une expression de terreur peinte sur le visage.

Il n'arrivait même pas à le regarder, tant il était terrorisé. Ce type-là assis à côté de lui était revenu, comme Lazare, du royaume des morts.

Beppe était si bouleversé qu'il n'arrivait pas non plus à être heureux.

(*Tu as demandé un miracle et le miracle s'est produit.*)

*Mais comment est-ce possible ? Un miracle ? A moi ? Mais quel sens ça a ? Pourquoi Dieu a-t-il aidé un paumé comme moi ?*

(*Les voies de Notre Seigneur sont impénétrables.*)

Combien de fois avait-il dit cette banalité pour se tirer de situations gênantes. Maintenant il en comprenait pleinement le sens.

L'assistant social prit son courage à deux mains et, sans se tourner, réussit à balbutier : « Mais comment tu te sens ? »

L'homme se massa le cou. « J'ai un peu mal à la tête et ici, sur le côté. Je dois être tombé. Je sais pas, je me souviens de rien… – Il était en état de confusion. – J'allais traverser la route en courant et puis, plus rien. Je me suis réveillé par terre et il y avait ta voiture. Merci, merci mon ami. »

Beppe écarquilla les yeux. « De quoi ?

— De t'être arrêté pour m'aider. »

*Il n'a même pas compris que c'est moi qui l'ai renversé.*

Une sensation de bien-être relâcha ses abdominaux et l'assistant social sut que Dieu était près de lui et qu'il avait peut-être été un peu trop sévère avec lui-même.

Il observa l'Africain. Il n'avait pas l'air trop mal en point. « Tu veux que je t'emmène à l'hôpital ? »

L'Africain fit non de la tête et s'agita comme si Beppe lui avait proposé de rendre une petite visite à une section de la Ligue du Nord. « Non ! Non ! Je vais bien. C'est rien. S'il te plaît, tu pourrais me laisser au prochain croisement ? »

*C'est un sans-papiers.*

« Peut-être que tu devrais te faire voir par un médecin.

— C'est rien, mon ami.

— Je peux au moins te demander comment tu t'appelles ? »

Le Noir sembla hésiter un instant, se demandant s'il devait lui répondre ou non, mais ensuite il fit : « Antoine. Je m'appelle Antoine. – Il lui indiqua la route. – Voilà, laisse-moi ici, s'il te plaît. Là, c'est très bien. Je suis arrivé. »

Au fond de la plaine, au-delà des hangars et des pylônes électriques, une légère clarté avait volé un bout de ciel à la nuit.

« Ici ? T'es sûr ?

— Oui, oui. C'est très bien, mon ami. Arrête-toi là. Merci mille fois. »

Antoine ouvrit la portière de la voiture et il allait sortir quand il s'arrêta et le fixa. Dans ces deux énormes yeux marron, Beppe vit resplendir le mystère de la Trinité.

« Je peux te demander une chose ? »

Beppe Trecca déglutit. « Oui, bien sûr. »

L'Africain sortit de son sac à dos un paquet de chaussettes en éponge blanche et les lui tendit. « Mon ami, tu en veux ? Elles sont tout coton. Cent pour cent. Je te fais un bon prix. Cinq euros. Cinq euros seulement. »

## 177.

Cristiano Zena, le buste collé au volant, conduisait le fourgon en descente dans les tournants.

Le moteur du Ducato, en seconde, hurlait.

Cristiano savait qu'il devait changer de vitesse,

mais tant que les virages n'étaient pas finis, il ne s'y risquait pas.

L'aube était enfin arrivée et il pleuvait moins, maintenant. Les phares projetaient deux ovales sur la route couverte de terre, de flaques et de branches qui raclaient le fond du Ducato.

Cristiano jeta un coup d'œil à l'arrière. Allongés sur le plateau, l'un à côté de l'autre, il y avait Rino Zena et le cadavre de Fabiana Ponticelli.

Sur le corps de Fabiana, il y avait un tas de preuves. Lui, il était un expert pour ces choses-là, il avait vu des quantités de téléfilms policiers et on sait que sous les ongles de la victime, il reste la peau du…

Il y eut une espèce de CLIC dans l'esprit de Cristiano, un black-out d'un instant.

… et il y avait sûrement d'autres millions d'indices et la police mettrait cinq minutes à comprendre…

*(Quoi ?)*

*Rien.*

## 178.

Beppe Trecca, avec trois paquets de chaussettes à la main, entra dans son deux-pièces. Il se déshabilla en silence et prit une douche bouillante sans penser à rien. Il enfila son pyjama et baissa les stores. Dehors il ne pleuvait plus, et désormais le jour avait pris possession du monde. Les moineaux sur les cyprès commençaient timidement à gazouiller, comme pour se dire : « Non, mais vous avez vu, quelle nuit ! ? Elle est passée et on recommence à vivre. »

Beppe se mit des boules Quies dans les oreilles et se fourra sous les couvertures.

## 179

Cristiano Zena quitta la route qui traversait le bois et se retrouva aux portes de Varrano.

C'était presque fait. Il devait traverser le village et gagner la nationale. Il prit une large avenue bordée d'arbres et décida qu'il était temps de changer de vitesse. Il observa le pommeau usagé du levier de vitesse. Il l'attrapa et il allait enclencher la troisième quand il entendit la voix sombre de son père qui lui disait : *L'embrayage. Tu appuies ou pas sur ce putain d'embrayage ?!*

Il enfonça la pédale et passa la troisième du premier coup.

Quand il regarda de nouveau dehors, il s'aperçut qu'au bout de l'avenue il y avait une lueur qui teintait de bleu et orange les cimes des platanes.

*Les flics !*

Il faillit s'évanouir et instinctivement il s'arc-bouta sur le frein. Le fourgon se bloqua d'un coup dans un couinement de patins, puis il se mit à avancer par à-coups pendant une dizaine de mètres et cala au beau milieu de la route.

Cristiano resta cramponné au volant sans respirer. Puis il ferma les yeux et serra les dents.

*Et maintenant ?*

Il rouvrit les yeux et vit des hommes en uniforme jaune phosphorescent qui tendaient de longues bandes d'un côté à l'autre de l'avenue. Juste à proximité une voiture de patrouille de la police et un camion avec des clignotants orange.

Un policier venait vers lui en agitant sa palette de circulation.

Cristiano essaya de déglutir, mais il n'y arriva pas. Il gardait la tête basse car il ne voulait pas que le policier voie son visage de morveux.

*Magne-toi !*

Il tourna la clé et le Ducato se mit à hoqueter, propulsé en avant par le démarreur.

Le policier s'était arrêté à cinquante mètres et lui disait de faire demi-tour.

*Alors…*

*(Appuie sur ce putain d'embrayage !)*

Il soupira, s'étira et, de la pointe du pied, il enfonça la pédale.

*Bien.*

*(Et maintenant mets-toi au point mort. C'est celui du centre.)*

Au bout de plusieurs tentatives, il décida qu'il avait trouvé le point mort. Il tourna de nouveau la clé et cette fois, le moteur démarra. Il passa la première et lâcha lentement l'embrayage. Le fourgon s'ébranla, Cristiano braqua et repartit en sens inverse.

Sur la nationale, il croisa de longs camions immatriculés à l'étranger qui roulaient l'un derrière l'autre comme une caravane d'éléphants. Le ciel avait pris une couleur gris sombre et à l'est, une fine clarté commençait à raviver la plaine. La silhouette de la maison semblait émerger comme un bunker noir de la brume qui enveloppait les champs et la route.

Il gara le fourgon, éteignit le moteur et descendit. Il ouvrit la porte arrière.

Son père avait atterri sur le cadavre de Fabiana et sous la bicyclette. Il avait la tête au milieu des restes du barbecue et sur une joue, s'était collée une étiquette de bière Peroni.

Cristiano monta et vérifia que son cœur battait encore. Il était vivant. Il l'attrapa par les pieds et le tira hors du fourgon en faisant attention à ne pas lui cogner la tête. Il le fit glisser à nouveau dans la carriole. Puis il ferma les battants et le poussa vers la maison, mais arrivé devant la porte, il se rappela qu'il n'avait pas les clés. Il les trouva dans une poche du pantalon de Rino.

Il ouvrit la porte.

Après plusieurs tentatives, il réussit à le charger sur son dos et lentement, ployé sous soixante-dix kilos, il gravit les escaliers jusqu'à l'étage supérieur. Démoli, sans plus aucune force, il allongea son père sur son lit.

Maintenant, il devait le déshabiller, mais ça, il savait le faire. Combien de centaines de fois lui était-il arrivé de devoir le mettre au lit, ivre mort ?

## 180.

S'il y avait une chose dont le docteur Furlan raffolait, c'était les *ziti*\* à la génoise.

Mettez trois kilos d'oignons dans une marmite, ajoutez-y un peu de céleri, des carottes, un morceau de veau maigre et laissez cuire à feu doux pendant une journée entière.

L'oignon, lentement, se transforme en une pommade sombre et parfumée que vous mettez sur les *ziti* avec une bonne poignée de parmesan râpé et quelques feuilles de basilic.

A tomber à genoux.

Ceux que faisait l'épouse du docteur Furlan étaient exceptionnels, car elle y ajoutait un morceau de lard. Et elle les faisait tellement mijoter que, du veau, il n'en restait qu'un souvenir.

Le problème, c'était qu'Andrea Furlan, après avoir perdu la finale de volley-ball du cercle, était rentré à la maison vers minuit en crevant de faim, il avait

---

\* Type de pâtes alimentaires en forme de tubes longs et creux.

ouvert le frigo et s'en était tapé une demi-soupière, sans même les réchauffer, et puis, non content de cela, il avait enchaîné avec trois tranches de tourte farcie à la scarole, olives et câpres et deux saucisses.

Dans cet état, il s'était affalé sur son lit. Il s'était réveillé trois heures plus tard, pour sa garde en ambulance.

Maintenant, assis entre Paolo Ristori, le chauffeur, et l'infirmière Sperti, il sentait les oignons et les saucisses qui tentaient d'escalader son appareil digestif. Il avait de terribles nausées et un estomac dur comme un ballon de basket.

Ce qui serait génial, ce serait d'aller derrière et de piquer un petit roupillon de cinq minutes sur la civière pendant que ces deux idiots bavassaient.

Furlan, avec une grimace de dégoût, observa Ristori.

Mâchant un chewing-gum, il s'obstinait à éblouir un camion plein de porcs qui ne quittait pas la voie de dépassement. Il se prenait pour Schumacher. Avec l'excuse qu'il devait faire vite, il fonçait comme un dingue.

« En somme, il s'est chié dessus... » fit Michela Sperti, une fille blonde emmitouflée dans son uniforme orangé. Sous sa combinaison (Paolo l'avait vue une fois en bikini à la piscine communale et il avait pris peur), elle était un ensemble de masses musculaires si définies et précises qu'on aurait dit autant de poissons posés l'un sur l'autre. A cause du culturisme, elle avait perdu ses seins et ses règles.

Ristori lui donna un coup d'œil rapide. « T'es en train de me dire que ton fiancé a fait dans son froc pendant les sélections de Mister Olympia ?

— Ouais. Pendant qu'il était sur scène en train de prendre des poses.

— Non... S'il te pl..., bafouilla Andrea et il se

mit une main devant la bouche et fit un rot à l'oignon qui faillit l'étourdir.

— Ben, quand tu te bourres de Guttalax à trois heures d'une compétition... – Michela se mit à se ronger les ongles.

— Mais pourquoi il a fait ça ? demanda Ristori.

— Il avait trois cents grammes en trop par rapport à son poids. Il changeait de catégorie. Cet imbécile le matin avait bu une demi-Ferrarelle. Il est allé au sauna, il a sué comme un damné, mais rien, il n'a pas perdu un gramme. Alors il a compris qu'il devait avoir l'intestin plein. Et donc, il s'est purgé, mais il s'est bloqué alors qu'il était en train de faire un double biceps frontal. »

Furlan vit la maison et l'indiqua : « Ralentis ! Ralentis ! On est arrivés. Arrête-toi.

— OK, chef. » Ristori mit la flèche et donna un brusque coup de volant en entrant à toute vitesse dans la cour de la maison des Zena et en dérapant sur le gravier jusqu'à s'arrêter à un demi-mètre d'un fourgon Ducato.

Michela se releva, furibonde. « Connard ! La prochaine fois, je te jure, je te flanque un pain dans la gueule si tu braques à l'improviste de cette manière.

— Oh chochotte ! Mais qui tu es ? Shanna, la princesse des elfes ? »

Furlan attrapa la mallette de secours et descendit de l'ambulance. L'air frais le fit se sentir tout de suite mieux. Il se dirigea vers l'entrée de l'habitation. La porte était béante.

Ristori avec la civière et Sperti avec la bonbonne d'oxygène le suivirent à l'intérieur en se bousculant comme deux adolescents.

Le docteur se retrouva dans une grande pièce. Une table recouverte de canettes de bière. Des chaises en plastique blanc.

*Quelle saleté.*

Dans la pénombre, il réussit à apercevoir une silhouette assise dans une chaise longue.

Furlan s'approcha et vit que c'était un garçon grand et maigre comme une cigogne qui les regardait sans expression. Il portait un long peignoir de bain orange et un slip déformé. Il était très pâle et avait deux cernes sombres autour de ses petits yeux gonflés et injectés de sang. En les voyant entrer, il ne fit rien, sinon ouvrir grand la bouche.

*Ou il est shooté ou il est traumatisé.*

« C'est toi qui as appelé le 118 ? » demanda Ristori au gamin.

Celui-ci fit signe que oui de la tête et il indiqua l'escalier.

« Tu me sembles bizarre. Tu vas bien ? lui demanda Sperti.

— Oui », se limita à répondre l'enfant, comme enrayé.

Furlan regarda autour de lui. « Où est-ce ?

— En haut », fit le gamin.

Furlan monta en courant au premier étage et dans la première chambre, il trouva, allongé sur un matelas, un homme rasé et couvert de tatouages. Il était engoncé dans un pyjama en flanelle bleue à rayures blanches.

Tandis qu'il ouvrait la mallette, Furlan donna à la dérobée un coup d'œil à la pièce. Des tas de vêtements roulés en boule. Des chaussures. Des cartons. Au mur, un grand drapeau avec une croix gammée.

Il se retint de se mettre immédiatement en rogne. Ce n'était pas le premier et ce ne serait pas le dernier satané skinhead qu'il lui arriverait de secourir en faisant ce travail. *Comme je les hais, ces salauds…*

Il se pencha et attrapa le poignet de l'homme.

« Monsieur ?! Monsieur ?! Monsieur, vous m'entendez ? »

Rien.

Furlan prit le stéthoscope. Le cœur battait. Régulier. Il sortit de la poche de sa veste un crayon et, avec la pointe, il piqua l'avant-bras de ce type.

L'homme n'eut aucune réaction.

Il se tourna vers le gamin qui, appuyé au chambranle de la porte, le fixait avec un regard de merlan frit.

« C'est qui ? Ton père ? »

Le gamin fit signe que oui.

« Depuis combien de temps il est comme ça ? »

Le gamin haussa les épaules. « Je sais pas. Je me suis réveillé et je l'ai trouvé comme ça.

— Qu'est-ce qu'il a fait hier soir ?

— Rien. Il est allé se coucher.

— Il a bu ? C'est plein de canettes de bière ici.

— Non.

— Il se drogue ?

— Non.

— Et il a pris des médicaments ?

— Non, je crois pas.

— Il souffre de quelque chose ? Des maladies ?

— Non... – hésita Cristiano, puis il ajouta : – De mal de tête.

— Il prend un traitement ?

— Non. »

Furlan n'arriva pas à deviner si le gamin lui mentait.

*Ce n'est pas ton problème*, se disait-il dans des cas comme celui-là.

Le médecin s'adressa à Ristori en indiquant le gamin : « Fais-le sortir, s'il te plaît. »

Il déboutonna sa veste. Puis il souleva les paupières de l'homme et avec la torche, il observa ses pupilles. L'une était dilatée et l'autre contractée.

Neuf chances sur dix que ce soit une belle hémorragie cérébrale.

Le nazi, dans son malheur, avait aussi de la chance : l'hôpital du Sacré-Cœur de San Rocco avait ouvert depuis moins d'un an un nouveau service de thérapie intensive et il risquait même de s'en sortir.

« On le ventile, on l'emmitoufle et on le descend », ordonna-t-il à Sperti, qui lui introduisit vite un tube endotrachéal dans la gorge. Lui, pendant ce temps, lui plaça une canule dans la veine de l'avant-bras.

Ils le mirent sur le brancard.

Et ils l'emmenèrent.


## 181.


Par la suite, Cristiano Zena se rappela le moment où ils emmenèrent son père sur une civière comme celui qui changea son existence.

Plus que quand il avait pédalé sous la pluie, certain qu'il n'y avait plus la bretelle pour San Rocco, plus que quand il avait trouvé son père mort dans la boue, plus que quand il avait vu le cadavre de Fabiana Ponticelli.

Le monde changea et son existence devint importante, digne d'être racontée, quand il vit la tête du tondu disparaître dans l'ambulance.

*Après*

Ils t'ont inscrit à un jeu de grands.

Edoardo BENNATO,
*Quand tu seras grand.*

# IV
## Lundi

### 182.

Aux premières heures du matin, la tourmente qui avait fait rage pendant toute la nuit sur la plaine se déplaça vers la mer où elle acheva d'apaiser sa fureur en coulant quelques bateaux de pêche et puis, flapie et affaiblie, elle s'éteignit au large des Balkans.

Le journal télévisé de huit heures mentionna à peine l'orage et la crue du Forgese, car, cette nuit-là, avait eu lieu dans la banlieue de Turin le rapt d'un célèbre présentateur télé.

Un soleil maladif étira ses rayons sur les terres grises et détrempées, et les habitants de la plaine, comme des crabes après le passage du ressac, sortirent leurs têtes hors des trous où il s'étaient calfeutrés et, comme de petits comptables, commencèrent à estimer les dégâts.

Arbres et panneaux abattus. Quelques vieilles fermes au toit arraché. Eboulements. Routes inondées.

Les piliers du café Rouge et Noir s'entassèrent contre le comptoir en marbre et vérifièrent le coffret où étaient conservées les fameuses aumônières farcies au chocolat blanc. Elles étaient là. Et si les aumônières étaient là, cela voulait dire que la vie continuait.

La une du quotidien local était une photo des champs recouverts d'eau prise d'hélicoptère. Le Forgese avait rompu les digues quelques kilomètres plus haut que Murelle et il avait débordé, inondant hangars et fermes. Dans une entreprise vinicole, un groupe d'Albanais qui dormaient dans une cave avaient failli mourir noyés. Un garçon dans un canoë avait sauvé une famille entière.

Heureusement, il n'y avait pas eu de victimes, sauf un certain Danilo Aprea, quarante-cinq ans, qui, en état d'ébriété ou en raison d'un malaise soudain, avait perdu le contrôle de son véhicule et était allé s'encastrer à pleine vitesse dans un mur de la rue Enrico Fermi à Varrano et était décédé.


## 183.


Le professeur Brolli était penché sur une table du bar de l'hôpital du Sacré-Cœur et buvait en silence un cappuccino, en observant le soleil délavé qui se défaisait comme une noix de beurre au centre du ciel gris.

C'était un homme au buste court, avec un cou disproportionné et de longs membres dont il semblait ne pas bien savoir quoi faire.

Son étrange conformation physique lui avait valu une tripotée de surnoms : le phénicoptère, le gressin, Elastoc, le vautour (certainement le mieux trouvé à cause des quatre poils qu'il avait sur le caillou et parce qu'il opérait souvent des quasi-cadavres). Mais le seul surnom qu'il aimait était « Carla ». De Carla Fracci. On l'appelait ainsi en raison de sa grâce et de sa précision presque chorégraphiques quand il maniait un bistouri.

Enrico Brolli était né à Syracuse en 1950, et maintenant, à cinquante-six ans, il était le chef du service de neurochirurgie du Sacré-Cœur.

Il était fatigué. Pendant quatre heures, il avait plongé ses mains dans le crâne d'un pauvre malheureux qui était arrivé avec une hémorragie cérébrale. On l'avait rattrapé d'un cheveu. Une demi-heure de plus et au revoir et merci.

Tandis qu'il finissait son cappuccino, il pensa à sa femme Marilena qui probablement l'attendait déjà devant l'hôpital.

Il était libre le reste de la journée et ils s'étaient donné rendez-vous pour aller acheter un nouveau frigo pour la maison à la montagne.

Brolli était crevé, mais l'idée de se balader dans le centre commercial et puis d'aller manger un sandwich à la campagne, avec les chiens, ne lui déplaisait pas du tout.

Marilena et lui aimaient les mêmes petits plaisirs. Se promener avec Totò et Camilla, leurs deux labradors, dormir l'après-midi, dîner tôt et rester à la maison, sur le divan, à regarder des films en DVD. Au fil des années, Enrico avait arrondi ses angles pour s'encastrer avec Marilena comme un pignon sur une roue.

Au centre commercial, il voulait acheter aussi de l'osso-buco pour le faire avec un risotto au safran, et puis passer à la boutique vidéo pour louer *Taxi Driver*.

Avant l'opération, le visage creusé du patient, sa tête rasée et tous ces tatouages l'avaient fait penser à Robert De Niro dans *Taxi Driver*, et il aurait mis sa main au feu que ce malheureux était arrangé ainsi à cause d'une bagarre. Et puis, en lui ouvrant le crâne, il avait découvert qu'il y avait une hémorragie subarachnoïde due à une rupture d'anévrisme, probablement d'origine congénitale.

Il fit la queue devant la caisse bondée d'infirmiers, cherchant dans les poches de son pantalon de velours un peu de menue monnaie. Dans la poche poitrine de sa blouse, son portable se mit à vibrer.

*Marilena.*

Il le prit, regarda l'écran.

Non, c'était l'hôpital.

« Oui ?! Allô ! Qu'est-ce qu'il y a ? soupira-t-il.

— Professeur, c'est Antonietta… »

C'était l'infirmière du deuxième étage.

« Je vous écoute.

— Il y a ici le fils du patient opéré…

— Oui ?

— Il veut savoir comment va son père.

— Envoyez Cammarano lui parler. Moi je pars. Ma femme… »

L'infirmière resta un instant silencieuse. « Il a treize ans. Et d'après ce que je lis ici, il n'a pas de famille.

— Et c'est moi qui dois m'y coller ?

— Il est dans la salle d'attente du deuxième étage.

— Vous ne lui avez rien dit ?

— Non.

— Il n'a personne, que sais-je moi, des amis avec lesquels je pourrais parler ?

— Il a dit qu'il a seulement deux amis de son père. J'ai essayé de les appeler mais ils ne répondent pas. Aucun des deux.

— J'arrive. Pendant ce temps, essayez de les joindre. Et sinon appelez les carabiniers. » Il raccrocha et paya son cappuccino.

## 184

Quattro Formaggi se réveilla, immergé dans un lac de souffrance.

Il souleva à peine une paupière et un rai de lumière l'aveugla. Il la referma. Et il entendit les moineaux gazouiller trop fort dans la cour. Il se boucha les oreilles, mais le mouvement lui causa un élancement qui lui coupa le souffle. Il resta là, accablé de douleur. Quand enfin il réussit à ouvrir un œil, il reconnut la tapisserie défraîchie de sa chambre à coucher. Il lui semblait s'être endormi devant la crèche, donc pendant la nuit il avait dû aller se mettre au lit, chose qu'il ne se rappelait pas. Il respirait avec difficulté. Comme s'il était encombré par un rhume. Il toucha son nez crotté et se rendit compte que ce n'était pas de la morve mais du sang caillé. Et que sa barbe et ses moustaches étaient aussi barbouillées de sang.

Puis il s'aperçut qu'en plus de la douleur, il y avait la soif. Sa langue était tellement gonflée qu'elle ne tenait plus dans la bouche. Mais pour boire, il devait se lever.

Il se souleva d'un coup et il faillit s'évanouir de douleur.

A la fin, en se traînant sur les genoux, il se dirigea vers la salle de bains. « Putain… Putain… Rino… Rino… Tu m'as dérouillé… Tu m'as dérouillé sévère… »

Il s'accrocha au bord du lavabo, se mit debout et se regarda dans la glace. Pendant un instant, il ne se reconnut pas. Ça ne pouvait pas être lui, ce monstre.

Son thorax était constellé de bleus larges comme des œufs au plat, mais ce qui fascina Quattro Formaggi, ce fut son épaule tuméfiée et sanguinolente comme une côte de bœuf.

Ça, c'était pas Rino qui le lui avait fait. C'était

l'œuvre de Ramona. Il appuya avec un doigt sur la plaie et des larmes de douleur roulèrent sur ses joues.

Donc tout était vrai. C'était pas un rêve. Son corps racontait la vérité.

La gamine. Le bois. La queue dans la main. La pierre sur la tête. Les coups. Tout était vrai.

Il approcha son visage du miroir, le bout du nez contre la glace, et il se mit à cracher des glaires et du sang.

### 185.

Cristiano Zena était assis dans la salle d'attente du service de soins intensifs. La tête appuyée contre le distributeur de boissons, il essayait désespérément de garder les yeux ouverts.

Il était arrivé par le premier autobus et une infirmière, après lui avoir posé une infinité de questions, lui avait demandé d'attendre là. Le professeur Brolli viendrait lui parler. Il avait des frissons et était si fatigué… ses paupières se fermaient et sa tête dodelinait, mais il ne devait pas s'endormir.

L'infirmière ne l'avait pas reconnu, mais lui il s'en souvenait bien. C'était celle qui passait de temps en temps la nuit.

Cristiano avait déjà été dans cet hôpital deux ans auparavant, quand on l'avait opéré de l'appendicite. L'opération s'était bien passée, mais il était resté trois jours dans une chambre à côté d'un vieux avec un tas de tuyaux qui lui sortaient de la poitrine.

Impossible de dormir car le type, toutes les dix minutes, avait une quinte de toux, on aurait dit qu'il avait des cailloux dans les poumons. Ses yeux jaillissaient de ses orbites et il donnait des coups du plat de la main sur le matelas comme s'il était en train de crever. Et puis, le vieux ne parlait jamais, même quand son fils venait le voir avec sa femme et ses deux petits-enfants. Eux lui posaient des tas de questions mais lui ne répondait jamais. Même pas avec la tête.

Assis sur cette chaise à attendre de savoir si son père était vivant, Cristiano se rappela que la deuxième nuit, tandis qu'il sommeillait, plongé dans la pénombre jaunâtre de la chambre, le vieux, soudain, avait parlé d'un voix essoufflée : « Petit ?

— Oui ?

— Ecoute-moi bien. Ne fume pas. C'est une mort trop dégoûtante. – Il parlait en fixant le plafond.

— Je fume pas, moi, s'était défendu Cristiano.

— Alors, ne commence jamais. Compris ?

— Oui.

— C'est bien. »

Quand le lendemain Cristiano s'était réveillé, il n'était plus là. Il était mort, et la chose étrange était qu'il n'avait fait aucun bruit en s'en allant.

Maintenant, tandis qu'il sentait le distributeur automatique vibrer contre sa tempe, Cristiano se dit qu'il fumerait bien une bonne cigarette pour emmerder le vieux, et au lieu de cela il sortit de sa poche le portable de son père. Il l'avait séché sous le jet d'air chaud dans la salle de bains et il avait repris vie. Il composa pour la énième fois le numéro de Danilo. Le correspondant n'était pas joignable. Il essaya Quattro Formaggi. Son téléphone aussi était éteint.

### 186.

Tandis qu'il marchait dans le couloir du second étage, le professeur Brolli repensa à ce jeune homme rasé et plein de tatouages qu'il avait opéré. Quand il lui avait ouvert le crâne et avait aspiré le sang, il avait découvert que l'hémorragie cérébrale, heureusement, n'avait pas touché les zones destinées au contrôle de la respiration et que donc le patient inspirait et expirait tout seul, mais que, pour le reste, son cerveau était hors d'usage et on ne pouvait pas prévoir si et quand il recommencerait à fonctionner.

Dans la situation économique difficile que traversait cet hôpital, des cas comme celui-là étaient de véritables catastrophes. Les patients dans le coma requéraient un engagement constant du personnel médical et ils bloquaient les machines nécessaires à préserver leurs fonctions vitales. Et dans cet état, le malade souffrait toujours d'une baisse générale de ses défenses immunitaires, avec des complications infectieuses secondaires. Mais cela faisait partie de son travail.

Enrico Brolli avait choisi ce métier et cette spécialisation en sachant parfaitement ce à quoi il devait s'attendre. Son père aussi était médecin. La chose sur laquelle Brolli ne s'était pas attardé, pendant ses six années d'université, c'était qu'*après* il fallait parler avec la famille du patient.

Désormais il allait sur ses soixante ans, il avait trois grands enfants (Francesco, le plus petit, avait décidé de s'inscrire en médecine) et il n'avait toujours pas réussi à cracher la vérité toute crue, mais il n'était pas bon non plus pour dorer la pilule. Quand il essayait, il se mettait à balbutier, il s'emmêlait et c'était bien pire.

Après plus de trente ans de carrière, il n'avait pas changé d'un poil. Chaque fois qu'il devait donner de mauvaises nouvelles aux parents du malade, il se sentait mourir de la même façon. Mais ce matin-là, une tâche encore plus ingrate l'attendait. Expliquer à un môme de treize ans, seul au monde, que son père était dans le coma.

Il jeta un coup d'œil dans la salle d'attente déserte.

Le gamin sommeillait sur une chaise en plastique. La tête appuyée contre le distributeur de boissons. Le regard fixe vers le sol.

*Non ! Non, moi je n'y arrive pas...* Brolli fit demi-tour sur lui-même et se dirigea d'un pas pressé vers les ascenseurs. *C'est Cammarano qui va le lui dire. Cammarano est jeune et résolu.*

Mais il s'arrêta et regarda par la fenêtre. Des nuées d'oiseaux dessinaient un entonnoir sombre qui s'allongeait sur les nuages blancs.

Il prit son courage à deux mains et entra dans la salle d'attente.

### 187.

Beppe Trecca se réveilla en hurlant : « Le vœu ! » Il haleta comme si on lui avait maintenu la tête sous l'eau. Les yeux enflammés de fièvre, il regarda autour de lui, égaré. Il mit quelques secondes à comprendre qu'il était chez lui, dans son lit.

Il revit le visage d'un Africain très laid qui le fixait à travers la lunette arrière de la Puma, en lui montrant un paquet de chaussettes en éponge blanche.

*Quel cauchemar j'ai fait !*

L'assistant social leva la tête de l'oreiller. La lumière du jour filtrait à travers les stores. Il était complètement trempé de sueur et la couette en duvet d'oie pesait sur lui comme s'il était enseveli sous un quintal de terre. Il avait encore dans la bouche la saveur dégoûtante de la vodka au melon. Il tendit un bras et alluma la lampe de chevet. Il plissa les yeux et les sentit brûler.

*J'ai de la fièvre.*

Il se releva. La pièce se mit à tourner. Devant lui, comme pris dans un tourbillon, défilaient Foppe la commode Ikea, le mini-téléviseur Mivar, le poster d'une plage tropicale, la petite bibliothèque bourrée d'encyclopédies abrégées de Garzanti et de la Bibliothèque du Savoir, la table, un paquet de chaussettes en éponge blanche, le cadre en argent avec la photo de sa mère, la…

*Un paquet de chaussettes ?!*

Trecca eut un renvoi acide et resta à les fixer, le corps raidi sous la couette. Il revit toute la nuit comme dans un film. Le camping-car, Ida, la baise, la banane, Rod Stewart, lui sous la pluie à côté du cadavre de l'Africain mort et…

Beppe Trecca frappa du plat de la main son front bouillant.

*… Le vœu !*

« *Mon Dieu, je t'en prie… Je te jure que si tu lui sauves la vie, je renoncerai à tout… Je renoncerai à l'unique belle chose de ma vie… Si tu le sauves, je te promets que je renoncerai à Ida. Je ne la reverrai jamais plus, je ne lui parlerai jamais plus. Je te le jure.* »

Il avait demandé à Dieu et Dieu avait donné.

Cet Africain était revenu du royaume des morts grâce à sa prière. Beppe Trecca, cette nuit-là, avait été témoin d'un miracle.

Il prit la bible qu'il gardait sur la table de chevet et commença à la feuilleter rapidement. Et il lut, en ayant du mal à accommoder les mots :

*… On enleva donc la pierre. Jésus leva les yeux en haut et dit : « Père, je Te rends grâces de m'avoir écouté. Je savais que Tu m'écoutes toujours ; mais c'est à cause de la foule qui m'entoure que j'ai parlé, afin qu'ils croient que Tu m'as envoyé. » Cela dit, il s'écria*

*d'une voix forte : « Lazare, viens dehors ! » Le mort
sortit, les pieds et les mains liés de bandelettes, et son
visage était enveloppé d'un suaire. Jésus leur dit :
« Déliez-le et laissez-le aller. »*

*Tout pareil !*
Mais à quel prix ?
*Je renoncerai à Ida.*
Voilà ce qu'il avait dit. Et donc…
*Et donc, je ne la reverrai plus, j'ai fait un vœu…*
Sa tête retomba vers l'avant, lourde, et il lui sembla
qu'il était aspiré de nouveau dans le trou noir.
Il avait donné son cœur en échange d'une vie.
*Je renoncerai à l'unique belle chose de ma vie…*
Une grimace de terreur collée sur le visage, il serra
le drap dans ses poings, tandis que la panique l'effri-
tait, comme le fait la vague avec un château de sable.


## 188.


A la porte de la salle d'attente, un médecin grand
et sec le regardait.
*A qui il ressemble ?*
Cristiano Zena réfléchit quelques secondes, puis
ça lui revint. C'était, tout craché, Bernard, le vautour
de *Popeye*.
Après s'être éclairci la voix, le médecin se décida :
« C'est toi Cristiano, le fils de Rino Zena ? »
Il lui fit signe que oui.
Le professeur s'assit tout courbé sur une chaise en
plastique face à lui.
Il avait des jambes plus longues que celles de Quattro Formaggi, et Cristiano remarqua qu'il avait des
chaussettes dépareillées. Elles étaient toutes les deux
bleues, mais l'une était unie et l'autre à côtes.

Il éprouva pour ce type un mouvement de sympathie instinctif qu'il réprima aussitôt.

« Je m'appelle Enrico Brolli, le chirurgien qui a opéré ton père et... » Il laissa la phrase ainsi et se mit à lire une chemise qu'il tenait, en se grattant la nuque.

Cristiano bondit sur ses pieds : « Il est mort. Inutile de tourner autour du pot. »

Le médecin le regarda avec sa petite tête penchée un peu de côté, comme font parfois certains chiens. « Qui t'a dit qu'il était mort ?

— Je vais pas me mettre à pleurer. Dis-le-moi et c'est tout, comme ça je m'en vais. »

Brolli se leva d'un coup et posa une main sur son épaule. « Viens. Allons le voir. »

### 189.

Quattro Formaggi, sous la douche, leva les bras puis les abaissa et regarda ses mains.

Ces mains avaient pris une pierre et elles avaient défoncé la tête d'une femme.

L'eau bouillante de la douche devint pluie glacée et il sentit sur le bout de ses doigts la surface rugueuse de la pierre et la consistance spongieuse de la mousse et il ressentit la vibration au contact du front de cette...

Il eut le vertige, finit contre le carrelage et se laissa glisser comme un chiffon mouillé.

### 190.

Rino Zena était étendu sur un lit avec un turban de gaze blanche tout autour de la tête. Une lampe au-dessus du lit formait un ovale lumineux ténu et le visage serein semblait suspendu sur l'oreiller comme celui d'un spectre. Le reste du corps était caché sous un drap vert clair. Autour, il y avait un amphithéâtre d'écrans et d'appareillages électroniques qui émettaient des lumières et des bips.

Cristiano Zena et Enrico Brolli étaient debout à quelques mètres du lit.

« Il dort ? »

Le médecin secoua la tête : « Non. Il est dans le coma.

— Mais il ronfle ?! »

Brolli laissa échapper un sourire. « Parfois il arrive que les personnes dans le coma ronflent.

— Il est dans le coma ? » Cristiano se retourna une seconde pour le regarder comme s'il n'avait pas compris.

« Approche-toi, si tu veux. »

Il le vit faire deux pas en avant, incertain, comme si là il y avait un lion anesthésié. Et puis serrer la tête du lit. « Et il va se réveiller quand ?

— Je ne sais pas. Mais en général, il faut compter au moins deux semaines. »

Ils restèrent silencieux.

Il semblait que l'enfant n'avait pas entendu. Raide, agrippé à la tête du lit comme s'il avait peur de tomber. Brolli ne savait pas comment lui expliquer la situation. Il s'approcha de lui. « Ton père avait un anévrisme. Probablement depuis sa naissance.

— Qu'est-ce que c'est un... ané..., demanda Cristiano sans se retourner.

— L'anévrisme est une petite dilatation d'une artère. Une espèce de petite poche pleine de sang qui n'est pas élastique comme les autres vaisseaux et qui avec le temps peut se rompre. Chez ton père, il s'est rompu hier dans la nuit et le sang est entré dans la

zone sub… bref, entre le cerveau et la boîte crâ-
nienne, et il a pénétré dans le cerveau.

— Et alors, qu'est-ce qui se passe ?

— Il se passe que le sang comprime le cerveau et
crée un déséquilibre chimique…

— Et qu'est-ce que vous lui avez fait ?

— On a enlevé le sang et refermé l'artère.

— Et maintenant ?

— Il est dans le coma.

— Dans le coma… » répéta Cristiano.

Brolli allait tendre une main et la lui poser sur
l'épaule. Mais il se ravisa. Ce gamin ne semblait pas
vouloir de réconfort. Il avait les yeux secs et était
épuisé. « Ton père ne peut pas se réveiller. Il semble
dormir, mais ce n'est pas ça. Heureusement, il arrive
à respirer tout seul, sans l'aide d'une machine. En
revanche, cette bouteille accrochée – il indiqua la
perfusion à côté du lit – sert à l'alimenter, puis nous
lui mettrons un petit tube qui apporte la nourriture
directement dans son estomac. Son cerveau a subi un
dommage très sérieux et maintenant il emploie toutes
ses ressources à se réparer. Toutes les autres fonctions, comme manger, boire, parler ont été suspendues. Pour le moment…

— Mais la veine, elle a pété parce qu'il a fait quelque chose de bizarre ? » La voix de Cristiano était
sortie stridente.

Le médecin souleva un sourcil. « En quel sens,
bizarre ?

— Je sais pas. – Le gamin se tut, mais ensuite il
ajouta : – Moi, je l'ai trouvé comme ça… »

Qui sait, peut-être que ce soir-là il avait fait enrager
son père, et maintenant il se sentait responsable.
Brolli essaya de le tranquilliser. « Il pouvait aussi bien
dormir, quand l'hémorragie s'est déclenchée. Il avait

un anévrisme assez étendu. Il n'a jamais consulté ? On lui a fait un scanner ? »

Le petit secoua la tête. « Non. Il détestait les médecins. »

Brolli haussa la voix : « Ne parle pas au passé. Il n'est pas mort. Il est vivant. Son cœur bat encore, son sang circule dans ses veines.

— Si je lui parle, il m'entend ? »

Le médecin poussa un soupir. « Je ne crois pas. Tant qu'il ne donnera pas quelque signe de reprise de conscience comme ouvrir les yeux… honnête-ment, je ne pense pas qu'il t'entendra. Mais peut-être que ce ne sera pas comme ça… Tu sais, c'est un mystère pour nous aussi. Quoi qu'il en soit, si tu en as envie, tu peux lui parler. »

Le garçon haussa les épaules. « Là, maintenant, j'ai pas envie de lui parler. »

Brolli alla à la fenêtre. Il vit la voiture de sa femme garée dans la rue. Il savait pourquoi Cristiano ne voulait pas parler à son père. Il se sentait abandonné.

Le docteur Davide Brolli, le père d'Enrico Brolli, pendant toute sa vie s'était réveillé à sept heures. Ponctuellement, une demi-heure plus tard il buvait son café. A huit heures précises il sortait de la maison, descendait un étage et allait à son cabinet où il consultait jusqu'à une heure moins cinq. A une heure, il était à la maison pour le début du journal télévisé. Il mangeait seul devant la télévision. De une heure et demie à deux heures dix, il faisait la sieste. A deux heures dix, il retournait à son cabinet. Il remontait à huit heures. Il dînait et vérifiait les devoirs de ses enfants. A neuf heures, il allait se coucher.

Cela se déroulait ainsi tous les jours de l'année, sauf le dimanche. Le dimanche, il allait à la messe, achetait des gâteaux, et écoutait les matchs à la radio.

Quelquefois, quand il avait un doute sur une

rédaction ou une version latine, le petit Enrico sortait de la maison, son cahier à la main, et descendait dans le cabinet de son père.

Pour y arriver, il était obligé de se frayer un passage dans le couloir plein de mômes pleurnichards, de poussettes et de mamans. Il haïssait tous ces mômes parce que son père les considérait comme ses propres enfants. Souvent, il l'avait entendu dire : « C'est comme si c'était mon fils. »

Et Enrico ne parvenait pas à savoir si son père le traitait comme ces enfants, ou s'il traitait ces enfants comme lui.

Quand Enrico eut treize ans, Davide Brolli commença à l'emmener avec lui durant ses visites de nuit. Il le tirait du lit à n'importe quelle heure et l'emmenait dans sa Giulietta bleue à travers la campagne sombre à la recherche d'une ferme où il y avait un bébé fiévreux. Lui, il était à l'arrière, enveloppé dans une couverture, et il dormait.

Quand ils arrivaient, son père descendait avec sa serviette noire et lui restait dans la voiture. S'ils finissaient après cinq heures, ils s'arrêtaient chez le boulanger et mangeaient une brioche chaude, à peine sortie du four.

Tandis que la nuit se dissolvait dans le jour, ils s'asseyaient, sur un banc en bois juste à côté de la porte de la boulangerie. Dedans, c'était plein d'hommes couverts de farine qui transportaient d'énormes plaques de cuisson pleines de pain et de gâteaux.

« Comment elle est ? lui demandait son père.

— Bonne.

— Ici, ils les font vraiment bien. » Et il lui donnait une caresse sur la tête.

Aujourd'hui encore, Enrico Brolli continuait à se demander pourquoi son père l'emmenait avec lui la

nuit. Pendant des années, il avait désiré le lui demander, mais n'en avait jamais eu le courage. Maintenant
qu'il se sentait prêt à lui poser la question, son père
n'était plus là.

*Peut-être pour les brioches. Ses autres enfants, des
brioches, ils n'en mangeaient pas.*

Son père était mort depuis presque dix ans. Son
intestin avait été dévoré par le cancer. Les derniers
jours de sa vie, il ne pouvait presque plus parler et
il était bourré de morphine. Avec son stylo, il continuait à rédiger des ordonnances sur le drap. Des
ordonnances de médicaments contre la grippe, la
scarlatine, la diarrhée.

Deux jours avant de s'en aller, dans un fragile
moment de lucidité, le pédiatre avait regardé son fils,
lui avait serré très fort le poignet et avait murmuré :
« Dieu s'acharne sur les plus faibles. Toi, tu es médecin et ça, tu dois le savoir. C'est important, Enrico.
Le mal est attiré par les plus pauvres et les plus
faibles. Quand Dieu frappe, il frappe le plus faible. »

Enrico Brolli regarda le gamin qui était auprès de
son père, secoua la tête et sortit de la chambre.


## 191.


Beppe Trecca, assis à la table du séjour avec un
thermomètre sous l'aisselle, but une gorgée de Vicks
MediNait qui ne lui enleva pas de la bouche le goût
de la vodka au melon. Il fit une grimace dégoûtée et
observa, sourcils froncés, son portable Nokia posé
face à lui. Sur l'écran, il y avait une enveloppe avec
écrit à côté : IDA.

*Je peux le lire ?*

Il avait promis au Père Eternel de ne pas lui parler
et de ne pas la voir, donc, théoriquement, un SMS

ne romprait pas son vœu. Mais il valait mieux ne pas le faire. Il devait se mettre en tête qu'Ida Lo Vino était un chapitre clos de son existence, il devait l'oublier et se désintoxiquer de cet amour.

*Comme un drogué.*

Une abstinence sèche. Et peut-être que ça lui passerait.

Il souffrirait comme un chien. Mais cette souffrance était la monnaie avec laquelle il payait sa dette au Seigneur.

*Et cette souffrance fera de moi un homme meilleur.*

Il s'imagina qu'il était une sorte de héros de cinéma qui commettait un crime et qui, grâce à un vœu fait à Dieu, devenait un homme de paix, un être supérieur qui se vouait aux pauvres et aux maltraités.

*Il y avait un film avec Robert De Niro...*

Il ne se souvenait pas du titre, mais c'était l'histoire d'un chevalier qui tuait un innocent. Après il se repentait, et comme pénitence, il traînait ses armes et son armure, attachées à une corde, à travers les forêts du Brésil et au sommet d'une très haute montagne, et puis il devenait un prêtre qui aidait les Indios.

Lui aussi, il devait faire pareil.

Il attrapa le portable, tourna la tête, tendit le bras comme si on devait le lui amputer et, en grinçant des dents, il effaça Ida Lo Vino de sa vie.

### 192.

« C'est moi. Cristiano. Papa, écoute-moi ! Je suis près de toi. Je te tiens la main. T'es à l'hôpital. T'as eu un accident. Le médecin dit que t'es dans le coma mais que dans quelques semaines tu te réveilleras. Maintenant, t'es en train de réparer ton cerveau parce

400

que t'as eu un truc… Une hémorragie. Faut pas t'en faire. Le reste, je m'en suis occupé. Personne découvrira jamais rien. Moi, pour ce genre de choses, je suis bon, tu le sais. Donc toi, tu restes là, peinard, à te réparer, et le reste, je m'en occupe. Sois tranquille. J'ai essayé d'appeler Quattro Formaggi et Danilo, mais ils me répondent pas. » Cristiano observa le visage de son père, en y cherchant un mouvement, un battement de cils, une grimace infinitésimale qui lui ferait comprendre qu'il l'écoutait. Il regarda autour de lui pour vérifier une fois encore qu'il n'y avait personne, il tendit un bras et il appuya son index sur l'œil gauche de son père, d'abord doucement puis plus fort. Rien. Il ne réagissait pas. « Ecoute. Moi, je peux venir ici que peu de temps, chaque jour. Donc maintenant je rentre à la maison et je reviens demain. » Il allait se lever, mais il se ravisa. Il s'approcha de l'oreille de son père et lui chuchota : « Je sais que tu peux pas m'entendre, mais je te le dis quand même. J'ai dit à tout le monde que t'étais tombé dans le coma à la maison pendant que tu dormais, comme ça… », *personne ne pensera que c'est toi.*

Cristiano se mit une main sur la bouche. Son estomac s'était rétréci comme un sac plastique sous vide. Il renifla et se frotta les yeux pour ne pas pleurer. Il se leva et sortit de la salle de réanimation.


### 193.


Quattro Formaggi était assis face à sa crèche.

Il s'était lavé bien comme il faut, avait enfilé son peignoir de bain et s'était fourré dans la bouche tous les médicaments qu'il avait trouvés à la maison : trois aspirines, deux Brufen, un comprimé de Tachipirine, une Dragée Fuca et un Alka-Seltzer effervescent. Il s'était tartiné un tube entier de Proctosedyl sur le thorax et l'épaule.

Il se sentait mieux, sauf que plus il observait la crèche s'étendant d'un côté à l'autre de la pièce, plus il s'apercevait que quelque chose clochait. Il ne savait pas précisément quoi, mais c'était ainsi. Et ce n'était pas à cause des soldats de plomb, des figurines et des poupées, de toutes les voitures, du Petit Jésus collé à la mangeoire. Il s'était trompé pour le monde. Les montagnes. Les rivières. Les lacs. Tout était mal positionné, sans ordre et sans signification.

Il ferma les yeux et eut la sensation de léviter au-dessus de sa chaise. Il vit l'immense vallée de terre rouge qui léchait les murs de la pièce et des montagnes de pierres qui grimpaient jusqu'au plafond. Et des fleuves. Des torrents. Des cascades.

Et au centre de la vallée, il vit le corps nu de Ramona.

Un géant mort. Le cadavre de la fille entouré par les soldats de plomb, les bergers, les voitures miniatures. Sur ses petits seins, des araignées et des iguanes et des brebis. Sur ses tétons sombres, des petits crocodiles verts. Au milieu des poils de la chatte, des dinosaures et des soldats de plomb et des bergers et dedans, dans la caverne, l'Enfant Jésus.

Il crut tomber dans le vide, il écarquilla les yeux et s'agrippa à sa chaise en un geste désarticulé. Il plia son bras contusionné et eut la sensation qu'une scie tournante le tranchait en deux. Il poussa un cri de douleur.

Il attendit que l'élancement passe pour se mettre debout.

Maintenant, il savait ce qu'il devait faire.

Il devait retourner dans le bois, prendre le corps de la blondinette et le mettre dans la crèche.

C'était pour ça qu'il l'avait tuée.

Et Dieu l'aiderait.

## 194.

Beppe Trecca tenait entre ses mains le thermomètre.

*Trente-sept huit. Ça doit être la grippe. Ces choses-là, il ne faut pas les négliger, si on ne les étouffe pas dans l'œuf, on se les trimbale pendant des mois.*

Mieux valait prendre une journée de repos. Cela lui permettrait aussi d'organiser un plan stratégique pour respecter son vœu. Il devait garder son portable éteint, et dès qu'il serait remis de sa grippe, il changerait de numéro. Puis il devrait cesser de coordonner les réunions à la paroisse. Et au boulot aussi, éviter au maximum Mario Lo Vino. Bien entendu, Ida savait où il habitait, il devait donc déménager. Même si dans ce village grand comme un mouchoir de poche, on pouvait se rencontrer partout. Peut-être était-il plus sage de louer une maison dans un patelin des alentours et éviter le centre de Varrano.

En somme, il devait vivre barricadé dans un bunker, sans travail, sans amis. Un cauchemar.

Il n'y arriverait pas. L'unique solution était de foutre le camp d'ici.

*Pour un temps.*

Le temps suffisant pour faire comprendre à Ida que le Beppe Trecca d'avant, celui qui lui avait dit qu'il la prendrait même avec ses enfants, n'existait plus. Ç'avait été le mirage d'une nuit.

*Loin, tant qu'elle ne me haïra pas.*

C'était ça, le pire de tout. Pire que la souffrance de ne plus la voir.

Ida penserait qu'il était une merde, un être méprisable. Un individu dégueulasse qui la déshonorait dans un camping-car, faisait mille promesses et puis s'enfuyait comme le dernier des lâches.

*Si au moins je pouvais lui expliquer la vérité.*

Peut-être devait-il tout avouer à sa cousine Luisa et lui demander de le dire à Ida. Cela soulagerait au moins un peu sa douleur. Et Ida, qui était une femme sensible et pieuse, comprendrait certainement et, en silence, elle l'aimerait et l'estimerait pour le reste de ses jours.

Non, il ne pouvait pas. La valeur de ce vœu à la con était justement là, dans cette punition. Etre pris pour un monstre et ne rien pouvoir faire pour se disculper. En éliminant cette souffrance, il romprait sa promesse.

Et puis s'il parlait du miracle à Luisa, il devait aussi parler du camping-car.

*Non, impossible. Son mari me tue.*

Son portable se mit à sonner.

L'assistant social, terrorisé, regarda vers l'appareil qui vibrait sur la table.

*Je ne l'ai pas éteint.*

*C'est elle.*

Son cœur cogna dans sa cage thoracique comme un canari qui a vu un chat. Il ouvrit grand la bouche et essaya d'avaler de l'air. Il fut parcouru par une bouffée de chaleur. Et ce n'était pas la fièvre, mais la passion qui le brûlait. La seule pensée de pouvoir entendre sa voix douce lui faisait tourner la tête, et tout le reste n'avait plus de sens.

*Ida, je t'aime !*

Il aurait voulu ouvrir la fenêtre et le hurler au monde. Mais il ne pouvait pas.

*Maudit Africain.*

Il mit les mains sur son visage et, à travers l'espace entre ses doigts, regarda l'écran du portable. Ce n'était pas le numéro d'Ida. Pas non plus celui de chez elle. Et si elle l'appelait d'un autre téléphone ?

Il resta un moment indécis, mais ensuite il répondit : « Oui ? Qui est à l'appareil ?

— Bonjour. Je suis le caporal-chef Mastrocola, j'appelle de la caserne de carabiniers de Varrano. Je voudrais parler à Trecca Giuseppe. »

*Ils ont trouvé le camping-car !*

Beppe déglutit et bredouilla : « Je vous écoute.

— C'est vous qui vous occupez de… – silence – … Zena Cristiano ? »

Pendant un instant, ce nom ne lui dit rien. Puis il se rappela. « Oui. Effectivement. C'est moi qui m'en occupe.

— Nous aurions besoin de vous. Son père a eu un grave accident et maintenant il est hospitalisé au Sacré-Cœur de San Rocco. Son fils est là-bas, vous pourriez l'y rejoindre ?

— Mais que s'est-il passé ?

— Je l'ignore. L'hôpital nous a avertis et nous, nous vous appelons. Mais vous, vous pouvez y aller ? Il semble que le mineur n'ait pas d'autres parents, à part le père.

— C'est que je… en fait, j'ai un peu de fièvre. – Puis il dit : – Ça ne fait rien. Je vais y aller tout de suite.

— Bien. Vous passez par nos bureaux pour prendre le dossier de l'affaire ?

— Bien sûr. Au revoir. Et merci… » Beppe acheva la conversation et resta immobile pour digérer la nouvelle.

Il ne pouvait pas laisser ce pauvre petit tout seul.

Il avala deux aspirines et s'habilla.

## 195

Si Fabiana Ponticelli n'avait pas décidé de passer par le bois de San Rocco, elle aurait dû faire un faire un long détour sinueux pour rentrer au Jardin Fleuri, le complexe résidentiel où elle avait vécu pendant quatorze ans avec sa famille.

Il était à presque six kilomètres de Varrano. Il fallait prendre le boulevard extérieur, puis la départementale pour Marzio et au bout de quelques kilomètres, tourner à gauche en direction de la voie rapide. Après avoir fait deux autres kilomètres au milieu des hangars, des usines et des succursales de matériel de construction, soudain surgissait devant vous, ceinte par des murs comme un château fort médiéval, la communauté exclusive du Jardin Fleuri.

Deux cents villas (*ranchos*) construites au début des années quatre-vingt-dix dans un improbable style mexico-méditerranéen par le célèbre architecte Massimiliano Malerba. Huisseries bleues, formes arrondies et crépi couleur terre qui rappelaient vaguement les adobes indiens. Un demi-hectare de jardin pour chaque lot. En sus, une boutique et un club, avec trois courts de tennis et une piscine olympique. Trois entrées surveillées vingt-quatre heures sur vingt-quatre par des vigiles privés en uniforme bleu. Et des phares halogènes le long de tout le tracé des murs d'enceinte.

Les habitants arrogants de la résidence n'étaient pas très aimés par les gens qui habitaient à côté. Jardin Fleuri avait été rebaptisé « Fuir New York », en référence au film de John Carpenter où la Grosse Pomme, séparée du monde par d'énormes bastions de ciment, était devenue une prison de haute sécurité où l'on jetait tous les criminels d'Amérique.

Jusqu'au jour précédent, tout à côté du rancho 36, propriété de la famille Ponticelli, un énorme chêne de plus de vingt mètres de haut tendait ses branches vers l'infini. Sa corolle verte couvrait une grande partie de la rue des Cyclamens. Le tronc était si large qu'il fallait trois personnes pour l'enlacer.

L'arbre était là depuis l'époque où il n'y avait que des marécages habités par les serpents et les moustiques. Il avait subsisté, indemne, aux déboisements, aux assèchements du marais, il avait survécu à l'étau de ciment du village, mais pas au *Phytophotra ramorum*, un champignon parasite d'origine canadienne qui avait colonisé son tronc comme une carie, transformant son bois compact en une chose spongieuse et inconsistante.

Cette nuit-là, la tempête avait donné le coup de grâce à la plante séculaire qui s'était abattue de toute sa masse sur le garage des Ponticelli.

Probablement, si la mycose n'avait pas gangrené les fibres du végétal, le chêne aurait résisté, comme il l'avait toujours fait, à la tempête et il n'aurait pas réduit le garage en un amas de gravats et Alessio Ponticelli aurait découvert tout de suite que sa fille Fabiana, cette nuit-là, n'était pas rentrée dormir.

Le père de Fabiana était un parfait représentant de la communauté du Jardin Fleuri. Entrepreneur de bel aspect. Un mètre quatre-vingts. Quarante-deux ans. Cheveux grisonnants et dentition éclatante. Epoux de Paoletta Nardelli, ex-Miss Elégance Trentin 87. Bon père de famille. Il fréquentait le club et détestait la politique. Et, chose plus importante, son argent était propre et sentait la sueur. Il l'avait gagné en créant de toutes pièces la Goldgarden, une société de produits pour le jardin, avec un catalogue qui offrait une gamme allant des kiosques en aluminium aux fontaines en béton armé.

La nuit de la mort de sa fille, Alessio Ponticelli était resté bloqué à Brindisi. Le vol qui devait le ramener à la maison avait été annulé en raison des mauvaises conditions atmosphériques.

Il avait averti sa femme, il avait mangé une pizza trop salée et avait dormi au Western Hotel. Il était rentré chez lui par le premier avion du matin.

Pour parvenir au Jardin Fleuri, il avait mis presque deux heures. La route avait été déviée jusqu'à Centuri. Le pont Sarca avait été endommagé par la crue et la nationale envahie par les eaux du fleuve.

Quand Alessio Ponticelli arrêta son SUV BMW devant chez lui, il pensa s'être trompé de rancho. Face à leur villa, une jungle verte avait poussé. Il mit quelques secondes à comprendre qu'il s'agissait du feuillage du grand chêne.

Il descendit de voiture avec le sentiment que la terre collait aux semelles de ses chaussures et il se fraya un chemin au milieu des feuilles et des branches et il vit avec horreur que son garage n'était plus que décombres. Sa serviette de la Bottega Veneta lui glissa des mains et son regard tomba sur la Jaguar qui ressemblait à une galette romagnole, les restes de la table de ping-pong et le motoculteur John Deere, qu'il n'avait même pas commencé à payer, réduit à un tas de tôles tordues.

Il resta là où il était, glacé. Il y avait un silence surnaturel. Puis il se tourna et s'aperçut que Renato Barretta, le propriétaire du rancho 35, avançait vers lui. Il serrait dans sa main un râteau comme si c'était une hallebarde et il portait un jogging et une doudoune grise. Il s'approcha de lui en secouant la tête : « Quel boucan ! Quand je l'ai vu ce matin, ça m'a fichu un coup. » Et puis, tout fier : « J'ai déjà appelé la direction et les pompiers, pas de problème. Heureusement qu'il n'y avait personne à la maison… »

Alessio regarda la villa. Elle au moins avait été

épargnée. Les persiennes de la fenêtre de sa chambre à coucher étaient fermées.

*Elle est en train de dormir.*

Sa femme était sûrement encore en train de dormir, bourrée de somnifères, des boules Quies dans les oreilles. Elle ne s'était rendu compte de rien.

*Mais Fabiana, elle, doit avoir entendu.*

## 196.

Quattro Formaggi, juché sur son Boxer, montait à nouveau les tournants du bois de San Rocco.

Un feu brûlait dans son épaule. Et chaque nid-de-poule qu'il prenait était un supplice. Mais ça aussi, c'était un signe que Dieu était avec lui.

*Exactement comme les trous dans les mains de Padre Pio.*

A travers son casque, il entendait les moineaux qui gazouillaient follement.

Le soleil, qui s'était fait de la place au milieu des nuages, plongeait ses rayons dans la végétation, éclaboussant le terrain de taches lumineuses. En haut, sur les branches, les feuilles mouillées brillaient comme des diamants. Pendant la nuit, la pluie avait creusé dans la terre des ruisseaux qui continuaient encore à déverser de la boue sur la route.

Quattro Formaggi n'avait aucun plan pour ramener chez lui le corps de la fille. Il ne pouvait pas prendre le cadavre et le charger sur sa mobylette. Mais Dieu lui dirait comment faire.

Il était excité. Bientôt, il reverrait Ramona et il pourrait la toucher et mieux la regarder. Il craignait que le coup qu'il lui avait donné avec la pierre ne l'ait défigurée. Mais il trouverait une solution à ça aussi.

Il s'arrêta sur l'aire de stationnement et descendit de sa mobylette. Il enleva son casque. Et il remplit ses poumons de cet air frais et humide.

Une voiture passa...

*Attention !*

... il se tourna de dos pour ne pas se faire reconnaître.

Si la police l'attrapait, il finirait en prison pour le restant de ses jours. L'idée le terrorisait. Là-dedans, c'était plein de gens méchants. Il arriva au bord de la route, il allait poser un pied sur la terre, mais il resta la jambe en l'air.

Quelque chose clochait.

*Le fourgon... Où est passé le fourgon ?*

Il revint en arrière, perdu, et regarda autour de lui. L'endroit était bien celui-là... Il en était sûr.

Il sentit sa peau se glacer et une main gelée lui enserrer le scrotum.

Il s'élança dans le bois. Il fit une dizaine de mètres et commença à se flanquer des coups de poing dans la jambe. Il se mit à tourner sur lui-même, incrédule.

Le cadavre de Rino n'était pas là, et celui de Ramona non plus.

*Où ils sont ?*

Dans la panique, il revint sur ses pas, puis courut vers l'avant...

*Peut-être un peu plus loin.*

En se frayant un chemin au milieu des buissons, il se mit à tourner en rond, à enjamber des troncs pourris, à escalader des pierres, à errer comme un fou dans le bois tandis que tout se floutait en des taches de lumière et d'ombre.

*Non... Vous pouvez pas me faire ça... Vous pouvez pas.*

## 197

Au volant de sa Puma, Beppe Trecca observait la nationale qui se déroulait entre les champs inondés comme une bande de réglisse. Il se mit derrière un semi-remorque transportant de gigantesques tubes de ciment. Il tourna son regard vers Cristiano Zena, qui dormait à côté de lui, la capuche sur la tête.

*Pauvre petit.*

Trecca l'avait trouvé à l'hôpital, désorienté et apathique, comme si son père était déjà mort. Il n'arrivait presque pas à marcher droit et il avait dû le soutenir pour descendre les escaliers. A peine monté dans la voiture, il s'était écroulé de sommeil.

Le médecin avait expliqué à l'assistant social que pour Rino Zena, le pronostic était réservé et qu'on ne pouvait prévoir quand ni comment il sortirait du coma. Mais même s'il se réveillait dans peu de temps, sans aucun dommage, il devrait quand même se soumettre à une période de rééducation pour se rétablir complètement.

*Au minimum, cela prendra six mois. Qui va s'occuper de ce malheureux ?*

Il mit son clignotant et doubla le camion.

Cristiano n'avait pas de mère non plus, et ces deux lourdauds d'amis de Rino n'étaient certainement pas en mesure de s'occuper de lui.

Beppe savait qu'il devait appeler le juge pour enfants afin de lui présenter la situation. Mais, vous pensez bien, ce type-là allait aussitôt expédier Cristiano dans une famille d'accueil ou à l'assistance publique.

*Je peux attendre quelques jours. Juste le temps de voir ce qui arrive à Rino. Et comme ça, Cristiano pourra rester auprès de son père.*

Beppe pouvait s'installer chez eux.

Son regard s'illumina.

*Je suis un génie ! Là-bas, Ida ne me trouvera jamais.*

En arrière-fond, la radio diffusait un air qu'il connaissait. Il augmenta un peu le son. Une voix rauque chantait : « Maybe tomorrow I'll find my way home… »

*Peut-être que demain je trouverai mon chemin vers la maison.*

Oui, peut-être qu'il le trouverait.


## 198.


Et s'il avait rêvé tout ça ? Et si Ramona n'avait jamais existé ? Ou si elle n'existait que dans le film ?

Alors ces douleurs, ces ecchymoses, la blessure à l'épaule, qu'est-ce que c'était ?

Pourquoi les corps de Rino et Ramona n'étaient plus là ?

*Quelqu'un les avait fauchés.*

« Qu'est-ce que vous allez en faire, fils de pute ? Dites-le-moi. Qu'est-ce que vous en faites ? » Quattro Formaggi, à genoux, pleurait et donnait des coups de poing par terre. Puis, comme l'actrice d'un mauvais soap, il souleva la tête vers l'entrelacs des branches noires qui emprisonnaient le ciel et s'adressa directement au Père Eternel : « Où tu les as mis ? Dis-le-moi ? Je t'en prie… Dis-moi au moins si c'était vrai. Tu peux pas me faire ça… C'est toi qui m'as aidé. » Sa tête retomba et il se mit à sangloter. « C'est pas juste… C'est pas juste… »

*(Tu as la bague.)*

Il se revit tandis qu'il faisait glisser de la main de Ramona la bague en argent avec la tête de mort, et puis…

*Je l'ai avalée. Je suis rentré à la maison et je l'ai avalée.*

Il se mit la main sur le ventre. Elle était là-dedans. Il la sentait brûler au fond de lui comme un tison ardent.

*(Va à la maison.)*

Il courut hors du bois en boitillant, prit le Boxer et partit dans un nuage de fumée.

Si seulement il avait été plus calme, si seulement il s'était arrêté pour réfléchir, il se serait rappelé que le scooter de Fabiana Ponticelli était abandonné derrière la cabine de l'ENEL.

## 199.

Au commissariat, un policier expliqua à Alessio Ponticelli que, avant de déposer une plainte pour disparition, il était d'usage d'attendre au moins vingt-quatre heures. Surtout dans le cas d'une adolescente.

Chaque année environ trois mille recherches de mineurs disparus sont lancées, mais quatre-vingts pour cent se résolvent au bout de quelques heures par le retour du jeune à la maison.

Le policier commença à lui poser une série de questions : s'il y avait des problèmes dans la famille, si la jeune fille avait un fiancé, si elle avait des fréquentations étranges, si elle avait jamais exprimé la volonté de faire un voyage, si elle était rebelle, si elle se droguait et si elle s'était éloignée de la maison d'autres fois.

A toutes ces questions, Alessio Ponticelli répondit non, non et non.

Depuis peu, la police disposait aussi d'un soutien psychologique qui dans ces cas s'avérait très utile et s'il voulait…

Alessio Ponticelli sortit en courant du commissariat et se mit à sillonner la route qui, de chez Esmeralda, conduisait jusqu'au Jardin Fleuri.

Il fit d'abord le long tour, en suivant le boulevard extérieur. Il roulait à vingt kilomètres-heure, sans cesser de jurer et de répéter : « Maudit soit le jour où je lui ai acheté un scooter. Tout est de ma faute. En plus, elle redoublait ! – Puis, comme s'il parlait à sa femme : – Tout ça, c'est de ta faute, c'est toi qui as insisté pour le lui acheter… »

Il n'arrivait pas à croire que cette pauvre imbécile s'était bourrée de calmants et était allée se coucher sans attendre le retour de Fabiana. En plus, avec un temps pareil, il n'y avait que des Noirs, des Arabes et des Albanais qui violaient les gamines à tous les coins de rue. Sans parler des enlèvements.

« Mais ça, tu vas me le payer, aussi vrai qu'il fait jour… » Il avait laissé sa femme à la maison pour attendre un éventuel coup de fil.

Il décida de faire une tentative par la route qui traversait le bois de San Rocco. Même s'il était absurde que sa fille l'ait prise. Il lui avait dit mille fois de ne pas la prendre.

Il monta la route sinueuse. Il traversa le bois et arriva de l'autre côté. Mais il décida de revenir en arrière. Il gara la BMW sur un espace où il y avait une cabine de l'ENEL et il descendit de voiture.

Pendant le restant de ses jours, Alessio Ponticelli se demanda ce qui l'avait poussé à s'arrêter juste là, sans réussir à donner une réponse. Selon des recherches américaines, certains animaux sont en mesure de sentir l'odeur de la douleur. La douleur a une odeur propre, forte et piquante, comme les phéromones des insectes. Une puanteur qui reste accrochée aux choses pendant longtemps. Et peut-être que, d'une manière ou d'une autre, il avait senti la douleur que sa fille avait éprouvée avant de s'en aller.

Toujours est-il que quand Alessio Ponticelli vit la mobylette de sa fille jetée derrière la cabine de l'ENEL, quelque chose en lui s'assécha et mourut. Et il eut la certitude que Fabiana ne faisait plus partie de ce monde.

Il écouta le halètement désordonné de sa respiration. L'univers se réduisit à une série de pensées décousues sur lesquelles s'abattit la douleur qui l'accompagnerait, comme un chien fidèle, pour le restant de ses jours.


## 200.

Quattro Formaggi s'assit sur les chiottes et, dans une série de tonnerres et de glaires pétaradantes, déchargea un jaillissement de diarrhée fétide. Puis, avec douleur et bonheur, il sentit un truc dur comme une pierre qui lui traversait le rectum.

*La voilà !*

Il se crispa tout entier et souffla comme s'il était en train d'accoucher et il finit par expulser quelque chose qui tomba avec un DING contre la porcelaine.

Il se leva et regarda dans la cuvette.

Les parois étaient incrustées de calcaire et d'une mélasse sombre. Dessous, les eaux usées noires comme du goudron reflétaient sa figure pâle.

L'ampoule nue qui pendait du plafond, dans son dos, créait autour de sa tête un halo lumineux comme celui d'un saint dans une peinture d'église.

Il plongea la main dans sa merde et la retira, poing serré. Il la mit sous le robinet et enfin, il ouvrit les doigts.

Une grosse bague argentée avec une tête de mort

était au centre de sa paume. Satisfait, il la nettoya. « La voilà. Tu la vois ? Tu vois que je me trompais pas ? Je l'ai tuée et ça, c'est la preuve. »

Il sourit, ouvrit la bouche et la ravala.

Maintenant, il fallait découvrir ce qui était arrivé aux corps de la blondinette et de Rino.

## 201.

*« Ecoute, je peux le lui demander, moi, à ton père. Tu crois qu'il me fait peur ? Tu sais combien de temps il me faudrait pour le savoir ? »* Voilà ce que lui avait dit Fabiana au centre commercial.

C'était samedi. Cette nuit-là, Rino et lui étaient allés chercher Tekken et puis ils étaient rentrés à la maison. Dimanche, ils avaient été ensemble toute la journée.

*Ils ont pas eu le temps de faire connaissance.*

*… « Tu sais combien de temps il me faudrait ? »*

*S'il ne lui fallait pas longtemps, c'est qu'elle le connaissait déjà,* réfléchit Cristiano.

Ils étaient allés baiser dans le bois parce qu'ils ne voulaient pas se faire choper.

*Sous la pluie ? A cette heure ?*

*Et puis lui, il avait eu l'hémorragie et il était tombé dans le coma. Et elle…*

Cristiano se frotta les pieds l'un contre l'autre. Le gel qui transperçait ses os ne partait pas malgré la douche bouillante et la couche de couvertures sous laquelle il était enseveli.

Trecca s'était posté en bas et regardait la télévision à plein volume. Le store cassé tapait, agité par le vent et le réveil continuait à clignoter. Tout avait changé et cet idiot de réveil continuait à marquer l'heure et ce store à taper comme si rien ne s'était passé.

Cristiano mit la tête sous l'oreiller.

*Et mon père l'a frappée à la tête avec une pierre.*

Il n'arrivait pas à comprendre pourquoi.

*Parce qu'elle a dit qu'elle le raconterait à tout le monde, qu'il la sautait. Elle est mineure. Ils se sont disputés et lui il s'est mis en rogne et il l'a tuée.*

C'était une connerie. C'était impossible.

*Il doit y avoir une autre raison.*

Qu'est-ce qui pouvait s'être passé pour que son père en arrive à faire une chose aussi moche ?

« Ça suffit, fit-il en prenant ses jambes entre ses bras. Maintenant il faut que je dorme. Faut plus y penser. »

Il ferma les yeux et se souvint d'un livre qu'il avait trouvé quand il avait dix ans, posé sur un banc à un arrêt d'autobus. Il était tout usé, avec des pages jaunies comme s'il avait été lu et relu un million de fois. Au centre d'une anonyme couverture grise, il y avait un titre en rouge : *Maria se rebelle.*

La première page était occupée par une illustration en noir et blanc. Au milieu, il y avait une petite fille avec de grandes lunettes rondes, des tresses et un tablier d'où pointaient deux jambes sèches comme des baguettes. A droite, un prêtre grassouillet, les cheveux tirés en arrière, un double menton et une règle coupante à la main, à gauche une grosse dondon, les cheveux attachés derrière la nuque et un nez retroussé antipathique. L'histoire était celle de Maria, la petite fille aux lunettes, qui était orpheline (ses parents riches étaient morts dans un accident ferroviaire) et vivait dans une villa anglaise immense (pour aller de la cuisine à la chambre à coucher, il fallait utiliser une bicyclette) avec la grosse dondon très méchante et le prêtre grassouillet qui lui servait de précepteur et lui donnait des coups de règle dès qu'elle répondait faux. Ces deux-là croquaient tous les sous de son héritage et désormais, ils étaient les maîtres de la villa qui tombait en ruine et où il pleuvait à l'intérieur. Maria était seule, sans même un chien pour ami. Quand ils lui laissaient un peu de temps, elle allait explorer le jardin qui s'était transformé en jungle.

Un jour, elle était en train de jouer dans un petit temple entouré de roses sauvages et de lierre, qui était sur un îlot au centre d'un petit lac sombre. Elle avait vu quelque chose bouger. Un rat, avait-elle pensé. Elle s'était approchée et avait vu deux petits hommes et une femme minuscule qui faisaient paître une vache haute de deux centimètres.

C'étaient des Lilliputiens ramenés en Angleterre par un certain Gulliver de retour de ses voyages dans des terres inconnues. Ils avaient réussi à s'échapper et ils vivaient dans ce petit temple au milieu de l'étang.

Maria en avait attrapé un et l'avait mis dans une boîte à chaussures. Et avec le temps, elle était devenue son amie.

C'était un très beau livre. Cristiano le gardait caché dans une armoire. En cet instant, lui aussi aurait aimé avoir un Lilliputien à qui parler, il l'emmènerait dans une poche de sa veste...

Le portable de Rino se mit à sonner.

Cristiano, qui était en train de s'endormir, fit un bond.

Qui c'était ?

*(Ici le docteur Brolli. Je voulais te dire que ton père est mort.)*

Il se leva du lit, prit le portable dans la poche de son pantalon. « Qui est à l'appareil ? – Silence. – Qui est à l'appareil ?

— Rino...

— Quattro Formaggi ?! Mais où t'étais passé ? Tu

418

répondais jamais ! Qu'est-ce qui t'est arrivé ?! Tu m'as fait faire du mouron.

— Cristiano ?

— Pourquoi tu répondais pas ?! Je t'ai appelé un million de fois. Mais qu'est-ce que t'as fait ?

— Moi j'ai rien fait.

— Mais hier soir ? Qu'est-ce qui s'est passé ?

— J'ai été malade. »

Cristiano baissa la voix : « Et le coup ? Vous l'avez fait ?

— Moi non. Je suis resté à la maison... Rino ? »

Il devait trouver les mots justes. Rino était son unique véritable ami. « Papa va pas très bien. Il a eu une hémorragie à la tête.

— C'est grave ?

— Un peu. Mais bientôt il devrait aller mieux.

— Et ça lui est arrivé comment ? »

Cristiano allait tout lui raconter quand il se rappela qu'il ne fallait jamais parler au téléphone. Il pouvait être surveillé. « Hier dans la nuit. Il était en train de dormir et il lui est arrivé ce truc et il est tombé dans le coma. Maintenant, il est à l'hôpital de San Rocco. »

Quattro Formaggi resta silencieux.

« Oh, t'es toujours là ?

— Ouais. – Il avait la voix brisée. – Mais comment il va maintenant ? »

Il le lui répéta. « Il est dans le coma. C'est comme s'il dormait, sauf qu'il peut pas se réveiller.

— Et ça va s'arrêter quand ?

— Le docteur dit qu'il sait pas. Peut-être dans une semaine, peut-être dans un mois... Peut-être qu'il va mourir.

— Et toi maintenant qu'est-ce que tu fais ?

— Pour l'instant je suis ici. – Cristiano baissa la voix en un murmure : – Trecca est là. Il s'est installé ici.

— Trecca ? L'assistant social ?

— Oui. Il a été sympa. Il a dit qu'il va rester ici une semaine. Mais nous, ça nous empêche pas de nous voir.

— Dis-moi, on peut aller le voir, Rino ?

— Oui. Mais seulement à certaines heures. Pourquoi tu viens pas ici toi aussi ? Comme ça, on y va ensemble, chez papa.

— Je peux pas…

— Allez, viens. » Il aurait voulu lui dire qu'il avait besoin de lui, mais comme d'habitude, il le garda pour lui.

« Je vais pas bien, Cris. Demain ?

— OK. De toute façon, ces jours-ci, je vais pas en classe.

— Mais comment… comment tu t'en es aperçu, hier soir, pour Rino ?

— Comme ça. Je suis entré dans sa chambre et je l'ai trouvé dans le coma. »

Pause, puis : « J'ai compris. D'accord. Bon, alors salut.

— A demain ?

— A demain. »

Cristiano allait raccrocher, mais il n'y arrivait pas, vraiment pas. « Quattro ? Quattro Formaggi ?

— Ouais, quoi ?

— Ecoute, j'ai compris que si papa se réveille pas tout de suite, ils vont m'envoyer à l'assistance. Ils vont pas me laisser ici tout seul. Eventuellement… – Il hésita. – … je pourrais venir chez toi ? Je sais bien que tu veux pas que quelqu'un y mette les pieds… Mais moi je serais sage, tu me donnes un coin et moi je m'y tanque. Tu le sais que je suis calme, juste le temps que papa…

— Je crois pas, non. Tu sais ce qu'ils pensent de moi. »

Une spire de douleur s'enroula autour de la tra-chée de Cristiano. « Oui, je le sais. C'est des connards. Toi t'es pas dingue. T'es la meilleure per-sonne au monde. Je pourrais aller chez Danilo, alors ?

— Ouais. Peut-être.

— J'ai essayé de l'appeler plein de fois, mais il répond ni sur son portable ni à la maison. Tu l'as eu, toi ?

— Non.

— Bon. Alors à demain.

*J'ai des tas de choses à te dire.*

— A demain. »

## 202.

Giovanni Pagani, un grand jeune homme un peu à court de matière grise, se tenait assis sur un muret devant l'hôpital du Sacré-Cœur. Il s'était acheté depuis peu la même veste que celle de l'explorateur canadien Jan Roche Bobois lorsqu'il traversa les Andes en deltaplane et il se félicitait de la parfaite résistance du vêtement aux variations atmosphé-riques. Outre cette considération d'ordre pratique, il réfléchissait aux arguments à utiliser pour convaincre sa copine d'avorter. Marta était à l'intérieur pour récupérer les résultats du test de grossesse et lui, il était certain à cent pour cent que ce serait positif, vu le lien intime que son existence avait tissé avec la poisse durant ces derniers mois.

Donc, le cerveau de Giovanni Pagani hébergeait deux pensées très différentes. Elles y étaient à l'étroit, comme deux lutteurs de sumo dans une cabine télé-phonique, et pourtant une autre pensée réussit à se faire une petite place.

Ce type qui était descendu d'un Boxer tout déglingué, on aurait dit qu'il venait de s'échapper d'un asile de fous, qu'il avait été jeté de tout son long dans un camion-poubelle et pour finir qu'il avait reçu une belle raclée par une bande de hooligans.

Giovanni le vit détacher du porte-bagages une grosse horloge murale, mais ensuite il aperçut Marta qui, toute contente, sortait de l'hôpital en agitant une feuille et, tout comme elle était née, la pensée s'évanouit, balayée par l'idée d'être père.

Dans le hall du Sacré-Cœur, il y avait un groupe de vieux malades, assis sur des fauteuils élimés couleur savane. Qui en robe de chambre, qui en pyjama, ils happaient comme des lézards au printemps les derniers rayons du soleil qui filtraient, tièdes, par la grande verrière donnant sur le parking. Tous disaient que c'était vraiment bizarre qu'après une nuit comme celle-là, il y ait eu une journée de soleil, et qu'on ne comprenait plus rien au temps.

Michele Cavoli, soixante-quatre ans, hospitalisé pour une cirrhose du foie, soutenait que c'était la faute de ces salauds d'Arabes qui balançaient dans l'atmosphère des poisons chimiques pour nous assassiner. S'il avait été le président des Etats-Unis, lui, il aurait pas réfléchi longtemps. Deux ou trois belles bombes atomiques sur le Moyen-Orient et point final. Il allait ajouter une notion historique, si sur ces saletés de Japs, on n'avait pas jeté la... Mais il s'arrêta et réfléchit qu'il y avait un autre salopard qui mériterait de mourir écrasé comme une punaise. Franco Basaglia[*]. Cet enfoiré avec sa loi de merde qui avait

    * Franco Basaglia (Venise, 1924-1980), psychiatre italien, tenant de l'antipsychiatrie. Durant les années soixante, il est l'organisateur à Trieste et à Gorizia des communautés thérapeutiques qui défendent le droit des individus psychiatrisés. Son

ruiné l'Italie, lâchant une armée de psychopathes fous à lier sur les routes et dans les hôpitaux publics. Par exemple, ce type là-bas, avec une horloge murale sous le bras, pourquoi diable n'était-il pas enfermé dans une belle cellule capitonnée ? Tel un idiot, il fixait le lustre et gesticulait comme si là-haut, était accroché quelqu'un. Mais avec qui il était en train de dialoguer ? Avec le Père Eternel ?

Michele Cavoli avait vu juste.

Quattro Formaggi, debout au centre du hall, son gros nez en l'air, était en train de demander à Dieu ce qu'il devait faire, mais Dieu ne lui répondait plus.

*Tu es en rogne. Je me suis trompé quelque part… Mais quoi ? Qu'est-ce que j'ai fait de mal ?*

Il n'y comprenait plus rien. Cristiano lui avait dit que Rino était à la maison quand il avait eu son attaque. Mais comment c'était possible ? Lui, il l'avait vu de ses yeux vu mourir dans le bois.

Il était tellement perdu… S'il n'avait pas eu la bague avec la tête de mort dans son estomac, il aurait recommencé à penser qu'il avait tout rêvé.

Dieu l'avait secouru et l'avait conduit par la main durant la tempête, il avait mis devant lui Ramona, il avait foudroyé Rino, il lui avait révélé à quoi servait la mort de la fille et puis, comme ça, sans raison, il l'avait abandonné.

Il ne lui restait que Rino. Le seul avec qui il pouvait parler.

Il regarda autour de lui. L'entrée était pleine de gens. Personne ne s'occupait de lui. Il s'était bien habillé exprès. Il portait le costume bleu que lui avait donné Danilo parce qu'il était trop serré pour lui. Une cravate marron. Et sous le bras, il serrait l'hor-

---

combat est à l'origine de la loi 180 qui supprime les hôpitaux psychiatriques.

loge-baromètre en forme de violon qu'il avait trouvée quelques mois auparavant dans une benne à ordures.

*Le cadeau pour Rino.*

Le problème, c'était qu'il détestait cet endroit. Il y avait passé trois mois, là-dedans, après avoir failli se tuer en touchant de sa canne à pêche les fils à haute tension. Trois mois dont il se souvenait comme d'un trou noir, éclairé çà et là par quelques souvenirs désagréables. Un trou noir d'où il était sorti plein de tics et avec la tête qui ne fonctionnait plus comme avant.

Il s'approcha des escaliers qui conduisaient aux étages supérieurs. Juste à côté, il y avait une porte en bois sombre entrouverte. Une giclée de lumière dorée en filtrait. Au-dessus de la porte, une pancarte bleue avec une inscription en or : CHAPELLE.

Quattro Formaggi regarda autour de lui et puis entra.

C'était une pièce étroite et longue. Au fond, juste au centre, il y avait une statue de la Madone illuminée par un petit projecteur et entourée de vases en cuivre avec des fleurs dedans. Deux ou trois bancs vides. De deux haut-parleurs sortaient, en sourdine, des chants grégoriens.

Quattro Formaggi tomba à genoux et se mit à prier.


## 203.


Beppe Trecca était allongé sur le relax où Rino Zena avait passé une grande partie de ses dernières soirées. Par terre, une paire de Geox en daim.

Il se frottait les pieds engourdis par le froid. Il avait allumé le poêle et la pièce, heureusement, commençait à se réchauffer. Le soleil qui mourait au-dessus de l'horizon fichait ses derniers rayons dans les persiennes en brillant sur une bouteille de bière vide.

Beppe fixait la télévision sans la regarder. Il se sentait fatigué et commençait à avoir faim. La dernière chose qui était entrée dans son estomac était le poulet aux amandes qu'il avait mangé dans le camping-car. Il aurait dévoré un beau kebab de Sahid.

Comme il était bon, ce sandwich exotique ! Avec la petite sauce piquante, le yaourt, les tomates et ce pain tendre. Dans le frigo, il n'y avait qu'un pot de pickles et une croûte de parmesan. Dans le garde-manger, une poignée de riz et deux bouillons cube à la viande.

*Et si je faisais un saut chez Sahid ?*

Combien de temps ça lui prendrait ? Une demi-heure au maximum.

Cristiano était si fatigué qu'il ne se réveillerait pas avant le lendemain. Beppe était monté vérifier et il l'avait trouvé endormi, enveloppé dans une double couche de couvertures, exactement comme un kebab... C'était la première fois qu'il allait à l'étage. Il avait vu la chambre de Rino. Une porcherie répugnante avec une croix gammée accrochée au mur. La salle de bains dégoûtante avec la porte défoncée. La chambre de Cristiano. Un cube vide, sans chauffage et plein de cartons.

Ce gamin ne pouvait plus vivre dans cette déchéance. Il fallait lui chercher au plus vite un nouveau lieu de vie. Il trouverait une famille normale à qui le confier jusqu'à sa majorité.

Et pourtant... Et pourtant il n'était pas certain que ce soit une bonne chose. Ces deux-là vivaient l'un pour l'autre et quelque chose lui disait que s'il les séparait, il ferait empirer les choses. La douleur les tuerait ou les transformerait en deux monstres féroces.

Son estomac vide ramena l'assistant social à des problèmes plus concrets. Il réalisa que le camion de l'Arabe se trouvait non loin de chez Ida, donc en zone interdite.

*Et si je me faisais un peu de riz ?*

Au fond, il pouvait faire bouillir le riz et faire fondre par-dessus un bouillon cube dans l'eau de cuisson.

Il s'étira en regardant autour de lui et il se posa la même question, celle qu'il se posait chaque fois qu'il venait visiter la famille Zena.

Comment ces deux-là faisaient-ils pour vivre dans un endroit pareil ? Sans machine à laver le linge ? Sans fer à repasser ? Sans un minimum de soin ?

Lui aussi était issu de famille modeste. Son père était contrôleur dans les trains régionaux et sa mère femme au foyer. Eux aussi peinaient pour boucler les fins de mois, mais ses parents étaient des personnes ordonnées et responsables. Quand on entrait dans la maison, il fallait toujours enlever ses chaussures, se laver et se mettre en pyjama et en chaussons. Ils déposaient leurs vêtements sales dans un cagibi et tout le monde, y compris son père, était en pyjama à la maison. Ils s'asseyaient à table en vêtement de nuit, la peau attendrie par la douche bouillante.

*Ça, c'est une façon civilisée de vivre.*

Même chez les Zena, avec un peu d'imagination et quelques meubles Ikea, on aurait pu améliorer de beaucoup les choses. Un coup de peinture blanche sur les murs et un nettoyage intégral et tout changerait.

Ayant à y passer une semaine, il pouvait commencer par faire un peu de ménage.

426

*Si le pauvre Rino meurt, je pourrais adopter Cristiano et vivre ici,* pensa Beppe Trecca en se levant du relax avec un soudain enthousiasme.

Son esprit le berça avec l'image de Cristiano et lui, d'Ida et ses enfants dans cette maison remise à neuf. Tous en pyjama. Et puis les promenades en montagne avec les sacs à dos. Et lui et Ida dans une canadienne en train de faire l'amour…

« *Oh mon Dieu Beppe… Je vais venir.* »

Il sentit une lame lui trancher les tripes. Ce rêve ne se réaliserait jamais. Il ne pourrait plus embrasser cette femme. Il ne pourrait plus lui donner de plaisir.

Il s'écroula sur le canapé, souffrant, et se mit à se plaindre comme si on lui faisait une rectoscopie.

*Tu dois y arriver. Et si tu n'y arrives pas, tu t'en vas.*

Oui, peut-être que c'était là l'unique moyen de recommencer à vivre. S'en aller. Pour toujours. Il pouvait retourner à Ariccia et essayer d'entrer de nouveau à l'université.

Son attention fut attirée par les images du JT régional. Contre un mur, il y avait une voiture ratatinée comme une canette de bière.

« Danilo Aprea a dû perdre le contrôle de son véhicule, qui a fini contre le mur d'un immeuble rue Enrico Fermi. Quand les secours sont arrivés, il n'y avait plus rien à faire. Aprea avait… »

L'assistant social était bouche bée.

Le collègue de Rino. Cristiano, à l'hôpital, lui avait dit qu'il irait habiter chez lui.

*Voilà pourquoi il n'arrivait pas à le joindre.*

Mais que diable se passait-il ? Dans la même nuit, son père tombe dans le coma et son meilleur ami, l'unique personne qui peut l'aider, a un accident monstrueux et y laisse sa peau ? Mais pourquoi le

destin s'acharnait-il ainsi sur ce pauvre malheureux ?
Qu'avait-il fait de mal ?

*Et maintenant, qu'est-ce que je lui dis ?*

Son portable, posé par terre, fit deux bips et s'éclaira et le cœur de Beppe Trecca, pour toute réponse, fit deux sauts de carpe.

*Un autre SMS.*

C'était le troisième de la matinée.

*Assez. Je t'en conjure, assez.*

Il se sentait étouffer. Il défit son nœud de cravate avec ses doigts crispés puis il saisit impulsivement son portable et le serra fort dans la main. Entre ses doigts filtrait la lumière bleuâtre de l'écran comme celle d'un élément radioactif.

Il dut se contrôler pour ne pas le désintégrer contre un mur. Les yeux fermés, il inspira. Il les rouvrit.

MESSAGE MULTIMÉDIA
VOULEZ-VOUS LE TÉLÉCHARGER ?

Malgré l'instinct, la raison, la logique, son estomac, sa gorge, le sang qui grondait dans ses veines, les cheveux qui se dressaient sur sa tête, ses mains qui tremblaient et jusqu'à ses genoux qui se pliaient, bien que toutes ces choses lui ordonnent que non, non et encore non, l'assistant social vit que son pouce, anarchique et autodestructeur, appuyait sur la touche verte.

Lentement, sur le petit écran du portable commençait à s'afficher une image et l'âme de Beppe Trecca se mit à brûler comme du papier journal.

Ida lui souriait, un peu boudeuse, comme une enfant à qui on a pris ses bonbons.

Dessous, il y avait écrit :

MON AMOUR, TU M'APPELLES ? ☹

## 204

« Tu pries pour un être cher, pas vrai ? »

Quattro Formaggi, agenouillé, se tourna vers la voix dans son dos.

Il entrevit, cachée par l'obscurité de la chapelle, une forme sombre.

La silhouette fit un pas en avant.

C'était un petit homme. Il devait mesurer environ un mètre cinquante. Un grand nain. Avec une tête ronde enchâssée entre deux épaules tombantes. Les yeux bleus semblaient deux lampes témoins lumineuses. La mèche blonde ramenée sur la calvitie. Les oreilles petites et racornies. Il était habillé d'un costume de flanelle grise. Son pantalon trop court était maintenu par une ceinture en cuir avec une boucle massive en argent. Et une chemise à losanges enveloppait comme une montgolfière son estomac dilaté. Sous un bras, il serrait une serviette de cuir noir.

« Tu pries pour quelqu'un qui souffre ? »

Il avait une voix basse, il ne roulait pas les *r*. Et n'avait aucun accent particulier.

Le petit homme s'agenouilla à côté de lui. Quattro Formaggi sentit son parfum. Un truc genre savonnette de chiottes, qui donnait mal à la tête.

« Je peux m'unir à ta prière ? »

Il lui fit signe que oui, continuant à fixer la statue pleurante de la Madone. Il allait se lever et s'en aller, mais l'autre lui attrapa un poignet et, en le regardant dans les yeux, lui dit : « Tu le sais, n'est-ce pas, que Notre Seigneur prend les meilleurs pour les emmener chez Lui ? Et que Sa volonté est pour nous, pauvres pécheurs, obscure comme la plus sombre des nuits d'hiver ? »

Quattro Formaggi resta là, bouche bée. Les yeux

bleus du petit homme le pénétraient comme deux perceuses.

Et si ce type avait été envoyé par Dieu ? Si c'était lui le messager qui lui dirait tout et qui dénouerait l'embrouillamini qu'il avait dans la tête ?

« Tu le sais, n'est-ce pas ?

— Oui, je le sais », se prit à répondre Quattro Formaggi. Sa voix tremblait et il lui semblait que le monde autour de lui devenait flou et puis redevenait net, comme si quelqu'un jouait avec l'objectif d'un appareil photo. Sa douleur à l'épaule se fit plus aiguë et, au même moment, il lui sembla que les bruits qui arrivaient de l'entrée de l'hôpital s'étaient éteints. Maintenant, les haut-parleurs diffusaient le son d'un piano à peine effleuré.

« C'est la foi qui nous soutient et qui nous aide à supporter la douleur. »

Le petit homme le regardait avec une expression sage et gentille, et Quattro Formaggi ne put s'empêcher de sourire.

« Mais parfois, la simple foi peut ne pas suffire. Il faut quelque chose en plus. Quelque chose qui peut nous mettre en contact avec Dieu. En face à face. Comme avec un ami. Je peux te demander comment tu t'appelles ? »

Quattro Formaggi s'aperçut qu'il avait la gorge sèche. Il déglutit. « Je m'appelle... Corrado Rumitz... – Il s'enhardit. – Même si tout le monde m'appelle Quattro Formaggi. J'en ai marre de ce nom.

— Quattro Formaggi », répéta l'autre, sérieux.

C'était la première fois de sa vie qu'il lui arrivait que quelqu'un ne rigole pas quand il disait son surnom.

« Alors, enchanté, Corrado. Moi je m'appelle Riccardo, mais moi aussi j'ai un surnom. Riky. »

430

Quattro Formaggi eut la sensation que les yeux de Riky s'agrandissaient jusqu'à occuper tout son visage.

« Pouvons-nous échanger un geste de paix ?

— Un geste de paix ? »

Le petit homme l'enlaça fort et resta ainsi pendant un sacré bout de temps, lui enserrant les côtes contusionnées. Quattro Formaggi fit un effort pour ne pas hurler de douleur.

Quand il le libéra, Riky semblait ému. « Merci. Parfois, il suffit de la simple étreinte d'un inconnu pour nous faire sentir que Dieu nous aime. Parfois, pour entrer dans les grâces du Seigneur, la foi seule n'est pas suffisante. Souvent, il faut quelque chose de plus. Souvent, nous avons besoin… – Il observa sa main, inspiré. – Nous avons besoin d'une antenne pour communiquer avec le Tout-Puissant. Je vais te montrer quelque chose. – Riky prit sa serviette par terre et, de ses doigts courts et grassouillets, il l'ouvrit rapidement. – Tu as de la chance de m'avoir rencontré aujourd'hui justement. Mon instinct, ou peut-être la volonté de Dieu lui-même, me guide toujours vers les personnes qui ont besoin d'aide. » Le ton de sa voix avait, si possible, baissé davantage, et il était maintenant difficile de comprendre ce qu'il disait.

Il sortit un étui recouvert de velours bleu et l'ouvrit sous le nez de Quattro Formaggi. Dedans, posé sur du satin blanc, il y avait un petit crucifix oxydé accroché à une chaînette en or. « Corrado tu connais Lourdes, n'est-ce pas ? »

Quattro Formaggi savait que de piazza Bologna, une fois par mois, partait un énorme bus métallisé pour Lourdes, et qu'un tas de gens y allaient, surtout des vieux, et que le voyage coûtait deux cents euros et qu'après dix-huit heures de voyage, vous reveniez. Pendant le trajet, on vous emmenait acheter des bassins et des céramiques, puis vous priiez dans une grotte et il y avait l'eau bénite où, si vous vous plongiez dedans, elle pouvait vous faire un miracle. Lui, il avait pensé à y aller, pour ses tics. « Oui », répondit-il en se grattant nerveusement la barbe. Sa jambe droite, pendant ce temps, avait commencé à bouger toute seule.

« Tu n'y es jamais allé ? » Les yeux bleus du petit homme le fixaient avec une telle intensité que Quattro Formaggi, alarmé, serra les lèvres. Il n'arrivait plus à parler, il avait le sentiment qu'un tentacule noir et fin était en train de s'entortiller autour de son cou.

Il fit non avec la tête.

« Tu sais pourtant qu'il existe une eau miraculeuse de la Vierge de Lourdes… ? »

Il fit signe que oui.

« Et que cette eau a guéri des estropiés, des paralytiques, des gens dans tous les états, des malades jugés perdus par la médecine officielle ? – La voix de Riky glissait dans ses oreilles comme une huile tiède. – Tu vois ce crucifix ? A le voir comme ça, tu n'en donnerais pas un sou. Tout oxydé. Moche. Il y a des centaines de crucifix dans n'importe quelle bijouterie qui valent cent fois plus. En platine, avec des diamants ou d'autres pierres précieuses. Mais aucun, et je dis bien aucun, n'est comme celui-là. Celui-là, il est spécial. – Il l'attrapa entre le pouce et l'index et le leva délicatement, plus que si c'était une esquille de l'Arche de Noé. – J'imagine que tu ne sais pas que les sœurs de clôture du Couvent de la Vierge de Lourdes ont une piscine secrète d'eau miraculeuse… »

Pourquoi il continuait à lui demander s'il savait ci ou ça ? Lui, il savait rien.

« Non », répondit Quattro Formaggi.

Riky sourit en exhibant une rangée de dents trop blanches et ordonnées pour être naturelles.

« Et effectivement, personne ne le sait. Sauf ceux qui comptent vraiment, comme toujours. C'est dans cette piscine remplie à ras bord d'eau miraculeuse que se plongent, depuis des milliers d'années, des papes avec des tumeurs, des rois en fin de vie, des politiciens malades. Le président du Conseil, il y a quelques années, était gravement malade. Le cancer le dévorait, exactement comme un serpent mange un œuf. Tu vois comment un serpent mange un œuf ? Comme ça… » Il ouvrit grand la bouche, ses yeux réduits à deux fentes noires, et il engloutit un œuf invisible.

Quattro Formaggi eut la gorge serrée. Il aurait voulu lui dire que lui, de la piscine sainte, il s'en foutait. Que lui, il avait juste besoin de savoir où était passé le corps de Ramona. Mais il n'en avait pas le courage et puis, ses lèvres, ses dents et sa langue étaient endormies comme quand on lui avait arraché une molaire pourrie.

« Bref, le président a été conduit dans la piscine sainte et il s'y est baigné. Dix minutes à peine. Rien de plus. Et son cancer s'en est allé. Dissous. Les médecins ne pouvaient pas y croire. Et maintenant, il se porte comme un charme. – Le nain fit osciller devant lui le crucifix comme un ensorceleur. – Maintenant regarde-le ! Tu ne vas pas croire ce que je vais te dire, mais c'est aussi vrai qu'il est vrai que nous sommes ici en ce moment. Tu sais combien de temps il est resté dans cette piscine ? Dix ans. Je ne plaisante pas. Dix longues années. Tandis que le monde changeait, qu'éclataient des guerres, que les Tours tombaient, que les immigrés nous envahissaient, ce crucifix a été immergé dans cette eau miraculeuse. – On aurait dit qu'il interprétait la pub pour un whisky pur malt. – C'est une sœur… Sœur Maria. Elle l'a caché dans un skimmer de la piscine et puis, elle me l'a donné en grand secret. Tu le vois ? C'est pour ça qu'il est opaque et abîmé. Je ne raconte pas de blagues, moi. Maintenant, imagine la puissance de l'effet curatif de cet objet. De la piscine il est passé directement dans cet étui. Personne ne l'a jamais accroché à son cou. Et tu sais pourquoi ? Pour ne pas lui faire perdre sa puissance. Cet objet, il ne se recharge pas comme un téléphone portable. Cet objet, une fois en contact avec la peau du souffrant, commence à libérer son pouvoir… – Pour la première fois, Riky ne trouva pas ses mots. Mais aussitôt après, il reprit : – … guérissant… qui guérit, en somme. Mais l'important est de ne jamais le quitter. Ne l'échanger avec personne. Et ne pas en parler. – Il fixa Quattro Formaggi puis lui demanda à brûle-pourpoint : – Toi, pourquoi tu es ici ? Pour toi, Corrado ? Ou pour quelqu'un d'autre ? »

Quattro Formaggi, qui s'était lentement affalé sur une chaise à haut dossier, pencha la tête et dit : « Non, pas pour moi. Rino est dans le coma. – Il dut s'interrompre pour s'éclaircir la voix et puis il continua : – Je dois lui parler. Je dois savoir…

— Il est dans le coma… – Riky se massa les joues en réfléchissant. – Eh bien, avec ce crucifix, il pourrait se réveiller, même en un jour. Tout à fait possible. Tu sais ce que ça veut dire quand on déverse sur toi une quantité aussi immense d'énergie divine ? Il est même possible que ce type se lève de son lit, ramasse ses affaires et rentre chez lui, heureux et content.

— Vraiment ?

— Je ne peux pas te l'assurer. Ça pourrait lui prendre un peu de temps. Mais moi, je tenterais le coup. Tu as là une grande chance, ne la laisse pas s'échapper. Il n'y a qu'un problème…

434

— Lequel ?

— Il faut faire une offrande.

— Quoi comme offrande ?

— De l'argent pour les sœurs de Lourdes. Elles sont...

— Combien ? l'interrompit Quattro Formaggi.

— Combien d'argent tu as ?

— Je sais pas... » Il enfila la main dans la poche arrière de son pantalon et prit son portefeuille gonflé jusqu'à exploser de tout un tas de papiers, sauf d'argent. Il se mit à fouiller et à la fin, il en tira un billet de vingt euros et un de cinq.

« Tu n'as que ça ? – La voix de Riky n'arriva pas à cacher toute sa déception.

— Ouais. Je suis désolé. Mais attends. Peut-être... – Quattro Formaggi sortit de son portefeuille une enveloppe pliée en deux. L'argent du dernier travail qu'il avait fait avec Rino et Danilo. Quatre cents euros. Il ne les avait même pas touchés... – J'ai ça. Prends-les. – Il les lui tendit et le petit homme, impassible, les prit avec la rapidité d'une fouine et lui remit l'étui.

— N'oublie pas, en contact avec la peau. Et n'en parle à personne. Sinon, adieu miracle. »

Une seconde plus tard, Quattro Formaggi était de nouveau seul.


## 205.


JE NE PEUX PLUS T'APPELER NI TE VOIR.
PARDONNE-MOI.

Voilà ce que Beppe Trecca, en larmes, avait écrit sur son portable.

Maintenant, il suffisait d'appuyer sur la touche et Ida s'apaiserait. Elle penserait qu'il était un lâche.

« *Beppe, tu me veux vraiment ?* »

« *Bien sûr.* »

« *Avec les enfants aussi ?* »

« *Bien sûr.* »

« *Alors on va jusqu'à bout. On parle à Mario et on lui dit tout. Moi je n'ai pas peur.* »

« *Moi non plus. Je m'en charge.* »

Il préférait mille fois passer pour un trouillard que pour un salaud qui disparaît sans un mot.

Mais il ne pouvait pas le faire. Il romprait le pacte.

Peut-être qu'il devait parler avec un expert en engagements et vœux au Seigneur. Quelqu'un qui avait fait un vœu comme lui.

*Le père Marcello.*

Il devait se confesser et tout lui raconter. Même s'il doutait que le prêtre lui donnerait la réponse qu'il désirait.

Il rejeta sa tête en arrière sur le dossier du canapé en avalant de l'air à chaque sanglot. Il fixa entre ses larmes le portable. Et puis, accablé par la colite, il effaça le message.

### 206.

Quattro Formaggi ouvrit l'étui bleu, mais il ne toucha pas le crucifix.

Le messager lui avait dit que s'il le touchait, il perdrait son pouvoir.

Il fallait le mettre sur Rino, comme ça il sortirait du coma et il lui dirait où était cachée Ramona.

Mais Rino était très en colère. Il était comme un fou quand il avait vu le cadavre.

*Il m'a presque tué de ses coups.*

Et si au contraire Rino le dénonçait à la police ?

Les pires, en fin compte, c'est les amis. Ceux en qui on a confiance.

Pendant un temps, Quattro Formaggi avait travaillé chez un marchand de poissons. Il nettoyait les poissons et faisait les livraisons à domicile. Chaque jour, ils déchargeaient des cagettes en polystyrène pleines de grosses palourdes. Elles arrivaient vivantes, on les mettait dans une bassine et au bout de dix minutes, elles sortaient un long tuyau blanc avec lequel elles aspiraient l'eau et l'oxygène. Mais il suffisait d'approcher la pointe d'un couteau de leur coquille pour les faire réagir et se refermer pour une heure au moins. Mais après, quand elles se rouvraient, si vous les touchiez à nouveau, elles ne restaient fermées qu'une demi-heure. Et à force de les titiller, elles s'habituaient et ne se refermaient plus.

A ce moment-là, elles étaient foutues. Vous glissiez dedans la pointe du couteau et les palourdes, idiotes, se refermaient d'un coup avec toute la lame dedans. Alors, vous tourniez la lame et la coquille se brisait et dans l'eau jaillissait un nuage marron de chair et d'excréments.

A quoi sert la coquille si on vous habitue à ne pas vous en servir ?

Il vaut mieux ne pas en avoir, rester nu, si elle ne sert qu'au couteau pour vous tuer. Rino était comme cette lame de couteau. Quattro Formaggi s'y était habitué et c'était pour cela que l'autre pouvait lui faire encore plus mal.

Et Cristiano aussi, il était pareil que son père, il lui cachait la vérité pour l'entuber.

*Ces deux-là, ils me caressent le cœur pour me le retirer.*

*Rino ouvrira les yeux, il arrachera l'aiguille de son bras et il pointera son doigt contre moi et il se mettra* à hurler : « *C'est lui, c'est lui qui a assassiné la petite* *fille, jetez-le en prison !* »

Il le ferait. Il le connaissait bien. Il ne comprendrait jamais que lui, il l'avait tuée parce que…

Il revit la main blanche et les doigts fins serrés autour de sa queue dure comme du marbre.

Un frisson glacé lui agrippa la nuque. Il ferma les yeux et il lui sembla plonger du haut d'un gratte-ciel.

Il se retrouva à terre, allongé entre les prie-Dieu, la respiration haletante et le crucifix à la main.

Il déboutonna sa chemise et se mit la petite chaîne autour du cou. Le pendentif arriva entre les poils sombres de sa poitrine. Il percevait le pouvoir bénéfique du crucifix qui irradiait comme un courant tiède dans son corps endolori, dans ses côtes fêlées, à l'intérieur de sa blessure, de sa chair martyrisée et offensée.

Il l'effleura à peine du bout des doigts et eut la sensation qu'il caressait la peau lisse de Ramona. Et il vit le petit Enfant Jésus caché dans le corps humide de la femme.

« *La volonté de Dieu est pour nous, pauvres* *pécheurs, obscure comme la plus sombre des nuits* *d'hiver. Nous avons besoin d'une antenne pour com-* *muniquer avec le Tout-Puissant* », lui avait dit Riky.

Maintenant, il avait l'antenne pour communiquer.

Il se releva et, en boitant, sortit de la chapelle.

Désormais, il savait ce qu'il devait faire. Il devait tuer Rino.

S'il se réveillait, il l'accuserait.

C'était lui qui s'opposait à la volonté de Dieu.

Dieu l'avait presque assassiné et lui, il l'achèverait.

En fait, lui et Dieu, c'était la même chose.

Il traversa le hall en haletant, avec son horloge en forme de violon sous le bras, et il se glissa dans l'ascenseur bondé de médecins et de visiteurs.

Quattro Formaggi sortit au deuxième étage.

Il se rappelait que c'était là qu'étaient les malades les plus gravement atteints. Lui aussi, après son accident avec la canne à pêche, on l'avait gardé là et puis transféré au troisième étage.

En essayant de passer inaperçu, il dépassa la zone maternité. La grande fenêtre avec derrière les nouveau-nés dans les berceaux. Une porte vitrée. Un long couloir et des enfilades de portes fermées. Il arriva au service de soins intensifs. Sur la porte, il y avait une feuille avec les heures de visite.

Il avait dépassé l'horaire autorisé.

Il essaya de tourner la poignée. La porte s'ouvrit. En se grattant la joue, il lorgna dans le couloir.

La lumière de ce service était plus diffuse, et le plafond plus bas. Le long du mur, une enfilade de chaises en plastique orange. De la fenêtre, on voyait une bande violacée qui séparait l'obscurité de la plaine.

Tandis qu'il attendait qu'arrive une infirmière, il se balança des coups de poing sur la cuisse gauche.

Tout semblait désert.

Il se décida et entra. En essayant de ne pas faire de bruit, il ferma la porte et marcha en respirant à peine. A sa droite, il y avait une grande pièce sombre. Au fond, une lumière sépulcrale tombait sur un lit où était allongé un homme immobile.

Autour de lui, des voyants lumineux et un écran verdâtre. Il avança jusqu'au lit tandis que ses viscères s'entortillaient.

Rino était étendu les yeux fermés. On aurait dit qu'il dormait.

Quattro Formaggi resta à le fixer en se tordant le cou. A la fin, il lui attrapa un poignet et le tira comme on ferait avec un enfant qui ne veut pas se lever. « Rino… – Il s'agenouilla à côté du lit et continuant

à le tenir par le poignet, il lui susurra à l'oreille :
– C'est moi. Quattro Formaggi. Enfin, non… C'est
Corrado. Corrado Rumitz. C'est ça mon nom. – Il se
mit à lui caresser la joue. – Rino, s'il te plaît, tu me
dis où est Ramona ? C'est important. Je dois faire
une chose avec. C'est une chose très importante. Tu
me le dis, je t'en prie ? Moi j'ai besoin du corps. Si
tu me le dis, Dieu t'aidera. Tu sais pourquoi t'es dans
le coma ? C'est Dieu. Il t'a puni pour ce que tu m'as
fait. Mais moi, pourtant, je t'en veux pas. Je t'ai pardonné. Tu m'as fait mal, mais c'est pas grave… Moi,
je suis bon. Maintenant, s'il te plaît, tu me dis où est
Ramona ? Il vaut mieux que tu me le dises. – Il le
regarda un moment en reniflant et en se grattant une
joue, puis il soupira, impatienté : – J'ai compris,
qu'est-ce que tu crois… Tu veux pas me le dire. C'est
pas grave. Je t'ai amené un cadeau. – Il lui montra
l'horloge et puis la souleva, prêt à lui en flanquer un
coup sur la tête. – Tout ça, rien que pour toi…

— Qu'est-ce que vous faites ici, vous ? »

Quattro Formaggi bondit en l'air comme un bouchon de champagne. Il abaissa l'horloge et se
retourna d'un coup.

A la porte, caché dans l'ombre, il y avait
quelqu'un. « Ce ne sont pas les heures de visite. Comment avez-vous fait pour entrer ? »

L'homme, grand et maigre, en blouse blanche,
s'approcha.

*Il m'a pas vu. Il m'a pas vu. C'était sombre.*

Son cœur cognait comme un fou dans sa poitrine.
« La porte était ouverte…

— Vous avez lu la feuille avec les heures de visite ?

— Non. J'ai trouvé la porte ouverte et j'ai pensé…

— Je suis désolé, mais vous devez sortir. Revenez
demain.

— Je suis venu voir mon ami. Je m'en vais tout de suite, ne vous inquiétez pas. »

Le médecin s'approcha. Il était à moitié chauve, avec une petite tête. On aurait dit un vautour. Ou mieux, un pigeon qui vient de naître.

« Qu'est-ce que vous étiez en train de faire avec cette horloge ?

— Moi ? Rien. Je cherchais…

*Réponds. Allez…*

— … un endroit pour l'accrocher. Cristiano m'a dit que Rino était dans le coma et moi, j'ai eu l'idée de lui apporter son horloge. Ça peut l'aider à se réveiller, non ? »

Le médecin jeta un coup d'œil à l'écran et puis il régla la roulette d'une machine. « Je ne crois pas, non. Votre ami pour l'instant a juste besoin de repos.

— Bon, d'accord. Merci, docteur. Merci. – Quattro Formaggi fit le geste de lui tendre la main, mais le médecin ne l'accepta pas et il l'accompagna à la porte.

— Ici, c'est un service de soins intensifs. Il est donc absolument nécessaire de respecter les heures de visite.

— Je m'excuse… »

Le médecin lui ferma la porte au nez.

# V
## Mardi

### 207.

A quatre heures précises, le réveil se mit à sonner.

Cristiano Zena l'arrêta d'un revers de main. Il avait dormi d'un trait, d'un long sommeil sans rêves. Il ne s'était pas levé, même pas pour aller faire pipi. Sa vessie allait exploser. Mais il se sentait mieux.

Il alluma la torche et s'étira.

Dehors, le ciel était noir et moucheté d'étoiles.

Cristiano fit pipi, se lava le visage à l'eau froide et s'habilla chaudement. Il descendit les escaliers en essayant de ne pas faire de bruit. La température à l'étage en dessous était plus élevée.

Beppe Trecca dormait sur le canapé, le visage collé contre le dossier. Il était recroquevillé sous une couverture trop courte et une jambe en dépassait.

Cristiano, sur la pointe des pieds, entra dans la cuisine, ferma doucement la porte, prit un paquet de biscottes et les mangea, les unes après les autres, en silence. Puis il but deux verres d'eau pour les faire descendre.

Maintenant qu'il avait dormi et mangé, il était prêt.

Désormais, chaque geste devait être pesé au moins trois fois.

Sur la table de la cuisine, il y avait un paquet de Diana de Rino.

*Bon, d'abord, fumons-nous une bonne clope.*

Son père disait toujours ça quand il allait commencer un travail.

Cristiano se demanda si, dans son coma, Rino éprouvait le besoin de fumer. Peut-être que quand il se réveillerait, il n'aurait plus ce vice.

Il prit la boîte d'allumettes et en sortit une. Il l'appuya contre la bande marron.

*Bon, si je réussis à l'allumer du premier coup, tout ira bien.*

Il la frotta et l'allumette pendant une seconde resta comme ça, presque indécise à s'enflammer, mais ensuite, comme par magie, une petite flamme bleue jaillit.

*Tout ira bien…*

Il alluma sa cigarette et prit deux bouffées profondes, mais sa tête se mit à tourner.

Il l'éteignit aussitôt sous le robinet.

« Je suis prêt », murmura-t-il.


## 208.


Tandis que Cristiano se réveillait, Quattro Formaggi, en slip et robe de chambre, fixait la télévision et buvait un Fanta au goulot d'une bouteille format familial.

Il y avait un cuisinier moustachu qui préparait des paupiettes de speck et couscous et disait que c'étaient des antipasti délicieux et originaux pour un pique-nique à la campagne. Puis ce fut la pub et après, l'expert en bon ton, un type petit aux cheveux teints, expliqua comment disposer les couverts à table et comment faire le baisemain à une dame.

Quattro Formaggi, du pied, appuya sur la touche PLAY du magnétoscope et Ramona apparut, menottes aux poignets, dans la pièce du shérif.

« Et alors, qu'est-ce que je dois faire pour ne pas finir en prison ? »

Henry, un policier noir très musclé, faisait tourner sa matraque dans ses mains et dévisageait Ramona : « Faut payer la caution. Et elle est salée. Et moi, j'ai comme qui dirait l'impression que du fric, t'en as pas. »

Ramona, mettant en avant ses gros seins, dit malicieusement : « C'est vrai. Mais y a un autre moyen. Plus simple. »

Henry la libéra des menottes. « Ben, le seul moyen, c'est de trouver le cadavre de la blondinette au plus vite. Tu dois le trouver et le mettre dans la crèche.

— D'accord, chef. Je sors et je le trouve. »

Quattro Formaggi prit une autre gorgée de Fanta et, les yeux fermés, murmura : « Chapeau, Henry. » Puis il se tourna vers la cuisine. Il y avait un étrange ronronnement. Peut-être le frigo. Mais ça pouvait être aussi la gigantesque guêpe qui avait été prise au piège. Une guêpe avec deux mètres d'envergure alaire et un aiguillon aussi long que le bras.

L'insecte devait l'avoir piqué sur les côtes pendant son sommeil, car il sentait ses viscères pourrir et il avait l'impression qu'étaient fichées sur sa peau un million d'aiguilles incandescentes. Et le mal de tête ne l'abandonnait plus. Un feu montait le long de son cou et faisait bouillir son cerveau. S'il se touchait les tempes, il sentait fourmiller son front, ses arcades sourcilières et ses yeux.

Le crucifix ne marchait pas.

Il ne l'avait pas enlevé, comme avait dit Riky, mais la douleur au lieu de diminuer augmentait.

444

*Dieu est fâché contre moi. J'ai perdu Ramona. Je ne mérite rien. Voilà la vérité.*

## 209.

Il faisait froid, mais la veste chaude, la chemise en flanelle et le gilet en laine polaire couvraient bien Cristiano. L'air glacé descendait dans sa gorge encore irritée par la cigarette tandis qu'il soulevait le rideau de fer du garage. Il alluma les longs néons qui, en crépitant, diffusèrent une lueur jaunâtre sur la grande pièce en sous-sol. A côté de l'établi où étaient les outils, il trouva une paire de gants en plastique orange, de ceux dont on se sert pour faire la vaisselle. Il les enfila.

Il alla au fourgon, sortit les clés de la poche de son pantalon et ouvrit les portes arrière en espérant que, on ne sait pour quelle obscure raison, le corps de Fabiana n'y soit plus.

Il alluma la torche et la pointa à l'intérieur.

Le cadavre était là. Jeté dans un coin. Comme une vieille chose.

*Comme une chose morte.*

Dans le fourgon, même si elle n'était pas trop forte, flottait une odeur douceâtre.

*Au bout de vingt-quatre heures, un cadavre commence déjà à puer.*

Une des rares certitudes de Cristiano Zena, c'était que s'il faisait bien les choses, il se débarrasserait de ce corps sans que personne puisse faire le lien avec son père.

Et cette certitude était fondée sur le fait qu'il avait vu tous les épisodes des trois saisons des *Experts*.

*Les Experts* est une série américaine où une équipe de médecins légistes, très intelligents, étudie et examine les cadavres avec des instruments technologiques, tandis que des détectives géniaux tirent des informations des indices, même les plus petits et apparemment les plus insignifiants.

Du style : ils trouvent une chaussure. Ils analysent la semelle. Il y a une crotte de chien. Grâce au test ADN, ils reconstituent la race. Dalmatien. Où les dalmatiens vont-ils faire leur crotte ? Ils envoient une série d'agents dans tous les jardins publics pour étudier les concentrations de dalmatiens et à la fin ils trouvent avec une précision mathématique l'endroit où vit l'assassin. Des trucs de ce genre.

Souvent Cristiano, dans son existence précédente, s'était pris à réfléchir, devant le journal télévisé, sur les erreurs commises par les assassins italiens. Ils faisaient très mal les choses, en laissant un tas de traces, et ils se faisaient toujours gauler.

Lui, en revanche, il ferait tout bien comme il faut, et pour que ça marche, il devait penser que ce cadavre était, ni plus ni moins, pareil à un poulet déballé de sa Cellophane.

*Donc courage.*

Il l'attrapa par les pieds et le traîna jusqu'au bord du fourgon. Il réussit à le faire glisser dans la carriole sans trop de difficultés. Il referma les portes.

Il s'occuperait plus tard de nettoyer le fourgon.

Il poussa la carriole, en titubant, dans le garage, et baissa le rideau.

Il avait bien étudié son plan. Il devait effacer toutes les traces sur le corps, puis l'empaqueter et le jeter dans le fleuve.

Il prit sur le piano une feuille en plastique transparente qui le protégeait de la poussière, puis il débarrassa la table de ping-pong des cartons, des pièces de moteurs et des pneus, et il étendit la feuille dessus. Il trouva une planche en bois tachée de peinture qui était dans un coin posée sur un amas de tuyaux en fer et il la plaça en travers contre la table. Il mit dessus le cadavre de Fabiana et puis, en faisant levier, il l'amena au niveau du plateau, où il le fit rouler. Il le disposa au centre, comme sur la table de dissection d'une morgue.

Fabiana lui semblait plus lourde que quand il l'avait mise la veille dans le fourgon.

Durant toute l'opération, il avait évité de lui regarder la tête, mais maintenant il ne put s'en empêcher. Ce masque barbouillé de sang coagulé, encadré par une masse de cheveux blonds frisés, avait été le visage de la fille la plus jolie du collège, celle pour qui tous salivaient.

*Pourquoi il l'a tuée ?*

Il n'arrivait pas à cesser d'y penser. Il tentait désespérément de trouver une réponse, mais cela lui était impossible. Avec quel courage avait-il défoncé la tête d'une fille aussi belle ? Et qu'est-ce que Fabiana avait fait de si grave pour se faire tuer ?

Son père...

*Arrête.*

... agenouillé au-dessus du corps de Fabiana étendu sous la pluie...

*Arrête !*

... il soulevait la pierre...

*ARRÊTE DE PENSER !!!*

... et il lui en flanquait un coup.

Cristiano inspira et sentit de nouveau cette odeur douceâtre de charogne qui lui entrait dans la bouche et le nez et descendait comme un gaz toxique le long de sa gorge. Son estomac et tout le reste de son corps se mirent à s'agiter comme des fous et il dut faire trois pas en arrière pour s'empêcher de vomir les biscottes qu'il venait de manger.

Il prit un sac plastique d'Esselunga et le lui fourra sur la tête en essayant de chasser son dégoût.

Quand il sentit que la nausée était passée, il revint regarder le corps de la fille étendu jambes et bras écartés au milieu de la table verte. Avec le sac plastique sur la tête, c'était mieux.

Il l'observa. La peau était jaunâtre. Les veines violacées, où ne coulait plus rien, étaient venues à la surface comme les mille ramifications d'un éclair. Les vêtements souillés de boue et de sang. La braguette du jean ouverte. La veste ouverte. Le gilet et le T-shirt arrachés comme si un loup avait essayé de la dévorer vivante. Du soutien-gorge en dentelle blanche pointait la petite aréole d'un mamelon. Du slip sortaient quelques poils blond clair.

Mille fois il avait imaginé la voir nue, mais jamais comme ça.

Il devait lui nettoyer les ongles.

C'est toujours là qu'on se fait avoir. C'est là que reste un fil de laine, un peu de peau de l'assassin et il suffit du test ADN et vous êtes foutu. Et puis il devait…

« Nous avons trouvé des traces de liquide séminal à l'intérieur du vagin. On le tient. » Voilà ce qu'ils disaient toujours dans les séries télé.

Et donc ?

Et donc il devait lui baisser le slip. Et la laver. Dedans et dehors.

*Non, ça non.*

Il n'y arriverait jamais. C'était trop. Et puis son pantalon était ouvert, mais son slip était remonté.

*Il l'a pas baisée.*

*Non, il l'a pas baisée. Mon père ferait jamais une chose pareille à une petite fille de quatorze ans.*

Il prit le tuyau d'arrosage.

*Mais pourquoi il l'a tuée ?*

Et le détergent pour enlever le gras des mains.

*Parce que Rino Zena est un assassin maniaque.*

Alors il devait aller chez les flics.

« *Mon père a tué Fabiana Ponticelli. Elle est dans le garage de notre maison.* »

Non. Il devait y avoir une autre explication. Bien sûr qu'il devait y en avoir une. Quand son père se réveillerait du coma, il la lui dirait et lui il comprendrait tout.

Parce que son père était un violent, un ivrogne, mais pas un assassin.

*Mais l'autre nuit, il a cogné cette blonde qui est entrée dans ma chambre. Oui, mais il lui a juste flanqué des coups de pied au cul. C'est différent. Mon père, il est gentil.*

Il observa la main droite de la fille en fronçant les sourcils. Il y avait quelque chose de bizarre, qui l'intriguait, mais il ne savait pas quoi. Il regarda sa main gauche. Et il les compara.

Il manquait la bague. La bague avec la tête de mort.

Fabiana l'avait toujours à son doigt.

*Où elle est ?*


## 210.


Beppe Trecca se réveilla d'un coup, se retourna et faillit tomber du canapé. Pendant quelques instants, il ne réussit même pas à comprendre où il était. Il regarda autour de lui, perdu.

La vieille télé allumée. Un relax.

Ça, c'était la maison de Cristiano Zena.

Il s'assit et bâilla en se grattant la tête. Il avait le dos brisé et ça le démangeait de partout.

*Mais il y a des puces ou quoi ?*

Dans cette porcherie, il pouvait y avoir n'importe quoi. Même des punaises et des poux.

Il devait aller pisser et boire un peu d'eau. Il lui semblait qu'il avait un demi-kilo de sel dans la bouche. A cause du riz au bouillon cube.

Il regarda sa Swatch.

Quatre heures cinquante-cinq.

Il se leva en continuant à bâiller. Il se massa le bas du dos, là où il s'était fêlé une vertèbre.

Il ne pouvait pas passer une autre nuit sur ce canapé. Le médecin lui avait recommandé de dormir sans oreiller sur un matelas orthopédique, si possible en latex.

C'était à cause de cet imbécile de père Italo, s'il était esquinté comme ça. Le père Italo, un missionnaire dominicain, originaire de Caianello, il y a environ trois ans, dans un village du Burkina Faso, l'avait frappé avec une pelle et lui avait fêlé la troisième vertèbre lombaire.

Beppe Trecca était là-bas avec un groupe de volontaires pour creuser des puits dans le cadre du projet international « Un sourire pour l'Afrique ». Sous un soleil qui vous rôtissait les neurones, au milieu de vaches squelettiques, il se dévouait à cette cause miséricordieuse et aussi parce que à l'époque, il avait une demi-histoire avec Donatella Grasso, l'une des coordonnatrices.

C'était un travail éreintant et Beppe, pour des raisons qui lui étaient restées obscures, était passé d'un rôle de superviseur à celui de manœuvre de bas étage.

Le jour de l'accident, toute la matinée, assailli par les mouches, il avait déchargé des briques en ciment, sous le regard tyrannique du père Italo. Enfin, l'heure du repas était arrivée. Il avait avalé une soupe épaisse où flottaient des morceaux de viande qui ressemblaient à des copeaux. Ensuite, pour se défaire du goût de l'ail, il avait décidé de sucer une pastille à la menthe rafraîchissante.

Il avait cherché la boîte dans sa poche, s'était aperçu qu'elle était trouée et que les pastilles étaient tombées dans le bas de son pantalon. Il s'était appuyé d'une main sur la machine à pétrir la chaux et avait commencé à agiter la jambe pour les faire tomber par terre.

Un hurlement inhumain avait déchiré le silence de la savane. Beppe avait à peine eu le temps de tourner la tête et de voir le père Italo qui, en sautant, le frappait à coups de pelle dans les reins.

L'assistant social avait atterri par terre comme une quille tandis que le dominicain hurlait : « Coupez le courant ! Il a pris le jus ! Il a pris le jus ! Coupez le courant ! Coupez-le ! »

La douleur lancinante et la surprise avaient empêché Beppe de s'exprimer. Il avait tenté de se relever mais le prêtre, comme un possédé du démon, avec l'aide de trois Noirs, l'avait de nouveau jeté à terre et lui avait attrapé le visage et ouvert la bouche. « La langue ! La langue ! Il se mord la langue. Bloquez-la-lui. Bloquez-la-lui, bon sang ! »

Deux jours plus tard, bourré d'analgésiques, l'assistant social avait été mis dans un avion et rapatrié avec une vertèbre fêlée et une luxation de la mâchoire.

Une main appuyée sur son côté, Beppe alla pisser. Il lui sembla entendre des bruits provenant d'en dessous. Il tendit l'oreille, mais n'entendit que l'écoulement du jet d'urine dans la cuvette.

Il se traîna jusqu'au canapé et s'écroula dessus en bâillant : « Comme la vie est amère. »

Au bout de la plaine, la nuit montrait les premiers signes de sa volonté de partir. Une bande de brouillard dense comme du coton s'étendait sur les rangées de peupliers qui suivaient le cours du fleuve. Les cimes sombres des arbres pointaient comme des vergues de navires fantômes.

Cristiano Zena haletait en poussant la carriole sur laquelle était étendu le cadavre de Fabiana Ponticelli le long d'un chemin qui coupait les champs parsemés de flaques d'eau.

Il s'orientait de mémoire vu qu'il ne pouvait pas allumer sa torche.

Il avait perdu beaucoup de temps dans le garage, bientôt l'aube se lèverait et il avait toutes les chances de croiser quelqu'un.

Des paysans. Des ouvriers qui allaient aux carrières de gravier et prenaient ce raccourci. Des jeunes en moto de cross.

Il fallait être complètement idiot pour ne pas comprendre que sous cette couverture il y avait un corps humain.

Et donc...

*Et donc rien, si on me chope, c'est que le destin voulait qu'il en soit ainsi. Je dirai que c'est moi. Et comme ça, quand papa se réveillera, il comprendra combien je l'aime.*

Ses bras commençaient à trembler et d'ici au fleuve, il y avait encore un kilomètre. Son T-shirt, sous les aisselles et dans le dos, était complètement trempé de sueur.

Il avait parcouru cette route des milliers de fois. Quand il avait décidé de se construire un radeau avec des jerrycans vides pour faire du rafting, quand il allait pêcher avec Quattro Formaggi, quand simplement il n'avait rien à faire.

Qui pouvait imaginer qu'il la parcourrait en poussant le corps de Fabiana Ponticelli ?

Si au moins il y avait eu Quattro Formaggi ici avec lui. Peut-être que lui savait si son père et Fabiana avaient eu une histoire secrète. Ou bien il pouvait le demander à Danilo. Mais il avait disparu. Il avait appelé cent fois. Toujours éteint. Et chez lui, personne ne répondait.

Il repensa au coup de fil avec Quattro Formaggi. Il ne semblait pas particulièrement surpris que Rino soit dans le coma.

*Mais tu sais comment il est ce type*, se dit-il en passant un bras sur son front perlé de sueur.

Il était impatient de le voir et de l'embrasser.

Il était presque arrivé. Le bruit du courant réussissait à couvrir le grondement des camions qui fonçaient sur la nationale.

Il enleva sa veste, la noua autour de sa taille et recommença à pousser. Le sentier, à l'approche du fleuve, s'était peu à peu transformé en bourbier et la petite roue de la carriole dérapait et s'enfonçait dans la boue. Sous les semelles de ses baskets aussi, s'étaient formés deux blocs de mélasse très lourds. Devant lui, à quelques dizaines de mètres, s'étendait un marécage éclairé par les lueurs de la centrale électrique. Les armes émergeaient comme des pylônes au milieu de la mer.

De sa vie, Cristiano ne se rappelait pas avoir vu la crue du Forgese arriver jusque-là.

Quattro Formaggi était encore sur la chaise. Il avait des frissons et de son épaule la douleur irradiait dans le thorax par vagues incandescentes.

Dans sa main, il serrait le crucifix.

Pendant un instant, il avait réussi à s'assoupir, mais un cauchemar horrible l'avait enveloppé comme une couverture fétide et heureusement il s'était réveillé.

Le téléviseur allumé à plein volume résonnait dans son crâne, mais il ne voulait pas le baisser. Il préférait mille fois les voix braillardes de la télévision à celles qu'il avait dans la tête.

Et puis, s'il fermait les yeux, Ramona lui apparaissait, nue et allongée au milieu des montagnes, et des bergers et des soldats de plomb qui grimpaient sur elle avec leurs brebis. Il la désirait avec une telle intensité qu'il se serait coupé une main pour l'avoir.

Et puis, il y avait ce cauchemar terrible qu'il avait fait.

Il était couvert d'une fourrure visqueuse et il faisait partie d'un troupeau d'êtres obscurs qui couraient dans un boyau noir. Des bêtes avec des dents pointues et des yeux rouges et de longues queues nues qui se bousculaient et piaillaient et s'entredévoraient pour arriver les premières au bout du tunnel.

Et puis ils plongeaient tous dans une carcasse recouverte de larves aveugles et de mille-pattes et de cafards et de sangsues prêtes à exploser. Ils se mettaient à dévorer la chair pourrie et les insectes. Et lui aussi mangeait sans se rassasier jamais.

« *Les chiens de l'Apocalypse ne mangent pas et ne se laissent pas manger* », lui disait sœur Evelina à l'orphelinat.

Mais soudain une lumière glaciale l'aveuglait et au centre du rayon lumineux la silhouette filiforme d'une femme lui disait : « Toi tu es l'Homme des Charognes.

— Qui ? Moi ?

— Oui, toi ! – et elle le montrait du doigt tandis que tous les êtres fuyaient, terrorisés. – Toi tu es l'Homme des Charognes. »

Et il s'était réveillé.

Tout à coup, il balança un coup de pied à la télévision qui tomba de la table mais continua à beugler.

Mais pourquoi diable Ramona avait choisi de passer par le bois ?

*Elle a eu tort. Moi, je le lui avais dit. C'est pas de ma faute si elle est passée par le bois.*

Si elle avait pris le boulevard extérieur, maintenant il ne serait rien arrivé et lui il irait bien et Rino ne serait pas tombé dans le coma. Et tout serait comme avant.

« … Comme avant », murmura l'Homme des Charognes et puis il commença à se donner des coups de poing sur la jambe.

### 213.

L'eau était devenue trop haute. Cristiano Zena avait laissé la carriole et tandis qu'il traînait le cadavre vers le fleuve, l'aube s'était levée sur la plaine.

Il n'avait pas rencontré âme qui vive. Il avait eu de la chance, avec la crue, personne ne passait par là.

Beppe à cette heure devait être réveillé et il devait certainement être en train de le chercher.

Devant lui, une longue clôture en fil de fer barbelé rouillé émergeait de l'eau. Dessus s'étaient perchés de gros corbeaux noirs. Derrière, la rive était complètement submergée par la crue. Cristiano mit un pied sur le fil rouillé qui disparut dans l'eau et poussa le cadavre enveloppé dans la Cellophane de l'autre côté de la barrière.

Le fleuve lui arrivait aux genoux et le courant commençait à l'entraîner.

Au début, il avait pensé attacher au corps des pierres et le faire couler dans le fleuve, mais maintenant il était convaincu qu'il valait mieux le laisser être emporté par le courant.

Quand on le retrouverait, il serait loin et personne ne pourrait faire un lien avec eux. S'il avait du pot, il arriverait jusqu'à la mer et là les poissons se chargeraient de terminer le travail.

Il regarda pour la dernière fois Fabiana enveloppée dans le plastique transparent.

Il soupira. Il n'éprouvait même pas de peine pour elle. Il se sentait fatigué, vidé, réduit à l'état de bête. Seul.

*Comme un assassin.*

Il sentit une nostalgie lancinante pour les jours où il allait jouer sur le fleuve.

Il ferma les yeux.

Il laissa aller le corps comme il l'avait fait tant de fois avec les branches, en imaginant que c'étaient des navires et des galions.

Quand il les rouvrit, le cadavre était une petite île lointaine.


### 214.

Même le pont Sarca, long de trois cent vingt-trois mètres, projeté par le fameux architecte Hiro Itoya et inauguré il y a quelques mois avec montgolfières, fanfares et feux d'artifice, était sorti mal en point de la furie de la tempête.

La digue au sud n'avait pas résisté à la crue et la nationale, sur des centaines de mètres, avait été envahie par les eaux limoneuses du Forgese.

Des équipes d'ouvriers s'étaient aussitôt mises au travail pour reconstruire le terre-plein tandis que les pompes de drainage aspiraient l'eau et la rejetaient dans le fleuve, qui semblait bouillir comme si une flamme brûlait sur son fond.

Le trafic, reporté sur toutes les routes de la plaine, était ralenti jusqu'à s'embourber dans un embouteillage immobile et klaxonnant.

Maintenant, à moins de trente-six heures de la tempête, une voie avait été rouverte et la colonne de poids lourds allant ou revenant de la frontière et de voitures pleines de banlieusards roulait par à-coups, contrôlée par les feux tricolores mobiles et des agents de la circulation.

Juste au centre du pont, dans une Mercedes classe S noire comme les plumes d'un condor, étaient assis les époux Baldi.

Rita Baldi, trente et un ans, était une petite femme pâle et maigre, vêtue d'un jean et d'un T-shirt court qui laissait voir son nombril ressemblant à un tortellini et une bande de son ventre plein d'un petit être de sept mois. En ce moment, elle était en train d'appliquer du vernis sur ses ongles et de temps à autre elle regardait sans le voir le ciel obscur.

Le mauvais temps était revenu.

Vincenzo Baldi, trente-cinq ans, semblait être un croisement entre Brad Pitt et un oreillard brun, petite chauve-souris vivant dans l'île du Lys dotée d'énormes pavillons auriculaires. La barbe négligée venait frôler une paire de lunettes noires. Il fumait en soufflant des nuages de nicotine à travers la fenêtre entrouverte.

Il faisait la queue depuis près de deux heures.

Devant eux, il y avait un poids lourd allemand qui transportait de l'engrais organique (bouse de vache) Dieu sait où. La petite bouteille phosphorescente du déodorant accroché à la bouche d'aération faisait de son mieux, mais l'odeur d'excréments frais flottait dans l'habitacle de la berline.

Le rendez-vous avec Bartolini était foutu.

L'ingénieur avait étudié une solution, à ses dires définitive, pour éliminer l'humidité qui affligeait, comme une mystérieuse malédiction, leur villa. L'eau remontait à travers les murs qui se couvraient de mousses bariolées. Le crépi se fendillait et tombait en morceaux. Les meubles gondolaient et le linge dans les tiroirs pourrissait. La solution, selon Bartolini, était de couper horizontalement tous les murs porteurs de la maison, et de glisser dedans une gaine imperméable, un brevet scandinave, de façon à empêcher la remontée assassine de l'humidité.

Cet embouteillage avait fait croître la nervosité dans la voiture. Et depuis qu'ils y étaient entrés, tous deux n'avaient pas échangé un seul mot.

Pour être précis, ils n'avaient pas eu un dialogue de plus de quatre répliques depuis une semaine (ils s'étaient disputés, mais aucun d'eux, désormais, ne se rappelait exactement pourquoi), si bien que Rita fut stupéfaite quand Vincenzo balança : « J'ai acheté une voiture neuve. »

La femme mit un moment à se reprendre de sa surprise, un instant à s'humecter la bouche et à répondre : « Comment ? Je n'ai pas compris. » Même si elle avait parfaitement compris.

Lui s'éclaircit la voix et répéta : « J'ai acheté une voiture neuve. »

Elle, le pinceau suspendu en l'air : « Quoi comme voiture ?

— Toujours une classe S. Mais le modèle supérieur à celui-là. Toujours à essence. Quelques chevaux en plus. Quelques accessoires en plus. »

Rita Baldi prit une profonde inspiration.

Son amie d'enfance Arianna Ronchi, qui était devenue parlementaire, lui racontait comment, grâce à ce métier, elle avait appris qu'avant de répondre impulsivement et puis de s'en repentir, il était nécessaire de toucher un objet et de décharger la rage comme on le fait avec une pile chargée. Mais c'était dans la nature de Rita Baldi de répondre instinctivement, la même nature qui conduit le hérisson à dresser ses piquants quand il est approché par un prédateur. Et donc, elle ne put se retenir : « Pourquoi tu ne me l'as pas dit ?

— Quoi ? »

Beaucoup de gens ont fait la pénible expérience de se rendre compte que, après le pacte conjugal, l'homme/la femme que l'on considérait comme un être brillant et intuitif se révèle être un émérite connard.

A ce moment-là, qu'est-ce qu'on fait ?

Dans trente-six pour cent des cas, selon un récent sondage, on appelle l'avocat et on se sépare. Rita Baldi faisait partie des soixante-quatorze pour cent. Elle s'était adaptée, mais continuait à s'étonner de la stupidité de son mari.

« Que tu voulais changer de voiture ! Celle-là, tu l'as achetée quand ? Y a même pas six mois ! Pourquoi tu ne me l'as pas dit ?

— Pourquoi, je dois te dire tout ce que je fais ? »

Ce qui la rendait folle de rage et faisait monter en elle une irrésistible envie d'attraper et de briser tout ce qu'elle avait sous la main, c'était qu'à une question Vincenzo répondait par une autre question.

Rita prit une très profonde inspiration et d'une voix apparemment placide, elle réessaya : « Bon, d'accord.

Je vais t'expliquer pourquoi. Alors… – une autre profonde inspiration – parce que tu viens d'acheter une moto BMW. Ensuite tu as acheté un frigo danois pour… – elle ne voulait pas le dire mais elle ne put s'en empêcher – … tes vins de merde. Et puis t'as acheté le truc… comment ça s'appelle ? Un tracteur pour le gazon. Et puis… »

Il l'interrompit. « Et alors ? C'est quoi le problème ? Qui c'est qui les paye ?

— Pas toi. Vu qu'on doit payer des traites jusqu'en 2070. C'est ton fils qui les paiera, et peut-être le fils de ton fils… – Elle était trop furibarde pour réussir à exprimer ce concept de microéconomie. – Dis-moi un truc. Cette bagnole, elle te va pas ? Qu'est-ce qu'elle a qui te va pas ? C'est un tas de tôles ? Alors si c'est un tas de tôles… » Elle balança un coup de pied avec le talon aiguille de sa chaussure Prada contre le système d'air conditionné. Et puis un autre contre l'écran du GPS.

Le bras gauche de Vincenzo Baldi partit avec la même rapidité meurtrière que la queue d'un scorpion et elle, elle fut scotchée au dossier par une main refermée autour de sa carotide. A ce moment-là seulement, son mari tourna la tête et sourit. Les lunettes de soleil cachaient deux fentes injectées de haine. « Si tu essaies encore une fois, je te tue ! Fais gaffe, je te tue. »

Et alors, comme un cabri, un Bambi ou ce que diable vous voulez que ce soit, elle commença à s'agiter, à hurler, à se démener, à bredouiller : « C'est ça ! C'est ça ! Tue-moi ! Tue-moi ! Tue-moi, moi et ton fils, le pauvre…. » et elle allait l'insulter quand un salutaire instinct de survie l'empêcha de continuer.

Lui retira sa main et elle, haletante, prit son sac et sortit de la voiture.

Vincenzo Baldo baissa la vitre : « Reviens ici. Où tu vas ? »

Encore une question.

Rita ne répondit pas. Elle passa au milieu de la file de voitures, elle franchit un cordon de cônes séparant le trafic et, s'appuyant sur la glissière de sécurité, se pencha sur le pont.

Elle savait qu'elle ne se jetterait pas en dessous. Même si l'imaginer la fit se sentir mieux.

*Mon tout petit, si je me jetais en bas, je te sauverais d'un père à la con... Mais, t'en fais pas, tôt ou tard, je le quitte,* dit-elle à l'enfant qu'elle avait dans son ventre.

Elle ferma les yeux et les rouvrit. Elle sentit une bonne odeur, d'eau et de boue, monter du fleuve qui semblait exploser dans ses digues en ciment.

Son regard tomba sur les restes de quelques arbres qui s'étaient échoués contre la pile du pont. Les branches étaient recouvertes, comme l'arbre de Noël d'un va-nu-pieds, de sacs plastique de toutes les couleurs. A côté, deux canards se reposaient. Un mâle avec la tête d'un vert splendide et une femelle dans sa livrée marron. Sans aucun doute, ce couple de volatiles s'entendait bien. Ils étaient sereins, l'un près de l'autre, en train de se nettoyer les plumes sur un gros sac...

« Qu'est-ce que c'est ? » laissa-t-elle échapper.

Rita Baldi plissa les yeux et, d'une main, s'abrita les yeux de la réverbération.

Elle n'arrivait pas à comprendre. On aurait dit...

Elle sortit de son sac une paire de fines lunettes de vue de Dolce&Gabbana et les chaussa.

D'un geste instinctif, elle se toucha là où poussait son bébé, et puis se mit à hurler.

## 215

L'Homme des Charognes était en train de pourrir.

De sa vie, il ne s'était jamais senti aussi mal. Même après avoir reçu la décharge. A l'époque, il avait été traversé par le feu, et puis le noir.

Maintenant, c'était différent. Maintenant, il était en train de pourrir lentement.

Il était étendu sur son lit et se massait sans arrêt le ventre dur et tendu comme un tambour.

Il les sentait. Les larves de mouche bougeaient, se nourrissaient de sa chair et lui rongeaient les tripes. Le mal partait de là et irradiait dans tout son corps, jusque dans les cheveux et les ongles des pieds.

*Peut-être que je dois aller à l'hôpital.*

Mais ils lui auraient posé tout un tas de questions, ils lui auraient demandé ce qui l'avait mis dans cet état-là et puis ils l'auraient obligé à rester.

Lui, les gens, il les connaissait. Les gens qui veulent savoir. Les gens qui posent des questions.

Et puis, ils l'auraient mis à côté de Rino. Et Rino aurait ouvert les yeux, il se serait soulevé en le pointant du doigt et il aurait hurlé : « C'est lui ! C'est lui ! C'est lui qui a assassiné la petite fille ! »

*Et tu te retrouves en taule où la nuit, ils te prennent et ils te...*

A l'idée de finir en prison, une lame de douleur bouillante lui transperça l'épaule et libéra mille étincelles qui remontèrent le long de son cou et dans sa tête. Il sentit le mal gicler de sa chair infectée, traverser le matelas trempé de sueur, se glisser dans les pieds du lit, irradier sur le sol et remonter sur les murs, entre les briques, dans les fondations, à travers les tuyaux, dans la terre sombre et de là dans les racines des arbres qui séchaient et perdaient leurs feuilles et se flétrissaient dans le silence.

L'Homme des Charognes appliqua sur son estomac le crucifix que lui avait donné Riky, le messager de Dieu, et il lui sembla sentir un peu de soulagement.

Il se leva et se traîna dans la salle de bains et il s'observa dans le miroir.

Le masque de la mort transparaissait derrière la peau du visage. Il rabattit la capuche du peignoir de bain et son visage osseux disparut, enveloppé par les ombres. Seuls ses yeux brillants et striés de sang et les dents jaunâtres émergeaient, comme suspendus dans le néant.

C'était ça, le visage de la mort. Et quand elle sortirait de son cadavre, elle sourirait comme il était en train de le faire en ce moment.

Quand il était petit, il avait eu une méningite et la fièvre était montée à plus de quarante.

« C'est un miracle si tu n'es pas mort. Tu dois remercier le Seigneur », lui disaient les sœurs.

Une fièvre si forte qu'elles l'avaient plongé dans la fontaine en face de l'orphelinat. Il se rappelait que dans la vasque il y avait des anguilles et que l'eau bouillait et que les anguilles avaient été cuites et étaient devenues blanches.

*Mais peut-être que ce n'est pas vrai.*

Il se rappelait aussi l'aspirine qui fond. Et ça, c'était vrai.

Il la vit face à lui. Un énorme disque blanc qui flottait dans le verre et se consumait en se transformant en bulles, en jaillissements, en frémissements.

Il voulait de l'aspirine qui fond. Il aurait donné tout ce qu'il possédait pour sentir son goût salé sur sa langue sèche.

Il alla dans la cuisine. Sur le buffet, il y avait un pot de confitures plein de centimes et de demi-euros. L'argent pour acheter l'aspirine, il l'avait.

Le problème, c'était de sortir de chez lui. A la seule idée de rencontrer des gens, il eut l'impression de se noyer, d'être attrapé par des milliers de mains et d'être entraîné au fond de l'océan.

*(Si tu prends pas d'aspirine, tu meurs.)*

Au début, il ne reconnut pas la voix. Puis il sourit. Cristiano.

C'était la voix de Cristiano.

Depuis combien de temps il ne pensait plus à lui ? Comment il avait fait pour l'oublier ? C'était son meilleur ami, son unique vrai ami.

Un élancement, plus douloureux que le mal qu'il ressentait dans son corps, enserra son cœur et une chose dure et pointue se ficha dans sa gorge.

Il avait suffi d'une nuit et tout avait changé.

*(Qu'est-ce que tu as fait ?)*

*(Qu'est-ce que tu as fabriqué ?)*

*C'est pas moi. C'est Dieu. Moi je voulais pas, vraiment. Je vous le jure, moi je voulais pas. C'est Dieu qui m'a fait faire ces choses. Moi j'y suis pour rien.*

« Tout changé », dit-il, et il sentit ses yeux humides de larmes.

Il repensa aux virées avec Cristiano dans le centre commercial, à leurs balades le long du fleuve, aux soirées à manger des pizzas et à regarder la télé avec Rino et Danilo.

Il n'y aurait plus rien.

Lui, il n'était plus Quattro Formaggi. Lui, maintenant, il était l'Homme des Charognes.

En poussant des gémissements, il enfila un pantalon, un gilet à col montant, son ciré, son écharpe et il enfonça sur sa tête un bonnet à pompon.

*(Tu dois aller tout droit à la pharmacie, acheter de l'aspirine et revenir à toute vitesse à la maison. Si tu fais comme ça, il t'arrivera rien.)*

Il prit une poignée de pièces dans le pot, fit le

signe de croix, s'approcha de l'entrée et ouvrit grand la porte de l'enfer.

## 216.

« Mais c'est quoi cette circulation ? Je ne comprends pas », soupirait Beppe Trecca au volant de sa Puma. Cristiano, la capuche de son sweat-shirt enfoncée sur son front et les bras croisés, entendait à peine l'assistant social.

Ensommeillé, il fixait à travers la fenêtre les hangars, les magasins d'usine et les longues barrières sur les côtés de la route.

Ils faisaient cinq mètres et ils stoppaient. La cata. Ils étaient sur la nationale et en une demi-heure ils avaient réussi à faire en gros cinq cents mètres.

Trecca balança un coup de poing énervé contre le volant. « Il a dû arriver quelque chose ! Un accident. C'est pas normal, ce trafic. »

Cristiano l'observait du coin de l'œil. Il ne l'avait jamais vu si nerveux.

Il ferma les paupières et appuya la tête contre la vitre.

*Qui sait pourquoi il m'a pas encore renvoyé devant le juge ?*

Il se sentait trop fatigué pour donner une réponse. Il aurait voulu dormir encore douze autres heures. Et à la pensée de retourner auprès de son père et de le voir sur ce lit, il avait l'impression de mourir.

L'idée que le soleil naissait et se couchait, que les gens faisaient la queue en voiture, qu'on pouvait jeter une bombe atomique, que le Christ pouvait revenir sur terre, et que les infirmiers pouvaient se foutre de son père, rire de lui, tandis qu'il était là, allongé

465

comme un pantin, lui faisait venir la nausée et une rage telle que ses mains commençaient à fourmiller.

*Si je découvre que quelqu'un se fout de lui, je le tue, je jure devant Dieu que je le tue.*

« *Apprends à dormir que d'un œil, Cristiano. C'est pendant le sommeil que tu te fais baiser* », lui avait dit son père la nuit où il l'avait envoyé flinguer le chien de Castardin. Il avait l'impression qu'un siècle était passé.

Non, il n'avait pas le courage d'aller le voir.

Il voulait rentrer à la maison et se remettre à chercher la bague, cette maudite bague avec la tête de mort. Après avoir abandonné le cadavre dans le fleuve, Cristiano était revenu chez lui et tandis que Trecca dormait, il s'était mis à la chercher.

Il avait mis le garage sens dessus dessous et, même en ratissant le fourgon, il ne l'avait pas trouvée.

Elle n'était pas là.

Il avait cherché dans la veste et le pantalon que son père portait.

Là non plus.

Elle devait être encore dans le bois !

Les empreintes digitales de son père sur cette maudite bague étaient l'unique indice qui pouvait le relier à la mort de Fabiana.

« Ecoute, et si on prenait par la rue Borromée ? Peut-être… »

Cristiano fit semblant de dormir. Tant qu'ils étaient bloqués, ils n'étaient pas à l'hôpital.

« *Trecca va arriver, vite, sors le Monopoly.* »

L'image de son père et lui disposant en hâte les petites maisons et l'argent sur le carton tandis que Trecca garait sa voiture resta gravée sur l'écran de ses paupières et un léger sourire plissa ses lèvres.

Une chose que Cristiano n'arrivait vraiment pas à

comprendre, c'était pourquoi ce type-là se décarcassait de cette façon pour lui.

*Moi, pour lui, je ferais que dalle.*

Il était allé le chercher à l'hôpital, il l'avait ramené à la maison, il s'était cassé le dos à dormir sur le canapé et maintenant il le raccompagnait auprès de son père.

« *Personne ne fait rien pour personne. Regarde derrière les gestes, Cristiano.* » Voilà ce que lui avait enseigné Rino.

Et pourtant, il avait le sentiment que Beppe Trecca ne toucherait pas d'heures sup à la fin du mois pour s'être occupé de lui.

*Peut-être qu'il me trouve sympa.*

En tout cas, d'ici quelques jours, si son père ne se réveillait pas, le juge le flanquerait à l'assistance ou le confierait à une famille de connards.

Il devait trouver Danilo au plus vite. Lui, il pouvait l'adopter, au moins tant que papa ne sortait pas du coma.

*Si jamais j'arrive à le trouver.*

Et si on ne le laissait pas allez chez Danilo, il s'enfuirait.

### 217.

Beppe Trecca avait un besoin désespéré de café.

« Mais c'est quoi ce bordel ? Je comprends pas », dit-il sans attendre aucune réponse de Cristiano.

Dans environ un kilomètre, il y avait un bar, mais avec cette circulation… Il n'arrivait pas à calculer combien de temps il pouvait mettre.

Outre le café, un massage aurait été parfait. Les ressorts de ce canapé défoncé lui avaient bousillé le dos.

Quelle nuit infernale il avait passée. Trop, trop froid. Avec en plus, le rugissement des camions sur la nationale. La sensation, quand on fermait les yeux, d'être allongé sur une aire de sécurité de l'autoroute.

Il épia Cristiano du coin de l'œil.

Il s'était caché dans sa capuche et il semblait dormir.

Maintenant ce serait le moment parfait pour tout lui dire.

*« Ecoute Cristiano, je dois te dire une chose. Danilo est mort dans un accident de la route. »* Bon, tu sais ce que je fais ? Je le lui dis plus tard.

Ce jour-là, il devrait aussi appeler un juge pour enfants. Peut-être qu'il arriverait à le convaincre d'attendre un peu. Quelques jours.

Le temps qu'Ida l'ait oublié.

Mais lui, il lui fallait combien de temps pour l'oublier ?

Il avait passé un seul jour sans la voir et sans l'entendre, mais cela lui semblait une année. Avant, ils se voyaient toujours. Une fois par semaine ils allaient faire les courses aux Quatre Chemins. Et Ida l'empêchait de s'acheter des saloperies surgelées. Et puis, lui, il l'accompagnait quand elle allait chercher ses enfants à la piscine. Et s'il leur arrivait de ne pas se voir pendant quelques jours, ils se parlaient au téléphone.

*La compagne de ma vie.*

Il continuait à repenser obsessionnellement à eux deux dans le camping-car en train de faire l'amour. A la bonne odeur de sa peau. A ses cheveux si lisses. A quand il l'avait sentie trembler dans ses bras. Ç'avait été la chose la plus belle de sa vie. Et pour la première fois, il s'était comporté comme un homme. Il avait pris en main leurs vies et il était prêt à assumer ses responsabilités.

468

Soudain, il avait compris ce que vivre voulait dire.

Mais maintenant, dans l'état désespéré où il se trouvait, il effacerait cette nuit et reviendrait en arrière, à l'époque où ils n'étaient qu'amis. A l'époque où il se mentait à lui-même.

Il regarda autour de lui.

A sa droite, il y avait Truffarelli, un grand magasin de sanitaires.

Cet endroit, il y était allé avec elle choisir des carrelages pour les toilettes de la maison à la montagne achetée par Mario.

Chaque chose dans cette maudite plaine la lui rappelait.

*Assez !*

Il devait partir. Loin. Au Burkina Faso, creuser des puits artésiens. C'était l'unique chose à faire. Une fois que le problème Cristiano serait résolu, il donnerait sa démission et partirait.

218.

Il avait été facile d'arriver jusqu'à la pharmacie.

Personne n'avait daigné lui jeter un regard. Ou, s'ils l'avaient fait, l'Homme des Charognes ne l'avait pas remarqué car il avait gardé les yeux à terre.

La vieille pharmacie Molinari, avec sa croix au néon qui s'allumait et s'éteignait, sa vitrine avec le buste d'un homme marron recouvert de bandages et les panneaux de crèmes raffermissantes, était là en face de lui.

Maintenant, il suffisait d'entrer, de demander de l'aspirine, de payer et de décamper.

L'Homme des Charognes se grattait la joue, plissait la bouche et se donnait des coups de poing sur la cuisse.

Il hésitait à entrer. Ce pharmacien était fou, complètement fêlé. Il était convaincu, Dieu sait pourquoi, que lui était un supporter acharné de la Juventus.

Et l'Homme des Charognes détestait les fous, les types étranges, les anormaux en somme. Et puis, il avait horreur du foot.

Il ne lui arrivait pas souvent d'aller à la pharmacie, mais à chaque fois, ce type-là, tout maigre avec le cheveu rare et un bouc, se mettait à lui parler de joueurs qu'il ne connaissait pas et du classement, et une fois, il l'avait invité à Turin voir un match de la Ligue des Champions.

« Allez, allez, viens, viens, on est une bonne bande d'enragés. On va se marrer. On y va en bus. »

L'Homme des Charognes avait un problème, c'est que si quelqu'un lui disait quelque chose sur lui qui n'était pas vrai, il n'arrivait pas à le détromper. Il avait honte.

Même quand il avait accepté de suivre un cours de yoga, il l'avait fait parce qu'un collègue d'une entreprise de construction lui avait dit qu'il était certain qu'il aimerait ça.

Et donc, il s'était retrouvé dans un bus bondé de supporters *bianconeri* en route pour le stade. Quand ils étaient descendus du bus, l'Homme des Charognes avait fait semblant d'aller aux toilettes et il s'était caché derrière un fourgon de gendarmes et ce n'est qu'à la fin du match qu'il était remonté dans le bus.

Et si maintenant il entrait dans la pharmacie et que l'autre l'oblige de nouveau à aller au stade ?

L'Homme des Charognes s'assit sur un banc sans savoir quoi faire. Il avait besoin de cette aspirine.

Il pouvait toujours aller à la pharmacie de la gare. Elle était loin et il devait prendre sa mobylette, mais c'était mieux que d'affronter le dingue.

Il allait remonter chez lui quand, de la Boutique de la Viande, de l'autre côté de la rue, sortirent deux femmes qui s'arrêtèrent devant la pharmacie.

Elles devaient avoir une soixantaine d'années. L'une était grande et effilée comme une mante religieuse, et l'autre était petite et verte comme un goblin. Le goblin traînait derrière elle un quadrupède qui ressemblait à un diable de Tasmanie.

L'Homme des Charognes les voyait discuter avec animation en face de la vitrine de la pharmacie. Si elles se décidaient à entrer, le pharmacien serait trop occupé pour parler avec lui.

Enfin, la mante religieuse poussa la porte vitrée et les deux s'engouffrèrent dans le magasin.

L'Homme des Charognes se leva et, en boitant, entra lui aussi. Il se cacha derrière un présentoir tournant de produits pour les pieds.

Pour servir, en plus du dingue, il y avait une dame d'un certain âge en blouse blanche qui lisait les ordonnances et les tamponnait avec violence. C'était à elle qu'il devait demander l'aspirine.

Dans la queue, en plus des deux femmes, il y avait un vieux avec une casquette et un jeune.

L'Homme des Charognes, ses pièces serrées dans son poing, commença à répéter à voix basse sa réplique : « Salut. Bonjour. S'il vous plaît, vous me donnez de l'aspirine qui fond dans l'eau ? Merci. C'est combien ? »

Pendant ce temps, les deux femmes, à moins de cinquante centimètres, parlaient à voix basse comme des conspiratrices.

« Bref, il m'a appelé il y a cinq minutes… » disait le goblin et elle montrait son portable à son amie comme pour prouver qu'elle ne racontait pas de blagues.

La grande à moitié chauve fronça les sourcils un instant. « Mais je n'ai pas compris. Ton mari, il est où maintenant ?

— Sur le pont ! Il est là-bas depuis deux heures. La circulation est complètement bloquée.

— Et qu'est-ce qu'il t'a dit, exactement ?

— Matilde, pourquoi je dois te répéter cent fois les mêmes choses ? Tu le prends ou pas ce médicament pour la tête que t'a donné le médecin ?

— Bien sûr que je le prends, coupa court la grande perche, agacée. Tu me dis ce qu'il t'a dit ? Il t'a vraiment dit qu'il y a un cadavre sous le pont ?

— Exactement. Tout à fait ça. Ecoute, ma chère Matilde, pourquoi tu ne fais pas une bonne chose ? Pourquoi tu ne prends pas un taxi et tu vas voir ? Comme ça tu comprendras tout. »

« De toute façon, avec toi, on peut vraiment pas discuter ! » aurait voulu répliquer la mante, mais elle n'arriva à dire que « De toute fa... » parce qu'un homme avec un ciré sur le dos agrippé au présentoir tournant des produits du docteur Scholl s'effondra sur son gros orteil et la femme se mit à hurler, un peu de frayeur un peu de douleur. A terre, l'homme avec le ciré tentait de se remettre debout, mais comme un cerf sur un tapis de billes, il réussissait seulement à glisser et à ruer dans les produits pour les cors et les semelles antitranspirantes au menthol, et quand enfin il arriva à se relever, en boitant, en sanglotant, en braillant comme un mulet dans un abattoir, il se jeta contre les portes vitrées de la pharmacie et disparut.

## 219

« Excusez-moi, mais qu'est-ce qui s'est passé ? »
demandait Beppe Trecca à un routier qui était descendu d'un long poids lourd jaune et noir et fumait une cigarette.

L'homme souffla une bouffée de fumée et dit d'une voix ennuyée comme si cela lui était arrivé un million de fois : « Apparemment, ils ont trouvé un cadavre dans le fleuve. »

Cristiano, qui essayait encore de s'assoupir, sursauta comme s'il avait reçu un coup de poing en plein estomac. Il sentit un frisson à la base de la nuque, ses aisselles se glacer et ses joues s'enflammer.

Il ferma et rouvrit les yeux. Il ouvrit grand la bouche. Il essaya d'écouter ce que se disaient Beppe et le routier, mais un ronflement dans ses oreilles l'empêchait d'entendre.

Il n'arriva qu'à saisir une phrase du routier : « Dans ces cas-là, ils bloquent tout jusqu'à l'arrivée du magistrat. »

Et donc ils avaient retrouvé le corps de Fabiana.
*Tout de suite.*

Selon ses prévisions, il devait arriver à la mer et être mangé par les poissons et au contraire, après même pas quatre heures, il avait été retrouvé à un jet de salive de la maison.

Il essaya de déglutir, sans y parvenir. Il avait envie de vomir. Il sortit de la voiture et appuya les mains sur le capot chaud et laissa pendre sa tête.

*(Tu pensais vraiment que, par magie, le corps disparaîtrait ?)*

*J'aurais dû l'enterrer.*

*(Tu pensais vraiment que le bon Dieu ou la bonne petite fée t'aideraient parce que tu es en train de sauver ton père ?)*

*J'aurais dû la mettre dans du ciment.*

*(Depuis que tu es entré dans le bois et que tu as décidé de…)*

*J'aurais dû la dissoudre dans l'acide. J'aurais dû la carboniser.*

*(Tu es devenu…)*

Il connaissait le mot.

COMPLICE.

*J'aurais dû la découper en mille morceaux et la donner à manger aux cochons, aux chiens.*

*(Tu es plus coupable que lui.)*

« Cristiano ? » Beppe Trecca l'appelait.

*(Toi tu es pire que lui.)*

« Cristiano ? »

*(Et maintenant, ils vont te choper. Il leur faudra une seconde pour te choper. T'es foutu.)*

« Cristiano, tu me réponds ? Qu'est-ce que tu as ? »

Cristiano souleva la lèvre supérieure et grogna : « Putain, qu'est-ce que tu me veux hein ? » Il serra les poings, sentant soudain une envie irrépressible de réduire la tronche de ce salaud en une boule de viande hachée.

L'assistant social fit un pas en arrière, effrayé, et il enfonça sa tête entre ses omoplates. « Rien. T'es pâle comme un linge. Il y a quelque chose qui ne va pas ? Tu te sens mal ? »

Du plus profond de sa gorge sortit un gargouillement et puis, en postillonnant il réussit à dire : « Me fais pas chier ! Qu'est-ce que ça peut te foutre comment je me sens ? Mais putain qui t'es toi ? Et qu'est-ce tu me veux, bon Dieu ? » Tandis qu'il disait tout ça, il s'aperçut qu'autour d'eux s'était formé un petit attroupement d'automobilistes curieux, descendus de leur voiture en colonne, convaincus qu'ils observaient la scène classique d'engueulade entre un père et son fils adolescent. Qui sait, peut-être espéraient-ils qu'ils se tapent dessus, qu'éclate le bordel.

Combien il aurait voulu avoir une barre de fer bien lourde pour défoncer la tronche de toutes leurs têtes de nœud. Au moins, avant de finir le reste de sa vie en taule, il faisait un massacre.

*Et ceux-là c'est moi qui les ai tués. Moi, avec ces mains. Comme ça, quand tu te réveilleras – si jamais tu te réveilles, connard – on verra lequel des deux en a tué le plus, salaud de fils de pute.*

Trecca s'approcha de lui. « Cristiano ! Ecoute… »

Mais Cristiano Zena n'écoutait pas. Il regardait vers le ciel, vers ces nuages marron si bas qu'il aurait pu les toucher de la pointe de ses doigts, vers ces nuages qui bientôt allaient déverser encore de l'eau sur ce monde de merde, et il se sentit partir en lévitation, comme si tout à coup les extraterrestres l'avaient aspiré dans l'espace. Il vacilla en ressentant un vertige, leva les bras vers les nuages, rejeta sa tête en arrière et s'imagina qu'il expulsait tout ce noir qu'il avait au fond de lui, cette colère noire, cette peur, cette sensation de compter pour du beurre, d'être le moins veinard de la planète, l'être le plus seul et le plus désespéré du monde. Dehors. Oui, dehors. Il devait cracher hors de sa bouche toutes les pensées, toutes les angoisses, tout. Et se transformer en un chien noir. Un chien noir, un chien sans cervelle, qui courait en allongeant les pattes, en courbant l'échine, et dressant la queue. Il touchait à peine terre et il s'étendait, parfait comme un ange.

« Comme un ange… » fit-il sans le vouloir, et puis il regarda avec un étrange sourire Beppe, le routier en gilet de cuir, les automobilistes qui ressemblaient à des pantins et derrière eux, de l'autre côté de la nationale, une bande verte de mauvaises herbes qui séparait deux champs labourés et sur lesquels il pourrait courir pour toujours jusqu'à arriver là où il serait libre. Libre.

Il regarda encore Trecca et puis il s'élança vers les champs et en un saut incroyable il franchit la glissière de sécurité et pendant un instant infini, il eut l'impression de voler.

220.

La pluie tambourinait sur les parapluies de centaines de curieux qui se penchaient sur le pont et les terre-pleins, elle tambourinait sur les phares argentés qui répandaient des faisceaux de lumière ascétique sur les flots noirs du fleuve et sur la Cellophane qui cachait le cadavre, elle tambourinait sur les imperméables des agents de la police de la route, elle tambourinait sur une grande tente, tirée à la va comme je te pousse, juste là où Rita Baldi avait vu en premier le cadavre, elle tambourinait sur les voitures de patrouille et sur les camions des pompiers, elle tambourinait sur le tout-terrain des hommes-grenouilles et sur les minibus des télévisions locales et sur le ciré jaune de l'Homme des Charognes.

Il était là, écrasé dans la foule, penché sur le pont.

Cinquante mètres plus bas, un Zodiac rouge luttait contre les rapides et les tourbillons en essayant d'atteindre le corps enveloppé dans du plastique.

Le regard de l'Homme des Charognes se déplaça du fleuve noir aux terre-pleins remplis de parapluies, de là il glissa sur la nationale complètement recouverte de voitures arrêtées et sur les policiers trempés, se leva vers le ciel où un hélicoptère vrombissait et enfin se posa sur ses mains tremblantes.

Les mains qui avaient produit tout ça...

*Quand une fourmi trouve le cadavre d'un rat, elle*

*ne garde pas sa découverte pour elle. La première chose qu'elle fait est de courir comme une folle dans sa four-milière et d'avertir tout le monde : « Courez ! Courez ! Vous ne savez pas ce que j'ai trouvé ! »*

*Une demi-heure plus tard, la carcasse est complète-ment recouverte de fourmis.*

*Tout pareil pour les hommes.*

Si lui n'avait pas tué la fille, maintenant, tous ces gens seraient chez eux. Et non pas penchés là, à se geler sous la pluie pour voir ce que lui il avait fait.

Même cette file de voitures longue de dix kilo-mètres, c'était lui qui l'avait faite. Ces phares c'est lui qui les avait fait allumer. Et ces carabiniers c'était lui qui les avait fait venir ici. Et c'est lui qui ferait s'asseoir des personnes à une table pour écrire sur lui.

Et la chose incroyable était que personne ne pou-vait imaginer qu'au milieu d'eux, il y avait celui à qui Dieu avait ordonné de le faire.

*Vous le voyez celui-là là ? Ce pauvre boiteux que vous vous considérez comme une merde ? Mesdames et messieurs, c'est lui. C'est à lui que Dieu a confié la mission.*

*Et tout le monde applaudirait.*

*« Bravo ! Bravo ! Tu as de la chance ! »*

Cette chose était très belle. Très belle vraiment.

L'Homme des Charognes se rappela qu'une fois, Duccio Pinelli, un soudeur qui avait travaillé à l'EuroEdil dans leur équipe, leur avait raconté, à lui et à Rino, qu'à l'âge de dix-huit ans, après une cuite au pub, il avait renversé un cycliste sur la route qui menait à Bogognano. Sur le lieu de l'accident avaient convergé les ambulances et la police, et la route, exac-tement comme maintenant, s'était transformée en une queue de dix kilomètres de long.

« Ça, c'est la chose la plus importante que j'ai faite

dans toute ma vie, avait-il expliqué. Tu sais combien de gens il y a dans une queue de dix kilomètres de voitures ? Des milliers de personnes. Vous vous rendez compte que des milliers de personnes ont perdu quatre heures de leur vie par ma faute ? Ils ont raté des rendez-vous, ils sont arrivés en retard au boulot et qui sait combien de possibilités incroyables ils ont manquées. Moi, j'ai changé leur destin. A commencer par le cycliste et sa famille. Non, "important" n'est pas le mot juste. "Important" on dirait que c'est une belle chose. Il y a un autre mot, plus juste, qui me vient pas. Je l'ai sur le bout de la langue…

— Considérable ? lui avait suggéré Rino, à moitié ivre.

— Bravo ! Considérable ! Moi, dans ma vie j'ai dû changer le destin de deux ou trois personnes, au maximum. Mais le jour de l'accident, je l'ai changé à des milliers de personnes. – Il était resté silencieux longtemps, les yeux pointés sur le néant. Et puis tout à coup, il avait ajouté : – Peut-être même que pour certains, ça a été en mieux, va savoir. Peut-être qu'à cause de ces quatre heures de retard, il y en a deux qui ont eu la chance de se rencontrer, de se connaître et de s'aimer. – Et puis, il s'était étiré et avait conclu : – Ouais, ça, ça a été le moment le plus considérable de ma vie. »

Et maintenant, l'Homme des Charognes avait fait une chose importante. Mille fois plus importante que celle de Duccio Pinelli.

Celle-là on la retrouverait à la une des journaux, et peut-être même à la télévision.

## 221

Cristiano Zena était assis sur la carcasse d'une 127 brûlée et il regardait dans la pluie des centaines de mouettes, ailes déployées, s'enrouler en larges spirales au-dessus d'un cratère rempli d'ordures.

Des milliers de tonnes de déchets fumants, sur lesquels festoyaient des corbeaux et des mouettes, sur lesquels grimpaient des décapeuses et des camions.

Il était tombé dessus. A l'improviste.

Après s'être jeté en bas de la nationale, il avait couru à perdre haleine au milieu des champs, il avait longé des hangars, suivi des clôtures, il s'était fait aboyer après par des chiens enchaînés, tout à coup il avait regardé le ciel et il avait vu les mouettes voltiger comme des vautours qui ont repéré une bête morte. Il avait continué à marcher, en appuyant une main sur sa rate, tête basse et en suivant le terrain recouvert de mauvaises herbes et de cailloux, et devant lui était apparu ce cratère circulaire large de presque un kilomètre.

*Toute la merde finit là-dedans.*

Il alluma la dernière cigarette du paquet qu'il gardait dans sa poche depuis une semaine désormais, et il aspira une belle taffe sans éprouver le moindre plaisir.

Il se tourna. Il vit qu'il ne restait plus du soleil qu'un halo violacé.

*A cette heure, la police s'est déjà mise à la recherche de l'assassin.*

A la pensée que des centaines de personnes étaient là à essayer de comprendre qui avait bien pu assassiner Fabiana, il se sentait suffoquer.

En réalité, il était comme ça depuis que le coup de fil de son père l'avait réveillé au cœur de la nuit. Il n'arrivait plus à respirer à pleins poumons et même s'il ouvrait sa poitrine et inspirait profondément, elle ne se remplissait jamais complètement d'air.

Tout à coup, il se souvint du piranha qu'il avait vu à l'animalerie au centre commercial.

C'était une belle bête au ventre rouge. Aussi grand qu'un dentex de deux portions. Trois, quatre cents grammes.

Cristiano n'aimait pas du tout les piranhas. Ils sont là, immobiles, au centre de l'aquarium et ils ne font rien. Il n'y a pas de poisson plus ennuyeux.

Et celui-là, en plus, il était vraiment crétin, avec cette face inexpressive, ces petites dents toutes tordues qui sortaient de sa bouche et ces yeux noirs comme deux pastilles à la réglisse. Il avait été mis dans un récipient trop étroit, en compagnie d'une grosse tortue d'eau, une de celles qui sont vertes avec des taches orange sur les joues. Celles que les gens gardent dans des cuvettes avec un petit palmier en plastique jusqu'à ce qu'ils en aient marre et les balancent dans les chiottes.

Bon, les petites tortues d'eau, on laisse tomber. Ce sont des animaux durs. A sang froid. Elles meurent jamais. Des bêtes tropicales, habituées à vivre dans l'eau chaude, mais qui se trouvent très bien aussi dans l'eau froide, où elles deviennent grandes comme des poêles à frire. Et dans la nature, il existe peu d'animaux plus voraces et plus agressifs que les tortues d'eau. Pire que les crocodiles, qui sont voraces eux aussi, mais qui, lorsqu'ils sont rassasiés, s'abattent sur le rivage et là, vous pouvez leur balancer des coups de pied, ils prêtent même pas attention à vous. Les tortues d'eau, en revanche, ont toujours faim.

Bref, le piranha et la tortue étaient dans ce petit aquarium de l'animalerie du centre commercial. La tortue agitait ses deux petites pattes comme si elle ne savait même pas nager et elle allongeait le cou et TAC, elle mordait un petit coup avec son bec en pointe les nageoires du piranha. Elle lui avait déjà boulotté la moitié de la queue et, des nageoires latérales, il ne restait que deux moignons.

Cristiano, en voyant ce que fabriquait ce monstre, s'était précipité vers la patronne du magasin pour le lui dire. Mais elle, elle l'avait fixé avec la même attention que celle avec laquelle elle observait les flacons de nourriture pour poissons rouges.

Cristiano était revenu vers l'aquarium et la tortue continuait à massacrer le piranha, qui acceptait la torture avec une patience et une résignation à vous en retourner les tripes.

Mais à un moment donné, la tortue, après avoir attaqué la nageoire, avait visé l'opercule branchial. Un coup. Un autre. Et pour finir elle avait plongé sa gueule dans la branchie, gonflée de sang. L'aquarium s'était rempli d'un nuage rouge qui s'était nuancé en rose pâle dans l'eau. Et ce sang était entré en contact avec le nez du piranha. Son œil s'était rallumé comme l'écran d'un ordinateur et le poisson avait commencé à frémir, à s'exciter, exactement comme le ferait un requin pour le sang d'une proie : mais ce n'était pas le sang d'une proie, c'était son propre sang, et soudain le piranha avait bondi en dégainant une enfilade de petites dents affilées et il avait lacéré la gorge de la tortue avec la même facilité que celle avec laquelle on déchire un collant.

Au moyen d'une épuisette (il n'aurait mis les mains là-dedans pour rien au monde), Cristiano avait réussi à sortir le reptile de l'aquarium avant que le piranha ne l'assassine et il l'avait jeté dans un autre plein de poissons néons. La tortue, à moitié morte, s'était précipitée sur les petits poissons et les engloutissait tout entiers, mais eux, en pleine forme, ressortaient par la brèche sur sa gorge.

Voilà, Cristiano Zena, en ce moment, se sentait exactement comme le piranha du centre commercial, attaqué de toutes parts. Et quand il finirait par sentir l'odeur du sang, de son propre sang, il franchirait le pas et il ferait un massacre.

Il jeta son mégot et, avec sa semelle, le réduisit en poussière.

*Et si quelqu'un m'a vu ?*

Tout à coup il eut l'impression de ne plus être aussi sûr que personne ne l'avait vu quand il avait jeté le cadavre dans le fleuve. Il suffisait d'un pêcheur, de n'importe qui, même à des centaines de mètres, et il était foutu.

Cristiano se passa une main sur le front. Il était en sueur et se sentait mal.

*Ils vont me trouver. Ils vont me trouver, c'est sûr. Attends !*

*Attends ! Attends un peu, bordel ! C'est pas toi qui l'as assassinée ! Mais qu'est-ce qui te prend ? C'est pas toi qui l'as assassinée ! C'est pas toi ! Toi, t'as rien fait. Toi, tu as fait ce qu'aurait fait n'importe quel fils.*

« N'importe quel fils ferait comme moi, grommela Cristiano, la main sur la bouche. Ils le comprendront. »

*Tu parles qu'ils comprendront... Moi, je vais finir en taule pour toujours.*

« Mais pourquoi... ? Putain ! » Il se leva d'un bond et tandis qu'il donnait un coup de pied contre la portière cabossée de la 127, le portable se mit à sonner. Il le sortit de sa poche, espérant que c'était Danilo. Mais c'était Trecca...

Il le laissa sonner et au bout d'une dizaine de sonneries il se tut, et alors il rappela encore une fois Danilo. Le portable, comme d'habitude, était éteint. Il essaya chez lui.

Ça sonnait. Ça sonnait, sonnait, et personne ne répondait.

Il allait raccrocher quand une voix de femme tout à coup fit : « Oui, allô ?

— Allô…, répondit Cristiano, stupéfait.

— Qui est à l'appareil ?

— C'est Cristiano… »

Un instant, puis : « Tu es le fils de Rino ? »

Cristiano reconnut la voix. C'était Teresa, la femme de Danilo. « Oui… Je peux parler à Danilo ? »

Il y eut de nouveau un instant de silence, puis Teresa, d'une voix éteinte, dit : « Tu ne sais rien ?

— Quoi ?

— Personne ne te l'a dit ?

— Non. Quoi ?

— Danilo… Danilo s'en est allé.

— Comment il s'en est allé ? Et où il s'en est allé ?

— Il a eu un terrible accident de la route. Il a fait une sortie de route et il s'est écrasé contre un mur et… »

Non, ça ne pouvait pas être vrai… « Il est mort ? J'ai pas compris, il est mort ?

— Oui. Il est mort. Je suis désolée…

— Mais pourquoi il est mort ?

— Apparemment, il était ivre. Il a perdu le contrôle… » La voix de Teresa semblait sortir d'un trou.

Cristiano écarta le portable de son oreille et laissa glisser son bras. Il coupa la communication en fixant les mouettes dans le ciel, les ordures, les colonnes de fumée noire.

Danilo était mort.

Comme le cœur de Cristiano.

Qui ne sentait plus rien. Absolument rien.

Il en avait strictement rien à foutre que Danilo,

son oncle adoptif, ce gros lard de Danilo soit mort écrabouillé contre un mur.

La seule chose qui lui vint à l'esprit, c'était que maintenant il était vraiment dans la merde.

*Je dois me tirer. Je dois trouver Quattro Formaggi et on doit se tirer.*

*Mais d'abord, faut que je l'explique à papa.*

### 222.

Sur le fleuve, à quelques kilomètres de distance de la décharge, le Zodiac des carabiniers avait réussi à s'approcher du cadavre.

La foule, soudain, s'était tue et on n'entendait que le son de la pluie qui tombait sur les parapluies, le ronflement des lampes incandescentes d'où s'élevaient des spirales de vapeur et le grondement du fleuve.

Un homme-grenouille, avec combinaison de plongée, bouée et harnais de sécurité, se jeta du Zodiac. Pendant un moment on aurait dit qu'un tourbillon l'aspirait vers le fond, mais après il fut recraché et il réussit à se faire porter par le courant jusqu'à l'arbre sur lequel s'était échoué le cadavre. Il enlaça le paquet et fut ramené à grand-peine sur le canot.

Des terre-pleins, du pont, partit une salve d'applaudissements qui se perdit dans le vacarme du fleuve.

L'Homme des Charognes, accoudé au parapet, se grattait le cou au sang.

*Ramona.*

Qui c'était ? Qui l'avait enveloppée dans cette bâche en plastique et l'avait jetée au fleuve ?

*Dieu, c'est pas possible. Lui, il se salit pas les mains.*

Dieu, les choses, il les fait toujours faire par les

autres, lui il commande et quelqu'un se charge d'exécuter.

*Pourquoi c'est pas à moi que tu l'as fait faire ? J'aurais compris. J'aurais renoncé à finir ma crèche. Tout ça je l'ai fait pour toi.*

Il regarda autour de lui. Il y avait des centaines de personnes trempées. Parmi elles, peut-être, il y avait celle qui avait jeté le cadavre.

*Qui tu es ? Où tu es ? Je veux te parler. Peut-être que toi tu peux m'aider à comprendre.*

Il se prit la tête entre les mains et appuya sur ses tempes.

Trop de pensées lui traversaient l'esprit. Trop de voix lui parlaient à la fois et l'étourdissaient. Même s'il sentait que bientôt ces pensées qui lui infectaient le cerveau s'éteindraient et qu'il y aurait enfin le silence.

Le portable, dans sa poche, se mit à sonner. Il le sortit. « Allô ?

— Allô, Quattro Formaggi ? »

*Assez !!! Je m'appelle pas comme ça, vous allez finir par le comprendre ?!!* « C'est qui ?

— C'est moi, Cristiano. Ecoute. C'est important. Où tu es ?

— Je me balade.

— Ça te va si on se voit à l'hôpital ? Faut que je te parle.

— Quand ?

— Tout de suite. J'ai eu une idée. Viens vite. »

L'Homme des Charognes entendit dans son dos une sirène. Il se tourna et vit une voiture de police qui roulait lentement entre deux rangées de foule. Derrière la vitre arrière, rayée par la pluie, il y avait un homme.

*C'est lui. C'est lui qui a balancé le cadavre.*

Il vacilla, ses jambes ne le soutenaient plus, il s'accrocha à la rambarde.

« Quattro Formaggi, t'es là ?

— Excuse-moi. » Il éteignit le portable. Il se mit à suivre la voiture de patrouille, à tituber au milieu des gens, à avancer à grand-peine, en haletant, dans ce délire, tête basse, se frayant un chemin à coups de coude, s'évanouissant presque à cause de la douleur au côté et à l'épaule. Tout s'était fondu en des ténèbres peuplées de monstres qui se mettaient en colère, l'insultaient, le remarquaient, gravaient son visage dans leur mémoire, mais il s'en fichait : il devait suivre cet homme.

Enfin la voiture s'arrêta et la sirène s'éteignit.

L'Homme des Charognes aurait voulu s'approcher davantage, mais un cordon de policiers l'en empêchait.

Une femme, avec un parapluie et une torche à la main, ouvrit la portière de la voiture de patrouille. Le type sortit en se couvrant la tête avec un journal. Ils disparurent tous les deux par une échelle en fer qui menait à la rive du fleuve.

L'Homme des Charognes fendit la foule et se pencha pour les suivre du regard.

Il les vit descendre une longue échelle de fer et atteindre la grève, où avait été amenée Ramona. Il vit l'homme s'accroupir près du cadavre et puis se mettre les mains sur le visage.

*Mais ça c'est le père...*

Il ouvrit grand la bouche et pendant un instant, un rayon de lumière lui illumina le cœur. Il resta sans voix, écrasé par la douleur de cet homme dont il avait assassiné la fille.

*Qu'est-ce que j'ai fait ?*

Mais cela ne dura qu'un instant. Les ténèbres enveloppèrent à nouveau son cœur et il se rendit compte qu'il ne finirait jamais la crèche. Maintenant, ils allaient mettre Ramona dans un cercueil et après ils le recouvriraient de terre.

Tout ce qu'il avait fait n'avait servi à rien. Personne ne comprenait qu'elle était morte pour quelque chose de grand, de plus important. *Comme dieu le veut.*

Les gens commençaient à revenir à leurs voitures. Le spectacle était fini.

Il y avait une petite fille avec un imperméable bleu et un petit carré de cheveux noirs qui tenait sa mère par la main et qui, les yeux brillants, n'arrêtait pas de renifler. L'Homme des Charognes s'arrêta, la regarda et eut envie de pleurer lui aussi. Il leva la main et, en sanglotant, lui fit au revoir. La petite fille se couvrit le visage, comme intimidée par la silhouette de cet homme très maigre qui pleurait, caché sous une capuche jaune, mais à la fin elle le salua.

Ils se sourirent tous les deux.

*Et si c'était Rino qui avait jeté Ramona dans le fleuve ?* Un éclair illumina le crépuscule dans l'esprit de l'Homme des Charognes.

Et si Rino, dans le bois, n'était pas mort comme il semblait l'être ? Et s'il avait fait semblant ?

## 223.

Beppe Trecca, enfermé dans sa Puma, était encore coincé dans l'embouteillage. Si jusqu'à il y a une demi-heure la file de voitures avait avancé à pas d'homme, maintenant elle était totalement bloquée. Il voyait la bretelle de sortie à une centaine de mètres, comme un mirage.

Il referma d'un geste nerveux le clapet de son portable.

Ce petit voyou ne répondait pas.

Maintenant, il exagérait vraiment. Mais c'était quoi, cette façon d'agir ? Lui, il essayait de l'aider et ce môme se tirait comme un fou. Et s'il lui arrivait quelque chose ?

*Qui est-ce qui se retrouve dans la merde ? Bibi !*

Mais dès qu'il le trouverait, il lui dirait ses quatre vérités.

*Il a dû aller chez son père. Où il a pu aller d'autre ? Et si je ne le trouve pas à l'hôpital ? Si ce petit con s'est sauvé ?*

Il eut la sensation qu'un boa était en train de le broyer. Il desserra son nœud de cravate, déboutonna le col de sa chemise et se mit à hyperventiler en essayant de rejeter l'angoisse.

*En plus, j'ai plus de Xanax.*

Dans cette foutue voiture, on ne respirait pas. Il ouvrit la fenêtre, mais la situation ne s'améliora pas. C'était ce bouchon infini qui le rendait malade. Il se sentait bouillir.

Il déplaça la Puma sur la bande d'arrêt d'urgence, mit les warnings, prit le parapluie sur le siège arrière et sortit.

*C'est juste une crise d'angoisse. Il suffit que tu prennes tes gouttes et ça te passera.*

Il posa la main sur le capot comme s'il était épuisé par un long marathon et regarda autour de lui. Le ciel d'un gris de plomb. Les voitures qui klaxonnaient. La pluie qui n'en finissait pas.

*Mais qu'est-ce que je fais encore ici ?*

*Moi, je dois aller au Burkina Faso.*

Il valait mieux que Cristiano aille à l'assistance publique. Lui, ce qu'il pouvait faire, il l'avait fait. Maintenant, ça suffisait.

*En somme… Moi, je suis un homme libre.*

Il ne dépendait de personne. Et personne ne dépendait de lui. Il pouvait choisir de faire ce qu'il voulait de sa vie. C'était lui qui avait décidé d'être célibataire, libre de voyager, de connaître de nouveaux mondes, de nouvelles civilisations.

*Et alors, bordel, pourquoi je me suis fait piéger dans cette lande de merde ? Pour aider des gens qui ne veulent pas être aidés. S'il y en a un qui a besoin d'aide, c'est moi. Il n'y a pas un pékin pour se demander comment va ce pauvre malheureux ! Même ma cousine, un coup de fil...*

Il jeta un coup d'œil à la file immobile. A une dizaine de mètres, était arrêtée une Espace. Au volant, un moine. Derrière, on entrevoyait deux gros saint-bernard qui, avec leur respiration, avaient embué les carreaux.

Hébété, Beppe resta là à fixer le moine.

*Faut que je lui parle. Immédiatement.*

Il s'approcha de lui et frappa au carreau. L'homme, surpris, fit un bond sur son siège.

« Excusez-moi, excusez-moi. Je ne voulais pas vous faire peur. »

La vitre se baissa.

Le frère avait un visage maigre et les cheveux raides et blancs. Le teint olivâtre. Des lunettes étroites qui se posaient sur son long nez. « Vous avez besoin d'aide ?

— Oui.

— Un problème avec votre voiture ? » Les museaux des molossoïdes s'approchèrent comme pour voir qui était ce type et puis, tout contents, ils commencèrent à baver sur le siège du conducteur.

« Isotta ! Tristano ! Assez ! Couchés ! – hurla le frère et puis il s'adressa de nouveau à Trecca. – Ça fait des heures qu'ils sont enfermés là-dedans...

— Je peux monter ? Je dois me confesser. »

Le moine fronça les sourcils. « Je vous prie de m'excuser, je n'ai pas compris.

— Je dois me confesser.

— Ici ? Maintenant ?

— Oui, maintenant. Je vous en prie… » implora l'assistant social. Et sans attendre de réponse, il monta dans l'Espace.


## 224.


La clarté laiteuse des réverbères baignait le grand escalier de l'hôpital du Sacré-Cœur. L'Homme des Charognes gara sa mobylette. L'écharpe enroulée et le chapeau ne laissaient paraître que ses yeux. Tout bossu et boiteux, il entra dans le hall à moitié désert de l'hôpital. Il vit Cristiano immobile devant l'ascenseur.

Il s'approcha de lui. « Me voilà. »

Au début, l'enfant sembla ne pas le reconnaître. Mais ensuite il l'attrapa par un bras : « Mais qu'est-ce qui t'est arrivé ? »

L'Homme des Charognes allait lui dire la connerie idiote qu'il avait préparée (« *Je suis tombé en moby-lette* ») quand il eut un soudain éclair de génie.

Il baissa les yeux. « On m'a frappé. »

Cristiano fit un pas en arrière et serra les poings comme s'il était sur un ring : « C'était qui ?

— Des mecs à moto m'ont coupé la route et m'ont dérouillé à coups de poing et de pied.

— Mais c'est arrivé quand ?

— Dimanche soir. J'allais chez Danilo… »

« C'était qui ? » Une expression de haine déforma les traits de Cristiano. « Dis-moi la vérité ? C'était Tekken ? C'est Tekken qui t'a fait ça ? »

*Il a mordu.*

L'Homme des Charognes alors, comme un acteur chevronné, fit signe que oui.

« Et pourquoi tu m'as pas appelé ?

— Je sais pas… Quand ils sont partis, j'ai ramassé ma mob et je suis rentré chez moi. Et après, j'arrivais plus à me lever de mon lit.

— Pourquoi tu m'as rien dit quand on s'est parlé au téléphone ? »

Quattro Formaggi haussa les épaules.

« Eh ben non, au contraire, fallait me le dire, Quattro. Tekken t'a frappé parce que tu es mon ami. Il en a après moi et donc il s'en est pris à toi. Ce salaud me le paiera. Je jure devant Dieu qu'il me le paiera. – Cristiano regarda sa joue couverte par la tache violacée d'un hématome : – Mais t'as montré ça à un toubib ? »

L'Homme des Charognes essaya d'en finir. « Non, c'est rien… Je vais bien. »

Cristiano lui toucha le front. « T'es bouillant. Tu dois avoir de la fièvre. Tu tiens pas debout… Là y a les urgences…

— Non ! Je t'ai dit non. Ils vont m'enfermer quelque part. Ils attendent que ça… »

Cristiano inspira par le nez. « T'as raison, Quattro Formaggi. Moi aussi ils veulent me flanquer à l'assistance. Ecoute, j'ai eu une idée. Une bonne… »

L'Homme des Charognes n'écoutait pas. Il avait blêmi et il grinçait des dents comme s'il voulait les réduire en miettes et il gonflait et dégonflait ses joues. C'était la troisième fois que Cristiano l'appelait Quattro Formaggi et ça, ça ne lui allait pas. Personne ne devait jamais plus l'appeler ainsi. Jamais plus.

Il se retint de l'attraper et de le projeter contre une des parois vitrées de l'entrée en lui hurlant : « Personne ! Personne doit m'appeler comme ça ! T'as compris ! Personne ! »

Au lieu de cela il se donna des tapes sur le front

491

et avec un soupir angoissé, il réussit à grommeler : « Tu dois pas m'appeler comme ça.

— Quoi ? – Cristiano était en train de parler et n'avait pas entendu. – Qu'est-ce que t'as dit ? »

L'Homme des Charognes se donna deux coups de poing sur une jambe et baissa les yeux comme un enfant qui a fait une grosse bêtise. « Comme tu viens de faire. M'appelle plus comme ça.

— Comme ça comment ? Tu veux quand même pas que je t'appelle plus Quattro Formaggi ?

— Si. Ça me gonfle. S'il te plaît, le fais plus. »


225.


*« Alors comme ça, c'est toi Quattro Formaggi. »*

Cristiano Zena avait l'impression d'entendre Tekken et les autres tandis qu'ils le bourraient de coups de pied.

*« Il est bon notre petit frometon. »*

Voilà pourquoi il ne voulait plus être appelé comme ça.

*Tekken, ordure, celle-là, tu vas me la payer.*

Il s'approcha de Quattro Formaggi et le serra fort dans ses bras, en sentant, sous le ciré, qu'il était devenu un squelette tout tremblant. Et qu'il puait.

Il était resté tous ces jours tout seul. En souffrant comme une bête. Sans manger. Sans que personne puisse l'aider.

Il se l'imagina, allongé sur son lit dans ce taudis où il vivait. Sa gorge se serra comme s'il avait avalé un oursin.

D'une voix brisée il dit : « Promis. Je t'appellerai jamais plus comme ça. T'inquiète. »

Et il l'entendit murmurer : « Moi je suis l'Homme des Charognes. »

Cristiano se détacha de lui et le regarda dans les yeux. « Comment ?

— L'Homme des Charognes. A partir d'aujourd'hui, c'est ça mon nom. »

*On y est. Il débloque.*

Rino était dans le coma. Danilo était mort. Et Quattro Formaggi avait définitivement perdu la boule.

Peut-être que c'étaient tous les coups qu'on lui avait donnés qui l'avaient fait devenir complètement givré.

« Ecoute-moi... – Cristiano s'efforça de parler clairement et lentement. – ... Ecoute-moi bien. Nous deux, il faut qu'on se barre d'ici... Si on se tire pas vite fait, ça va mal finir. Je le sais.

— Et on va où ? »

Cristiano enlaça de nouveau Quattro Formaggi pour lui parler à l'oreille. Au bar, derrière les portes vitrées, un groupe de médecins, assis à une table, riait avec le barman qui se mettait une pièce sur le coude et puis l'attrapait au vol.

« A Milan. On va à Milan. Ecoute-moi. On m'a dit que dans les souterrains de Milan, y a un tas de gens qui y vivent. Des gens qui veulent pas vivre comme ceux du dessus. Il y a un roi et une espèce d'armée qui vit dans les galeries du métro et qui décide si tu peux entrer ou pas. A mon avis, ils te font passer des épreuves. Mais nous deux, on peut les réussir. Et puis, on se trouve un petit trou caché où on peut se faire une maison. Tu sais, un endroit avec une entrée secrète qu'on connaît rien que toi et moi. Et dedans, on met des lits et un coin cuisine. Et la nuit, on va dehors et tandis que tout le monde dort, nous on trouve tout ce qu'on a besoin. Qu'est-ce que t'en dis ? Elle te plaît mon idée ? Elle est géniale, non ? »

493

Cristiano ferma les yeux avec la certitude que Quattro Formaggi ne viendrait jamais avec lui. Il n'abandonnerait jamais le village et sa maison.

Et au lieu de cela, il l'entendit murmurer : « D'accord. On y va. »

## 226.

L'Homme des Charognes pleurait dans les bras de Cristiano.

Enfin quelqu'un lui avait dit quoi faire. Cristiano, son ami, était là, avec lui, et il ne le quitterait plus jamais...

Oui, ils devaient aller à Milan, vivre sous terre. Et ne jamais plus revenir. Jamais plus. Et tout oublier. Ramona. La pluie. Le bois.

L'horreur de ce qu'il avait fait lui donna des vertiges et il eut l'impression qu'un gouffre s'ouvrait sous ses pieds. Il s'agrippa à Cristiano. Il essuya ses larmes et grommela : « Et Rino ? Comment on fait avec Rino ? On le laisse ici ?

— On va le voir. – Cristiano lui offrit sa main. – Allez, viens, je t'aide. »

L'Homme des Charognes la lui serra.

## 227.

« ... Mais selon vous, mon père, si je lui envoie un SMS, je romps mon vœu ? Au fond, je ne la vois pas... »

Beppe Trecca et le moine étaient immobiles sur l'aire d'arrêt, tandis qu'à côté d'eux la file de voitures avait enfin commencé à avancer. La pluie battait sur les tôles de l'Espace.

Il lui avait tout raconté. La nuit. Ida. Mario. L'accident. L'immigré. Le vœu. Le miracle. Cela avait été une libération.

Le moine était resté silencieux pour l'écouter.

Il écarta les bras. « Mon fils, qu'est-ce que tu veux que je te dise... Le vœu est un engagement solennel qui est pris devant Dieu. Le rompre est très grave. – Il le fixa droit dans les yeux. – Très grave. Toutes les autres choses doivent passer au second plan, coûte que coûte... »

Trecca, effondré, repoussa un saint-bernard qui l'avait pris pour une sucette. « Donc, même pas un SMS ? »

Le frère secoua la tête. « Dieu t'a éclairé. Il t'a donné la possibilité de ne pas prendre la mauvaise voie. Tu aurais brisé une famille. Blessé ton ami. Le Seigneur t'a remis sur le droit chemin. Tu as eu beaucoup de chance. Chaque fois que te vient la tentation de rompre ton vœu, tu dois prier : et tu trouveras la force de résister. »

L'assistant social soupira et souffla. « Je l'ai fait. J'ai prié. Mais je n'y arrive vraiment pas. Elle fait partie de moi. La seule vie possible que je vois est auprès d'elle. »

Le moine lui attrapa un poignet et le serra fort. « Mon garçon, arrête ! Ecoute-moi. Toi, tu as été choisi par le Père Eternel. Ta prière a été entendue. Tu as été témoin de quelque chose d'immense. Tu crois que Dieu fait des miracles tous les jours ? Oublie cette femme. Toi, maintenant, tu as une mission. Raconter ton histoire aux autres comme tu viens de le faire avec moi. – Et puis, pris par une excitation soudaine, il se mit à lui secouer le bras. – Bon, tu viens avec moi. »

Beppe se fit tout petit et craintif, et demanda : « Où ça mon père ?

495

— En Suisse. A Saint-Oyen, dans la Maison hospitalière du col du Saint-Bernard. Je dois te faire rencontrer mes supérieurs. Tu te rends compte que ton histoire peut être utile aux jeunes ? Dans cette société qui a perdu la foi, toi tu es un phare qui brille dans les ténèbres. Les miracles servent à cela, à redonner l'espérance. »

Trecca se libéra de la prise. « Excellente idée. Laissez-moi aller fermer ma voiture. Je reviens tout de suite. »

### 228.

Cristiano Zena et l'Homme des Charognes s'agenouillèrent à côté du lit de Rino. La pluie frappait contre les vitres thermiques sans faire de bruit. De temps en temps, une infirmière entrait et traversait la chambre dans la pénombre comme un spectre.

Rino, allongé dans la même position que lorsque Cristiano l'avait quitté, semblait avoir repris un peu de couleur sur le visage et les deux hématomes violets autour de ses yeux se nuançaient en un rouge écarlate.

Quattro Formaggi (Cristiano n'arrivait pas penser à lui avec cet autre nom idiot) serrait la main de Rino.

« D'après toi, il peut nous entendre ? »

Cristiano haussa les épaules : « Je crois pas… Je sais pas… Je ne… – Il fallait qu'il raconte à Quattro Formaggi l'histoire du bois. De Rino et Fabiana. C'était le seul à qui il pouvait le dire. C'était le seul qui comprendrait. Il prit son courage à deux mains. – Ecoute… Faut que je te dise un truc… » Mais il s'arrêta. Quattro Formaggi regardait Rino intensément, comme s'il était en train de communiquer avec lui, puis sans se retourner, il dit : « Ton père, c'est un grand.

— Pourquoi ? »

Quattro Formaggi fronça les lèvres. « Parce qu'il m'a sauvé.

— Quand ? »

Il se gratta une joue. « Toujours. Même la première fois où on s'est connus au pensionnat. On m'avait enfermé dans un tonneau et on me faisait rouler. Et lui, il est arrivé et il m'a sauvé. Il me connaissait même pas. »

Cristiano en réalité savait très peu de chose des années du pensionnat, quand ces deux-là s'étaient connus. Rino lui avait raconté qu'à cette époque Quattro Formaggi n'avait pas de tics et ne boitait pas, mais qu'il était juste un peu zarbi.

« Il m'a aidé aussi après la décharge que j'ai reçue au fleuve… Quand je suis sorti de l'hôpital, je marchais avec des béquilles. Et lui, il m'emmenait me promener. Un jour, il a conduit jusqu'à un terrain vague, là où y a maintenant le magasin des pièces détachées Opel, et il m'a enlevé les béquilles et il m'a dit que si je voulais rentrer à la maison, fallait que j'y aille sans les béquilles. Et que si j'y arrivais pas, il fallait que je fasse la route en rampant, qu'il en avait plein le cul de m'aider, que je pouvais très bien marcher et que les problèmes, ils étaient seulement dans ma tête pourrie.

— Et alors ?

— Alors il est monté dans sa bagnole et il s'est barré et il m'a planté là.

— Et qu'est-ce qui s'est passé ?

— Je suis resté au milieu du champ pendant un sacré bout de temps. Au-dessus de moi, en haut, il y avait les câbles à haute tension qui passaient et j'entendais le bruit de l'électricité qui circulait vite.

Et ces fils, en les regardant d'en bas, l'un à côté de l'autre, on aurait dit les cordes d'une guitare. Heureusement que j'avais quelques biscuits Buondì Motta. Je les ai mangés. Et puis, pendant que j'étais là, par terre, j'ai vu une silhouette noire, toute bossue, surgir des épis de blé. C'était un monstre. Elle était immobile. Là. Et elle me regardait. Elle portait une sorte de robe noire très très longue et sa figure, on aurait dit un corbeau. Avec un bec noir et des plumes là – il indiqua les épaules. Elle me faisait rien. Mais elle me regardait avec ces petits yeux méchants. Et elle avait des bras avec des manches très très longues qui arrivaient jusqu'au sol. Et puis elle s'est approchée et de ses manches sortait l'extrémité de béquilles avec le bout en plastique qui sert à pas glisser. – Il fit une pause et reprit son souffle. – C'était la mort. »

Cristiano était resté silencieux pendant tout le récit, mais il ne put s'empêcher de demander : « C'était papa qui te faisait une farce ?

— Non. C'était la mort. Elle attendait que je meure. Mais moi, j'ai fermé les yeux et quand je les ai rouverts, elle était plus là. Et alors je me suis mis debout et j'ai commencé à marcher. Je disais à mes jambes : "Marchez ! Marchez !" et elles, elles marchaient. Et devant moi, il y avait ton père qui fumait une clope sur le capot de la Renault 5. Et je me suis retourné et la mort était plus là.

— C'est toi qui l'a fait fuir quand tu t'es mis à marcher.

— Non. C'est ton père. C'est ton père qui l'a fait fuir. »

Cristiano attrapa les mains de Rino et de Quattro Formaggi, posa son visage contre le drap et se mit à sangloter.

L'Homme des Charognes caressait la tête de Cristiano qui sursautait, ébranlé par les sanglots, et fixait terrorisé un coin sombre de la chambre.

Il n'avait pas raconté toute l'histoire. Mais il ne pouvait pas. La mort était là avec eux. Elle était cachée dans un angle à droite. Derrière les chariots avec dessus les appareils. On aurait dit une ombre, mais c'était elle. Elle était pareille, elle avait la même forme que la mort dans le champ, les mêmes bras très longs qui finissaient avec des béquilles en aluminium.

L'Homme des Charognes était terrorisé. Il n'avait plus de salive dans la bouche.

*Je sais, tu es venue pour Rino. Tu es venue pour le prendre.*

« Mais faut qu'elles m'arrivent toutes ? Saint-Oyen, la Maison hospitalière, les saint-bernard ! – Beppe Trecca conduisait et parlait à haute voix. – Bon, d'accord, mais en plus, d'après lui, fallait aussi que j'aille en Suisse, en haute montagne, pour passer pour un con en racontant l'histoire d'Ida et du camping-car. Faut pas pousser ! »

Il était remonté dans sa voiture, et avait démarré en trombe devant le frère qui faisait pisser ses deux chiens et il s'était éloigné.

Par plus de sécurité, il vérifia dans le rétroviseur si l'homme d'Eglise le suivait. Personne.

Mais le moine avait été clair, le vœu ne pouvait pas être rompu. C'était très grave. Il l'avait regardé avec une expression sans équivoque, la même expression qu'aurait le Seigneur quand Beppe se trouverait à frapper aux portes du paradis. Donc, aucun contact avec Ida, aucun SMS, MMS, aucune lettre ou autres choses du genre.

La vérité était que personne ne pouvait l'aider. C'était son problème à lui. Qu'il devait résoudre avec sa conscience d'homme et de croyant.

Et il n'y avait qu'un moyen de le résoudre. Mettre les voiles.

Il conduirait Cristiano le lendemain chez le juge et puis, après avoir fait ses bagages, il s'en retournerait à Ariccia et de là il s'envolerait pour l'Afrique.

Il s'arrêta devant l'hôpital au moment où Cristiano et Quattro Formaggi en sortaient.

*Il va m'entendre.*

Il klaxonna.

Et il se maudit. Il avait oublié qu'ici il y avait des malades.

Cristiano s'approcha. Il avait les yeux rouges.

*Il doit avoir pleuré.*

L'envie de lui dire ses quatre vérités lui était passée.

Il ouvrit la portière et le fit monter.

# VI

## Mercredi

### 231.

Cristiano Zena fut réveillé, à six heures du matin, entendant la porte de la chambre de son père qui tapait doucement, à intervalles réguliers.

*Il est revenu.*

*Papa est revenu à la maison.*

C'était impossible. Il savait que même si son père s'était réveillé, il n'aurait pas été en mesure de bouger de son lit. Et pourtant il se leva, en espérant, comme espère ne pas mourir celui qui tombe du haut d'un gratte-ciel, que c'était lui.

La chambre de Rino était vide.

La porte battait parce que la fenêtre de la salle de bains était ouverte et que ça faisait courant d'air. Il la ferma. Il retourna dans sa chambre, but un peu d'eau, s'assit à sa table et écrivit.

Salut papa,

si tu lis cette lettre je suis heureux ça veut dire que tu t'es réveillé. Moi je suis pas là, je suis allé à Milan. Je me suis sauvé parce qu'ils veulent m'envoyer à l'assistance. Ils ont trouvé le moyen de nous séparer. Tu me l'as toujours dit qu'ils cherchaient un prétexte, n'importe lequel, et ils l'ont trouvé. Viens à Milan

chez moi. Moi, je vis dans les tunnels du métro avec
4 Formaggi.

4 Formaggi est très malade et j'ai l'impression que
sa tête non plus va pas très bien. Lui aussi il a la
trouille qu'on le mette chez les dingues. Danilo est
mort. Il a eu un accident de la route mortel.

Te mets pas en colère si tu me trouves pas, moi
je vais bien. Toi, rejoins-moi à Milan. Ou alors on se
voit où tu veux toi.

Pour ce qui concerne l'autre chose, te bile pas, je
me suis occupé de tout mais n'en parle à personne
c'est important ils ne soupçonnent rien.

Moi je t'ai pas abandonné. Je suis juste en train
de t'attendre. Je t'aime.

Cri.


Il la relut et il la trouva nulle. Elle était très mauvaise, il aurait voulu lui dire des millions de choses,
mais là maintenant, ça ne lui venait pas. Et puis cette
lettre pouvait servir aux flics comme preuve et aux
assistants sociaux pour le trouver.

Il se leva et la jeta dans la poubelle, puis il commença à faire sa valise.

Il trouverait un autre moyen de faire savoir à son
père que lui et Quattro Formaggi étaient à Milan.


## 232.

Tandis que Cristiano faisait sa valise, l'Homme des
Charognes était allongé devant la télévision.

La fièvre le rongeait. Il était immergé dans un
linceul de sueur, il avait l'impression de bouillir. Cinq
minutes plus tôt, il claquait des dents de froid.

Il avait la bouche sèche et la langue pleine de coupures et d'aphtes.

*Je dois appeler Cristiano et lui dire qu'aujourd'hui j'arriverai pas à aller à Milan. Si on pouvait renvoyer ça à demain…*

« Je peux pas l'appeler ! Il viendrait ici… Il découvrirait la crèche », soupira-t-il.

Pendant la nuit, il avait commencé à délirer. Il voyait les draps et les murs de la pièce se couvrir de marguerites. D'énormes marguerites en fer. Lui, il essayait de les cueillir, mais elles étaient trop lourdes pour les tenir à la main.

Il aurait voulu éteindre la télévision qui lui bousillait le cerveau. Mais pour le faire, il devait se lever.

« C'est de l'expérience des laboratoires Garnier que sont nées les nouvelles crèmes pour cheveux Fructis, qui associées aux shampoings et aux baumes aident à protéger et à renforcer le cuir chevelu », hurlait quelqu'un dans le téléviseur.

L'Homme des Charognes se toucha les cheveux. Ils lui faisaient mal et ils pulsaient comme des fils électriques.

Puis il se mit à enduire son crâne de cette crème invisible, lentement. Il sentit un soulagement, elle lui faisait beaucoup de bien et bientôt elle ferait taire les voix qui résonnaient dans sa tête.

### 233.

Cristiano Zena avait rempli son sac à dos avec quelques vêtements, un pot de pickles, la torche pour y voir dans les tunnels et tous les médicaments qu'il avait trouvés pour donner à Quattro Formaggi.

Il avait un problème. L'argent. Il avait en tout vingt-cinq euros économisés pour s'acheter Dieu sait quand une PlayStation. Avec ça, ils n'arriveraient sûrement pas à Milan. Il avait fouillé partout dans les affaires de son père, dans toutes les poches et les tiroirs, et il avait récupéré trois autres euros.

Vingt-huit euros.

Où il pouvait en trouver d'autres ?

*Beppe Trecca.*

Il descendit lentement les escaliers, en essayant de faire le moins de bruit possible.

L'assistant social dormait allongé sur le petit canapé devant la télévision allumée. Une blonde expliquait comment faire un abat-jour avec de simples lacets de chaussures et des boutons.

Puis ce fut la pub.

Beppe avait rangé son pantalon et sa chemise sur le dossier d'une chaise. Et par terre, à côté du lit, il avait posé son portable, ses clés de voiture et son portefeuille.

Et retenant son souffle, Cristiano se pencha et le prit.

Il allait l'ouvrir quand à la télévision partirent le générique et le sommaire du journal télévisé.

« La jeune Fabiana Ponticelli, retrouvée hier dans les eaux du Forgese, recevra aujourd'hui l'ultime adieu dans l'église de Varrano. Le magistrat a autorisé les obsèques après avoir examiné les résultats de l'autopsie exécutée en soirée par le docteur Viotti... »

L'image de Fabiana occupait tout l'écran.

Cristiano, le portefeuille à la main, se paralysa.

C'était une photo un peu vieille, elle avait encore les cheveux courts et elle riait.

« Qu'est-ce que tu fabriques ? »

Cristiano fit un bond et, de frayeur, il faillit lancer le portefeuille en l'air.

Trecca le regardait en bâillant. « Qu'est-ce que tu fais avec mon portefeuille à la main ? »

Il resta sans voix en cherchant une excuse. Il bredouilla un truc du style : « Rien... Je regardais si t'avais un peu de monnaie. Je voulais aller acheter quelque chose pour le petit déj'... Mais je te les rendais après. T'inquiète. » Et il posa le portefeuille sur la chaise.

Trecca l'observa pendant un instant, perplexe. Puis il sembla le croire. Il s'étira et se mit à regarder la télé. « C'est à cause d'elle qu'on est restés bloqués dans ce bordel d'embouteillage. Pauvre petite. »

Pendant ce temps, le reportage sur Fabiana avait été envoyé. Il montrait les parents poursuivis par les journalistes. Puis le procureur, une femme d'âge moyen vêtue d'un tailleur, qui disait que les recherches des assassins avaient été lancées à trois cent soixante degrés et qu'aucune piste ne serait exclue. Puis on passait aux funérailles organisées pour ce matin. C'est le cardinal Bonanni qui officierait, en présence des autorités.

Cristiano, les jambes flageolantes, se tenait au dossier du canapé et il se sentait partir. C'était comme s'il était aspiré au fond d'un puits d'eau glacée, tandis que ses muscles et ses tendons se liquéfiaient.

Beppe prit sa chemise sur la chaise et l'enfila. « Elle était dans ton collège. Tu la connaissais ? »

Cristiano fit un effort surhumain pour remonter à la surface et répondre. « Oui... – Il aurait voulu dire qu'il la connaissait peu. Mais il n'en avait pas la force.

— Tu te rends compte ? Ils l'ont violée et puis assassinée en lui défonçant le crâne. Mais quel type d'homme peut être capable de faire une chose pareille ? Une petite fille de quatorze ans ! »

Cristiano se sentit en devoir de lui répondre, mais rien ne lui vint.

*Je vais me mettre à vomir.*

« De toute façon, l'assassin ne pourra pas s'échapper. Ils vont le choper tout de suite.

— Ah… oui ? » se surprit à dire Cristiano.

Beppe se leva en continuant à regarder l'écran. « Quand tu tues quelqu'un, ils te chopent. Tôt ou tard, ils te chopent. Tu peux en être certain. Il suffit d'une bêtise, la plus insignifiante, et t'es foutu. Il faut être complètement crétin ou fou pour croire qu'on peut commettre un assassinat et s'en tirer. La seule possibilité pour commettre un crime parfait c'est que tout le monde se foute de trouver le coupable. Mais ce n'est pas un immigré clandestin qui a été buté. C'est une petite fille de quatorze ans, violée et tuée de cette façon. C'est important pour tout le monde de retrouver l'assassin. Pour la famille, pour les flics qui ne veulent pas passer pour des gros nuls, pour les gens qui ne veut pas d'un monstre en liberté qui assassine leurs enfants, pour ceux qui veulent voir en face le monstre, pour la télé et les journalistes qui en vivent, de ces affaires. Ce mec-là, moi je te le dis, ils le choperont en une semaine, au grand max. Garanti sur facture. Il faudrait un miracle pour le sauver. Moi, si j'étais l'assassin, j'irais me livrer. Ou mieux, je me ferais sauter la cervelle. »

Il enfila son pantalon.

« Il faut qu'on aille à l'enterrement. Tout le collège y va. Tu dois y aller toi aussi. Et après on a rendez-vous chez le juge. Comme ça on va essayer de comprendre quoi faire. D'accord ?

— D'accord. » Et pour le restant de sa vie, Cristiano continua à se demander comment il avait trouvé, ce matin-là, la force de tenir et de ne pas balancer toute la vérité.

## 234

L'Homme des Charognes voyait Ramona qui lui souriait dans le téléviseur. On parlait d'elle au journal télévisé.

*Grâce à moi.*

Il sourit et tendit le bras en essayant de la caresser sans y parvenir.

Il ferma les yeux et quand il les rouvrit il ne fut plus à même de comprendre ni combien de temps s'était écoulé ni s'il s'était endormi.

A travers la porte donnant dans le séjour, il pouvait voir la frontière orientale de la crèche qui arrivait presque à l'entrée de la maison. C'était la zone la plus désertique. Peu de végétation. Des dunes de sable. Là, vivaient les robots, les astronefs, les ovnis et les monstres préhistoriques. C'était une zone dangereuse, contaminée, où les bergers ne s'aventuraient pas et où même les soldats n'avaient pas le courage d'aller.

L'Homme des Charognes souleva la tête et il poussa son regard jusqu'à la frontière opposée de la crèche. Il se rappelait où il avait trouvé chaque figurine, chaque animal, chaque voiture miniature. Par exemple, ce robot noir-là, avec les yeux rouges et les pinces à la place des mains, il l'avait récupéré dans une fontaine du jardinet, un an plus tôt. C'était une mère qui l'avait offert à son fils. Le bambin avait déchiré le carton en grinçant des dents comme si dedans il y avait un ennemi à tuer. Il avait pris le robot, avait allumé ses yeux, avait fait bouger ses jambes et puis, lassé, il l'avait jeté dans la fontaine des poissons rouges.

La femme s'était accroupie auprès du petit garçon et lui avait parlé : « Antonio, pourquoi tu l'as jeté dans l'eau ? Ça ne se fait pas. Maman l'a payé très

cher. Et il faut respecter les choses qu'on t'offre. »
Ils l'avaient laissé là et l'Homme des Charognes
l'avait pris et mis dans la zone du futur.

Il aurait aimé revenir à ces jours-là.

Quand rien ne s'était passé.

### 235.

Cristiano Zena était immobile au centre du séjour.
Trecca l'attendait dehors.

Peut-être qu'il ne reverrait jamais plus cette maison. Il regarda le relax où se mettait toujours Rino.
Il s'assit dessus.

Il avait toujours détesté cette maison pas finie,
accrochée à la nationale, mais à l'idée de la quitter,
son cœur se serrait. Il y était né, là-dedans. Il chercha
autour de lui un souvenir à emporter avec lui, mais
il n'y avait rien à prendre.

« Cristiano ! On y va. On est en retard. – La voix
de Trecca dehors.

— Une seconde, j'arrive ! »

Puis Cristiano vit, roulée en boule dans un coin,
la couverture râpée de son père. Il la prit, la renifla
et la fourra dans son sac. Il sortit en claquant la porte
dans son dos.

Dehors, le soleil s'était levé depuis peu à l'horizon,
mais déjà on comprenait que ce serait une journée
tiède et sans nuages. L'air était transparent et un vent
léger soufflait dans le feuillage des arbres.

« Qu'est-ce que tu as dans ce sac ? demanda
Beppe Trecca à Cristiano en introduisant les clés dans
la Puma.

— Des fringues.

— Des fringues ?

— Ouais, des fringues de mon père pour Quattro

Formaggi. Quand on arrivera à Varrano, je les lui apporte et je te rejoins à l'église. »

Ils montèrent dans la voiture.

L'assistant social mit la voiture en marche et boucla sa ceinture de sécurité. « Je ne pense pas que ce soit une bonne idée. D'abord on va à l'enterrement. Pour les élèves, ils ont réservé une zone dans l'église. Ils t'attendent. Et après on doit aller chez le juge et ensuite on lui apporte les vêtements. »

Cristiano se mit à rire en se forçant. « Moi ? Qui c'est qui m'attend ?

— Tes profs, tes camarades de classe… »

L'automobile s'engagea sur la nationale.

Cristiano posa ses pieds sur le tableau de bord. « Mais qu'est-ce que tu racontes ? Eux, ils en ont strictement rien à foutre de moi.

— Tu te trompes. J'ai parlé avec ta prof d'italien et je lui ai dit ce qui était arrivé à ton père. Elle est très triste et elle espère que tu reviendras bientôt en classe. »

Cristiano se mit à hocher la tête en souriant. « Quelle salope… Mais tu te rends compte les gens, comment ils sont ?

— Quoi ? »

Cristiano baissa la vitre et puis la remonta. « Rien. Laisse tomber… De toute façon, ça sert à rien. Toi, y a certaines choses que tu peux pas comprendre… – Mais il continua : – Qu'est-ce qu'elle t'a dit exactement ? Allez, dis-le-moi.

— Qu'elle était tout à fait désolée et qu'elle espérait que tu reviendrais en classe le plus vite possible.

— Tu sais combien de fois cette conne m'a dit que je ferais mieux de quitter l'école le plus vite possible ? Et alors pourquoi maintenant elle veut que j'y revienne ? Je comprends pas. Et tu sais ce qu'elle a dit de mon père, devant toute la classe ? Tu veux le savoir ? Que c'est un bon à rien. Bordel, qui elle est elle, pour dire que mon père c'est un bon à rien. Elle le connaît ? Ils sont amis ? Je crois pas. La bonne à rien, c'est elle. Cette putain. Tu sais combien ça te coûte de dire au téléphone "Je suis désolée, vraiment, j'espère qu'il va vite revenir à l'école" ? Rien. Zéro. Que dalle. La fatigue de bouger les lèvres. J'imagine combien elle a été désolée d'apprendre que mon père est dans le coma… Elle doit pleurer toute la journée. Celle-là, la seule chose qu'elle souhaite, c'est qu'il crève. Mais elle se trompe, parce que mon père, il va se réveiller… ! Moi, je veux pas y aller à cet enterrement à la con. »

L'assistant social mit son clignotant et s'arrêta sur une bande d'arrêt d'urgence, puis il regarda Cristiano longtemps avant de parler. « Ça, tu vois, je ne le comprends pas. Fabiana était ton amie.

— Pour commencer, qui c'est qui t'a dit que Fabiana Ponticelli était une de mes amies ? Je la connaissais à peine. L'amitié, c'est autre chose. Et puis, à cet enterrement, y aura que des gens qui sont là pour se faire voir et pour faire voir combien ils sont bons. Pour faire semblant de pleurer. C'est tout du chiqué. Tout le monde s'en contretape de Fabiana Ponticelli. Tu le comprends pas ?

— Ecoute, si ton père mourait, toi, tu serais triste ?

— C'est quoi, cette question ? Bien sûr.

— Et Quattro Formaggi ?

— Bien sûr.

— Et Danilo, s'il était encore vivant, il ne serait pas triste ?

— Bien sûr que oui.

— Et moi, je ne serais pas triste ? »

Cristiano aurait voulu lui répondre que non, mais il n'en eut pas le courage. « Si… je pense que oui.

— Et les parents de Fabiana, ils ne doivent pas être tristes que leur fille ait été tabassée, violée et assassinée ? Ils ne doivent pas être tristes, d'après toi ?

— Si.

— Et son petit frère, sa famille, ses amis et quiconque a un peu de cœur, ils ne souffriront pas qu'une fillette innocente, qui a commis la seule erreur de rentrer chez elle trop tard, ait été assassinée pire qu'une bête menée à l'abattoir ? »

Cristiano resta silencieux.

« Tu as ton père qui végète sur un lit d'hôpital. Danilo, à cause de l'alcool, est mort écrabouillé contre un mur. Tu devrais comprendre ce que souffrir veut dire et être compassionnel. Tu sais ce que c'est, la compassion ? A t'entendre, on n'a vraiment pas l'impression que tu le saches. Tu hais tout le monde. Tu es plein de rage à en exploser. Cristiano, tu as un cœur ?

— Non. Je l'ai perdu… » réussit-il seulement à dire.

## 236.

Les voix de la télévision continuaient à piétiner le cerveau fébrile de l'Homme des Charognes. Un ensemble incompréhensible de musique, de JT, de recettes de cuisine, de spots de pub. Toutefois, de ce mélange de sons, une phrase réussit à faire son chemin et à devenir intelligible : « Parlons maintenant du terrible assassinat du bois de San Rocco avec le professeur Gianni Calcaterra, célèbre criminologue et présentateur de l'émission *Crime et Châtiment.* »

L'Homme des Charognes tourna la tête vers la télévision avec la rapidité d'un singe de laboratoire sous opium. Il plissa les yeux et essaya à grand-peine de se concentrer.

Sur l'écran, il y avait deux hommes assis dans des fauteuils blancs. L'un, maigrichon, il le connaissait, c'était celui qu'on voyait tous les matins sur Rai Uno. L'autre était un gros lard avec un bouc et de longs cheveux blancs qui ressemblait un peu à Danilo. Il portait un costume gris à rayures et avait à la bouche une pipe éteinte.

« Alors, professeur Calcaterra, quelle idée vous êtes-vous faite de l'assassin ou des assassins de la pauvre Fabiana ? Tout d'abord, selon vous, d'après les premières reconstitutions, l'homicide a été commis par une ou plusieurs personnes ? »

Le professeur avait l'air en rogne comme si on l'avait amené de force dans cette émission. « Je voudrais d'abord mettre au clair ceci : étant donné le peu d'éléments dont je dispose, ce que je dis n'a aucune valeur scientifique, mais c'est une simple conjecture pour aider le public à comprendre.

— Très juste. Répétons que ce que dit le professeur n'a aucune valeur scientifique. »

Le professeur Calcaterra attrapa sa pipe par le fourneau et fit une grimace dégoûtée comme s'il venait de bouffer une merde encore fumante. « En premier lieu, il faut dire que le viol naît toujours d'un rapport difficile avec sa propre sexualité. »

L'Homme des Charognes s'était convaincu que ce type-là était Danilo qui faisait semblant d'être le professeur Calcaterra. Et si ce n'était pas lui, c'était quelqu'un de sa famille.

« Le viol naît d'un sentiment d'impuissance et d'inadéquation par rapport au monde et en particulier à l'univers féminin. Il est probable, dans le cas de Fabiana Ponticelli, que le violeur a tué la jeune fille parce qu'il n'a pas réussi à obtenir satisfaction pendant l'acte de… »

Calcaterra fut interrompu par le présentateur : « C'est vraiment intéressant, très intéressant, ce que vous nous dites, professeur, et vous ouvrez certainement de nouvelles perspectives à la compréhension de ce terrible homicide qui a bouleversé l'Italie tout entière. Une dernière question, professeur. Vous avez du neuf sur l'affaire ?

— La recherche des assassins de Fabiana Ponticelli est déjà bien avancée et les enquêteurs et la police, même s'ils ne se prononcent pas officiellement, semblent modérément optimistes sur la possibilité de trouver les coupables dans un court laps de temps. Quelqu'un sait et parlera. »

Les ténèbres tombèrent sur l'Homme des Charognes et une terreur nouvelle, immense, comme il n'en avait jamais connue jusque-là s'empara de lui. Son cerveau se vida de toute pensée et même les voix se turent d'un coup.

Il resta avachi sur son fauteuil, haletant, à fixer le plafond.

Lentement, émergèrent des ténèbres une pensée, un nom.

*Rino.*

*Rino Zena.*

C'était lui, le seul à pouvoir l'accuser. C'était lui celui qui savait et qui parlerait. Il vit le bras de Rino qui se soulevait et pointait son index vers lui.

Mais à l'heure qu'il était, il devait déjà être mort. L'Homme des Charognes avait vu la mort qui rôdait autour de lui.

Et si elle avait été là pour quelqu'un d'autre ? Des tas de gens meurent chaque jour dans un hôpital.

Il se leva et, en chancelant, attrapa sur la commode

le pistolet qu'il avait pris à Rino dans le bois et le serra fort.

Cette fois, ils ne l'arrêteraient pas.

## 237.

Ils laissèrent la voiture au parking du centre sportif.

« Qu'est-ce qu'ils font tous ces trucs ici ? » demanda Cristiano en indiquant une file de bus.

Beppe se mit d'horribles lunettes de soleil, style mouche.

« Des lycées, des gens venus pour l'enterrement. »

Cristiano pensa que soit Fabiana Ponticelli connaissait beaucoup de gens, soit il y avait des gens qui allaient à son enterrement sans la connaître.

Les routes du centre étaient fermées et surveillées par la police municipale et on ne pouvait pas entrer à moins d'avoir une autorisation spéciale.

« La messe est dans l'église de San Biagio », fit Beppe.

Trecca ne le quittait jamais du regard.

*Comme on fait avec un chien lâché pour la première fois sans laisse.*

Il devait avoir flairé quelque chose.

Des tas de gens se dirigeaient en silence vers l'église de piazza Bologna. Le long de la rue, Cristiano s'aperçut que tous les magasins étaient fermés et que sur les rideaux de fer baissés il y avait des nœuds noirs.

Il n'avait jamais vu autant de monde, même pas l'été dernier quand était venu Gabibbo, l'animateur, accompagné de ses bimbos, mais en arrivant sur la place, il resta bouche bée.

C'était un unique tapis humain d'où pointaient les

toits des minibus de télé avec leurs antennes parabo-
liques, la statue avec le cheval de marbre et les lampadaires sur lesquels étaient accrochés des bouquets
de mégaphones. D'autres personnes étaient aux
fenêtres des immeubles modernes entourant la place.
Et de longues banderoles blanches, préparées en
toute hâte, unissaient les balcons. Elles disaient :
FABIANA TU SERAS TOUJOURS DANS NOS CŒURS. FABIANA
APPRENDS-NOUS À ÊTRE MEILLEURS. FABIANA TU VIS
MAINTENANT DANS UN MONDE MEILLEUR.

« Donne-moi la main, avec ce foutoir on risque de
se perdre. » Trecca lui tendit la main et Cristiano fut
obligé de la lui prendre.

Ils longèrent la place et arrivèrent enfin près de
l'église. Un édifice moderne en béton gris, avec un
toit pointu recouvert de longues plaques de cuivre
oxydé. Au centre de la façade, il y avait un énorme
vitrail coloré avec un Christ rabougri. Même les
marches étaient recouvertes d'une foule qui poussait
pour entrer.

« Viens, on s'en va. Ils vont pas nous laisser entrer,
fit Cristiano en essayant de se libérer de l'étau.

— Attends... Toi, tu es un camarade de classe. »
Trecca parla avec le service d'ordre et ils les firent
passer. Ils traversèrent la nef de droite en se frayant
un chemin dans la foule. Il y avait une odeur
d'encens, de fleurs et de sueur.

Cristiano se retrouva nez à nez avec Castardin, le
propriétaire de la fabrique de meubles, celui dont il
avait tué le chien.

Castardin le fixa un moment. « Mais, si je ne
m'abuse, toi tu es le fils de Rino Zena. »

Cristiano allait dire non, mais Trecca était à côté
de lui.

Il fit oui de la tête.

« J'ai su pour ton père. Je suis vraiment désolé. Comment il va ?

— Bien. Merci. »

L'assistant social intervint. « Il est toujours dans le coma. Mais les médecins sont optimistes. »

Castardin hurlait comme s'il était dans une discothèque de Riccione. « Bien. Bien. Alors, dès qu'il se réveille, salue-le pour moi, compris ? Dès qu'il sort du coma, tu lui dis que le vieux Castardin le salue bien bas. » Il lui donna deux petites tapes sur la nuque.

Cristiano s'imagina que son père se réveillait et qu'on lui disait que Castardin le saluait bien bas. Au minimum, il retomberait dans le coma pour toujours.

Quelques mètres plus loin, il y avait Mariangela Santarelli, la coiffeuse, celle qui était avec son père quand lui, il était petit. Elle s'était mis un voile sur la tête et une minijupe. Et Max Marchetta, le propriétaire d'EuroEdil. Il était vêtu très élégamment comme s'il allait se marier et il parlait dans son téléphone portable. Il y avait même le vieux Marchetta dans une chaise roulante poussée par un Philippin.

Ils arrivèrent dans la zone où étaient assis ses camarades de classe. Dès qu'ils le virent, ils se mirent à chuchoter et à se donner des coups de coude en l'indiquant.

Cristiano dut se retenir pour ne pas prendre ses jambes à son cou et s'enfuir loin.

La prof d'italien se fraya un chemin, s'approcha de lui, le serra fort dans ses bras et lui susurra à l'oreille : « J'ai su pour ton père. Je suis vraiment désolée. »

Les mêmes mots que Castardin.

## 238

L'Homme des Charognes entra à l'hôpital.

Son cœur semblait vouloir s'échapper de sa poitrine. Et il avait envie de pisser. Il avait une main appuyée sur son estomac et ses doigts effleuraient l'acier du pistolet caché dans son slip.

Il avait fini par y arriver. Et même lui ne savait comment. Il avait même mis en marche la mobylette du premier coup.

Le village semblait devenu fou. Tous les rideaux de fer étaient baissés. Toutes les rues coupées à la circulation. Les parkings pleins de bus. Les rues envahies par des gens qui se dirigeaient vers le centre.

Il aurait voulu demander où ils allaient tous, ce qu'il se passait, bon Dieu, mais il n'en avait pas eu le courage. Partout il y avait des gardiens et des agents de police.

Peut-être qu'il y avait un concert de Laura Pausini, ou un meeting politique.

Il aurait voulu se précipiter en haut voir Rino, mais avant toute chose, il devait pisser. Il avait la vessie qui explosait.

Il entra dans les toilettes à côté du bar. Pour l'instant, grâce à Dieu, il n'y avait personne. L'Homme des Charognes courut à la pissotière et se libéra en rejetant la tête en arrière et en fermant les yeux.

Il dut appuyer la main contre le mur pour ne pas s'écrouler de douleur. Il avait l'impression de pisser du feu mélangé à des éclats de verre.

Quand il rouvrit les yeux, il vit que les murs de céramique blanche de l'urinoir étaient éclaboussés de rouge et de sa queue gouttait de la pisse et du sang. La puanteur acide de l'ammoniaque se mêlait à l'odeur métallique du sang.

« Putain », murmura-t-il, désespéré.

A ce moment-là, la porte battante des toilettes s'ouvrit et se referma en un grincement.

L'Homme des Charognes s'approcha du mur et regarda le trou où s'écoulait la pisse rouge.

Il entendit dans son dos un bruit de talons martelant le carrelage. Puis, du coin de l'œil il vit une silhouette se poster à trois urinoirs du sien.

« Aahh ! On dit que c'est pas bon de se retenir. Surtout à un certain âge », fit l'homme, et dans le même temps on entendit le bruit d'un jet.

L'Homme des Charognes se retourna.

C'était Riky. L'ange envoyé par Dieu.

Il portait le même complet de flanelle grise et la même chemise à carreaux. La même longue mèche blonde ramenée sur le devant et qui, semblait-il, venait d'être léchée par une vache. Le même tout.

« Riky… » lâcha-t-il sans le vouloir.

Le petit homme se tourna, l'observa et haussa les sourcils.

« Qui es-tu, l'ami ?

— C'est moi. Tu me reconnais pas ?

— Pardon ?

— Comment ? Tu m'as donné ça. » L'Homme des Charognes sortit de son gilet le crucifix qu'il gardait sur sa poitrine.

Riky semblait hésiter entre dire qu'il le connaissait ou tout nier en bloc et s'enfuir à toutes jambes. A la fin, il fit oui de la tête. « Oui. Bien sûr… Maintenant je me souviens. Comment ça va ? »

L'Homme des Charognes renifla. « Je suis en train de mourir… »

Riky se rebraguetta. « Alors le crucifix, c'était pour toi ? – Il alla se laver les mains. – Tu aurais dû me le dire… Je t'aurais donné quelque chose d'autre. Pourquoi tu ne me l'as pas dit ? »

L'Homme des Charognes haussa les épaules et

admit : « Je sais pas. Tout ce que sais, c'est que je suis en train de crever et que Dieu m'a abandonné. »

Riky fit deux pas en arrière en s'essuyant les mains avec une serviette en papier : « Tu as prié le Seigneur ?

— Dieu me parle plus. Il en a choisi un autre. Qu'est-ce que j'ai fait de mal ? » L'Homme des Charognes en boitant s'approcha du petit homme et l'attrapa par un bras.

Riky se raidit. « Ça, je ne le sais pas. Mais tu dois continuer à prier. Avec plus de conviction.

— Mais moi, Rino je dois le tuer ou pas ? Ou c'est Dieu qui l'a déjà fait ? » Il tapa du pied comme s'il écrasait un cafard invisible.

Riky se libéra de l'emprise comme si c'était un lépreux qui le touchait. « Écoute, je suis désolé, mais faut que j'y aille. Bonne chance. »

L'Homme des Charognes le vit disparaître par la porte et puis il fronça la bouche en une grimace de terreur, se laissa tomber à genoux, mit ses bras autour de lui, se replia sur lui-même et se mit à pleurer et à gémir : « Dites-moi ce que je dois faire. Je vous en prie… Dites-le-moi, vous. Et moi je le ferai. »

## 239.

Beppe Trecca était appuyé contre une colonne de la nef centrale, les bras croisés.

Il avait laissé Cristiano avec ses camarades et maintenant il voyait sa tête blonde pointer parmi celles des autres.

On aurait dit un alien, là au milieu. Il n'avait même pas daigné leur lancer un regard.

*Il a du caractère, ce môme, et il est super.*

Il se reprendrait, ça, Beppe en était sûr. Il ne s'était

jamais plaint, il ne l'avait jamais vu verser une larme. C'était ainsi qu'il fallait affronter les difficultés.

Lui, au contraire, il se sentait fatigué et faible.

Il était impatient de rentrer chez lui, de prendre une douche, de se raser et d'écrire sa lettre de démission. Le lendemain, il solderait son compte en banque, il prendrait les trois ou quatre choses qu'il possédait et il partirait en voiture à Ariccia.

Il enleva ses lunettes, les nettoya et les remit. Il plissa les yeux et vit Ida assise sur les bancs dans la nef centrale. A côté, Mario et les enfants.

Il aurait dû sursauter, s'étrangler, se cacher, et au contraire il resta là, comme ensorcelé, à la fixer. Ces jours-ci, il avait imaginé mille fois ce moment et jamais il n'avait songé que sa réaction serait celle-ci. Il se sentait en paix, tranquille, car il lui suffisait de la voir et toutes ses angoisses, ses peurs fondaient comme neige au soleil. Il savait que c'était la dernière fois qu'il la voyait et il voulait remplir sa mémoire d'elle pour ne pas l'oublier, à jamais. Et vivre dans son souvenir.

Elle portait un tailleur noir et un petit cardigan gris. Ses cheveux attachés derrière la nuque. Son long cou. Elle était magnifique. D'une main, elle releva une mèche sur son front.

*Mais putain pourquoi j'ai fait ce vœu ?*

Et puis, qui me dit qu'il était mort, le Black ? Il était à terre, mais il pouvait très bien n'être qu'évanoui. Il n'avait même pas écouté son cœur. Quel imbécile ! C'était le sentiment de culpabilité qui avait décidé pour lui. Dans la panique, il l'avait cru foutu. Mais aucun médecin n'avait été là pour certifier sa mort.

*Il allait très bien. Je lui ai même acheté des chaussettes.*

*Et puis les miracles, ça n'existe pas. C'est juste une*

*illusion pour faire grandir la foi. Le Seigneur n'est pas un boutiquier avec qui l'on marchande des services en échange de promesses.*

*Mais comment j'ai pu imaginer que si quelqu'un fait une prière, Dieu ressuscite les morts ? A ce train-là, plus personne ne mourrait !*

Aucun miracle n'avait eu lieu. Et s'il n'avait pas eu lieu, il n'y avait eu aucun vœu. S'il se trompait et devait payer pour être heureux, il paierait.

*Moi, je suis amoureux d'Ida Lo Vino et je ne veux la perdre pour rien au monde.*

Il sentit tout son corps parcouru d'une sensation de chaleur, et ses membres s'affaiblissaient. C'était comme renaître. Quelqu'un avait enlevé de sa poitrine ces tonnes qui l'empêchaient de respirer.

Il dilata ses poumons, rejeta l'air et se passa les doigts dans les cheveux. Il défroissa de la main sa veste et ajusta son nœud de cravate.

Il fendit la foule d'un pas décidé et se glissa dans le banc où était Ida.

Il sentit la bonne odeur de son parfum. Il lui serra le bras. « Ida ? »

La femme se tourna et le vit. Abasourdie, elle soupira : « Beppe ! Où tu étais passé ?

— J'ai soldé mon compte avec Dieu – dit-il, puis il lui fit signe d'attendre et s'adressa à Mario Lo Vino qui le regardait en souriant : – A la fin de la cérémonie, faut que je te parle. » Il s'assit et prit la main d'Ida.


240.


Cristiano avait dû enlacer tous ses camarades de classe. Certains l'avaient même embrassé. Même ce minable de Colizzi, le polard, qui l'avait toujours haï.

La seule qui n'avait pas daigné lui jeter un regard, c'était Esmeralda Guerra, l'amie de Fabiana.

Au début, il ne l'avait même pas reconnue, habillée de manière si élégante, avec ses longs cheveux noirs ramassés en une tresse. Elle avait même enlevé son piercing. Elle paraissait plus âgée et elle était très belle. Autour d'elle, était assise une escouade de damoiselles qui essayaient de la consoler.

Cristiano s'assit à côté de Pietrolin, qu'une fois il avait frappé au centre commercial avec la silhouette en carton de Brad Pitt.

Pietrolin lui donna un coup de coude. « Esmeralda va lire une poésie qu'elle a écrit pour Fabiana. Et demain, à trois heures et demie, elle passe à *La Vie en Direct.* »

De l'autre côté, debout près d'un confessionnal, il y avait Tekken avec toute sa bande. Ducati, Nespola, Memmo et trois ou quatre autres, dont Cristiano ne connaissait pas le nom. Il portait une armure de plâtre.

*Alors je t'ai foutu une bonne raclée. Je t'ai fait mal. Tu le mérites. Vu ce que t'as fait à Quattro Formaggi…*

Soudain, il y eut un murmure général.

Cristiano se retourna.

Le père, la mère et le petit frère de Fabiana étaient entrés. La foule s'ouvrit pour les laisser passer. Les Ponticelli se tenaient serrés les uns contre les autres et avançaient, égarés, au milieu des gens. Certains levaient leur portable pour les photographier et faire des vidéos. Dans la pénombre de l'église, les écrans des téléphones s'éclairaient comme des cierges funéraires.

On les fit asseoir au premier rang à côté du maire, d'un tas de personnages importants et des policiers en uniforme. La mère prit son fils dans ses bras tandis que les caméras des télévisions zoomaient en un premier plan.

« Après l'enterrement, y a un cortège jusqu'au cimetière. J'ai pas compris si on doit y aller nous aussi. »

Cristiano fixa Pietrolin sans savoir quoi dire. Depuis qu'il était entré dans l'église, il avait évité de regarder vers l'autel, mais il ne résista plus.

Le cercueil blanc était déposé sur un drap rouge. Autour, des milliers d'iris, de tulipes, de marguerites. Des dizaines de couronnes et de petits lapins en peluche blancs.

Une file interminable de personnes s'approchait et déposait d'autres fleurs ou simplement effleurait le cercueil.

*Là-dedans il y a Fabiana et moi j'ai été le dernier à la toucher.*

Il revit le moment où, en poussant dans le fleuve le cadavre enveloppé dans le plastique, il avait effleuré un de ses doigts de pied.


## 241.

L'Homme des Charognes ouvrit la porte du service de réanimation.

Son cœur cognait dans sa poitrine, mais le rythme était régulier.

Il y avait un va-et-vient de médecins et d'infirmiers qui entraient et sortaient de la chambre de Rino.

Une alarme sonnait.

Il s'approcha en se mordant la paume de la main.

Autour du lit, il y avait un groupe de docteurs qui discutaient et lui bouchaient la vue.

Personne ne faisait attention à lui.

Alors il trouva le courage de s'avancer encore un

peu. Sous son gilet, il sentait le pistolet qui appuyait sur ses côtes endolories.

A travers les dos des médecins, il vit le corps de Rino sous les draps. Le cou, le menton, les joues, les paupières baissées… Le bras tatoué d'où sortaient les tubes transparents qui se soulevait. L'index pointé vers lui. Les yeux bleus rivés dans les siens.

Rino ouvrit la bouche et dit : « *C'est toi !* »


### 242.


La musique s'éleva et l'église devint muette. Il ne resta que des pleurs d'enfants.

Au fond, sur le côté de l'autel, il y avait quatre filles en jupe noire et chemise blanche qui jouaient au violon une mélodie très triste. Cristiano l'avait déjà entendue dans un film de guerre.

Esmeralda regarda Mme Carraccio, l'enseignante de mathématiques, qui lui fit signe d'y aller, et tous ses camarades se levèrent pour la laisser passer en lui donnant des tapes d'encouragement.

L'église était si silencieuse que les talons des chaussures noires retentissaient sur les voûtes en ciment armé.

Esmeralda monta, très digne, les trois marches, passa près du cercueil et se mit debout derrière le lutrin. Elle s'approcha du micro et dut respirer profondément trois fois avant de réussir à dire avec un filet de voix : « Voici une poésie. Je l'ai écrite pour toi, Fabiana. – Elle se passa une main sur les yeux. – Fabiana au sourire. Fabiana au grand cœur. Fabiana qui savait illuminer même les plus noires journées… Fabiana qui nous faisait rire… Maintenant tu es… – Elle baissa la tête et se mit à trembler. Elle essaya de continuer. – … tu es… tu es… – mais elle n'y arriva pas. Elle grommela entre deux sanglots : « Tu nous manqueras, ma minette. » Et puis elle s'éloigna du lutrin et courut à sa place en se couvrant le visage.

Alessio Ponticelli regarda sa femme et lui serra fort la main. Il prit une profonde respiration et alla au micro.

Cristiano l'avait vu quelquefois devant le collège. C'était un bel homme, un type athlétique, toujours bronzé. Mais là il semblait malade, comme si on lui avait siphonné toute sa force. Il était pâle, dépeigné, les yeux brillants et fiévreux. Il sortit de sa veste une feuille pliée, l'ouvrit, la regarda, mais il la remit dans sa poche et commença à parler doucement. « J'avais écrit sur Fabiana, ma fille, sur la magnifique créature qu'elle était, j'avais écrit sur ses rêves, mais je n'y arrive pas, pardonnez-moi... – Il renifla, s'essuya les yeux et recommença à parler avec plus de vigueur. – On dit que Dieu sait pardonner. On dit que Dieu, dans son infinie bonté, a créé les êtres humains à son image selon sa ressemblance. Toutefois, je ne comprends pas : comment peut-il avoir créé ce monstre qui a tué ma petite fille ? Comment peut-il avoir assisté à tout ça ? A une enfant jetée à bas de son scooter, rouée de coups, violée et achevée d'un coup de pierre sur la tête ? Dieu en voyant cela aurait dû hurler du haut des cieux, rugir à nous en rendre tous sourds, il aurait dû obscurcir le jour, il aurait dû... Et au lieu de cela, il n'a rien fait. Les jours passent et rien n'arrive. Le soleil se lève et se couche et un assassin se cache parmi nous. Et on me demande de pardonner. Mais moi, comment puis-je pardonner ? Je n'en ai pas la force. Il m'a enlevé la chose la plus belle que j'avais... – Il appuya ses coudes sur le lutrin, se mit les mains sur le visage et éclata en sanglots. – Moi je veux le voir mort... »

La mère de Fabiana se leva, rejoignit son mari, le serra fort et l'emmena.

Derrière l'autel, le cardinal Bonanni, un bossu très très vieux, commença à célébrer la messe d'une voix rauque : « Seigneur, donnez-leur le repos éternel, et faites luire pour eux la lumière sans déclin. »

Toute l'église se leva et répéta : « Seigneur, donnez-leur le repos éternel, et faites luire pour eux la lumière sans déclin. »

Cristiano resta assis, il pleurait en silence et, brisé par les sanglots, il avait beaucoup de mal à respirer.

*Je suis un monstre, un monstre.*

Comment avait-il fait pour traîner le corps de Fabiana souillé de sang sans éprouver aucun chagrin ? Comment avait-il fait pour vivre ces jours-ci sans éprouver de honte ? Sans penser qu'il avait détruit une famille ? Où avait-il trouvé la force de nettoyer le cadavre sans aucun remords ? Pourquoi avait-il réussi à faire tout ça ?

*Parce que je suis un monstre et que je ne mérite pas de pardon.*

## 243.

Il faisait chaud dans le séjour de l'Homme des Charognes.

Le soleil haut dans le ciel traversait les vitres des portes-fenêtres et sur la zone orientale de la crèche il brillait d'une lumière blanche.

Par la fenêtre grande ouverte de la salle de bains arrivaient les gazouillis des moineaux, les klaxons des voitures et le hurlement des mégaphones qui diffusaient la messe qui se déroulait dans l'église de San Biagio.

L'Homme des Charognes sortit de la cuisine avec une chaise à la main.

« Des profondeurs je crie vers Toi, Seigneur. Seigneur, écoute mon appel ! Que Ton oreille se fasse attentive au cri de ma prière ! » grésilla le cardinal Bonanni à travers les haut-parleurs.

L'Homme des Charognes, en faisant attention à ne rien renverser, mit la chaise au centre de la crèche. Un pied se posa sur un petit lac fait avec une bassine en plastique bleu. Un pied sur les rails du train. Un pied au milieu d'un troupeau d'ours blancs qui dévoraient un Pokémon. Un pied au centre d'une esplanade où étaient garés en file les chars d'assaut et les camions des pompiers.

« Mon âme attend le Seigneur. Je suis sûr de Sa parole. Mon âme attend plus sûrement le Seigneur qu'un veilleur ne guette l'aurore. »

Puis l'Homme des Charognes recula et se déshabilla. Il enleva son ciré. Il enleva l'écharpe noir et blanc de la Juve. Il enleva son gilet et son tricot de peau. Il quitta ses chaussures et ses chaussettes. Il enleva son pantalon. Il prit le pistolet et le posa sur le tas de vêtements. Enfin, il enleva son slip.

« Au nom du Père, du Fils et du Saint-Esprit. »

Il écarta les bras comme si c'étaient les ailes d'un pigeon blessé, il fit sortir son ventre gonflé, il pencha sa tête sur le côté et se regarda dans la porte-fenêtre.

Les bras très longs. L'épaule droite violette et tuméfiée. La pomme d'Adam. La barbe noire. La petite tête ronde. Le crucifix au milieu des poils de la poitrine. Le thorax amaigri parsemé d'hématomes bleuâtres. Le pénis sombre posé devant les couilles qui pendaient comme des fruits mûrs. La jambe droite, tordue, mangée par la foudre. La cicatrice, dure comme le nœud d'un tronc, qui lui traversait le mollet. Les pieds avec des ongles noirs.

Il vit une ombre se glisser derrière lui. Il ne se retourna pas. Il savait qui c'était. Il lui semblait entendre les TOC TOC qu'elle faisait en marchant avec ses béquilles et le bruissement de sa robe noire qui traînait sur le sol.

« Mes frères et mes sœurs, pour célébrer cette Sainte Eucharistie à l'intention de notre petite sœur Fabiana dans l'espoir qui nous vient du Christ Ressuscité, reconnaissons humblement nos péchés », hurlait le prêtre.

L'Homme des Charognes débrancha le chargeur de son portable de la prise électrique et retraversa, comme un colosse, les déserts, les fleuves, les villes et monta sur la chaise. Il leva un pied. Une petite vache blanc et noir s'était fichée dans sa voûte plantaire. Il se l'enleva et l'entoura dans la chaînette du crucifix.

« Que Dieu tout-puissant ait pitié de nous, qu'il nous pardonne nos péchés, et nous conduise à la vie éternelle. »

L'Homme des Charognes tendit le bras vers le plafond. Juste au-dessus de lui, il y avait le crochet pour le lustre et deux fils électriques qui pointaient du plâtre comme la langue fourchue d'un serpent.

Il fit passer plusieurs fois le fil du chargeur autour du crochet et puis il se l'entoura autour de la gorge.

« O Dieu, tu es l'amour qui pardonne : accueille dans ta demeure notre sœur Fabiana qui est passée à toi de ce monde : et puisque en toi elle a espéré et cru, donne-lui le bonheur éternel. Pour Notre Seigneur… »

Comme c'était bizarre. C'était comme s'il n'était plus dans son corps. Il était près. Là à côté. Il se voyait, nu, serrer le fil noir autour de sa gorge. Il se voyait respirer en haletant.

*C'est moi ce type-là ?*

*(Oui, c'est toi, ce type-là.)*

Qu'est-ce qui avait bien pu amener cet homme nu à monter sur une chaise et à se passer un nœud coulant autour du cou ?

L'Homme des Charognes connaissait la réponse.

Sa tête.

Sa petite tête recouverte de cheveux noirs comme les plumes d'un corbeau. Sa tête folle. Cette tête qui lui avait gâché la vie. Là-dedans il y avait quelque chose qui lui avait fait sentir trop de choses, qui l'avait fait se sentir toujours déplacé, différent, qui lui avait fait faire des choses qu'il ne pouvait dire à personne car personne ne les comprendrait, qui l'avait terrorisé, exalté, aveuglé, qui l'avait fait se terrer dans un trou plein d'immondices, apeuré comme une petite souris, qui l'avait fait rêver d'une crèche si grande qu'elle couvrirait toute la Terre, qu'elle remplacerait les montagnes, les mers et les fleuves par les montagnes en carton-pâte et les mers en papier alu.

Eh bien, cette tête l'avait fatigué.

« Ouais, fatigué », dit l'Homme des Charognes et il donna un coup de pied dans la chaise. Il resta suspendu au-dessus des bergers, des soldats de plomb, des animaux en plastique et des montages en carton-pâte.

*Comme Dieu.*

En gargouillant, il leva un peu les bras et il écarta les mains.

« Le Seigneur est mon berger : Sur des prés d'herbe fraîche, Il me fait reposer. Il me mène vers les eaux tranquilles et me fait revivre. Il me conduit par le juste chemin pour l'honneur de Son nom. Si je passe un ravin de ténèbres, je ne crains aucun mal, car Tu es avec moi, Ton bâton me guide et me rassure. »

Maintenant qu'il ne respirait plus, que ses poumons désespérés hurlaient « de l'air, de l'air ! », que ses méninges explosaient, que ses jambes se débattaient comme le jour où il avait été traversé par le courant électrique, soudain il comprit.

Il comprit ce qui manquait à la crèche.

Ce n'était pas Ramona.

C'était si simple.

*Moi.*

*C'était moi qui manquais.*

Quattro Formaggi sourit. Une lueur aveuglante. Une. Deux. Trois fois.

Puis ce fut l'obscurité qui délivre.


## 244.


« Venez, saints de Dieu, Accourez, anges du Seigneur, Prenez son âme et présentez-la devant la face du Très-Haut. Que le Christ qui t'a appelée te reçoive, et que les anges te conduisent dans le sein d'Abraham. Prenez son âme et présentez-la devant la face du Très-Haut. Donne-lui, Seigneur, le repos éternel, et que la lumière perpétuelle l'illumine. Prenez son âme et présentez-la devant la face du Très-Haut. »

Cristiano était encore assis parmi ses camarades de classe mais son esprit était loin, dans une autre église. Vide. Lui était debout en face du lutrin à côté du cercueil de son père. Quattro Formaggi et Danilo assis au premier rang.

*Mon père était un homme méchant. Il a violé et tué une petite fille innocente. Il mérite de finir en enfer. Et moi avec lui pour l'avoir aidé. Moi, je ne sais pas pourquoi je l'ai aidé. Je jure que je ne le sais pas. Mon père était un ivrogne, un violent, un bon à rien. Il se*

*battait avec tout le monde. Mon père m'a appris à me*
*servir de son pistolet, mon père m'a aidé à rouer de*
*coups un gars dont j'avais tailladé la selle de sa moto.*
*Mon père a toujours été près de moi depuis que je suis*
*né. Ma mère s'est sauvée et c'est lui qui m'a élevé.*
*Mon père m'emmenait pêcher. Mon père était un nazi*
*mais il était bon. Il croyait en Dieu et il ne jurait pas.*
*Il m'aimait et il aimait Quattro Formaggi et Danilo.*
*Mon père savait ce qui était juste et ce qui n'était pas*
*bien.*

*Mon père n'a pas tué Fabiana.*
*Moi je le sais.*

Le fil du chargeur se cassa. Quattro Formaggi
tomba au milieu des bergers, des maisons en Lego,
des canards et des Barbapapa.

Rino Zena, étendu sur son lit, bougea une main.
Une voix dit : « Vous pouvez m'entendre ? Si vous
pouvez m'entendre faites un signe. N'importe quel
signe. »
Rino sourit.

Cristiano Zena ouvrit les yeux.
Tout le monde était debout et applaudissait au
passage du cercueil blanc.
Il se leva et hurla : « C'est pas mon père qui a fait
ça ! »
Mais personne ne l'entendit.


FIN

Niccolò Ammaniti
dans Le Livre de Poche

*Je n'ai pas peur*                          n° 30066

« Si on ne partait pas à bicyclette, on restait dans la rue à jouer au foot, au ballon prisonnier, à un deux trois soleil, ou bien sous l'auvent du hangar à glandouiller. On pouvait faire ce qu'on voulait. Des voitures, il n'en passait pas. Des dangers, il n'y en avait pas. Et les grands restaient cloîtrés à la maison, comme des crapauds qui attendent que baisse la chaleur. » L'été le plus chaud du siècle. Quatre maisons perdues au milieu de nulle part. Les adultes se terrent le jour et complotent la nuit. Six gamins s'aventurent à vélo dans la campagne brûlante. Au cœur de cet océan de blé, il est un secret effrayant, un secret dont la découverte changera à jamais la vie de l'un d'eux, Michele...

 **www.livredepoche.com**

- le **catalogue** en ligne et les dernières parutions
- des **suggestions de lecture** par des libraires
- une **actualité éditoriale permanente** : interviews d'auteurs, extraits audio et vidéo, dépêches…
- **votre carnet de lecture** personnalisable
- des **espaces professionnels** dédiés aux journalistes, aux enseignants et aux documentalistes

Composition réalisée par PCA

Achevé d'imprimer en avril 2010 en Allemagne par
G.G.P. Media GmbH
Pößneck (07381)
Dépôt légal 1re publication : mai 2010
Librairie Générale Française – 31, rue de Fleurus – 75278 Paris Cedex 06